LA
VIDA
ES
CORTA
PERO ANCHA

Susana Pérez-Alonso

LA VIDA ES CORTA PERO ANCHA

Grijalbo

Primera edición: noviembre, 2005

© 2005, Susana Pérez-Alonso
© 2005, Grupo Editorial Random House Mondadori, S. L.
 Travessera de Gràcia, 47-49. 08021 Barcelona

Printed in Spain – Impreso en España

ISBN: 84-253-3968-5
Depósito legal: B. 44.217-2005

Compuesto en: Fotocomposición 2000, S. A.

Impreso en A & M Gràfic, S. L.
Santa Perpètua de Mogoda (Barcelona)

GR 3 9 6 8 5

Índice

Dedicatorias, desacatos e incorrecciones políticas (haciendo amigos una vez más…)

A Manuel Fernández Cuesta, por acariciarme con las pestañas. Manu, esto me va a traer un montón de problemas. Se desatarán las lenguas y terminaré deprimida. Todo sea por tus ojos, por tus miradas, por tus caricias en el alma.

A Juan Díaz, por aguantarme y casi quererme.

A las personas que están en el Proyecto Hombre, luchando por regresar a la vida sin ataduras.

A mis amigos, que soportan mis neuras con resignación. A quienes me quieren o me han querido. A quienes me han hecho feliz o me han hecho llorar: ambos me han hecho sentir. Del sentimiento, yo he sacado conocimiento.

Y no es sencillo hacerme sentir.

A los que me animaron a escribir, a los que me decían que podía lograrlo, que algún día editaría. A mis tías, Clara y Ángeles, que me ayudaron a superar mi dislexia con paciencia infinita. A mi hermana Rosa, que apoyó cada libro como si le fuese la vida en ello. A Sylvia de Béjar, por ser mi amiga. Marcos Alonso ya no verá la novela en las librerías, pero yo lo veré a él cada vez que me encuentre con una buena persona. Mejor no existió. A Rafael González Crespo y Luchi. Espero que Usía sonría al leer la novela y que no llame al orden, gracias por ser un buen militar. Abelardo, a ti, que me ayudaste a superar uno de los peores años de mi vida. Sin el doctor Román esta novela no se habría terminado. La salud sólo la aprecian quienes carecen de ella.

A Sandra Reyes Rojas, mi amiga, a su descripción del síndrome del nido vacío. A Marisa González Pastor: te has ido demasiado pronto. A Charo Mallo Carranza, Araceli Peña, mis amigas desde hace tantos años. Sin amigos así, el mundo es feo. A Belén de Polanco, la única persona del mundo literario que me hizo caso, que peleó por mí, que no colgó el teléfono ni se puso pija ni interesante. Hacerme caso ahora no tiene mérito, el porcentaje es sustancioso. A Antonio Gómez Rufo, buen escritor y mejor persona; gracias por ser mi amigo. A Georgina Burgos y Marina Olid, finalistas de la Sonrisa Vertical del año 2000. A vosotras, que nunca os han sacado en los periódicos ni en las teles. A vosotras, que escribisteis dos magníficas obras y no lo dice nadie. A vosotras, que pasasteis junto a mí aquella mala noche, aquel susto, aquellos desplantes, aquella falta de todo. Educación, faltó principalmente.

A quienes están pasando por malos tragos. A los que sufren la enfermedad, a los que tienen miedo a la quimioterapia, a los que están en la cama de un hospital, a los padres de los niños enfermos. De casi todo se sale y la risa es la mejor de las terapias.

A Ximena y a mí misma, que hemos logrado sobrevivir a las cosas buenas y malas de este mundo y a nuestra propia vida.

No ha sido fácil, nada fácil…

Seguro que en algún momento de su vida, usted, lector, ha querido cambiarla. Los jueces pueden querer ser agricultores; los agricultores, astronautas; electricistas convertidos en estrellas de la canción… Tunearse es posible.

Todos tenemos un sueño. Hay un momento vital en el que decimos: ¿por qué no? La esperanza de doblar una esquina y pensar que todo puede cambiar a mejor es una de las cosas que nos mantienen vivos.

Sin eso y la capacidad de sorpresa nos convertimos en zombis.

Ésta es la historia de personas que quisieron cambiar su vida. Una arrastró al resto, como casi siempre suele suceder.

Para bien o para mal, pero ése no es el tema.

La protagonista de la historia, una de ellas, quiso ser escritora. Pensaba —la incauta— que escribir era un oficio noble, romántico, lleno de valores de los que carecía la sociedad normal. Un oficio sin dobleces, descansado, cómodo. Un oficio en el que las páginas de un libro serían armas mortíferas, capaces de cambiar el mundo. Pensaba —la ingenua— que la palabra era un arma cargada de futuro. Blas de Otero le había hecho flaco favor...

Por pensar —la muy idiota—, pensaba que los concursos literarios eran algo limpio, transparente, que ganaba el mejor libro, la mejor historia... Nunca había escuchado, visto ni soñado un contrato preconcurso. Cuando lo vio, a poco se muere y eso la ayudó a superarse en el insulto y la marginación, la suya propia.

La fantasía suele jugar malas pasadas, aun en los cambios vitales relacionados con la literatura.

Lo que se encontró pueden leerlo en las páginas siguientes. Y cualquier parecido con la realidad, ¿es pura coincidencia? La jungla, la selva... Serpientes, alacranes, mantis religiosas. Y, desde luego, Lorca. Este mundo editorial es lorquiano: *La casa de Bernarda Alba* está muy presente y Pepe el Romano, ídem.

Este libro lo dedico a los jóvenes que comienzan a escribir, para que no se desanimen, para que continúen, para que peleen, para que luchen contra los muros y trabas que se van a encontrar en su camino hasta llegar a las estanterías de los libreros y grandes almacenes.

Este libro lo dedico —sin ningún afecto— a determinados agentes literarios que se creen amos de vidas y haciendas intelectuales; a los autores que, por juntar cinco frases, se creen dioses del Parnaso y desprecian al mundo entero; a los editores que se retuercen al caminar, que son de Badajoz y se empecinan en hablar inglés con acento de Mérida, llenos de una vanidad incomprensible, sin llegar a entender que el rey, el Dios, de esta historia de la literatura son los autores. Autores que se dejan las pestañas, la vista y parte de su vida ante la pantalla del ordenador o las teclas de una máquina de escribir.

Los autores y su público son los héroes de esta odisea.

Escribo recordando a quienes lo hacen mil veces mejor que yo pero no han tenido la misma suerte.

La industria editorial es un negocio: de eso no me queda duda, pero hasta en los negocios existe la palabra humanidad. En este mundo literario, esa palabra la he añorado muchas veces.

A Luis, a la librería Maribel de Oviedo, un pequeño cofre de tesoros literarios que resiste el envite de las grandes superficies. Él fue la primera persona que dijo: «Esto hay que publicarlo, y si no lo hace una editorial, pago yo la edición». Gracias, de corazón. Eso es un librero.

Escribo —a modo de aclaración necesaria— que se puede escribir y publicar sin necesidad de rodilleras, ya me entienden. Que quienes eligen esos atajos suelen tener carreras cortas y añaden a la vileza, la idiotez: al final no compensa. Dedico el libro a Corín Tellado, a las mujeres que la leyeron y la leen; a Marcial Lafuente Estefanía; a José Mallorquí; dedico el libro a César de Echagüe y Acevedo, El Coyote. Hay personajes que, si no existieron, merecerían ser ciertos, existir. Mallorquí publicó en español la obra de Lovecraft, Howard, Bloch, Cummings, Derleth o Hamilton en su revista *Narraciones terroríficas*: de eso parece no querer acordarse nadie. Dedico el libro a Ramón J. Sender, al que ni siquiera se estudia en los libros de texto, uno de los grandes olvidados de la literatura española. Se estudia lo foráneo, mientras se desprecia lo propio. Se lee lo que no hay quien entienda y se desprecia la belleza de lo llamado simple. Calderón, Lope… no necesitan de diccionario. A Hamlet, dedico el libro a las almas rotas que Hamlet representa, a los que padecen dolor de alma, el peor de los dolores.

A Shakespeare, que permanecerá por los siglos de los siglos en nuestras mentes. Nadie como él retrató al ser humano. A Guillermo el Travieso, a la intrépida Richmal Crompton, su creadora. Todos queremos ser Guillermo en algún momento del día, al menos, yo quiero ser como él. A Guillermo, los niños no lo estudian y deberían hacerlo; aprenderían mucho más que con los videojuegos.

Al parecer, está de actualidad ir de culto y no saber nada. Lo vacuo, lo estúpido, lo chulesco está de moda.

Se escribe lo que se ve. Se escribe lo que se vive o cómo se imagina uno que lo viviría. Se escribe lo que se siente.

El que se preocupa de rellenar páginas para ser un consagrado por la crítica, no sé si es escritor, pero sé que en casi todas esas ocasiones, es un fraude: a pocos importa lo que escribe quien escribe para ser Dios y no para disfrutar y hacer que los demás disfruten…

La novela es novela, no un ensayo.

La novela es novela, no un diario…

Y dedico este libro a **LAS MUJERES**, ¡con mayúscula y negrita! A las grandes olvidadas en cualquier faceta de la vida, artística o no. Y al estar jarta, más que jarta de que siempre me pregunten por la literatura femenina, pues vamos a ello: esto es literatura femenina, porque lo escribo yo que soy mujer y me cuesta el doble triunfar que a un compañero del género masculino. Se me supone medio lela, se me supone «cortita» e incapaz de escribir una de piratas. ¿Lo de ellos es literatura masculina y lo mío femenina? Yo creo que no, pero si se empeñan puede ser…

Cuando me siento frente al ordenador, cada mañana, he dejado la comida sobre el fuego de la cocina, haciéndose a fuego lento, cociéndose despacio, tal que un libro. Los libros se cuecen, no lo duden ustedes y, cuanto más lento es el fuego, cuantos más ingredientes naturales tenga, mejor. Cuando me siento a escribir, he llamado a mi familia para ver cómo se encuentra, he mirado la despensa por si tengo que salir a la compra, he dejado puesta la lavadora, he tenido tiempo para hacer una llamada a alguien a quien quiero, he revisado la ropa de la plancha y me he ocupado de que la fruta un poco madura se convierta en mermelada. Leo los periódicos, escribo mis artículos y me pongo a escribir novelas. A cada rato me levanto a mirar cómo va el potaje.

Sí que es literatura femenina, está claro que lo es… Tiene un grado de dificultad con la que no se encuentran los hombres que escriben.

Y, por supuesto, un recuerdo a los periodistas que hacen «investigación» de la vida y milagros de los famosos. Es decir, de cualquier ser que salga en una pantalla de televisión contando cómo, cuándo y con quién se acostó. Todo, a cambio de un buen puñado de billetes. En mi pueblo, a eso se le llama puterío. En las teles, famoseo. Mientras usted y yo trabajamos para comer, mientras unos madrugan y tienen jornadas maratonianas, otros van de tele en tele contando la marca que tiene fulanito en el culo, como prueba del concúbito. Otra variedad es declararse homosexual, en lugar de puta. Lo de salir del armario, por lo que se ve, les cunde mucho a algunos. Convierten lo normal en algo extraordinario… Y algunos periodistas del famoseo tienen un lugar en estas hojas: los que hablan de pobres infelices, los atacan sin piedad, los insultan y humillan, pero carecen de un par de huevos para contar la vida de quienes temen. Una, como la escritora de la historia, pensaba que periodismo se estudiaba para algo más que insultar, abroncar y humillar a seres humanos. Es asqueroso cómo tratan (de mal) a quienes salen de barrios humildes y cómo le doran la píldora a un putón de barrio alto. Más asombroso es cuando los escuchas decir que buscan la verdad, que hay que saber…

No sé a quién le importa con quién se acuesta el vecino. Al final, son famosos los habitantes de un patio de vecinos. Vecinos retorcidos, claro está. Los poetas son aburridos, ellos suelen convertir el amor o el deseo en verso y no ponen el nombre de los protagonistas, así que carecen de interés.

La belleza por la belleza está proscrita. Está prescrita.

Si una novela no es un diario, sería biografía, una entrevista no es opinión ni insulto.

Reconozco mi imbecilidad, la reconozco…

Las personas y situaciones que aparecen en esta novela son inventadas. Por ello, cualquier parecido con la realidad no es culpa mía, lo será de las mentes mal pensantes que le pongan cara a nombres y situaciones.

Yo, La Autora
SUSANA

Relación de personajes

El lector entenderá la necesidad de la guía cuando lea la novela. Hay tantos y son tan raros, que yo —que jamás hago guión alguno— fui apuntándolos en una hoja de papel que ahora traslado aquí. La gente normal es la más complicada.

Alberto	Mendoza del Toro	marido de Sofía Llorente
Alicia	Solares Cruces	magistrada
Antonio	Piña Goloso	marido de Magdalena Alcántara
Bienvenida	Castaño Adoratrices	médico, hija del comisario
Carlos	Pudientes Solares	hijo mayor de Alicia y Jesús
Carlota	del Hierro y Lopetegui, marquesa de San Honorato	madre de Sofía
Carmen	Pudientes Solares	hija de Alicia y Jesús
Carolina	Cruces del Tenorio	madre de Alicia Solares
Castaño		comisario
Claudio	Pudientes Solares	hijo menor de Alicia y Jesús
Clotilde	del Hierro y Lopetegui	tía de Sofía
Consuelo	Adoratrices Villana	esposa del comisario Castaño
Enriqueta	Llorente del Hierro	hermana de Sofía
Farid	Abbas	ayudante del general Llorente
Fernando	Lasca Jiménez	párroco y amigo de Sofía
Gustavo	San Román	fiscal tarado
Jesús	Pudientes Prados	marido de Alicia Solares
Juan	Balboa de Valdeavellano	periodista corresponsal
Mafalda	Mendoza Llorente	hija de Sofía

Magdalena	Alcántara de Barro	amiga desgraciada que bebe
Matilde	del Hierro y Lopetegui	tía de Sofía
Sabino	Nestares Jalisco	editor mexicano
Santiago	Llorente de Echagüe	padre de Sofía, general del ejército
Sofía	Llorente del Hierro	escritora
Toribio	Nogales Memencio	catedrático de lengua
Xabel	Prado de los Picos	abogado nacionalista

HAY OTROS MUNDOS...

Margarita, está linda la mar...

> La más tonta de las mujeres puede manejar a un hombre inteligente, pero es necesario que una mujer sea muy hábil para manejar a un imbécil.
>
> RUDYARD KIPLING

—A mí, jamás me han dicho nada tan hermoso: «Margarita, está linda la mar...».

La mujer que pronunciaba las palabras lo hizo lentamente, mirando al aire, con la vista prendida en algún punto del universo femenino.

En el universo masculino, esos puntos no existen. Y de existir, suelen denominarse mariconadas.

—Tú te llamas Sofía. No tienen por qué decirte eso de Margarita. Desvarías, estás volviéndote un poco tonta. Es la literatura. Esa manía que te ha entrado de repente. Yo sólo he leído los libros de texto, los códigos y soy muy feliz, más que feliz. Un día me recomendaste un libro, *El periplo escandinavo* creo que era y por poco me vuelvo loca. Me puse a pensar, soñaba con que cubría la tierra un manto de hielo y sufrí mucho. Leer no sirve de nada. Te llena la cabeza de idioteces, de cosas inútiles. Por leer, ya no leo ni la prensa económica, sé yo más que ellos...

21

Otra mujer pronunció el párrafo anterior. Simplemente carecía de universo. Cosa que puede ocurrir. Hay seres que viven permanentemente en su agujero negro. Y son felices así, situación tremendamente envidiable. Los universos diferentes al propio suelen traer problemas.

Sofía Llorente miró a Alicia Solares y elevó un poco su cuerpo de la toalla. A punto de tirarle un puñado de arena a su amiga, vio cómo Enriqueta la miraba. Su hermana parecía estar pensando en hacer lo mismo. Se rieron a la vez y volvieron a la posición de cuerpo a tierra.

—Enriqueta, sería de agradecer que no te desplomases de esa manera: la playa entera se ha conmocionado. Pesas demasiado.

Enriqueta Llorente se levantó de nuevo, llenó su toalla de arena y la dejó caer encima del cuerpo de Alicia Solares que se revolvió insultando y manoteando al aire.

—Yo estaré gorda, Alicia, pero no soy imbécil como tú. Al menos, sé distinguir una poesía de Rubén Darío. «No te llamas Margarita… No te llamas Margarita…» Hay que ser tonta del bote.

Un guirigay siguió a las palabras de Enriqueta, insultos, más arena volando y más insultos.

Desde una sombrilla cercana, una voz poderosa, con *imperium*, se dejó sentir:

—¡Ya está bien! ¡No hacéis honor a la educación que se os ha dado!

—Habló el oráculo en forma de madre…

—Te he escuchado, Sofía.

—¡Yo no hice nada! Fueron ellas, Carlotita.

—Alicia, deja de llamarme Carlotita. Tú has llamado a mi hija pequeña gorda y eso lo sabemos todos, pero no debes repetirle sus vergüenzas en voz alta. Esas cosas, en casa. La intimidad ha de ser sagrada, la intimidad de las familias, los trapos sucios se han de lavar en la intimidad del hogar.

El oráculo —madre de Sofía y Enriqueta Llorente del Hierro— continuó repitiendo un discurso mil veces escuchado y mil veces jaleado por los corifeos (corifeas, en este caso, y lo de feas, rotundamente apropiado) que rodeaban su silla de playa y su sombrilla. Ese día tocaba el repaso a los programas del corazón. Nadie los veía. Todas sabían de qué habían hablado la noche anterior. ¿Telepatía? ¿Mentiras? ¿Vídeos?

Sexo, no. Eso podría asegurárselo.

Carlota del Hierro y Lopetegui, marquesa de San Honorato, era una mujer acostumbrada al mando. Esposa de general, hija de magistrado, no soportaba a nadie que pusiese en duda su palabra. Catedrática de física, una de las primeras mujeres en lograr cargo semejante, Carlota del Hierro hacía honor a su apellido. En toda circunstancia, la señora del Hierro y Lopetegui se valía de cualquier púlpito para difundir su doctrina.

Sabedores somos todos de que siempre hay quien escuche a un profeta, sea o no cierta su palabra, sea o no fluido el verbo. Siempre se encuentra a alguien más imbécil que el profeta, sea cual sea el universo que se habite.

Para poder describir esta escena, es menester explicar que todos vivimos en círculo. El mundo tiene un centro, que unos escogen y otros tan sólo aceptamos. Los radios, el área que está dentro del círculo, tienen siempre ecuaciones que los definen de manera exacta. Una de las propiedades del círculo es que cada uno de los puntos de la circunferencia están a la misma distancia del centro, por lo que cuando un punto de la circunferencia se mueve, se provoca, se produce, nace, un excéntrico.

Normalmente, al excéntrico se lo define como punto, en este caso, filipino y si se aleja mucho del centro, termina convirtiéndose en oveja, que al salirse del rebaño, recibe el nombre de oveja negra.

Comprenda el lector la necesidad de esta explicación, dado que en las líneas anteriores queda demostrada la relación entre una oveja, un círculo, un filipino y una circunferencia. Cosa absolutamente innovadora y digna de entrar en las páginas de los libros de física y sociología.

El círculo de la escena estaba compuesto por diversos puntos: el de las madres, las hijas de esas madres, los maridos de las madres (padres de las hijas), las nietas de las madres de las hijas y los padres de las nietas —maridos de las hijas de las madres—; por los amigos, los empleados, los enemigos de todos ellos. La mezcla de estos puntos hace de los círculos un nido de pasiones infectas, sí, infectas y dignas de ser relatadas. Por eso, los escritores no escriben otra cosa que sobre círculos. Aunque ellos no lo sepan, siempre rayan con lo mismo, con variaciones, pero no se dejen engañar, al final: círculos.

Los puntos del círculo estaban diseminados por el espacio físico de una playa, pero no en el espacio universal que compone una sociedad determinada. Y así, escena tras escena. Vida tras vida.

—General, tu mujer aún conserva esa fuerza que siempre la hizo distinta…

—El lado oscuro, Paquito, el lado oscuro de la Fuerza…

El general Llorente se enganchó la tripa, mientras reía su propia broma y Paquito imitó el gesto.

Una mirada, más bien un rayo láser, atravesó la distancia entre la silla del general y la catedrática: una lucha mortal tuvo lugar a los ojos de todos los puntos del círculo.

Lord Darth Vader, Señor de Sith, maestro del lado oscuro de la Fuerza, reencarnado en Carlota, atacaba sin piedad a un viejo *jedi* que se defendía sin querer entrar en el lado oscuro. El general, como buen guerrero, era hombre de paz. Seguía los dictados del *tao*: «El buen militar no es belicoso. El buen guerrero no es irascible…».

Los rayos láser chocaban en el aire, dejaban destellos luminosos que llenaron el cielo de resplandores. Golpeaba implacable Carlota, se defendía el buen jedi. Resonaba una música en el aire, timbales de guerra. Aplaudían las pestañas de los que contemplaban el combate. Las palmas estaban quietas, por si Carlota. Se habían formado dos bandos perfectamente diferenciados: las mujeres mayores, con Carlota. Los hombres, los hijos y los nietos, con el guerrero. La lucha lavaría ofensas de unos y de otros.

Siempre hay un campeón en el que nos vemos reflejados.

Entiéndase campeón en su acepción figurada. Como defensor de causa o doctrina. Un CD del diccionario de la Real Academia de la Lengua Española da para mucho, como pueden comprobar en éste u otros libros. La diferencia —esencial— es que casi nadie reconocerá tener insertado en el ordenador ni el DRAE ni el María Moliner. Por supuesto, escritor alguno consulta Google ni el Espasa...

Una voz interrumpió el combate. Han Solo entró en escena.

—Papá, vamos a bañarnos.

Sofía Llorente, alias Han Solo, Garbanzo Negro, Oveja Descarriada, según el momento de la película, acudía en ayuda del bien. Las galaxias no están lejanas, al alcance de la vista las tenemos y el bien y el mal se enfrentan permanentemente ante nosotros. George Lucas se inspiró para sus películas en escenas cotidianas, no tengan dudas al respecto.

Se fueron padre e hija camino del mar y otro punto del círculo se hizo sentir.

—Tía, tu abuela da miedo. La mía, como está gagá, no nos da esos mítines.

—Yo ni la escucho, Carmen. A mí me da igual lo que digan todos. Soy autista, vivo en mi mundo, sobrevivo.

—¡Carlos también es autista! Ya dice mamá que hacéis buena pareja, Mafalda. Todo el día lo dice, opina que es buena idea que os caséis. Que unir patrimonios es lo conveniente y que tú no eres como tu madre. Que ella está como una cabra. No sé por qué son amigas, no se parecen en nada, la verdad.

—¡Cierra el pico, Claudio! ¡Tú a lo tuyo! Déjanos en paz y no te metas.

—Insúltame, Carmen, me viene bien para esto de la creación, así me siento triste y canto mejor.

—¿De qué habla, Carmen?

—Ahora canta, Mafalda. Ahora le ha dado por cantar. Se presenta a concursos de canción. Una pena. Como es el pequeño, salió raro. Mamá ya era mayor cuando lo tuvo.

—Yo voy a meterme a monje, Mafalda. Así que tranquila, no pienso casarme contigo, guapa.

—Yo no pienso ir para monja, Carlos, y tampoco tengo pensado casarme contigo…

La conversación quedó interrumpida por una nueva manifestación del lado oscuro de la Fuerza, esta vez en las dos partes. Claudio y Carmen Pudientes Solares rodaron a mandoble limpio por la arena. La princesa Leia, Mafalda Mendoza Llorente, levitó camino del mar en busca de su madre y abuelo.

—¿Lo de la literatura va en serio, Sofía?

—Sí, papá. Dentro de unos meses publico un libro, el primero. Me lo he pagado yo. Una editorial pequeña pone el nombre y yo pago la impresión. Nadie quiso publicarlo. Los editores me envían cartas en las que dicen que esos textos no entran dentro de su política editorial, que insista, que lo rehaga… A mí me gusta, así que voy a arriesgarme. He hablado con las principales librerías de provincias y me lo pondrán a la venta. Les hago gracia, me temo.

—Mientras lo vendan… Supongo que se editan demasiados libros. Ahora todo el mundo escribe, Sofía. A mí me han pedido que escriba mis memorias, las guerras de África, la Guerra Civil… No quiero recordar nada de eso, a no ser para evitar que se repita. He dicho que no. Tu madre dice que las escribe ella, que contará cómo vivió a mi lado todo eso. En África ni la conocía, así que no sé cómo se arreglará.

—Se lo inventa, abuelo, se lo inventa. Menuda es ella, la mitad de las cosas que cuenta son inventadas, ya sé de dónde le viene a mi madre esta nueva faceta: de la abuela.

Riendo, caminaron los tres puntos del círculo hasta adentrarse en el mar y el agua borró por un instante cualquier cosa que no fuese gotas de felicidad. Porque, en los círculos, se ven los puntos, pero nunca el interior de la circunferencia, que suele ser amargo, tal que una naranja nacida de un bastardo o una mandarina cuando no es de temporada.

—Tu mujer ahora va a escribir novelas, Alberto.

—Dice que sí, Jesús.

—Bueno, cosas de mujeres, no te preocupes. Escribirá poesías o algo romántico. En cuatro días se aburrirá de contar romances en países exóticos, que son los que les gustaría vivir a todas. Tú déjala, que así desfoga, Alberto. Ojalá a la mía le diese por algo parecido. Ahora, la última afición es operarse. Se opera de todo. Un desastre económico, pero no puedo hacer nada. Me gustaría que fuese una huérfana arruinada, que tuviese que acudir a mí hasta para comprar el pan, que me suplicase dinero para el pan... Anteayer me rompió un cuadro en la cabeza. De los buenos, no te creas que una mierda de cuadro, uno del siglo XVIII que me regaló mi abuelo. Va y me rompe un cuadro de los buenos en la cabeza. Yo no le devolví el golpe, si lo hago, es capaz de denunciarme. Me fui a una casa de ya sabes... Una de las finas, ya sabes...

—No, Jesús, no sé...

—Fulanas, una casa muy fina de fulanas que han abierto hace poco. ¡Anda que no lo vas a saber!

Alberto Mendoza del Toro resopló antes de responder.

—No lo sé, Jesús, te he dicho que no lo sé y si te digo que no lo sé, ¡es que no lo sé!

—Estás alterado por lo de Sofía, ya te he dicho que se le pasará. Tú tranquilo, Berti. De los romanticismos, se cansa uno pronto, que te lo digo yo...

Alberto Mendoza encendió un cigarrillo, miró hacia una sombrilla cercana y sonrió. Una mujer morena, de pelo y piel, una explosión racial de hembra, le devolvió la sonrisa y le hizo un gesto con la mano. Volvió a sonreír y en la lejanía escuchó cómo Jesús Pudientes repetía una y mil veces que Sofía dejaría de escribir en cuanto se diese cuenta de que no ganaría ni un duro. Mientras se levantaba de la silla, disparó a bocajarro sobre Jesús. Alberto Mendoza rayaba en la crueldad. Él lo ignoraba, pero rayaba en la crueldad. Refinada o brutal, según fuese el caso.

—No estés tan seguro. Dice mi cuñada que cuenta nuestra vida, la de todos. Seguro que alguna anormal de éstas la compra, Jesús. Unos cuantos va a vender. Dicen, quienes lo han leído, que nos retrata a todos. Venderá, ya verás como venderá... A mí, por supuesto, me da igual que venda o no: de eso no va a comer.

Alberto Mendoza del Toro era un punto y aparte. Posiblemente, el más peligroso de todo el círculo. En líneas anteriores, los jóvenes de la historia emplearon la palabra autismo de forma inexacta. El único autista de este cuento era Mendoza del Toro. Dicen que quienes padecen esta patología son personas que viven aisladas, que carecen de interés por lo que no sea su mundo interior. Cuando el autismo no es una patología claramente definida en un sujeto, cuando es su forma de vivir sin padecerla, se manifiesta otra patología de cuadro severo para quienes viven cerca del enfermo: el cabronismo encubierto. Mal de difícil curación, puesto que el sujeto no lo admite y todo lo que se salga de su norma se convierte en insano a sus ojos y hace todo lo posible para destruirlo. El cabronismo encubierto tiene otra particularidad: sus síntomas físicos se dejan sentir en otros cuerpos, en cuerpos ajenos. Los tejidos de los seres más cercanos se destruyen poco a poco. La necrosis se extiende por los cuerpos próximos al enfermo de cabronismo encubierto y, mientras él propaga los síntomas, su organismo no sufre.

Una vez descargado el revólver sobre Jesús Pudientes, Alberto caminó al encuentro de la mujer morena, tipo la de la copla, se saludaron y, como si hablasen del tiempo, fueron adentrándose en el mar. De paso, quedaban a una hora determinada de la tarde, en un lugar determinado. Todo el mundo conocía el lugar, todo el mundo sabía la hora: la de la siesta. Pero todo el mundo temía a la verdad.

Porque, en la verdad ajena, puede conocerse la propia y eso da miedo. Exactamente: acojona.

Jesús Pudientes se encontró hablando solo y musitando que estaba perdido si alguien contaba sus actividades lúdicas fuera de las horas familiares. Cualquier guerra sería una pijada al lado de sus visitas a la casa de putas cada vez que se enfadaba con Alicia. Estaba muerto. Si la maldita Sofía escribía un diario, él estaba muerto… Realmente, jamás se había acostado con ninguna de las mujeres, nunca lo había hecho, pero Alicia no lo entendería: las brasileñas lo hacían feliz con sólo tratarlo bien, con darle la razón en todo. Con una botella de champán, se daban por contentas. Ni le cobraban, el dueño era un amigo.

Jesús Pudientes se preocupaba más por su suerte que por la de las infelices del burdel, eso no era cosa suya y, a su entender, el negocio era respetable, ellas estaban allí porque querían.

El secuestro, la extorsión, la mala vida, el hambre en sus países de origen no entraban en sus cálculos. Así que otro punto del círculo aparece en la historia: las putas. Putas y alta sociedad, un clásico en toda novela que se precie. Nótese que ellas serían putas, pero el señor Pudientes un perfecto gilipollas.

En la vida real, no falta de nada…

Se bañaron todos juntos, nadaron todos juntos y caminaron todos juntos hasta volver a configurar la circunferencia.

En ese momento, un nuevo punto apareció en el horizonte. Un punto de conflicto, de fricción… Y puedo asegurarles que lo de fricción, nunca mejor escrito. Sexo, puro sexo y pasión desatada.

Piénsese en la cinemática, dinámica, estática, la gravedad y el peso. La aceleración de un cuerpo es directamente proporcional a la fuerza exterior resultante que actúa sobre el cuerpo y tiene la misma dirección y sentido que dicha fuerza.

En física, g de gravedad, la fuerza de gravedad, está dirigida siempre hacia el suelo, comprenderán ustedes la clarísima relación entre todo esto y el famoso punto G, que nadie sabe a ciencia cierta dónde se encuentra, pero del que todo el mundo habla y dice buscar desesperadamente. Se busca con desespero algo, lo que sea, para no pensar en el motivo de la desazón que nos ataca. Para no caer en la desesperanza.

Todo es sexo, todo. Sexo y fricciones, bien lo sabía Newton. Él seguro que hablaba de esto mismo, pero disimuló con la manzana, clarísima metáfora de más sexo. Y los físicos pueden opinar lo que quieran, pero, aunque ellos no lo sepan, al final, sólo quieren sexo.

Yo soy aquel...

Yo soy aquel que por tenerte da la vida.
Yo soy aquel que estando lejos no te olvida.
El que te espera, el que te sueña,
aquel que reza cada noche por tu amor.
Y estoy aquí, aquí, para quererte;
yo estoy aquí, aquí, para adorarte;
yo estoy aquí, aquí, para decirte
que como yo nadie te amó.

MANUEL ALEJANDRO

Un hombre se aproximaba descendiendo las escaleras de la playa. Sofía Llorente comenzó a moverse de forma distinta desde el momento en que lo vislumbró. El cuerpo de la señora Llorente pisaba la arena con aplomo, movía las caderas al ritmo de una música y una letra de canción sonaba en sus oídos: «Fresa salvaje...».

«¡Fresa salvaje, cuerpo de mujer! ¡Ahahahahahah ah ah! Hay vida en tu vida. ¡Fresa salvaje, agua de manantial! ¡Yea! ¡Fresa salvajeeeeeeeeeeeeeeeeeeeeeeeeeeeeee!»

Ante la mirada de asombro, resignada o de admiración —según fuesen los ojos que estuviesen contemplando el espectáculo— que ponía en el movimiento de caderas, Sofía ca-

31

minó hacia su toalla, sacudió el pelo cual modelo de anuncio, arrasó el cabello con las yemas de los dedos, lo estiró hacia atrás y se tocó de manera descuidada la nuca. Movimiento absolutamente imprescindible en esta dura estrategia militar. La seducción es un arte sometido a una férrea disciplina. Observó cómo una gota de agua se deslizaba por su cuello hacia la parte superior del biquini —sostén— y sonriendo, se volvió hacia el enemigo. Es un decir.

De uno de los puntos del círculo, se dejó sentir la voz de Claudio:

—«¡Mola mazo! ¡No quiero ser sombra ni reflejo del ayer!… Dicen que no le pongo a nada interés, que lo hago todo al revés… ¡Pero mola mazo ser tal como soy en cada paso que doy!… ¡La música y yo volamos alto!… ¡Nadie se aplica los consejos que da! ¡Mola mazo!» ¡Tu madre es la leche, Mafalda, la leche! ¡Se mueve como si fuese una modelo y mira que es bajita y redonda! ¡Qué morro le echa! ¡Me encanta tu madre! ¡Está loca! Ahora se va a montar, ya lo veréis. ¡Tu abuela, mi padre y tu padre están que braman!

—Te la alquilo, Claudio, te la alquilo por una cantidad razonable. Y no se va a montar nada. Les tienen miedo a los dos. No se atreverán a decirles nada, ya lo veréis. La prensa canallesca es temida hasta por la abuela, se imagina saliendo en la televisión y no creo que le apetezca. Y mamá les da un bufido y los espanta…

—¡Callad! ¡No puedo escuchar!

Carmen Pudientes pronunciaba las palabras con apuro, no quería perderse nada del nuevo capítulo que se abría ante sus ojos.

La vida de nuestros protagonistas era un novelón, una telenovela mexicana. Como todas las vidas…

El enemigo —supuesto— se acercaba por la arena saludando a diestra y siniestra. Saludaba sonriente, pero la mirada estaba fija en un punto: Sofía.

—¡Anda, Berti, es Juanito!

—Espero que no dure mucho esta manía sajona de llamarme Berti, Jesús. No la soporto. Y sí, es él. Es el figura...

El figura, el enemigo de Sofía, no desmerecía en nada la actuación de nuestra heroína, un decir.

Juan Balboa de Valdeavellano caminaba hacia el círculo de nuestra historia moviendo el culo de manera notable, dándole a la cadera un movimiento que Jesús Pudientes, de haber tenido valor, habría calificado de mariconil, según su lenguaje. La realidad era que Juan Balboa se movía tipo John Wayne como consecuencia de una antigua herida de bala cerca de la cadera. Y era un balanceo de los que hacen recordar los consejos de programas de sexo televisivos. Esos que nadie ve, al igual que los de famoseo.

La incipiente tripa del señor Balboa de Valdeavellano no impedía la coquetería, el aire de gallo de corral ni la mirada altiva y cálida, cuando se acercaba a Sofía.

Las tripas, las estrías, los rollitos de carne emergente, es sabido que en los varones son muescas de batallas, de lo dura que es su vida. En las hembras, son baldones a esconder.

Sofía Llorente era muy macho, un legionario curtido en mil batallas que enseñaba las cicatrices con orgullo y así se enfrentó a Juan Balboa, haciendo gala de las estrías de su tripa, de la falta de centímetros de altura, del exceso de centímetros de cadera, de una arruga en el ojo derecho —pata de gallo—, en un alarde de presentar las supuestas faltas —a ojos del mundo— como medallas al mérito de vivir, de seguir viva.

La señora Llorente tenía muchas faltas, defectos, pero la cobardía no se contaba entre ellos. Y, aún menos, la idioticia. Anoten la palabra. Dicen que no existe, pero, dado que soy la voz del relator, puedo inventármela.

Todos tenemos un son. Según sea el estado de ánimo, nos movemos con la cadencia de sones diferentes y el señor Balboa no era distinto al resto de los humanos, en esto.

Juan Balboa de Valdeavellano caminaba al ritmo de «Yo soy

aquel». Letra y música martilleaban su cerebro y traspasaban los circuitos nerviosos de todo el cuerpo.

Yo soy aquel que cada noche te persigue,
yo soy aquel que por quererte ya no vive.
El que te espera...
el que quisiera ser dueño de tu amor.
Yo soy aquel que estando lejos no te olvida...
Estoy aquí, aquí, para quererte,
estoy aquí, aquí, para adorarte, estoy aquí, aquí para decirte
que como yo nadie te amó...

Fresa Salvaje y Yo soy aquel quedaron frente a frente, en el centro del círculo. Yo soy aquel sonrió y hasta sus pestañas lo hicieron. Fresa Salvaje se hizo la dura y emitió una especie de gruñido. Yo soy aquel acercó la mano a la cara de Fresa Salvaje y la acarició, después le dio un beso en la frente.

—Estás muy bien, Sofía.

—¿Por qué voy a estar mal? Como siempre, estoy como siempre...

Fresa Salvaje intentaba mantener el tipo, lo que deseaba era lanzarse a los brazos de Yo soy aquel. Situación tremendamente habitual en la vida diaria, que vemos, pero hacemos todos como que no vemos.

Una voz saludó a Juan Balboa a ritmo de otro son que resonó en el cerebro de todos los presentes: «¡Provocación!».

No te olvides de que él y yo somos amigos,
y me duele hacer contigo lo que pides sin hablar...
Ni me absorbas en reuniones demasiado
ni te entregues si bailamos
que la gente empieza a hablar...
Provocación, en tu cuerpo hay provocación...
Provocación, en cualquier movimiento hay provocación...

El general Llorente cantaba en su mente y la canción voló por todo el círculo.

—Pensé que estarías en algún lugar perdido de la mano de Dios, Juan.

—No, general, estos días son sagrados para mí. Jamás falto a la cita. Ya lo sabes.

—Sí, hijo, lo sé y me alegro, Juan. Te veo muy bien, muy bien. Ayer vi un reportaje tuyo en la televisión. Malditas guerras, sí, malditas...

Y, mientras el buen general, el buen jedi, maldecía la guerra, la marquesa de San Honorato, Carlota, maldecía a Juan Balboa de Valdeavellano. La madre de Sofía odiaba todo elemento que pudiese perturbar la tranquilidad de su existencia. Claro que puede que careciese de ellas: estabilidad y existencia.

Odiamos lo que envidiamos, odiamos lo que deseamos y no podemos tener.

—Carlota, estás estupenda, todas estáis estupendas y yo me alegro mucho de veros bien, tan guapas, tan vitales, como siempre...

—Juan, espero que no le digas eso a Enriqueta: ha adelgazado medio kilo desde el verano anterior, así que no está como siempre.

Enriqueta Llorente no cedió a la tentación de estrangular a su madre, tentación a la que lograba resistirse varias veces al día. De momento. Saludó con un beso a Juan Balboa.

—Estás estupenda, Queta. Tu culo, en Arabia, sería símbolo de un cuerpo perfecto. Te lo digo yo, que soy experto en eso, corazón.

Enriqueta Llorente dio una palmada en el culo de Juan Balboa.

—¡Tú sí que estás estupendo, Juanito! Aquí, en Arabia y en Lima. Te lo digo yo, que soy experta en culos.

Las corifeas saludaron a Juan con muestras de admiración y moviendo sus cuerpos cual gallinas de Guinea. Desconozco cómo se mueven tales aves, pero por lo habitual de la expresión, deduzco que se mueven mucho y ostentosamente. Y consultado un gran número de enciclopedias, después de una ardua investigación que encaminó mis pasos a lo más profundo del África negra con grave peligro para mi vida…

Perdón, he creído que era un novelista mentiroso, uno de esos enviados especiales que hacen sus crónicas desde casa… Perdónenme.

Una vez consultado Google —maldita realidad— la definición es más que exacta: esas gallinas tienen su cabeza y cuello con abundante pigmentación negra y sus carúnculas —¡ah, al diccionario!— plateadas dan la sensación de haberse maquillado para una función de teatro. El canto de las gallinas de Guinea se escucha a larga distancia. Cuando integran una colonia, el ruido que emiten es llamativo y ensordecedor. Cual las corifeas de nuestro círculo.

Alberto Mendoza y Jesús Pudientes esperaron turno de saludo. Y, cuando se produjo, de nuevo las espadas láser salieron de sus vainas. Jesús Pudientes, cual *ewok*, miraba sin enterarse de nada. Esta vez, dos jóvenes —piedad, mucha piedad con la edad y el concepto de juventud— guerreros jedis se enzarzaron en una lucha sin cuartel y a muerte. Luchaban por un imperio: Sofía Llorente. Uno, por no perderlo y el otro, por poseerlo. El supuesto poseedor no estimaba en nada el imperio en juego, sino lo que representaba dentro del círculo. Estimaba su propia estima, pero no a Sofía Llorente. El jedi que luchaba por el imperio, luchaba por lo que nunca había tenido y quería acariciar. En él, posesión no tenía cabida más allá del sentido romántico de la palabra. Esas frases leídas mil veces: «Quiero que seas mía… quiero poseerte…».

Y, por supuesto, mil veces negada su lectura. Libros de la colección El Cisne, nadie los lee, faltaría más. Se venden para quemar en las largas noches de invierno, pero leer, no los lee nadie, salvo yo.

Nadie lee ese tipo de cosas. Sofía Llorente, nuestra heroína, ilusa, escritora, esposa aburrida del patata frita que era su marido —según sea el momento de la historia—, sí las leía y lo más grave era que lo reconocía públicamente.

—Dicen que el coronel ya tiene quien le escriba, Alberto.

—Dicen que las letras las dicta un antiguo coronel, Juan. Decir, dicen tantas cosas… Yo nunca doy crédito a lo que escucho.

—Haces bien, Alberto. Yo sólo dicto a mi grabadora, a tu mujer nunca. No se dejaría. Nunca se deja, en nada…

—No te des por aludido, Juan. No hablaba de ti.

—Perdón, pensé que hablabas de Sofía, Alberto.

—Hablo poco de y con Sofía, Juan.

—Sí, lo sé, Alberto, lo sé. Jesús, nos vemos luego.

Los dos antiguos compañeros de academia, los dos compañeros de armas se odiaban desde que se conocían y se conocían desde que tenían uso de razón. El odio, en ocasiones, alimenta el espíritu, diría que puede hasta mejorar estados vitales. En el caso de Alberto Mendoza no alimentaba nada, simplemente odiaba. Y cuando se odia sin fin alguno, el cabronismo encubierto aumenta su agresividad, el daño es aún mayor. El odio por el odio, cual energía, se acumula si no se transforma en algo, en lo que sea. Y, en el caso de Alberto Mendoza, no existía ni siquiera un «lo que sea».

El general Llorente miró con tristeza a su hija. Se imaginó a sí mismo degradando a su yerno, arrancándole entorchados, insignias, galones, cualquier distintivo militar. Quien no es fiel a su familia, quien no es fiel a los suyos, quien no derrocha sentimiento con quien tiene cerca, mal servidor de la patria podía ser; el coronel Mendoza no derrochaba nada. Ni siquiera odio. En ocasiones, indiferencia, de ésa sí hacía derroche.

Alicia Solares atravesó el círculo pisando toallas, llenando a todos de arena. Saludó a Juan Balboa como si lo hubiese visto esa misma mañana.

—Hola, Juan. Me acabo de enterar de algo que a mí me es inverosímil pero, desde luego, es alucinante.

Señalar que para Alicia Solares, inverosímil e indiferente eran sinónimos y nadie podía hacerla cambiar de opinión al respecto.

—¿Ahora qué pasa, Alicia?

—Pues pasa, Enriqueta, que se ha muerto la madre de los Albacastillo, pero que no se ha muerto. La tienen en el frigorífico de los pollos y no se va a morir hasta mañana. Pasado mañana, de madrugada, se muere. Cuando se termine la fiesta.

Enriqueta miró a Sofía. Jesús miró a Alberto, que a su vez miraba a la morena tipo copla. Los hijos de todos ellos miraron a los padres y se pusieron los cascos de sus reproductores de MP3. No les importaba nada de lo que pudiesen contar desde ese momento. Casi nunca les importaba nada, el círculo solía hablar de todo menos de sus problemas y ellos los tenían, pero el círculo les daba dinero para resolverlos. Escuchar era más caro que un billete de cincuenta euros, escuchar era trabajoso y, en el círculo, se trabajaba para gastar, así que los niños debían estar contentos.

Como verán, una mierda, eso era el círculo.

Alicia Solares se agitaba por momentos y, cuando Alicia se agitaba, una galerna era cosa de niños comparándolo con ella. Sofía intentó detener el rugir de su amiga.

—Yo no lo he entendido muy bien, Alicia. Algo de pollos y de una cámara, de una mujer que se ha muerto, pero que no se ha muerto…

—¡Es que eres tonta! ¡Sois tontos! ¡Que no le van a decir a nadie que se ha muerto la vieja hasta que no pasen las fiestas! ¡Que ya lo tienen todo encargado! ¡Comida, ropa, invitados! Así que la han metido en la cámara de la fábrica, en la granja de los pollos. ¡La sacan pasado mañana, la calientan y ya está! Uno de los nietos es el forense, así que no tienen problemas.

Yo se lo he dicho a mi madre: si se muere un día así, hago lo mismo.

Las fiestas populares, las tradiciones, son importantes y nadie del círculo se sorprendió por tal hecho, como mucho, lo criticaron en voz baja; como mucho, se rieron de la forma en que Alicia Solares lo relataba, pero nadie divulgó la noticia: cualquier día podía sucederle a uno de ellos y harían lo mismo. Incluso, alguien pensó en pedir la cámara de la granja de pollos, si era el caso.

Se toman baños de mar, se toma el sol y después se toma el aperitivo. No hay quien rompa la secuencia. Si se rompe, califican tal acción de surrealista. Y si no se rompe, de tópico. Así es la vida...

Sofía Llorente era dada a la ruptura, por ello, mientras unos tomaban vino, ella tomó a Juan Balboa, lo subió a su coche y condujo hacia la casa con la excusa de disponer la mesa. La disposición de cualquier cosa por su parte era, acto seguido, constitutivo de indisposición, enfado y reproche. Sofía no penaba por ello.

Llegaron a una casa rodeada de otras casas parecidas, cubierta de hiedra y con escudo blasonado.

—Para mucho da un pastel, Juan. Título y escudo. Vivir para ver.

—Serás la siguiente marquesa, así que no hagas mofas, corazón.

—Marquesa gracias a un antepasado pastelero y a un rey loco, Juan. Soy republicana, pero desde luego, no renunciaré al título, para qué.

—Tú nunca quieres renunciar a nada.

—No empecemos, dime qué te ha parecido el libro.

—Bien. Se deja leer.

—¿Así de simple?

—Venderás los ejemplares, todos. Eso no es simple.

—Puede, puede que los venda, Juan. Pero ¿te ha gustado?

—Sí, mucho. Cuentas las cosas con agilidad, con sentimiento, con dureza. Me gusta mucho.

Caminaban por un porche acristalado y Sofía miraba distraída la mesa que, por supuesto, ya habían «dispuesto» las criadas que trajinaban por la casa. Sofía bajó unos escalones que daban al jardín y se encaminó a un tendejón cercano. Abrió la puerta y buscó algo entre los aperos. Juan Balboa acarició su pelo y ella se volvió con ojos sonrientes. Alzó los brazos y se enganchó del cuello del periodista curtido en guerras, del coronel harto de normas militares y miró los ojos del hombre que la amaba pero que jamás había sido su amante. Él la besó, la besó mientras ella colocaba las piernas alrededor de la cintura de Juan.

—Hacía tiempo que no me besaba nadie, Juan. Nadie.

—Eso espero, corazón.

—¿Esperas que no mejore mi vida, Juan?

—Espero que seas feliz. Que te des cuenta de que él jamás te quiso, que jamás te querrá y que, algún día, dejes esa absurda batalla. Que algún día digas «Se terminó». Eso espero. Si alguien te besa y eres feliz, puede que llore, pero seré feliz. Si tú lo eres, yo lo seré. El amor no es egoísta, Sofía.

El hombre más hombre que había conocido Sofía Llorente, el tiarrón más tiarrón que se había puesto ante sus ojos, hablaba como en las novelas de amor y ella sonrió agradecida. Las novelas no mentían, esas cosas pasaban y la historia, su propia historia, lo confirmaba. Juan Balboa era un auténtico caballero andante, un Lanzarote del Lago, un hombre que moriría por ella. Y eso, el pensamiento, cierto o no, la había ayudado a vivir durante más de veinte años.

Sintieron las voces de los habitantes de la casa y de algunos de las casas cercanas.

—Hay que volver al mundo, Sofía. Aunque me duela. Vamos. ¿Has pensado en lo que van a decir de la novela? Es dura, muy dura.

—A mí me parece normal, Juan. Simplemente, una novela.

—Normal, puede. De simple, tiene poco: real como la vida misma, Sofía.

—Da igual lo que digan, qué más da. Tengo que contarte una cosa, durante la comida te la cuento.

Y la comida transcurrió como siempre: gritos, voces, insultos soterrados y cualquier cosa usual en la vida de quien lea este libro y goce de sobremesas familiares.

—Tengo que comentaros una cosa, ya que estamos en fiestas y todos juntos. Quiero saber qué os parece.

—Siempre tienes algo que comentar, Sofía. Es tu especialidad.

—Querido padre, la de otros es matar. Yo prefiero los comentarios.

—¡Di que sí, Mafalda! ¡Yo también! ¡Ahora que soy cantante, lo tengo claro!: ¡abajo el ejército! ¡Abajo la guerra! ¡Abajo la muerte de niños!

Alberto Mendoza miraba a Claudio Pudientes imaginando lo que haría con él dentro de un cuartel, viéndolo bajo la lluvia resistiendo una tormenta casi tropical, cargando con el macuto y corriendo por una pendiente escarpada. Si se lo dejaban tres días, Claudio abandonaba para siempre la canción y dejaría de hacer el pijo de una vez. Miró a Mafalda con pena: indigna hija de su madre.

Carlota del Hierro se dirigió a la mujer que estaba a su derecha.

—Carolina, este chico no es normal, tenéis que hacer algo con él. De inmediato.

—Él es así, Carlota. Y a mí me gusta así. Si hacemos algo con él cambiaría. De modo y manera que no haremos nada, al menos yo.

—Déjala, Carlota, mi madre está mal, ya lo sabes. De éste ya me ocuparé yo, tú tranquila. Ya lo tengo pensado: se marcha a estudiar americano todo un año a Miami.

—Supongo que estudiará ingles, Alicia. El americano no existe.

—¡Ya está la lista de Queta! A ver: ¿qué hablan en Miami?

—Mayormente cubano, Alicia. Y, de cuando en cuando, se deja oír el inglés. Inglés, no americano.

—A mí no me engañas, Queta. El cubano no existe. ¡Es castellano con acento, lista! Y a mí me da igual lo que hablen: él se va y ya está.

Continuó la gresca hasta que el general Llorente pidió a su hija que contase lo que fuese para que dejasen de pelearse el resto de los componentes de la mesa.

—Voy a presentar otra novela a un concurso. De novela erótica.

—¡Coño, Alberto! Te expulsan, si hace eso, te expulsan del ejército.

Alberto Mendoza, con un cigarrillo entre las manos, miraba fijamente a su mujer. No lo haría. Era broma. Una locura más de las que se veía obligado a soportar desde hacía años.

—Por encima de mi cadáver, Sofía.

—Como quieras. ¿Cuándo te marchas?

—¿Adónde coño me tengo que ir?

—A estrechar la mano del diablo, a que te maten para que yo me presente a un concurso, Alberto.

—Muy bueno ese libro, hija, muy bueno, sí.

—¡Santiago! No puedo creerme que leas libros de ésos y menos el de una hija tuya.

—Carlota, me refería a la frase de Sofía, la del diablo. *Yo estreché la mano del diablo* es un libro. Lo ha escrito un general canadiense, Romeo Dallaire. Digo que tiene que ser un buen libro por lo que he leído. No se encuentra a la venta, soy incapaz de encontrarlo. Seguro que lo han secuestrado. Es una metáfora, eso era mi frase.

—No sé de dónde saca las ideas Sofía, no sé a quién se parece, la verdad. No sé a quién puede parecerse…

—Una de las ideas es tuya, madre: la realidad no se manifiesta jamás de la misma forma…

—¡No es así, no es ése el concepto! «No es posible conocer con certeza y al mismo tiempo todos los aspectos de un microfenómeno. La realidad posee dos formas de existir que no pueden manifestarse a la vez en la misma acción.» ¡Pero no veo qué tiene que ver el principio de incertidumbre con el sexo! Heisenberg jamás escribió de sexo.

—Las bolas chinas, madre, las bolas chinas. Al menos, las bolas, la energía, sí tienen que ver en el sexo. Y mucho.

—¡Te has convertido en una perversa de ésas, Sofía! Y la verdad, no me extraña: quien hambre tiene con pan sueña. La culpa es de Alberto.

Alberto Mendoza perdió el color y a punto estuvo de perder la compostura, pero sonrió al aire y su cara de idiota quedó más patente que de costumbre.

—Mi hermana siempre ha sido perversa, Alicia. No es nada nuevo. Ahora bien, la relación entre el sexo y la perversidad no la capto. Existe, pero no logro imaginarla en el contexto de tu frase.

—Yo sí, Queta, yo sí.

—Tú no cuentas, Juan, que siempre andas por ahí con negras africanas y tías raras. Sofía nunca fue una perversa de ésas, no hasta ahora. Lo dicho: es por falta de trajín.

—Alicia, tu discreción es encomiable. Alicia quiere decir pervertida, Queta.

—¡Eso, Sofía, eso eres! Una maníaca sexual, eso quería decir y lo he dicho. Queta le saca punta a todo lo que digo.

—Yo no ando por ahí con mujeres, Alicia, estás confundida. No siento esas necesidades, al menos de momento.

—Pues serás maricón o digno de que te estudien los Masters y Johnson esos, Juan. Yo sí tengo necesidades de ésas, pero con mi Alicia tengo suficiente.

Jesús Pudientes ponía la venda antes de tener abierta la herida, la advertencia de Alberto Mendoza sobre el diario de Sofía lo tenía muy preocupado.

—Pues los divorciados digo yo que lo harán, Juan, y tú, hace tiempo que lo estás. Y tú, Jesús, deja de decir idioteces: el champú no tiene nada que ver con las bolas esas que dice Sofía.

El general se divertía. La cara de asno de su yerno, el intento de cara de mus por su parte lo hacía feliz. Carlota del Hierro intentaba no gritar. Los niños estaban escuchando una conversación totalmente inapropiada. Su hija padecía un recrudecimiento de su excentricidad y Alicia Solares estaba rayando cotas que parecían inalcanzables en su imbecilidad manifiesta y manifestada reiteradamente.

—¿Champú? ¿Qué champú, Alicia?

—La marca esa del Johnson que dices, Jesús. Será alguna marranada que te enseñan en la casa de putas a la que vas.

—¡Es un estudio de sexo, Alicia, una clínica de sexo!: ¡Masters y Johnson!

—¡Y a mí qué me importa, Queta! Déjame disfrutar del momento. ¡Jesús se está poniendo verde! ¡Muy verde!

Y, antes de que nadie pudiese pararla, Alicia Solares se levantó de su asiento y comenzó a decir con voz profunda:

—¡Aquí va a pasar algo! ¡Aquí va a pasar algo muy gordo! Pensaste que no lo sabía, cabrón. ¡Pues lo sé! ¡Y tengo una película! ¡El dinero me da para todo, no lo olvides! ¡A una casa de putas, ahí se va cada noche! ¡Que lo sepáis todos!

Todos estaban profundamente consternados; Jesús Pudientes, totalmente acojonado. Ningún ser humano era capaz de acostumbrarse a los espectáculos de Alicia Solares, nadie era capaz de no sentir pavor.

Volvió a sentarse Alicia y golpeó la cabeza contra la mesa. Mafalda intentó detenerla, pero la voz profunda cambió de tono y su mano la apartó suavemente.

—Mafalda, preciosa, no te apures, no lo hago con fuerza, no me hago daño. —Y, a continuación, volvió a cambiar de tono, al de meter miedo, y dirigiéndose a Jesús murmuró—: ¡Pero puedo hacérmelo si me da la gana, así que cuidadín, maltratador de los huevos, que conmigo no vas a poder, Pudientes!

El general Llorente miraba el espectáculo complacido: eso era la familia, así era su entorno. Carlota estaría disfrutando, seguro que lo hacía. Ella afirmaba que su vida era perfecta, que todo el círculo lo era. Carlota era cretina, una cretina integral. A su alrededor se dejaba ver toda la verdad del círculo que regía los destinos del país. Jesús Pudientes era ministro y su yerno, coronel en espera de ascenso. Su propia mujer tenía en sus manos la educación de miles de jóvenes. El mundo estaba loco. Alicia Solares era apenas una pobre maníaca depresiva comparada con el resto de los presentes. Claro que la depresiva impartía justicia en una sala de lo penal. El mundo estaba loco, volvió a pensar el general Llorente.

—¿La novela esa te la dicta Juan, Sofía?

Sofía Llorente miraba el jardín. Por una de las rosaledas se acercaban Clotilde y Matilde del Hierro, sus tías. Clotilde caminaba despacio. En sus manos, llevaba una cesta de mimbre, un bolso de mimbre que nadie sabía a ciencia cierta qué contenía. Era una especie de bolso de Mary Poppins, de allí salían los objetos más extraños. Matilde puso cara de disgusto. La pregunta del mueble que vivía con su sobrina era inapropiada. Clotilde sonreía, pero había escuchado la frase de Alberto con toda claridad. Y antes de que Sofía pudiese responder a la pregunta de su marido, Clotilde saludó:

—Hola a todos, venimos a probar la nueva mermelada de Sofía. Querido Alberto, te veo muy bien esta mañana. Hola, Juan querido. Hola a todos. Alberto querido, supongo que serás tú el inspirador del nuevo libro de mi sobrina. Es una auténtica guarrada y, por supuesto, nadie más que un hombre-hombre y un marido, en este caso, puede ser el inspirador de tales cochinadas, Alberto querido… Y si no es así, el marido de cualquier Sofía debería de guardar silencio al respecto, ya que

45

si hace preguntas de ese tipo, deja fatal a su esposa y él queda en muy mal lugar. Como hombre, quiero decir. Aquí tienes el manuscrito, Sofía. Yo no he podido leerlo entero, me pareció absolutamente cochino, pero la prosa es perfecta. Matilde lo ha leído y le ha gustado.

—Querida Clotilde, las historias de desamor y tan desgarradas no son de mi agrado, pero me ha gustado. Hola a todos, no pude decirlo antes. Juan, ¿tú inspiras a mi sobrina estas cosas? Es hermoso, un sentimiento así es auténticamente hermoso. Las cosas esas que relatas, lo del sexo, ¿existe, Sofía? Clotilde y yo veníamos hablando de ello, pero no sabemos si es imaginación o realidad. Siempre me has parecido un caballero, Juan, una especie de Lanzarote para mi Sofía. Tú, por supuesto, no eres menos, Alberto: un Arturo…

—Si dejáis de hablar de imbecilidades, podré decir que sirvan el postre.

Carlota del Hierro estaba realmente enfadada con sus hermanas, con Alicia, con su marido, con Sofía. Sobre todo con Sofía. Cuando la señora del Hierro se enfadaba con el mundo, su hija mayor era una especie de bola terrestre en donde Carlota descargaba su furia como un boxeador lo hacía con un punch.

Carolina Cruces, con una sonrisa beatífica, puso la guinda.

—Alicia, ¿Sofía y Juan tienen un lío?

—No lo sé, mamá. ¡Pero estas cosas no se preguntan en público!

—¡Claro que no tienen un lío! ¡Nadie tiene líos en mi presencia!

—Carlota, por mí no te preocupes, he pasado toda mi vida en esta casa, en sus alrededores, vivo con resignación lo que la vida me hace. No disculpes a mi esposa, no hace falta. Todos sabemos cómo es: todo de boquilla, de boquilla. Pero, al final, una infeliz. Resignación, es lo único que pido. Si no fuese como soy, aquí ya habría pasado algo.

—Alberto, esa frase parece ser un tópico entre vosotros: aquí va a pasar algo… Puede que sea necesario que pase, de una vez. Que pase algo de una vez. A los únicos que veo como prototipo de perros ladradores es a vosotros: al menos Sofía hace cosas diferentes.

El general terminó de pronunciar la frase con enfado. Sofía Llorente fumaba y dejaba escapar una sonrisa entre el humo. Miraba a su padre, veía cómo se estaba dejando llevar por el lado oscuro, no quería que eso sucediese.

—Sí, soy una infeliz, no riñáis por eso. Qué mejor que ser una infeliz en un círculo de ganadores. Qué mejor que ser una boba en un círculo de superdotados. Empeñados en competir, en ser los mejores en todo. El problema, Alberto querido, es que yo termino siéndolo, yo sí que termino siendo la mejor en lo que hago. Si no soy la mejor, no me interesa hacer nada. No he nacido para la competición, no es lo mío. Soy capaz hasta de perder, con tal de no herir a los míos. Como ayer…

Como si de las aguas del mar Rojo se tratase, un milagro bíblico se reveló en ese instante. Un abismo se abrió entre Alberto y Sofía. Quedó el resto de los comensales al margen. Y Han Solo fue deslizando la mano hacia la espada. El coronel vociferó y de todos es sabido que las voces nublan el entendimiento y bajan las defensas.

—¿Ayer? ¡Faltaría más! ¡Claro! ¡Ayer me dejaste ganar! Cómo no. No me hagas reír, por favor, no me hagas reír.

Sofía Llorente se levantó, entró en la casa seguida por las miradas de los ocupantes de la mesa. Mafalda sabía bien adónde iba su madre y sonrió. Podría ser una huérfana en los próximos minutos.

Sofía abrió la puerta del estudio de su padre, se dirigió al armero, sacó un fusil de cañones yuxtapuestos, salió de nuevo al porche mientras cargaba el arma. Con el fusil abierto bajo el brazo, buscó algo en el bolsillo de su pantalón, las gafas, la presbicia no debía interponerse en su camino. Se las puso, de un golpe seco cerró el fusil y lo apoyó en su hombro. Sonaron dos disparos.

Jesús Pudientes se dejó caer de la silla y se escondió bajo la mesa. El resto de los presentes sufrían diferentes estados de ánimo: miedo, terror, felicidad, envidia y hasta admiración.

Dos ramas de un limonero cercano salieron disparadas y los gorriones volaron asustados. Sofía Llorente arrojó el fusil a su marido y entre dientes musitó:

—Inténtalo, general. Perdón, coronel, se me había olvidado que aún no tienes ese grado. Yo nunca intento nada: lo hago o no lo hago. Y confundir benevolencia con incapacidad es un error poco digno de estrategas, Alberto. Ayer yo te gané cuando disparábamos. Más bien, dejé que tú ganases. Los hombres necesitáis ese tipo de estímulos.

Alberto Mendoza se levantó de un salto y cerró los puños. El general Llorente se levantó despacio y sus puños no estaban cerrados. Carlota del Hierro miraba con odio a Sofía. El resto de la mesa permaneció en su lugar con cara de circunstancias. Jesús Pudientes intentaba levantarse con grandes dificultades. Sofía estaba loca pero su Alicia era peor. Mucho peor. Alicia le habría disparado a los huevos. Directamente. Juan Balboa separó su silla de la mesa con cuidado, despacio. Se acercó a Sofía y permaneció de pie a su lado. El general Llorente lo imitó.

Alguien subía las escaleras y se acercaba a la mesa, un hombre con alzacuellos.

Enriqueta Llorente musitó: «El que faltaba, *El pájaro espino*».

Fernando Lasca saludó con una sonrisa y ocupó un lugar junto a Santiago Llorente y Juan Balboa.

—¿Estás contenta, Sofía? ¿Satisfecha? Tus hombres, frente a frente. Dispuestos a morir por ti. Casi *Beau Geste*. Debe de ser tremendo tener que vivir de fantasías; angustioso ha de ser vivir así. Soñando, siempre soñando. Protegida por tu gente, entre los que me encuentro. Si no fuese por nosotros ni siquiera vivirías. Eres incapaz de hacer nada por ti misma. El miedo te lo impide. Eres muy macho con un fusil en la mano. Pero te pierdes en el cuerpo a cuerpo. Nuestra hija, nuestros amigos, viendo cómo te comportas, igual que una loca. Os pido disculpas en nombre de mi hija y en el mío propio.

—Yo no pido disculpas, padre. No he visto nada raro. Mamá ha disparado contra un limonero, ha hecho una demostración de tiro. En esta casa eso no es extraño, todos disparáis. Unos con bala, otros con palabras, pero andáis en *hostialidades* permanentemente. Así que no veo motivo alguno para disculpar a mi madre y tratarla como si fuese una demente, padre. Ha disparado, nada más. La abuela caza pichones desde la galería y nadie la llama loca. No me corrijas, Clotilde: andan a hostia limpia cada día. Es peor que ser hostil.

Clotilde sonrió: la palabra no existía pero era apropiada.

—Tiene razón Mafalda, Alberto. Yo no he visto nada raro. Tus palabras, ésas las veo raras. Llamar inútil a mi hija, llamarla cobarde, lo encuentro extraño. Y es algo que repites con demasiada frecuencia.

—Que Sofía dispare no es raro, nada raro: ella es así. Que te dispare a ti, menos aún, Alberto: dispara al aire.

—Aire eres y en aire te has de convertir…

—¡Cállate, Clotilde!

—Fue Matilde, Carlota, y estoy de acuerdo con ella. Alberto es aire…

Carlota del Hierro estrujaba la servilleta con las manos. Quería abofetear a Sofía; Alberto terminaría cansándose de ella, de sus rarezas y no tendrían dónde colocarla. Carlota pensaba en su hija como quien piensa en un mueble; no soportaba el pensamiento de una hija divorciada de un futuro general. Vivía en un círculo abyecto, el suyo propio y, en el fondo, padecía la misma enfermedad que Alberto Mendoza: cabronismo encubierto en versión madre, que las hay.

—El día que entiendas que hay palabras que matan más que las balas, Alberto, puede que no las pronuncies. Intentar dejar a tu mujer en los escalones más bajos de tu vida lo considero una cobardía, amén de una falsedad. Quien eso hace quiere tapar sus propias carencias.

—Lanzarote del Lago, bien te han definido las del Hierro, Juan. Bien te han definido. A mí, me avergonzaría esa pública condición. Nunca te cansas de defenderla.

—Alberto querido, en todo caso, a mí me avergonzaría ser el Arturo de la historia. Pero bueno, no ha pasado nada, tiene razón Mafalda. Sofía ha demostrado que aún es una experta en tiro.

Clotilde masticaba un trozo de algo e intentaba no insultar más al marido de su sobrina, mordía el algo como si fuese el cuello de aquel mal aire que había entrado un mal día en sus vidas.

Sofía Llorente dejaba penetrar y salir las letras de su cabeza. No quería procesar el significado de ninguna de ellas. Estaba cansada. Muy cansada. Se dejó caer sobre la silla y encendió un cigarrillo. Todos ocuparon sus asientos y Carlota del Hierro mandó que se sirviese el postre.

Nada había sucedido. Nada había pasado.

—No te ha matado, Alberto, y tú, tan creyente, no deberías disgustarte si estuvieses muerto: directo al cielo, seguro.

—Tu sentido del humor no me hace gracia, Fernando.

Enriqueta miró a su cuñado con odio. Ella le habría descerrajado dos tiros en el pecho. Los demás no lo sabían, ni siquiera Alicia. Su padre era impensable que lo sospechase. Él no lo habría dudado, él habría matado a Alberto Mendoza. Dos días antes, Sofía se había acercado a su marido, le había dado una palmada en el culo y, acto seguido, lo enganchó por el cuello con intención de besarlo. Cuando se dio cuenta, su cabeza estaba chocando contra una esquina del tocador de su cuarto. Notó el dolor y perdió el conocimiento. Al recobrarlo,

Alberto sostenía un vaso de agua y, pálido como un muerto, le pedía perdón, la había empujado sin querer, había sido *sin querer*. La expresión era apropiada: sólo quien no quiere rechaza un abrazo y sólo la sinrazón empuja.

Enriqueta había sentido el golpe y, al entrar, se encontró con la escena. De un manotazo, arrojó el vaso de agua, apartó a Alberto y cobijó a su hermana entre sus brazos. Alberto repetía que había sido sin querer, un empujón de nada. Enriqueta lo miró y, sin subir el tono de voz, murmuró:

—Sal de aquí antes de que te mate. Juro que te mataré. Harta estoy de ver cómo a los hijos de puta como tú los dejan libres en los juzgados, cómo os dejan vivir libres y acojonando. Ya no creo en la justicia, tan sólo vivo de ella. Sal o juro que te mato y sabes que lo haré.

Y hoy, Sofía había disparado a un limonero. Sofía era tonta de remate, había que poner solución a todo aquel desastre. Mientras Enriqueta pensaba, Carlota del Hierro hablaba.

—Santiago, esa debilidad tuya por Sofía es preocupante; un poco de disciplina no le habría venido nada mal. Y lo mismo os digo, Juan y Fernando: soportar a Sofía es muy difícil, muy difícil.

—Inglesa, madre. Disciplina inglesa, no me digas más. Cállate, madre, cállate de una vez. No quiero escuchar a ninguno de vosotros.

—¡Enriqueta!

—¡Enriqueta nada! ¡Cállate, madre!

Una voz interrumpió la discusión. Magdalena Alcántara, seguida de su marido, apareció por una de las puertas del porche.

—Hemos oído unos disparos cuando veníamos al café. ¿Qué ha pasado?

—Prácticas de tiro, Magdalena.

Magdalena Alcántara tenía de tonta lo mismo que de fea, así que asintió, hizo bromas, besó a todos los presentes y comenzó a contar una historia que había sucedido en la playa. Un sonido se entrelazó entre las palabras de Magdalena y el silencio de quienes la escuchaban. Una especie de canto gregoriano se dejaba sentir en el aire. Enriqueta sacó una pastilla de un bolsillo y la tragó sin meter líquido alguno en la boca. Le daría una subida de tensión a no tardar. Magdalena continuaba hablando y el sonido acompañaba a sus palabras. Alberto Mendoza sonreía, Juan Balboa estaba perplejo y Santiago Llorente sentía una inmensa tristeza.

—Perdona la interrupción, querida Magdalena, ¿tu marido te acompaña con cánticos cuando hablas? Es muy extraño, jamás había contemplado tal compenetración, ¿verdad, Matilde?

—Me temo, Clotilde, que está haciéndole burla. No es acompañamiento, se está riendo de ella.

Magdalena Alcántara intentaba no perder la compostura.

—No, no os preocupéis, sólo es una broma.

—Pues a mí no me está haciendo gracia, ninguna gracia. Te rogaría que no hicieses eso en mi casa, Antonio. Me parece de mal gusto.

—Santiago, es una broma. Desde que nos hemos levantado, no ha parado de hablar, tienes que entenderme. Me aburro…

Y el nuevo espécimen de la historia sonrió estúpidamente, convencido de que su respuesta tenía gracia. A la vez, tocaba el brazo de Alberto Mendoza que sonrió tan estúpidamente como su amigo y camarada de cabronismo encubierto.

—¡Vais todos presos! ¡Juro por mi madre que está aquí que os enchirono a todos! ¡Me tenéis hasta los huevos y vais presos! ¡Panda cabrones! ¡Harta estoy de tener que liberaros! ¡Se terminó! ¡A galeras! Tú no, Santiago, tú eres normal. Y tú lo mismo, Juan. El cura se libra.

A Santiago Llorente de Echagüe le pareció una gran idea. Alicia Solares haría buen uso de la magistratura si encarcelaba a la panda de idiotas que se sentaban a su mesa, incluida su mujer.

—Ali, déjalos, demuestran sus poderes. Déjalos, no estropeemos las fiestas. Encima, tendríamos que ir a verlos a la cárcel, déjalos.

—Si tú me lo dices, sea, Sofía, pero lo hago por ti, no por ellos. ¡Que sepáis que lo hago por Sofía, no por misericordia con vosotros!

—Chiflada…

—Te he escuchado, Alberto. Y no olvides esto: aquí sí va a pasar algo, sí que pasará. Si vuelve a pasar lo que pasó, mando la toga a la mierda y yo misma aplico justicia, pero justicia de ajusticiar, no lo olvides. La *idioticia,* en ocasiones, es una protección necesaria, Alberto. Si vuelve a pasar lo que pasó, no te libras.

Sofía y Enriqueta se miraron. Alicia las miró y en esa mirada cualquier resto de imbecilidad desapareció de la voz y la cara de la magistrada. Por toda respuesta, se la escuchó decir:

—El dinero hace hablar a las paredes, a las cómodas de las habitaciones… El dinero lo puede todo. Y yo tengo mucho dinero, me sobra. Ésa es mi desgracia… ¡Será por dinero!

—¡Pero todo tuyo! ¡A mí no me das ni un duro!

—Jesús, a ti te voy a dar un día de éstos lo que te mereces, dame tiempo…

Jesús Pudientes se arrugó en la silla y bajó la cabeza. No deseaba ni pensar lo que su esposa imaginaba que merecía.

—¡Hágase la paz! He venido un rato a descansar de tanto barullo, de tanto preparativo de fiesta y me encuentro con vosotros. Tendría que haber ido a pasear por la playa.

—Pues ¡hale!, vete, Fernando. Nadie te ha invitado. Soy de derechas pero no creo en nada de lo que predicas: soy gnóstica.

Todas las conversaciones cesaron y las miradas quedaron pegadas a la cara de Alicia Solares: la nueva revelación los había dejado atónitos.

—¿Eres gnóstica? ¿Desde cuándo? Yo, en ocasiones, pienso

que, analizada bien esa posibilidad, no está mal. Así que no estamos tan alejados. Y, después de ver el espectáculo de hace unos instantes, el sistema no ayuda al conocimiento de la verdad, a la tranquilidad del alma. Así que no descarto esa posibilidad. Francisco de Asís pudo ser un gnóstico, creo que sí pudo serlo.

Alicia asentía con la cabeza, trataba de procesar todas las palabras del cura, pero le estaba costando. Escuchó hablar a Sofía y comenzó a procesar de nuevo.

—Tienes razón, Fernando. Asís supuso vivir fuera del sistema, al menos, lo intentaron. De todas formas, Durrell decía que la matanza de Montségur fue una especie de Termópilas del alma gnóstica. No creo que nuestra Alicia esté hablando de esto. El conocimiento supremo. O sí, puede que hable de eso: de rebelarse ante el cumplimiento de nuestro papel dentro del sistema, hijos obedientes, maridos celosos, esposas respetuosas, esperando contra toda esperanza una revelación del significado de esa vida de resignación sin sentido. Puede que hable de eso, Fernando.

—¡Eso! ¡Yo no me resigno y, por eso, ahora soy eso!

Alicia respondía e intentaba recordar sus tiempos de bachiller, historia, las Termópilas. Pero, entre tanto, defendía su posición sin entender qué coño estaba defendiendo.

—«Oh, extranjero que pasas por aquí, ve a anunciar a los lacedemonios que, obedientes a sus leyes, aquí yacemos…»

Clotilde del Hierro dejó escapar la frase con una entonación teatral. Matilde no fue menos.

—¡Qué hermoso! Somos una falange, somos hoplitas al servicio de una causa…

Alicia Solares volvió a procesar, mientras respondía:

—Sí, sí, también soy falangista, sí. Y seguro que hoplita, sí, Matilde. Y sí, por supuesto, Clotilde, a mí me da igual que sean moros, negros o de donde sean, yo hago que obedezcan las leyes, por supuesto.

La sección juvenil no daba crédito a lo que escuchaba. La falta de crédito venía del desconocimiento: habían estudiado la ESO y no tenían ni puñetera idea de qué hablaba el bloque maduro. Santiago del Hierro disfrutaba mientras fumaba un puro habano. Magdalena lloraba sin poder contener lágrimas y risa. Jesús Pudientes miraba a su esposa, la veía cerrar los ojos y apretarse las sienes, la escuchaba decir que era falangista y penó. Una vez más penó, al imaginarse qué dirían los periódicos al saber que su mujer se declaraba participante de una secta religiosa y políticamente falangista. Le quitarían la cartera, eso era seguro. Ahora, su mujer era gnóstica. Ahora, su mujer era nacional socialista. Alberto pensaba que Sofía era rara. Alberto era imbécil y un privilegiado. Sofía era socialista y eso estaba de moda, seguro que lo ascendían. Entre tanto pensamiento de Jesús Pudientes, Alicia pareció despertar de la meditación.

—¡A ver! ¿Qué coño tiene que ver que yo ya no crea en nada, que no me dé la gana de ir a misa, que no sepa si todo eso que cuentas en la Iglesia es cierto, con una guerra en Grecia, con uno que se llamaba Jerjes y José Antonio Primo de Rivera? ¡Os estáis riendo de mí! ¡Pero no soy tan tonta como pensáis, no lo soy! ¡En Grecia no había falangistas, no cuando el Jerjes ese! ¡Que lo he estado pensando!

Enriqueta se sirvió una copa de licor de hierbas, pensando que mejor morir borracha que apijotada por una trombosis provocada por tanta gilipollez. Jerjes, falangistas, los gnósticos. Aquella casa era una especie de foco del mal, de foco de idioteces que nadie, de no ser testigo, podría creer cierto. Enriqueta era falangista de Hedilla y ahora Alicia decía que ella también lo era. Bebió el licor de un trago y pensó que ella se haría asesina, librar a la raza humana de tanto imbécil era una acción digna de encomio.

Observe el lector cómo cualquier asesino en potencia encuentra justificación a sus crímenes, cómo cualquiera de nosotros siempre halla a alguien más loco, más idiota que uno mismo. Es un refugio de la mente que nos conserva a salvo de nuestra propia imagen, de nuestra propia verdad. En el círculo, en todos, pensamos que el contrario es idiota, perdidamente idiota. La salvación propia mediante el desprecio ajeno. Teoría a tener en cuenta.

Aclarado el tema de los gnósticos, los agnósticos, la formación griega en la guerra y los hoplitas, volvió la conversación, cual río desbordado, a inundar el círculo. No hay cauce que resistiese tal avalancha.

—¿Ves por qué no quiero casarme, Mafalda? ¿Ves por qué seré cura? No es nada personal, no es nada contra ti, simplemente no quiero terminar como ellos.

—Si no eres como ellos, no terminarás como ellos, Carlos. ¿Y a mí qué me dices? Estás empeñado en hablarme de eso.

—Es que se ha cansado de las fáciles, Mafalda. Ha visto mundo, se ha tirado a todas las que le dio la gana y ahora quiere descansar en tus brazos, que le des hijos y todas esas cosas que se hacen. Como tú eres formal y no un putón… Es para casarse con una fina, una de las nuestras, que diría papá. Y está el tema del patrimonio, que dice mamá. Es por eso. Realmente, no te quiere. Se hace el indiferente contigo para que caigas, pero tú, ni caso.

Carmen y Mafalda se rieron a carcajadas y Carolina Cruces aplaudió las palabras de su nieto Claudio.

—¡Mamá! ¡Si no dejas de aplaudir, te pongo los guantes ahora mismo!

Una vez más, los interrogantes llenaron las mentes.

—¿A qué viene lo de los guantes? Qué situación, no resistiré mucho tiempo, voy a morirme por vuestra culpa, claro que puedo quedar en silla de ruedas, me lo ha dicho el médico. Si me quedo imbécil de una subida de tensión, os amargaré la vida; es cuestión de pensarlo. ¿Por qué coño le pones unos guantes a tu madre, Alicia?

—Mi madre está un poco ida, Queta, ya lo sabes. ¡Y le da por ponerse a aplaudir todas las noches! Así que le ponemos guantes y no la oímos. No es nada raro, son medidas *precaucionales*.

La atonitez no existe como expresión, pero sí como estado de ánimo o mental y atónitos quedaron los presentes. Un ataque de atonitez los atacó de forma virulenta. Una vez más. Nuestro círculo pasaba de la violencia a la atonitez, la estupidez y cualquier estado anímico desastroso que el lector pueda imaginar en cuestión de segundos. La normalidad nunca estaba presente.

Fernando Lasca dejó sobre la mesa unos folios unidos con canutillo. Miró a Sofía. Estaba guapa, esa mirada triste, la mirada de siempre. Una pena. Pero algo estaba pasando, algo que él desconocía alegraba la existencia de Sofía y él, a su vez, se alegraba de esa alegría. El lector ha de entender la reiteración de alegrías, en un libro tan triste, tan falto de ella, la repetición se hace para poner un punto de luz en la tiniebla. Juan Balboa no estaba alegre, no tenía ese brillo en la mirada, así que Juan no era el motivo. Puede que Alberto sufriese una enfermedad incurable, pensó el cura. Al momento, se lamentó de pensar lo que pensaba, pero volvió a pensarlo.

—Sofía, tu libro, el que vas a enviar al concurso, me parece una belleza: desgarrador, revuelve las tripas, encoge el alma. Una belleza. Duro, explícito, diría que un punto pornográfico, pero hermoso: un canto al amor verdadero, Sofía.

—¿Los curas leéis esas marranadas, Fernando?

—No he leído ninguna marranada, Alberto. He leído un libro de tu esposa. Tu esposa jamás escribiría nada que pudiese considerarse así. ¿Lo has leído?

—No, ni pienso hacerlo.

—Pues deberías, Alberto, deberías. En todo caso, no juzgues lo que desconoces.

—Eso, aquí sólo juzgo yo, que quede claro. Y ahora vamos

todos a mi casa, me han traído una cosa que quiero enseñaros. Vamos, Santiago, te gustará.

—¿Qué has comprado, Alicia? No me habías dicho nada.

—Juaaaaaaaaaaaaaaaaaaa. ¡A ti, no tengo que contarte nada! ¿A fin de qué, Jesús? ¡Hale!, vamos todos.

Y todos abandonaron el porche, traspasaron portillas de madera y arcos de piedra, en los que se enredaba la hiedra de la misma forma que nuestra pandilla enredaba su vida de una forma innecesaria y maligna.

Llegaron a la casa de los Solares y con Alicia abriendo la marcha, caminaron a unos tendejones, en donde la magistrada guardaba su flota de coches.

—¡Quietos paraos! Salgo ahora. ¡Que nadie mire!

Hay manifestaciones menos numerosas que el grupo de nuestro círculo y por supuesto, los manifestantes de causas perdidas están más unidos que nuestros puntos. Todos protestaron, pero ninguno abandonó la escena, querían saber: para criticar, desde luego.

Un ruido de motor dejó claro que Alicia se había comprado un coche y los puntos del círculo sonrieron: menuda bobada. Ellos tenían coches, los mejores, los más rápidos. Alicia era una infeliz que pretendía impresionarlos a ellos. En estos círculos, la expresión «a ellos» tiene calado. «Los ellos» siempre se encuentran por encima del resto del universo. Sofía Llorente supo que a todos les daría un ataque de ansiedad cuando viesen el coche de Alicia, esta vez los había ganado. Carlos y Claudio abrieron las puertas del tendejón a un toque de bocina de su madre y se hizo el milagro. Un coche apareció en la puerta y todos los puntos recularon. Sonó la bocina y algunos de los puntos corrieron. La voz de Alicia se dejó sentir:

—¡Apartaos que voy y aún no lo domino bien! —Su voz parecía salir de un lugar profundo y la intensidad del sonido se multiplicaba. Altavoces.

Una especie de tanque amarillo se deslizó sobre el guijo y

una Alicia alborozada miraba las caras de asombro. Prendidos del techo, unos altavoces y unos focos hacían del automóvil algo aún más llamativo de lo que era. Un rótulo cruzaba el cristal delantero: HALCÓN MILENARIO.

—Se ha comprado un Hummer, no puedo creerlo…

—Pues ver para creer, Jesús. Tu mujer no tiene mal gusto. Me encanta ese coche.

—¡Que se lo compre la tuya, Juan!

—Ya no tengo mujer.

—Sólo le faltaba tener un tanque, Jesús. Te compadezco. A poco que pueda, le pone una torreta y tendrás que pensar cómo logras entrar en casa.

Enriqueta Llorente se rió a carcajadas de su ocurrencia y sobre todo, de la cara de pavor de Jesús. Alicia abrió la puerta de su nuevo juguete, bajó de un salto y el asombro del círculo se multiplicó. Alicia llevaba un casco de guerra alemán tipo los de la Primera Guerra Mundial y unas enormes gafas de motorista. Una cazadora de piel marrón con cuello de borreguito completaba el atrezzo.

—Ven, Santiago, esto a ti te gusta. Mira cómo es el cambio. Y toda la tapicería de cuero. Lo usan en la guerra los americanos. ¡Es una máquina de matar! Se llama el Halcón Milenario por Sofía, siempre le gustó el nombre.

—Pero mujer, Ali, corazón, ¿para qué queremos nosotros este coche?

—¿Queremos? ¿Quién dijo que era tuyo, Pudientes? ¡Lo quiero yo, porque me da la gana! Tú ni te acerques a verlo, a ti no te lo enseño.

Y vistiendo la cazadora de aviador, las gafas de motorista, el casco de soldado, unos pantalones cortos y calzando chanclas de playa, Alicia Solares enseñaba su adquisición a los asombrados amigos. Poco a poco, se disolvieron los puntos de la circunferencia, se fueron separando y acudió cada uno a sus labores, forma poco sensata de llamar a lo que esta gente hacía.

Amor más allá de la muerte

Cerrar podrá mis ojos la postrera
sombra que me llevare el blanco día,
y podrá desatar esta alma mía
hora a su afán ansioso lisonjera;
mas no, de esotra parte, en la ribera,
dejará la memoria, en donde ardía:
nadar sabe mi llama la agua fría,
y perder el respeto a ley severa.
Alma a quien todo un Dios prisión ha sido,
venas que humor a tanto fuego han dado,
medulas que han gloriosamente ardido,
su cuerpo dejarán, no su cuidado;
serán ceniza, mas tendrán sentido;
polvo serán, mas polvo enamorado.

FRANCISCO DE QUEVEDO

Sofía paseaba por el jardín; al cabo de unos días volvería al trabajo. En unos meses presentaría su libro. Le daba un poco de miedo. El miedo convivía con ella, era su más fiel compañero. Realmente, el único estable, el más fiel, el que nunca la abandonaba.

Mafalda se iba a la universidad. Una idea estúpida la de irse a estudiar lejos de casa, fuera de los límites del círculo, pensaba

Sofía. El garbanzo negro de esta historia —según para quién— se negaba a dejar escapar a su cría. Egoísmo.

Mafalda era la única que se parecía a ella, hablaban, reñían y se enfadaban; se daban voces, pero eso era algo. Cuando se fuese, ella quedaría sola. Todos tenían sus labores, su trabajo y su familia. Ella era como un islote en mitad de todos ellos. No era necesario vivir en el cuarto piso de un bloque de apartamentos para que el horizonte fuese un tendal y una pared de azulejos blancos. En medio de la naturaleza existen muros.

Esa visión, la de una pared blanca de azulejo, le recordaba su vida: blanca y lisa, sin apenas matices. Al menos a sus ojos lo era. Para el resto del círculo, Sofía tenía una existencia llena de actividades. La abogacía, los medios de comunicación, las conferencias. Todo el mundo la envidiaba: «Es que no para, a Sofía se le da todo bien, no para ni un minuto…».

Sofía quería parar o no moverse de aquella manera tan frenética. La actividad febril era fruto de la insatisfacción. Desconoce el relator si alguna teoría psicológica defiende esta posibilidad, en todo caso, es cierta. Sofía y las personas como Sofía espantan miedos, soledades y odios, dejándose la piel en cada empresa que se les presenta. No es que fuese una mujer desgraciada, pegada a un tendal y a una tabla de plancha, un prototipo de hembra encadenada. Lo que encabronaba a Sofía era que ella, precisamente ella, era la que hacía frente a toda una cultura absurda en la que la mujer, amén de excelente profesional, debía ser una impecable ama de llaves. Cuando pensaba todo eso por 1239173972947 en su existencia, su marido, el punto y aparte, apareció por un recodo del jardín. El coronel vio a su mujer e intentó recular, pero no le dio tiempo, ya lo habría visto y de todas formas, tenía que hablar con ella.

—Supongo que estarás satisfecha del espectáculo que has dado.

—Son habituales: ni me satisfacen ni me sorprenden, Alberto. ¿Quieres algo más? ¿A falta de guerra vas a intentar comenzar una conmigo?

—¡El famoso sarcasmo de Sofía Llorente! A mí, querida, no me impresionas. No tengo camisas, las de esta semana no están planchadas. Eso tenía que decirte; da orden a la negra para que las planche.

Sofía sonrió. Anita era la negra. Buscó un cigarrillo en los bolsos del pantalón, lo encendió y se sentó en un banco.

—¿Qué haces?

—Fumo, Alberto. Una especie de lento suicidio que pongo en práctica desde hace años.

—¡Ah! Qué literario, Sofía. Bien, ocúpate de mis camisas, ésa no pone la diligencia debida en su trabajo.

—¿Soy la portavoz de Usía con el servicio? Díselo tú. Son tus camisas, Alberto. Ni portavoz ni asistente. Soy tu mujer, cosa que has olvidado desde hace años. Ocúpate tú de tus cosas, a mí me aburre y tú no me das nada a cambio de quitarte de la cabeza esas ocupaciones. Por cierto, se llama Anita. No es la negra ni es ésa, Alberto.

—A mí no me gustan los negros, Sofía y lo sabes. Me desagradan, no me gusta su piel. Tenemos una negra de criada para joderme, es tu estilo. Y te repito que quiero mis camisas, esta casa es el ejemplo típico de la indisciplina.

—Esta casa es eso: un hogar, una casa, no un cuartel. Y yo, le repito a Usía que no soy la portavoz ni el ayudante de nadie. Me cansas, Alberto. Cada día me cansas más. ¡Ocúpate tú de tus putas camisas y déjame en paz!

—Ya salió la auténtica Sofía, la desquiciada, la que hay dentro de ti y bien te cuidas en guardar. Cada día hago más esfuerzos por soportarte, nunca sabrás lo que tengo que hacer para sobrevivir así.

—Sí, lo sé, lo sé. Tienes que tener mucho valor para no pedir un divorcio que podría suponer un retraso en tu ascenso, coronel. Eso es lo primero, lo principal. Pero no es la milicia, no tiene nada que ver. Si fueses un oficinista, te comportarías igual: vives de cara a la galería, vives en el miedo, Alberto. Ahí vives tú de continuo.

—Habló la que es incapaz de dormir sola, habló quien no es capaz de subirse a un tren o un avión sin compañía. Lo dicho, eres patética, Sofía. Una mujer que nació no se sabe para qué. Ahora novelista. Mira, ahí puede que seas feliz, en esa nueva faceta, ahí puedes jugar a soñar, Sofía.

—Una mujer que nació para tener una hija, sacarla adelante, trabajar por su casa, por su marido. Una mujer que nació, como todas, para ver cómo se nos hace creer que somos iguales a vosotros y después nos jodéis la vida poniendo obstáculos que son imposibles de salvar sin dejarse media piel en el intento. Una mujer que pensó encontrar un hombre que la quería y se encontró contigo. Un macho que abandonó la cama de su mujer al año de estar casados, coronel. Eso se encontró, quien no debiera haber nacido. Tienes razón. Y yo tengo razones para odiarte, pero no te odio. Me das pena, Alberto, mucha pena. En tu infelicidad, te has de morir sin lograr ver todas las cosas buenas que la vida te ha puesto al alcance de tu mano. Eres un impotente en todo: hasta en tu existencia cotidiana.

Alberto Mendoza del Toro que, como ven, no hacía honor a su segundo apellido, dio un paso en dirección a Sofía. La mujer que no debería haber nacido se puso en pie y le tiró el humo a la cara.

—¿Vas a darme una de tus famosas hostias, Alberto?

—¡Quítate de mi vista, Sofía o te juro que esta vez no puedo contenerme!

—Pues contente, Alberto, contente, que un general no golpea a mujeres, al menos, eso dicen. Y te quedan pocos meses para alcanzar el rango, no la vayas a joder, querido.

Una sombra entró en escena. Las sombras, en ocasiones, salvan de situaciones embarazosas. Entiéndase la palabra embarazosa como incapacidad del relator para encontrar palabra adecuada y definitoria de tal escena. Degeneración de seres humanos, falta de vergüenza, violencia. No existe palabra o este relator no la conoce, que defina el acto relatado.

Escena frecuente en la intimidad de muchos hogares. De nuevo hogares por llamarles algo. Estercoleros, en donde la mierda se lanza por ambas partes cual fuego griego. Palabras llenas de azufre, alquitrán, tesina, nafta y estopa. Palabras rociadas con trementina, ceniza vegetal y salitre. Palabras a las que, de cuando en cuando, se les mezclan gotas de agua que avivan aún más el fuego y el sufrimiento de quien las recibe.

Alberto era torpe con la palabra, pero, cuando se enfrentaba a su mujer, de su boca escapaban todos y cada uno de los elementos que componen el fuego griego. Sofía era hábil con la palabra, pero, hasta el momento, luchaba siempre a primera sangre. Jamás había querido herir de muerte al coronel. Quien conoce su fuerza, procura medirla para no caer en el lado oscuro.

—*Salam alaikum, lal.la farha. Sidi… naharuk sa'id, la.la Sofía.* (La paz sea contigo, señora de la alegría. Señor… Buen día tengas, señora Sofía.)

La palabra *sidi* sonó en labios de quien la pronunciaba como insulto y por supuesto el coronel lo sabía.

—*Alaikum salam, Farid, shukran lek sa'idi.* (La paz sea contigo, Farid. Gracias por tus deseos.)

—*Raylik makatdir ma'ak mzian, lal.la?* (¿Tu marido no se porta bien contigo?)

—*Farid Abbas, hua, hua. Dima kif kif, 'omro maibeddelsh.* (Farid Abbas es como es. Siempre igual. Nunca cambiará.)

—*Anta rayil ma shi mzian, kelb.* (No eres un buen marido, perro.)

—*Jal.liu. Hua maibiddelsh.* (Déjalo, no va a cambiar.)

Alberto Mendoza se desesperaba cuando su mujer y aquel moro hablaban en una lengua que él no lograba entender. Intentó simular indiferencia, sin lograrlo, por supuesto.

—¿Qué ha dicho, Sofía?

—Dice que soy una deslenguada y que tienes mucha paciencia, Alberto.

—Eso es cierto, lo es, Farid. Pero la unidad de la familia es importante, por eso aguanto los envites de esta mujer. Tu gente, tu religión, en eso son más listos, las tenéis a raya, como debe de ser.

Y dicho esto en un tono que pretendía ser de broma pero en el que anidaba el más intenso deseo de convertirse en musulmán y dar latigazos a cualquier hembra que no estuviese tirada a sus pies en posición de adorarlo, Alberto se dirigió a su cita con la morena tipo copla. Sofía lo vio marcharse con mucha mofa y algo de pena. Al menos regresaría relajado.

Antes de intervenir, Farid había escuchado parte de la discusión tras el boj que rodeaba el banco y el camino. La sombra tenía la tez oscura y los ojos azules. Farid Abbas servía al general Llorente. Y a Sofía. El resto del mundo que habitaba lejos de su tierra carecía de interés para él.

—Nunca entenderé cómo te casaste con esto y menos aún, cómo lo aguantas, Sofía.

—Ni yo lo entenderé, *habibi*. Pero da igual, dame un poco de tiempo, ya falta menos.

—Tú sabrás, ya no eres tan joven. Cada día que pasa, día que pierdes, Sofía. Voy al pueblo, tu madre quiere los corderos ya.

—Mi madre quiere todo y siempre ya, Farid.

—Tú quieres algo a lo que temes, Sofía. Quieres dos cosas a las que temes profundamente: una mala, la otra no lo es tanto. Esperar por ambas es de necios. *Salam alaikum, habibati.*

Sofía vio alejarse a Farid, él conocía muy bien sus pensamientos y puede que tuviese razón. Pensando, llegó a una zona apartada del jardín. Un cobertizo en el que se había instalado con todos sus útiles de escritura: ordenador y varios diccionarios. Dentro de un rato llegaría Toribio Nogales y se pondrían a corregir el libro que enviaría al concurso de literatura erótica. Se dejó caer sobre un viejo sofá y puso un CD. Aute cantaba.

No se trata de hallar un culpable;
las historias no acaban porque alguien escriba la palabra fin…
Márchate si ha llegado la hora…
No malgastes ni un segundo…
Y no queda nada, las espinas las rosas se las llevó el viento, el tiempo…
Ahora sólo la vida te espera con los brazos abiertos
y el firme deseo de hacerte feliz…
Qué difícil decirte hasta luego,
ya no hay puntos suspensivos, llegó el rotundo punto final…

La canción venía bien al momento. Meneó la cabeza y mientras esperaba a Toribio, abrió *El último mohicano*, novela y película hacían que se le erizase la piel. Había tantos libros buenos que, en ocasiones, le parecía ridículo escribir. Ella jamás lograría alcanzar esas cotas de sentimiento, de llevar tal pasión al alma de nadie. En realidad, escribir era un bálsamo para su propia cabeza, una pócima para el alma. Desde que escribía, curaba heridas profundas. Abría el Word y se metía de lleno en la página en blanco, dejaba que el sentimiento o la rabia entrasen por la pantalla. Palabra tras palabra, los folios iban tomando forma y se llenaban de risas, llantos, insultos. Una terapia muy barata, pensaba Sofía.

Leía un párrafo del libro de Fenimore Cooper cuando lord Darth Vader se presentó ante ella.

—¿Perdiendo el tiempo, Sofía?

—Leyendo, madre. Leyendo.

—Bonita lectura *El último mohicano*.

—Sí que lo es, madre.

—¡Es perder el tiempo! ¡Mejor estabas haciendo algo útil, Sofía!

—No todos podemos entrar en los misterios de la física, madre.

—Lo doy por supuesto, Sofía. Pero mejor estarías paseando con tu marido o haciendo algo de provecho; no leyendo novelas de cuarta categoría. Seguro que tienes algún caso pendiente, algún juicio que tengas que afrontar cuando regreses al trabajo, Sofía.

—Ni idea, madre, ahora me concentro en otras cosas. Estoy esperando a Toribio para la corrección de la nueva novela.

—Esto de las novelas será una broma, ¿no? Nadie a tu edad se pone a escribir novelas, Sofía. Al menos, no pensando en venderlas. Ni lo sueñes. Esas cosas no suceden así como así. Conociendo a alguien, teniendo algún contacto, puede, pero no es tu caso. Hay que ser práctica, hija. Yo, desde luego, no pienso ayudarte en esto. Dejaré que te estrelles y así volverás a tu trabajo. Esa cabeza está muy mal amueblada, Sofía.

Sofía Llorente hacía meses que no respondía —o lo intentaba— más que por medio de lo que reflejaba en sus novelas y esa tarde cambió la novela por el cine. Se levantó y con voz vibrante, tipo función teatro de aficionados, dijo:

—¡Me llamo Long Carabine! ¡Mi muerte será un gran honor para los hurones! ¡Hale, madre, mátame y terminamos! Lo tuyo es pura tortura psicológica, pero no me afecta. No te gastes.

—¡Pareces una adolescente chiflada, Sofía!

—Sí, soy una inmadura y cada día me alegro por ello, mamá. Aquí llega Toribio. Voy a trabajar.

Toribio Nogales saludó con apuro. Una vez leído el original de la novela de Sofía y desde la noche en que la había terminado, se veía en camas enormes con Sofía entre sus brazos. Más exactamente con Sofía encima, debajo, de lado o en cualquier posición de las que ella describía. Intentaba evitar el pensamiento, pero era incapaz de lograrlo. Ni en las películas guarras de Canal Plus había encontrado Toribio semejantes descripciones ni situaciones. Sofía era un puro volcán en erupción. La madre estaba allí. Daba miedo, parecía ella el general y no el marido. Así no era posible trabajar y menos, mirar a Sofía entre palabra y palabra.

Tras los saludos, Toribio se sentó en el sofá. Carlota trajinaba en unas macetas y ellos comenzaron el trabajo. Leían las frases en discusión en voz alta y las comentaban.

—Creo que es mejor «pene», Sofía. Suena menos duro.

—No, Toribio, es un libro duro, creo que así está bien. No es una novela de amor, es otra cosa. Es un desgarro y los desgarros no admiten sinónimos.

—«Polla» es un exceso, Sofía…

Carlota del Hierro giró sobre sí misma y con una pequeña azada en la mano, se dirigió a Toribio.

—¿Qué he creído escuchar, Toribio?

Toribio Nogales se atragantó. La puñetera marquesa de los pasteles se dirigía hacia él con aquel instrumento en la mano, los guantes y un mandil de jardín. Parecía una guerrera. El mandil, la armadura y la azada, una lanza. El gorro con el que ocultaba parte de su cara le daba un aspecto infernal. No encontraba palabras para explicarse. Un recuerdo hizo que se estremeciese: lord Darth Vader. Aquella mujer era igual. Él se convirtió en un animalito peludo y asustado, un ewok.

—¡Yo no he dicho nada, Carlota!

—¡Yo creo haberte escuchado algo Toribio y no me gustaría tener que hablar con tu madre!

Toribio tenía cincuenta años y una madre peor que la de Sofía. Preso del pavor, la regresión a la infancia fue inevitable.

—¡He dicho en voz alta lo que Sofía ha escrito! «Polla»…

—¿Mi hija escribe de gallinas?

Sofía escuchaba e intentaba no perder la compostura, intentaba no reírse a carcajada limpia. Su madre era la perversión con nombre de mujer.

—¡No salen gallinas! ¡Son un saltamontes y una polilla!

¡No son gallinas, Carlota! No he encontrado ni una sola gallina en la novela. Y guindos y enanos. Sale de todo lo que puedas imaginarte, Carlota. No, ciertamente no puedes imaginar lo que sale en la novela.

—No entiendo qué tienen que ver un saltamontes, una polilla, un enano y las supuestas gallinas de las que habla mi hija, Toribio.

—¡Que no son gallinas, Carlota! ¡Es «polla» de «polla», ya me entiendes y no es cosa mía!

—No te entiendo, Toribio. Y, en todo caso, si la «polla» es algo malsonante o de doble sentido, sería tuya, nunca de mi hija. Jamás he parido un hermafrodita. Algún malentendido existe, Toribio.

Carlota del Hierro disfrutaba con la tortura. Toribio era un ser débil, despreciable a sus ojos, un sin huevos. Bien lo estaba demostrando en aquel momento. Los hombres eran todos unos cobardes, pensaba Carlota.

—Bueno, podría ser una gallina joven o puede que, tal como lo pronunciáis, el pago por usar un horno común, no lo sé.

Sofía Llorente no era mejor que su madre. Toribio se escandalizaba con facilidad y la estaba cansando. Unos puntos llegaron en aquel momento a poner un trozo de guindilla más en la herida de Toribio. Clotilde y Matilde del Hierro entraron en escena.

—Hola queridos, estamos escuchando la conversación desde hace un rato. Hemos salido a caminar y lo hemos escuchado desde el banco de allí, el que está tapado por el guindo…

—¡Matilde! ¡No necesito que nos describas todo el recorrido ni el jardín ni el banco! ¡Pareces Proust! ¡Esquematiza!

—Bien, queremos señalar que el sentido de la palabra «polla», en este caso, es el de pene, solamente eso, Carlota. No hace falta enfadarse: el sentido es algo sexual. Y, por supuesto, no pronunciáis la «ll» correctamente. Tal como lo decís Toribio y tú, tiene razón Sofía, podríais estar hablando de las gárgolas…

—¡Señoras! ¿Qué tienen que ver aquí las piedras y los grifos de las catedrales?

Carlota miró a Clotilde. No la había entendido. Toribio le ahorró la pregunta. Carlota observó cómo Toribio se ponía demasiado colorado. Aquel chico debía sufrir del corazón.

—Yo no he hablado de ninguna piedra, Toribio, me refiero a la simiente. Como la historia es muy natural, de naturaleza, quiero decir, pues había pensado en una legumbre, dado que Sofía habló de ello.

—¡Sofía no ha hablado de ello, Clotilde!

—Sí, Toribio, cuando os explicaba la palabra poya, con y. Las semillas del lino, claro… ¿No te parece, Matilde?

—Así es, Clotilde. Ése es uno de los sentidos de esa palabra. Las acepciones son importantes y, en ocasiones, hermana, es imposible esquematizar. La lengua es pura lógica, Carlota, y la física no lo es tanto.

Se enzarzaron las hermanas en una discusión sobre la importancia de cada ciencia, discusión que terminó con la mirada de todas ellas hacia Toribio.

—¡Tú tendrías que haberlo sabido!

—¿Saber qué?

—¡Lo que están explicando mis hermanas! ¡Ahora, las cátedras de instituto las regalan! ¡No se entiende de otra manera el triste espectáculo que has dado! ¡Mi hija ha escrito algo relativo a unas vainas, Toribio y has dejado que yo me expresase de forma incorrecta sobre el contenido de esa novela, que seguro puede asimilarse a un libro pastoril! El enano será un cuidador de cabras o algo equivalente a un fauno, no tengo duda alguna… ¡Menudo catedrático eres tú, Toribio!

Sofía fumaba y contemplaba al pobre Toribio, a su madre y a sus tías. Aquellos puntos del círculo terminarían con la salud de Toribio en cuestión de segundos. Sus tías se reían de Toribio y de su propia hermana. Carlota se hacía la tonta y Matilde y Clotilde parecían no enterarse. Sofía miró al pobre hombre. Se había sentado, arrugado sobre sí mismo, la cabeza inclinada, las manos apretadas una contra otra. Qué fácil era escribir de cualquier cosa en este mundo. A la vuelta de cada esquina se encuentra un novelón y con esa idea en la cabeza, Sofía Llorente salió en defensa de Toribio.

—Esta tierra es tuya, Toribio…

Las hermanas del Hierro dejaron la discusión insensata y giraron la cabeza. Toribio la alzó.

—Esta tierra es tuya, Toribio. Ni madre ni invasores ni alumnos pueden quitártela. Todo está dentro de ti. Tú déjalo salir, es fácil.

La voz de Sofía Llorente era similar a la que ponen los actores —malos actores una vez más— en las farsas de teatro. Pero surtió efecto.

Toribio recordó a su madre: amargada, refunfuñando, metiéndose en su vida, apagándole la televisión a las doce de la noche: «Mañana madrugas, Toribio». Arreglando el embozo de su cama y colocándole las manos para que rezase, impidiéndole tener relaciones normales con cualquier mujer: ninguna era buena para él. Recordó a su madre friendo churros y poniéndolos en la mesa. Él odiaba los churros, él odiaba casi todo. Su madre diciéndole a quién debía de aprobar o a quién debía suspender. Su madre quejándose de la madre de un alumno y el hijo de la madre pagando el pato con un suspenso. Y, después de leer la novela de Sofía, Toribio comprobó que aquel libro elevaba partes de su cuerpo dormidas, elevaba su mente, todo podía ser distinto. Y las viejas, aquellas horrendas viejas, las Del Hierro, creyéndose dueñas de la sabiduría, dueñas de la tierra, dueñas hasta de él. «Sí —pensó Toribio—. Esta tierra es mía. Y cualquier Sofía puede ser mía». Se levantó despacio y el enorme cuerpo del sufrido catedrático de literatura se desperezó cual gigante dormido.

—¡Sí, esta tierra es mía! Toda la tierra puede serlo. «La libertad consiste en poder hacer todo aquello que no perjudique a otro: por eso, el ejercicio de los derechos naturales de cada hombre no tiene otros límites que los que garantizan a los demás miembros de la sociedad el goce de estos mismos derechos. Tales límites sólo pueden ser determinados por la ley.» Los derechos del hombre son sagrados, señoras, sagrados. Durante años, he vivido sometido y la obra de Sofía ha hecho que despertasen sentimientos en mí que no conocía. Eres una nueva Olimpia de Gouges, Sofía. Eres una libertadora en un mundo reprimido y con miedo a la verdad. No te cortarán la cabeza pero querrán hacerlo, amiga mía. El libro no necesita cambio alguno: es perfecto. Y señora Del Hierro, generala: ¡hablamos de sexo, de penes, de vergas, de lenguas húmedas y cuerpos más húmedos aún, que se enredan en una danza perpetua y más allá de su entendimiento! A la paz de Dios, señoras, aunque lo dudo mucho.

Y la figura de Charles Laughton, reencarnado en Toribio, desapareció entre las ramas de los árboles. El general Llorente se dirigía al tendejón para hablar con Sofía y saludó a Toribio. La respuesta no fue la que el general esperaba.

—General, su hija es una maestra, una gurú del sexo y de la vida. Que Dios se la conserve muchos años a su excelencia. Buenas tardes tenga usted, general.

El buen jedi vio cómo Toribio se alejaba silbando. Parecía contento y Toribio siempre había sido un hombre triste, gris. No entendía lo de Sofía, tendría que preguntarle. No pudo preguntar nada, su hija miraba a sus cuñadas y a su mujer: discutían.

—¡No la ha llamado puta babilónica, Carlota! ¡No te ha dicho nada de la guillotina!

Clotilde y Matilde, como casi siempre, hablaban al unísono. El general se sentó sin que nadie más que su hija reparase en él, estaba acostumbrado.

—¡A cuento de qué habla de sexo, de vergas! ¡Y esa manera amenazante de recitar los derechos del hombre! Era amenazarme con la guillotina, podéis decir lo que queráis pero ese chico me ha amenazado claramente y habla de Sofía como de una ramera.

—A mí me ha dicho que es una gurú del sexo. De ramera no dijo nada, Carlota...

—¡Santiago! ¿Has permitido que te dijese eso? ¡Lo veis! Una gurú del sexo. Claro que con esa pinta que tiene... ¡Jamás te arreglas, Sofía!

Sofía fumaba, como siempre, y sonreía. Desde hacía un tiempo, sonreía sin parar... Su madre, siempre su madre. Siempre el sexo relacionado con una buena percha, con una figura de estatua griega. El sexo y la forma de vestir conforme a la costumbre. El sexo y Sofía. El sexo y la física. El sexo y la nada. El sexo sentido. Sofía se imaginó vestida con medias, ligueros y una bata con plumas de avestruz en el cuello. Se vio caminando sobre unos zapatos de altísimo tacón, se vio embutida en un *body* de encaje negro, balanceándose como lo hacían las actrices. Ella había caminado por su casa de esa guisa muchas veces. Tristemente, lo había hecho. Sin ningún resultado. Su marido era inmune a los ligueros, al menos, a los suyos. En realidad no era inmune. Le había dicho: «¿Qué haces vestida de puta, Sofía?».

Y su madre, su querida Carlota, hablaba de que ella no se arreglaba. La ropa interior de Sofía era siempre ropa cara, de encaje, de colores, bordada o de algodón blanco, inmaculado. Esa ropa se la veía ella, la disfrutaba ella, nadie más. Como muchas otras cosas en su vida. Volvió a la realidad del tendejón.

—A Olimpia le cortaron la cabeza, eso sí, Clotilde. Por escribir una declaración de derechos de la mujer...

—Eso no tiene nada que ver, Matilde, era una metáfora...

—¿Alguien va a explicarme qué ha pasado?

—Yo no, papá. Yo me voy a pasear un rato. ¡Ya tengo dos libros! Adiós, queridos.

—¡Santiago, tienes que hacer algo, habla con ella, dile lo que sea! ¡Está loca, loca de atar! ¡Habla de tener libros como si tuviese piedras preciosas! Y desde luego, no se presentará a ningún concurso, a ninguno. Eso déjaselo claro.

—Puede que mi hija, Carlota, nuestra hija, sea feliz con esos libros. Puede que, para ella, sean mejores que los diamantes. Y no seré yo quien se oponga a esa felicidad. Si quiere, que se presente al concurso. Si quiere, que se vuelva una gurú del sexo. Mientras sea feliz, a mí no me importará nada: sólo su felicidad. Puedes tomar apuntes de lo que te digo, si eres incapaz de asimilarlo. Adiós, queridas cuñadas, yo voy a preparar los ramos.

Y Clotilde y Matilde sonrieron y Carlota gritó, pero el general Llorente no dio la vuelta sobre sus pasos para intentar aplacar a su esposa. Cosa extraña, cosa insólita. El general se había dejado arrastrar por los deseos de Carlota del Hierro durante toda su vida. Aquella tarde, algo cambió.

El general pensaba en la felicidad como en algo cierto. Había dejado de ser una quimera. Él había leído el libro de su hija, los dos. Y había llorado. De rabia, de impotencia. El sentimiento que destilaba cada letra había entrado en su cabeza como un clavo. Le había dolido verse reflejado, ver reflejado su mundo y sobre todo, ver a Sofía en cada lamento, en cada escena. Su hija merecía ser feliz, pensaba el general. Nunca era tarde. Carlota tendría que ir acostumbrándose. Él, en esa batalla, lucharía junto a Sofía. Su hija dejaba de ser barro, dejaba de ser polvo y se estaba convirtiendo en polvo enamorado, pensaba el general Llorente. No tenía cara ni cuerpo el amor de Sofía. Simplemente, comenzaba a manifestar sin tapujos ni trabas su amor por la vida. Ella, que siempre había vivido bajo las caricias de la muerte. Sabía el general que Sofía había dejado de luchar en la guerra inútil de su matrimonio. Ahora, luchaba por la vida. Tremenda batalla que ni él mismo se había atrevido a emprender.

Sofía era un ser libre y su alma comenzaba a dejar de ser cautiva. Pensó en el poema de Quevedo y volvió a sonreír: «Serán ceniza, mas tendrán sentido». Esparcía las cenizas de su vida sobre folios en blanco y escribía sobre ellas. Las vidas pueden reescribirse, pensaba el general.

Sofía iba a lograrlo.

El general ignoraba que existía cara, cuerpo y palabra en el cambio de Sofía. Las sonrisas nacen, como los narcisos, cuando se las riega. Y alguien mimaba a Sofía como si de una flor se tratase.

Expresiones que pueden sonar cursis, pero no por ello dejan de ser ciertas.

Vas fer tard al teu temps

Vas fer tard al teu temps. Paraules dures
que sento encara com una derrota.
Però avui ja no sé de cap combat
ni quin temps era el meu. És una pena
no ser ningú, haver-se equivocat
de tren, quedar-se sense la maleta;
adormit al seient, passar de llarg
i ara trobar-se sense roba neta,
cansat, a un hotelot amb una sola
i mala estrella que deu ser la meva.
Prescindiré de tot menys del poeta
que queda del desastre. Farem veure
que fins i tot m'he equivocat de segle:
això serà París i jo Verlaine.*

JOAN MARGARIT

* «Llegaste tarde a tu tiempo. Palabras duras / que siento todavía como una derrota. / Pero hoy no sé de ningún combate / ni qué tiempo era el mío. Es una pena / no ser nadie, haberse equivocado / de tren, quedarse sin maleta; / dormido en el asiento, pasando de largo / y ahora encontrarse sin ropa limpia, / cansado, en un hotelucho con una sola / y mala estrella, que debe ser la mía. / Prescindiré de todo menos del poeta / que queda tras el desastre. Haremos / como si me hubiese equivocado de siglo: / esto será París y yo Verlaine.»

La sección joven del círculo daba los últimos retoques a la fiesta «privada» que organizaban en casa de los Pudientes. Aquel verano se habían distanciado de sus amigos de toda la vida, en palabras de Carlota. Decidieron que ellos no acudirían a bailar a la plaza del pueblo. Algunos no evolucionaban, palabra, evolucionar, repetida insistentemente cuando se tienen supuestos agravios contra quien no piensa como uno mismo. Carmen Pudientes encontraba fuera de lugar codearse «con esa sarta de anormales, que no saben lo que es vivir». Unos garrulos, repetía Carmen. La garrulería venía dada por el hecho de que uno de los supuestos «rústico-pijos» la había abandonado a mitad de verano por una inglesa de piernas largas, inglesa que hacía un curso de lenguas en la villa y que la mala lengua de Carmen Pudientes declaraba experta en ciertas habilidades que, en un fácil juego de palabras, bien puede entender el lector.

Tenían mucho que ver esas habilidades con el francés. No dirá más este relator, harto de situaciones y descripciones incoherentes desde que a la cuarentona con ínfulas quevedescas le dio por escribir y hacerlo pasar por estos calvarios.

—¡Creo que está quedando fantástico!

—Sí, Carmen, queda bien. Pero podríamos ir un rato a la plaza con todos y después venirnos.

—¡Yo con la garrulería no me trato! ¡La zafiedad no me va, Mafalda! ¡Cada día menos!

—Será ahora, Carmen. ¡Antes bien que te iba!

—¡Qué poca solidaridad! ¡No te entiendo! ¡Tú también eres una dejada! ¡Así que no te entiendo!

—¿A cuento de qué hablas de eso ahora? ¿Qué tiene que ver una cosa con la otra?

—Si voy a la plaza, veré a ese cerdo con la inglesa. ¡Y yo no tengo ningún inglés! ¡Ni siquiera uno de aquí! Y tiene mucho que ver: a ti, monina, también te dejó ése por otra. ¡Hay que ser solidarias en estas cosas, mujer! Eso, si la inglesa puede ir...

Ninguno de los presentes procesó la frase final.

—No quiero que lo llames ése. Tiene nombre. Si se fue con otra, mejor para él. Cuando se quiere de verdad, el egoísmo sobra.

—Tú, que eres tonta. Te pareces a la Princesa Prometida: amor verdadero… ¡Se van con ellas por guarras! Se dejan meter mano y hacen cosas que tú ni te imaginas. De momento, estoy poniendo solución a esto: veo todos los programas de sexo que puedo. Una especie de cursillo intensivo.

—Pues, a mí, no me interesa un cursillo así. Vale, si quieres, no vamos a la plaza, pero será un aburrimiento, seguro.

—A ti, no te hace falta: con que leas los libros de tu madre, te sobra, guapa…

—¡Carmen! Yo no voy a leer ese libro y te recuerdo que sólo es uno. Estáis obsesionados, todos.

—Peor para ti. Yo ya lo he leído, se lo pillé a mi madre. ¡Y ríete tú de Lorena! Una máquina de matar es tu madre. Seguro que tu padre no la deja por eso; de otra manera, no se entiende que ese tío siga con ella. Claro que lo que no se entiende es que ella siga con él. Bueno, yo me entiendo.

—¡Sería de agradecer que no te metas con mis padres! ¡De los tuyos, no digo nada! Y podría decir muchas cosas.

—Por mí, puedes decir lo que te dé la gana: no los soporto. Son imbéciles perdidos. Cada día los aguanto menos. Me voy a ir de casa en cuanto pueda.

—Y la renta te la paga un hombre seducido por tus nuevos encantos sexuales, Carmen. Y tú, Mafalda, haces bien, no como esta golfa que tengo por hermana. Vergüenza tendría que darte, Carmen.

—¡Habló el que se folla hasta a las aceitunas con patas! ¡Machista! Eso es lo que eres, Carlos.

—Eso era antes, ahora no. No compensa, te lo digo yo que no compensa.

—Primero lo hiciste tú. Como yo soy tu hermana y mujer, a joderme, ¿no?

—Pues no pienso hacerlo. Cuando me canse, como tú, ya lo dejaré.

—Lalita es negra. Seguro que es adoptada. Lo sé por los pezones: son de negra. Todo su cuerpo es como el de las negras que salen en las pelis.

Claudio Pudientes colocaba unos candelabros, mientras describía el cuerpo de la tal Lalita. Sus hermanos y Mafalda dejaron la discusión y se volvieron hacia él.

—Todo el día habláis de lo mismo: ¡menos hablar y más follar! Ése es mi lema.

—¡Pero si tienes dieciocho años, Claudio!

—El tenis y este cuerpo dan para mucho, Mafalda, hija. Son ellas las que me acosan y no voy a decir que no. Y os aseguro que Lalita es negra. Lo de los pezones es definitivo y se pasa el día hablando de viajar a África. Es negra, está claro. Y serás una dejada, pero no pendona como ésta y sus amigas, incluida Lalita.

—¡Podéis dejar de hablar de que me han dejado! ¡Y dejada no es lo que quieres decir, Claudio! ¡Esa palabra no se aplica al caso!

—¡Calla, Lázaro Carreter! ¡Desde que tu madre escribe, chuleas con que nosotros no hablamos bien!

—¡Es que no habláis bien, guapa! Y quiero manifestar mi rechazo a que hagamos el baile aquí. No es apropiado.

—Más apropiado que una capilla y una fiesta gótica no lo encontraremos, Mafalda. Deja de dar el coñazo.

—Lo encuentro irreverente, así de sencillo. Y eso de vestirse de góticos no sé a cuento de qué: no lo somos.

—Yo voy a serlo, de facto, ya lo soy. ¡Hale! Como verás, sé *palabros* raros, como tú.

En ese momento, Mafalda se percató de la extraña pronunciación de Carmen Pudientes. Carlos la miró y ambos miraron a Carmen.

—¿Qué tienes en la boca, Carmen?

—Nada, ¡qué voy a tener!

—Abre la boca.

—¡No me da la gana, Carlos! ¡Vete por ahí! ¡Humo!

—Ayúdame, Claudio.

—Vale, después enseño lo mío.

Mientras hablaba de «lo suyo», Claudio avanzó hacia su hermana y ayudó a Carlos a sujetarla. Carmen Pudientes se retorcía, daba puñetazos y patadas, pero le sirvieron de poco. Tirada sobre un banco, nada pudo hacer en su defensa. La fuerza de dos hombres jóvenes no la supera una mujer, a no ser que sea prima hermana de Angelina Jolie haciendo de Lara Croft. Y éste no es el caso.

—¡Tápale la nariz, Mafalda! Rápido.

Mafalda no conocía otros hermanos como propios que los Pudientes. Esos momentos en común alegraban su existencia, así que se convirtió en la bruta que no era habitualmente y retorció con fuerza la nariz de Carmen, hasta que la infeliz gritó y abrió la boca. De la lengua, pendía una especie de colgante, un arete.

—¡Te has hecho un piercing!

—¡Sí, Mafalda! ¡Asquerosa, un poco más y me afuegas! ¡Caínes, que sois unos Caínes!

—Dice el poeta que la envidia de la virtud hizo a Caín criminal, Carmen. No es tu caso, no tienes virtud alguna que envidiemos.

—¡Te estás pasando, Mafalda!

—Mirad el mío.

Sin tiempo a que nadie reaccionase, Claudio se bajó los pantalones y enseñó orgulloso lo que Carlota del Hierro hubiese denominado miembro viril. De él pendía otro arete.

—Mira, Mafalda. Escuece un poco, pero lo soporto. Ahora que seré cantante, esto vendrá bien: es moderno.

—¡No mires! ¡Tápate eso, cerdo! ¡Se os tendría que caer a trozos la carne! A mamá le dará algo.

—Peor no se va a poner: ya está loca, a lo mejor, se cura.

—Carmen, siempre hablas mal de tu madre, no sé por qué lo haces. Y lo que os habéis puesto es una moda idiota, terminará infectándose. Y, Claudio, no creo que los cantantes enseñen *eso*.

—Yo me haré una foto con la picha al aire, así vendo más, seguro que sí.

—¡No seas insensato!

Las fuerzas del mal y del bien se unen y desunen en un instante, la ONU es ejemplo de ello. Y cuando Carlos Pudientes llamó insensato a su hermano, Claudio y Carmen fueron un frente común. Una coalición, dicho en culto.

—Yo encuentro al Carlitos muy cambiado, Claudio. Muy pendiente de la Mafalda. No se pueden decir tacos, no se pueden enseñar cositas. Emplea palabras pijas. Pa mí, que está enamorado, Claudio. Y de nuestra Mafaldita, la finita…

—A mí déjame a un lado de todo esto, Carmen.

—No, mujer, si está bien. Ya lo decía mamá: eres perfecta para nuestro hermano, Carlitos no te quiere, estoy seguro. Es por lo del patrimonio. Y, al lado de éste, no tienes futuro en una cama: está desgastao totalmente. Eso de andar de flor en flor termina pagándose, así que na de sexo o más bien poco, Mafalda, corazón.

Como respuesta, el discurso de Claudio obtuvo un empujón de su hermano y rodaron por el suelo, una vez más en su historia. Subida encima del banco, Carmen jaleaba la pelea y Mafalda se fijaba en lo bien que pegaba Carlos, en cómo golpeaba a su hermano, con qué fiereza, en su culo y en sus manos al pegar porrazos.

Mafalda se sintió una heroína de película: *Duelo de titanes, Duelo al sol*, cualquiera de vaqueros, apareció ante sus ojos. Carlos se había reformado, eso estaba claro. Era guapo y estudiaba mejor que sus hermanos y la entendía y sería un buen novio. Al llegar a esa conclusión, se asustó de sus propios pensamientos. La pobre Mafalda, la infeliz sujeta, desconocía que todos los hombres se pegan por una mujer, pero que, poco a poco, lo que desean es darle una patada en el culo, en cuanto se cansan de hacerse los héroes.

Una voz con mucho mando interrumpió la pelea. Farid gritó algo que ninguno de los presentes entendió, pero que acojonó.

—¿Pasa algo en esta casa que yo deba conocer?

Los hermanos Pudientes temían a Farid Abbas.

—Nada, Farid, mis hermanos que se pegan por Mafalda. Carlos está enamorado de ella y la tonta está a punto de caer como una frutita madura.

—Bien, Carmen. Eso está bien.

—¡A mí Carlos no me gusta! Y dice que se mete a cura…

Acompañaron a las palabras de Mafalda un golpe de melena y un retorcimiento de cadera que, a otra edad, habría determinado el ingreso por luxación. Dicho claramente, se retorció, se chuleó, como sólo una hembra en celo y necesidad de afecto puede hacerlo. Y la última frase, la referida al sacerdocio de Carlos, la arrastró, la dejó salir entre los labios como resbalando suavemente, casi como entonando una canción, una copla. La hija de don Juan Alba versión masculina. Manos menos buenas que las de este relator dirían que dejaba escurrir su verbo como una vil serpiente que se arrastra hasta envolver en su abrazo al infeliz.

—¡Yo no me voy a meter a cura! Era una broma —respondió Carlos, como sólo puede hacerlo un espécimen claramente inferior ante los movimientos de un vulgar contoneo y unas palabras pronunciadas con la lengua retorcida.

Ningún ser elevado responde a estímulos tan absurdos, este relator lo tiene claro.

—¿Alguien sabe que haréis una fiesta en este templo?

—Esto no es un templo, Farid. Como eres ateo, no lo sabes.

—Farid es musulmán, Claudio, deja de hacer el idiota. Yo veo un ara, Claudio. Y si hay un ara, es un templo. Supongo que tendrá reliquias.

—¡Que dejes de chulear, esta capilla es nuestra, Mafalda! No sé qué dices de un ara y de unas reliquias.

—En el altar, hay un ara. Dentro, seguro que hay reliquias, Claudio.

—Mafalda, son dos ignorantes. Quiere decir que es un altar consagrado, hermanos míos.

—¡Anda, coño! Ahora me enteré. Que éstos creen que están ahí los huesos, Claudio. Ya no están, la capilla está *descultada*. Los sacó mi abuela el año pasado: este verano está sin huesos.

—¡Pues no sé por qué quitan los huesos! ¡Era mejor con huesos ahora que somos góticos, Carmen! Bueno, traeré un esqueleto entero. En la cripta los hay.

—Déjalo, Claudio... Y descultada no existe, quiere decir que no está consagrada, Farid. Ya sabes cómo es Claudio...

Carmen Pudientes hacía gestos señalando a Farid, pero Claudio no se enteraba de nada. Nunca.

Farid Abbas pensaba en lo idiotas que llegaban a ser los hijos de los pueblos supuestamente adelantados. La sociedad del bienestar creaba aquellos monstruos.

Un vozarrón fue más contundente al expresarse.

—¡Al que toque la reliquia, me lo cargo! ¡Que quede claro a todos!

Castaño, el comisario Castaño, entró en escena con ese ímpetu habitual en él.

Castaño, al igual que Teruel, existe.

Los Pudientes recularon y Mafalda sonrió.

—¿De dónde piensas sacar tú un esqueleto, so infrahumano?

Claudio reculó un paso más, pero un pellizco en el culo propinado por su hermana lo hizo dar un paso al frente.

Claudio, por edad y educación, era un tanto merluzo. Así que chuleó.

—A ver, yo iré a donde quiera, Castaño. Tú no puedes impedírmelo, guapo.

—¿Guapo? ¿Un chuleta, un vago, un gigoló como tú me llama guapo? ¿A mí? Bueno, bueno, Claudito…

Y al hablar, caminaba Castaño ante un Claudio que comenzaba a encogerse. En un rápido movimiento de mano, el comisario enganchó las partes nobles del chico: los genitales, dicho finamente. Claudio aulló.

—¡Vas a mamá! ¡Vas preso, Castaño! ¡Ayudadme, so idiotas, que me está clavando el piercing en un huevo!

Nadie se movió. Farid miraba a Castaño, no estaría apretando mucho, al menos, eso esperaba.

—Claudito, tú no vas a ir a ningún sitio, mucho menos a por un esqueleto. Eres tan anormal que capaz serías, pero no irás, no. ¿Yo voy a ir preso? No, Claudito, ¡tú terminarás en una cárcel, tú eres carne de presidio! ¡Te van a caer tantos años que cuando salgas no tendrás culo! ¡Tendrás una masa informe en donde el resto de los humanos tienen culo, Claudito! ¡Delincuente!

—¡Castaño, ya está bien, jolines! No fue para tanto lo que hizo.

—Tú qué sabes, Mafalda. Tú no has salido a éstos, gracias a Dios, a tu abuelo y a tu madre. Y a Farid, por supuesto. Claro que yo puse algo de mi parte para que no fueses como estos reptiles…

Castaño se lanzaba en uno de sus discursos interminables ante la impaciencia de todos, sobre todo de Claudio. Farid lo miraba y Castaño paró en seco. El moro daba miedo.

—Claudito, diles dónde tienes la moto.

—¡Yo qué sé! ¡Me la robaron, ya lo sabes!

—Ya, te la robaron, sí… ¡Mentira!

—¡Castaño, suéltame, que me duele un huevo!

—¡Confiesa! ¡Cuenta lo de la moto!

—Aprieta más, Castaño. ¡Que cante! Eso de la moto no lo sé yo.

—Tu hermano es un quinqui, Carmen. Tú vas por mal camino, pero aún no has caído tan bajo: ya caerás. ¡Cuéntalo, Claudio!

—¡No! ¡No pienso reconocer que vendí la moto, Castaño!

Farid sujetó a Carlos, que se disponía a dar un bofetón a su hermano. Los pecadores arrepentidos son una especie peligrosa: se convierten en Torquemadas, se convierten en templarios defensores del bien a base de dar mamporrazos. No hay peor cosa que un arrepentido, son seres malvados, detestables.

—Claudito nos contó a todos que le habían robado la moto nueva. ¡Pues no! Este crápula, este delincuente juvenil, la vendió. Uno de mis hombres lo vio cerrar el trato con el Trucha…

—¿Quién es el Trucha?

—¡Qué más da, Mafalda! Otro delincuente, de barrio bajo, pero delincuente. Los de barrio alto se llaman Claudio, como los emperadores. Los de barrio bajo se llaman como los pescados baratos, hija. ¡Pero delincuentes ambos! Bueno, pues el nene cerró el trato, vendió la moto al Trucha por una mierda y se la llevaron en un camión. Tenemos todo un reportaje gráfico, Claudito. Y el dinero. Con el dinero me quedo yo, para no tener que pedir a tu madre cuando compre la voluntad de alguien para salvarte a ti el culo.

—¿Hiciste eso, Claudio?

—¡No seas dramática, Mafalda! ¡Sí, lo hice! ¡Lalita quería ir a un concierto y no teníamos pasta para la cena ni para nada!

—Menos mal que no pensaste en los cuadros o en la plata, Claudio, tenemos que darte las gracias…

—¡Déjame, Carlos, tú alquilabas los coches de mamá!

—¡Era más joven! ¡Y era un negocio! ¡Mamá lo entendió!

—¡Pones una casa de putas y tu madre lo entiende, así que

menos cuentos, Carlos! ¡Ésa, lo que suene a dinero, lo entiende siempre!

—¡Anda, Castaño, no te rayes con mi madre, tío!

—Si quieres, me rayo contigo, Carmencita, que hay mucho que rajar de ti.

—A mí ni me mires: no hice nada.

Castaño soltó a Claudio que corrió a tirarse sobre un banco mientras insultaba al comisario.

Carmen no dio ni un paso atrás. Castaño se enfrentó a ella.

—Cuentan que una inglesa, una guiri que está haciendo un curso de idiomas, se ha puesto enferma, de repente, de pronto. Una cagalera brutal, me ha dicho Bienvenida. Al parecer, la guiri se ha tomado un laxante, no por voluntad propia, por supuesto. Alguien se lo ha puesto en un helado.

—¿Y a mí qué coño me dices, torturador?

—Torturador, torturador… ¡Qué sabrás tú! ¡Envenenadora! Resulta que ayer le pediste a mi Bienvenida un frasco de laxante y te marchaste al pueblo a tomarte un helado, Carmencita. Y caminaste directamente al café donde van los guiris, tomaste un helado con la inglesa y al poco rato, la tía por poco la espicha. Si os llega a conocer Agatha Christie, se acojona. Los de la alta sociedad sois así: unos delincuentes con peluca empolvada, bien se sabe. A lo que vamos: ni esqueletos ni hostias.

—Esto lo haces porque mi padre es del gobierno de la derecha. ¡Si fuese uno del partido de Mafalda, no lo harías! ¡Los hijos de una ministra de un gobierno de éstos robaron cámaras en el metro y nadie los metió presos, Castaño! Lo contó mamá, así que tú haces distingos, ¡comunista, que eso es lo que eres!

Castaño encendió un cigarrillo y miró a Claudio, arrepintiéndose de no haber apretado más fuerte.

—¿Lo has oído, Farid? Yo, comunista…

—Déjalos. Vámonos, somos casi viejos. No te entenderían.

—¡Dale una leche, Castaño, ahora sí que quiero que les pegues! ¡Estoy harta de que se metan con mi madre! ¡Pégale! En la facultad me insultan; en casa, insultan a mi madre; todo Dios insulta a mi madre en los periódicos. Y a mí, por culpa de ella. ¡Quiero que le pegues y quiero que sangre! ¡Y quiero que me pida perdón! La escolta la necesita mi madre, no el mierda de vuestro padre. ¡Cobardes, eso sois toda la derecha de este país! ¡Y la izquierda! ¡Todos unos cabrones y ya estoy cansada!

Mafalda Mendoza Llorente estaba cansada, era cierto. Se estaba cansando de la mierda de mundo en el que vivía. Su padre era un anciano prematuro, su madre una idealista idiota y su abuela, un libro dispuesto a abrirse en cualquier momento e impartir doctrina. Cuando pensó que la vida era más hermosa, cuando pensó que existían otros mundos, cuando encontró algo en lo que refugiarse, se dio de bruces con el dolor que provoca el engaño, la mentira. El amor, eso se encontró la pobre Mafalda, que se esforzaba por sobrevivir en la extraña familia, en el extraño círculo. Se dio de bruces con un punto filipino que, después de varios años, declaró sentirse agotado de la relación. El cabrón se había preocupado antes de indisponerla contra su familia, contra sus amigos, contra todo lo que a Mafalda le resultaba agobiante. Carmen tenía razón: era una dejada, pero una dejada de la mano de Dios, eso era ella. Sus amigos se tomaban la vida con más calma, se tomaban la vida a la ligera. En ocasiones, odiaba a su familia, los odiaba por hacerla tan responsable, por hacerla ver las necesidades del prójimo, por meterle día a día en la cabeza todas aquellas ideas que no servían para nada. Si le preguntaba a Carmen, si le pedía una opinión sobre Henry Kissinger, le respondería que ni idea de quién era aquel cantante. Y sus compañeros de facultad... El ala progre, la odiaban por ser hija de su padre y los conservadores, por ser hija de su madre. Una hija de puta, una hija de cualquier puta habría dado pena. Ella no la daba. A ella la envidiaban y eso hacía su vida un poco más negra que la de sus amigos. De la pena, del asco, en ocasiones, nace la violencia, casi siempre. Y Mafalda había sido buen ejemplo de ello.

Farid la abrazó y Castaño, como no podía ser menos, increpó a los Pudientes.

—¡Desgraciaos! ¡Mirad lo que habéis hecho con la niña! ¡Cabrones! No le llegáis ni a la altura del zapato.

—¡No hicimos nada! Está así por el dejamiento, Castaño, a ver si te enteras. Le va a dar algo por culpa de ese tío. Mejor te ocupabas de él y nos dejabas en paz a nosotros.

Castaño no respondió, pero una idea se introdujo en su mente.

—Déjame, Carmen, déjame, anda. Que no sabes lo que dices. Lo siento, Claudio, fue sin querer, no quiero que te pegue nadie, de verdad que no. Te pido perdón.

—¡Pues si llegas a querer, estoy muerto! Bueno, te perdono.

—Vamos, hija, deja a estos desalmados. Vamos a casa, Mafalda, Bienvenida creo que ha ido a ver a tu madre.

Y salieron los dos hombres con la chica, mientras los Pudientes volvían a rodar por el suelo en una lucha sin cuartel.

Eran las siete de la tarde. No era una hora taurina, pero Bienvenida Castaño se encontraba como si fuese un matador, un torero agotado por la faena. Pero a ella nadie la sacaba a hombros y desde luego, no podía bajar corriendo las escaleras de un hotel y contar cómo se había cepillado a Ava Gardner.

Harta, más que harta, estaba Bienvenida aquella tarde. Todos de vacaciones; ella no, ella tenía que trabajar. Aparcó el coche cerca de un manzano. Un ruido seco, un golpe, la hizo pegar un salto. Y, cómo no, hacer un comentario:

—¡Madre que parió a la manzana!

Una manzana reposaba sobre el coche de Bienvenida. La manzana fue acusada de tráfico carnal. Bienvenida la miró fijamente y la llamó «puta». La doctora Castaño era contundente en los comentarios. Hasta con las manzanas.

La casa de los Del Hierro se había construido de tal forma que varias familias podían ocuparla y vivir en ella sin molestarse. Bienvenida encontraba aquello carente de intimidad, no comprendía que Sofía continuase viviendo allí. Lo comprendía, pero no le gustaba. Sus padres vivían en una casa cercana, pero ella se había comprado un apartamento lejos de allí. Junto al de Enriqueta. Queta y ella habían decidido irse lejos. Claro que Queta no lo ocupaba apenas, continuaba viviendo en la tercera planta de la casona. Se marchaba al apartamento cuando se enfadaba. El concepto de lejanía de Bienvenida Castaño era raro. El apartamento se encontraba en la misma manzana que aquella casa. Un edificio antiguo que la familia Llorente había rehabilitado y convertido en pisos. Las varas de medir, hasta las distancias, son como los colores.

Subió las escaleras de dos en dos al principio y cuando llegaba al primer descanso, Bienvenida Castaño volvía a repetir palabras malsonantes. Sofía se asomó a la puerta.

—¿Qué dices de la edad?

—¡Que puta edad, eso digo, Sofía! ¡No puedo respirar! ¡No puedo subir de dos en dos los escalones sin perder el aliento!

—Yo tampoco y no reniego. Anda, entra. Está aquí tu padre.

—¡Me largo! No tengo el día para aguantar a Castaño. ¡A mí, no me da la vara Hércules Poirot, hoy no!

Protestando, entró en la casa. Castaño, Mafalda, Farid y Enriqueta estaban sentados a la mesa. Saludó Bienvenida con un gruñido y se dejó caer sobre una silla.

—Me alegro de que me des la merienda, Sofía. Vengo cansada y a mí nunca me dio nadie la merienda. Cuando volvía del colegio, tenía que preparármela yo. En mi casa, no había criadas, mi madre estaba demasiado ocupada creando células comunistas y mi padre, deteniendo a los compañeros de mi madre, así que no: ¡nunca me han dado la merienda!

A medida que hablaba, Bienvenida iba subiendo el tono de voz.

—¡Bienvenida, hija! ¡Qué cosas dices! Trabajas demasiado. No digas esas cosas, mujer. Por favor…

—Eso digo yo, Bienvenida. Siempre os estáis quejando de todo. Tú, mi madre, mi tía, mi abuela, todos os quejáis. Y Castaño seguro que fue un buen padre, a mí siempre me ha tratado bien.

—Te lo alquilo, Mafalda. O te lo vendo. Todito para ti. No me mires así, Farid. Es lo que siento y estoy empezando a decir lo que siento. Es necesario para mi curación.

Anote el lector en su mente cómo los hijos de esta farsa quieren alquilar o vender a sus padres a la primera oportunidad. Pido la anotación cerebral para que, cuando usted piense lo mismo, no padezca de remordimientos: es un sentimiento universal.

—¿De qué estás enferma?

—De los nervios, Mafalda, de los nervios. Si veis qué día he tenido hoy… No puedo más.

Y, sin que nadie se lo preguntase, Bienvenida Castaño comenzó a relatarlo.

—Un trasplante, primero, un trasplante. Sofía, ya sé que estás en contra de ese programa, de la falta de comités de ética, ya lo sé, así que no me lo cuentes de nuevo. Me he comprado otro piso y tengo que pagar la hipoteca. Primero, el trasplante hepático y después, una operación. De cerebro ni más ni menos. El paciente sentado, anestesiado y el cirujano operando. Sofía me había mandado una nota diciendo que había llegado Juan. Y, cuando le estaba respondiendo, sucedió todo.

—¿Tienes el teléfono encendido en el quirófano? ¡Qué irresponsabilidad, Bienvenida!

—No seas coñazo, Mafalda, déjame continuar. Bueno, el tío sentado en la silla: a los pacientes neurológicos los sentamos, es más fácil. Bueno, pues la silla, la silla de mierda que empieza a subir sola, que sube y sube y yo gritando a las enfermeras que me diesen un banco, se le salía el tubo. El cirujano acojonao sin saber qué hacer y el paciente que se me iba y yo encima de una banqueta. Di un salto, corrí al enchufe y se paró la silla. Aún me dura la taquicardia. Toda la operación mangada sobre la banqueta. No parecía un quirófano, era un circo.

—Bienvenida, prefiero que no me cuentes esas cosas: cuando voy al médico pienso en las cosas que me cuentas y me pongo peor.

—¡No te cuento de la misa ni la mitad, Farid! Si yo te contase no irías al médico. ¡Nunca hay que ir al médico!

—Tú eres médico.

—Por eso lo digo, Sofía.

—¡*Bones tardes a toos!, ¡equi los míos dos amores! Mafalda, Sofía. Hola al restu.* (¡Buenas tardes a todos! ¡Están aquí mis dos amores! Mafalda, Sofía. Hola al resto.)

—Nacionalista… ¡Habla normal, Javier!

—Te he oído, Castaño. Y ye Xabel, a ver si te vas enterando. Tu mujer anda hoy muy ocupada repartiendo panfletos para la oficialidad. Si le digo lo que me has llamado, no comes en dos semanas, calzonazos. ¿Todo preparado para mañana? A tu madre no la he visto, Sofía. Supongo que se ha escondido para no pensar en la fiesta: seremos más y más guapos, como siempre. Andará desquiciada. Tu padre estaba en la huerta preparando los ramos, dirigiendo la operación. Este año, salen cinco de esta casa, no va mal la cosa.

—Esta ridiculez de enfrentamiento, ¿va a durar mucho, Xabel?

—Dura ya siglos, Bienvenida. Pero tú, como ahora vas de neutral…

—¡Un momento, yo soy de la Santa! Otra cosa es que no sea fanática, Xabel.

—Yo no soy ningún fanático. ¿Tenéis todo preparado? Yo estreno, el traje de porruano se me había quedado pequeño y estreno: terciopelo negro y rojo. La camisa de hilo, por supuesto.

—Faltaría más, Javier, los nacionalistas sois así de grandones. Comunistas pero con el bolsillo siempre lleno.

—Castaño, Castaño, que te veo venir: yo, de comunista, nada y sábeslo. Bueno, da igual. ¿Quién me pone un café?

Volvieron a embarullarse las conversaciones como era normal en el círculo. Cada uno hablaba de cosas diferentes, pero se entendían. Xabel encendió un cigarrillo y Castaño gritó:

—¡Eso sí que no! ¡Droga delante de mí ni de broma!

—Pues vete, Castaño, que yo voy a encender otro.

—Y yo, Castaño.

—¡Bienvenida, Sofía! ¡Hay menores delante!

—Creo recordar que no soy menor desde hace tiempo, Castaño. Eso era antes, en el antiguo régimen. No se dan a la coca: es *maría*, Castaño; a mamá le pasa el dolor de la espalda.

—De buena calidad, muy buena, ciertamente, Castaño. ¿Ya no te acuerdas de África?

—¡Cierra el pico, Farid! Me voy a ver cómo están los Pudientes y el ministro. Hoy en día, es ministro cualquiera y magistrado, no digamos. ¡Manda huevos!

—¡Aquí va a pasar algo! ¡Y grave, muy grave, Castaño!

Alicia Solares tenía la mala costumbre de aparecer de repente, la divertía asustar a cualquiera que pudiese ser susceptible de ello. Sembrar el pánico, lo llamaba. Queta apareció tras de Alicia. Ni saludó, la preparación de los ramos la había puesto de mala leche.

—Alicia, era por tu marido y por algún compañero tuyo, mujer. ¿Cómo piensas que puedo referirme a ti? Te conozco desde niña, Alicia. Muy bonito tu nuevo coche, sí, Alicia, estupendo coche el que te has comprado. Espero que jamás dejes que tu marido lo conduzca, hija: no sabría. Él es torpe, no como tú.

Castaño no pestañeaba al hablar. Miraba fijamente a la magistrada, dispuesto a tirarse al suelo ante el primer indicio de su señoría de arrojarle algo. Toda una vida tratando con aquella mula demente lo había enseñado que mejor la lisonja que el enfrentamiento. La loca, del sarcasmo no solía enterarse.

—Tienes razón, Castaño: hoy en día, cualquiera es ministro. El Pudientes es buen ejemplo de ello. Y claro que no le dejaré el coche; también tienes razón en decir que es un inútil, sí. Xabel, la semana que viene te juzgo, recuérdame que no te condene.

—Por supuesto, Alicia, te lo recordaré el día anterior al juicio. Me defiende Queta, que te llame ella, si no te parece mal.

—Vale, que me lo recuerde Queta. ¿Hay algo decente de merendar o qué? Castaño, creo que mis hijos quieren hacerme una putada esta noche. Vigila. Y tú ídem, Farid. Hola, Bienvenida, te veo fatal, estás destruida.

Bienvenida continuó merendando y los hombres presentes en la sala se retiraron con discreción: ninguno de ellos tenía el ánimo necesario para aguantar conversaciones femeninas capitaneadas por Alicia.

El lector puede pensar que estas cosas no suceden, que especímenes así no existen, pero se equivoca: estas conversaciones están a la orden del día. Para algunos, robar una moto es terminar con sus huesos en la cárcel, joder su vida para siempre con unos antecedentes penales. Para otros, no deja de ser una chiquillada, un error por el que no hay que pagar más que una bajada de cabeza, ante una reprimenda. Por supuesto, la reprimenda no es ante un juez, suele ser en estos casos ante una mesa de caoba y tomando un jerez. Siendo sinceros, en la actualidad, nadie jode su vida por robar nada, a no ser que seas Mario Conde y molestes a un banquero que quiere comprar un banco más. Siendo muy sinceros, en este país, roba casi todo el mundo y no sucede nada. Y siendo más sinceros aún, en este país, la justicia brilla por su ausencia.

Xabel no había robado una moto, se había disfrazado de gallina, pita en su lengua, y se dedicaba a perseguir al presidente de su comunidad en cualquier acto oficial al que el presidente acudía. Pedía la oficialidad de la llingua, de la suya. Uno de sus hijos era la pita originaria, pita golpeada en un teatro por la escolta del presidente. Golpes totalmente innecesarios y fuera de lugar, así que el sentimiento nacionalista de Xabel despertó de golpe. Cada golpazo recibido por su hijo fue un escalón más en su subida hacia la independencia del poder central. El presidente tuvo mala fortuna: desde el día de la bronca, uno de los mejores despachos de abogados de la región, un despacho con delegaciones en todo el territorio nacional, en América del Sur, en Miami y en alguna que otra capital europea, se dedicó a defender a cualquier valedor de la llingua que se sintiese maltratado por la administración autonómica. Desapareció de sus tarjetas y de la placa en su despacho el nombre de Javier y una hermosísima X sustituyó a la J. El presidente era un hombre autoritario, de malos modales, había sido incapaz de olvidar su paso por partidos comunistas. El delegado del Gobierno no era mucho mejor: detenía a las pitas protestonas, detenía a los ganaderos que se manifestaban contra la política que permitía a los lobos comer su ganado, a cualquiera que se manifestase de forma pacífica. A los delincuentes de guante blanco, a los especuladores, a ésos no, a ellos les permitía campar a su antojo y se dejaba agasajar por ellos. Desde niño, Xabel había admirado a Robin Hood, ahora él era un Robin de las Asturias. Podía permitírselo. Cuando el presidente vio quién se escondía bajo el disfraz de pita, cuando vio la cara de Xabel Prado de los Picos, quiso desaparecer, pero un vozarrón, el de Xabel, le gritó:

—¡*Llibertad*, amnistía y Estatuto de Autonomía!

—¡Seamos serios, señor mío! ¿Amnistía?

Xabel pensó que se había quedado un poco antiguo, aquel grito era de tiempos pasados, pero reaccionó de forma inmediata:

—¡Amnistía para los pastores de Picos! ¡Amnistía, *llibertad*!

Y los jóvenes presentes, los que acompañaban a la pita en

todas sus manifestaciones, comenzaron a corear la consigna. Un escolta del presidente enganchó a Xabel por un brazo y el abogado se resistió bravamente. Como resultado, el escolta dijo sufrir un tirón muscular en un hombro. El presidente volvió a increpar a Xabel y éste respondió mediante megáfono:

—¡Cierra la boca, gordo, que si estás más orondo, explotas!

El presidente tenía en gran estima su persona, el presidente odiaba estar como un botijo, así que perdió la cordura y ordenó la inmediata detención del secesionista.

La presidencia —de lo que sea— y la prudencia deberían ir unidas. Xabel sería juzgado por injurias, calumnias y resistencia a la autoridad. Claro ejemplo de la imbecilidad que impera en estos tiempos, que dicen ser democráticos. Gran mentira, enorme bola de engaño, tremenda farsa que todos los ciudadanos representan una vez cada cuatro años, tal que actores autómatas. Entretanto, el país se dirige desde los consejos de administración de las multinacionales.

Pide perdón el relator por este arrebato, pero no puede evitarlo.

La merienda estaba siendo entretenida. Las comadres hablaban de Xabel y asuntos que nada tenían que ver entre sí. Como siempre.

—A Xabel lo dejaré libre sin cargos, para joder a toda esa tropa miserable. Diré que el fiscal miente, que el presidente no se entera, que el forense es un vendido. Xabel quedará libre. La pita me gusta. Aprenderé unas cuantas frases en la llingua, las diré en la vista. Recuérdame que se lo diga a Xabel, Enriqueta.

—No soy tu secretaria, so absurda. Aprenderé palabras, aprenderé palabras… Mira que eres lela, Alicia.

—¿A que te desacato?

—¿Tú a mí me desacatas, Alicia? Apunta, Sofía, esto lo pones en una novela y no se lo cree nadie. Dame más pastel de higos: como y olvido.

—A Xabel le viene estupendamente ese juicio.

—Bienvenida, tú come y calla, que de esto no entiendes nada. ¿Por qué le viene bien?

—¿No dices que coma y calle? ¡Ahora, no te lo digo!

—Mamá, cuando sea mayor, ¿seré como vosotras? De pensarlo, enfermo, no puedo hacerme a la idea.

—Cállate, Mafalda, que lo de Bienvenida me interesa. Ya le responderás, Sofía, lo mío es más importante.

—Por supuesto, Alicia, ya le responderé a mi hija más tarde, cuando no estés presente y te desacate. Por si el desacato, le respondo luego.

—Le viene bien, Alicia cretina, porque lo ha convertido en un héroe. Su despacho está atacado de supuestos afectados por la no oficialidad. Fuera de aquí le viene bien porque está de moda la secesión. Ahora, todo Dios que manda no se llama Jorge, todos son Jordi. Y Francisco no se estila, son Patxi, da igual que se apelliden López. En este país o eres independentista y te llamas raro o no te comes una rosca.

—Estás como tu padre, Bienvenida. ¡Tú eres de izquierdas, mujer!

—¡Y tú, falangista, Enriqueta! ¡Deja de fastidiar, que se puede ser de izquierdas y no gilipollas!

—Yo ahora soy hoplita y falangista, me he enterado esta mañana. Y gnóstica, eso también lo soy.

—¡Tú lo que eres es imbécil, Alicia! ¡Pero perdidamente imbécil, deja de hacer el ganso!

—Me das igual, Sofía. Puedes insultarme lo que quieras, que me das igual. Pero tú eres una… ¡una fracasada! ¡Eso eres tú! ¡Hablando sexualmente, claro! Yo triunfo en todo lo que me propongo y, en eso, más aún. Tu novela la has sacado de lo que yo te cuento, tú de qué vas a saber tanto.

—Yo no estaría tan segura, Ali, no estaría tan segura de mi fracaso, amiga mía…

—Ahora chulea de lo que no tienes, anda, Sofía. Si a mí me da igual, pero eres una fracasada.

—Alicia, ¿has pensado en hacer terapia?

—Sí, Bienvenida, ¿no ves que hago terapia sin parar? Me he operado las piernas, el pecho y este invierno me opero el culo y la tripa. Si ya lo sabes, ¿para qué me lo preguntas?

—Es que te está desacatando y no te enteras, Alicia.

—Mafalda, hay cosas de las que mejor no enterarse, hija. Mejor parecer imbécil perdida. ¿No ves a tu madre? De tan lista que es, se pasa; todo el mundo la odia. Yo no, pero es porque soy su hermana.

—¡Tú no eres nuestra hermana, Alicia! Sólo nos quedaba eso, una hermana como tú.

—No te alteres, Queta, que te da el *déjà vu*, que te sube la tensión.

—¿Podríamos hablar de la fiesta, por favor? ¿Qué me pongo?

Las adultas, por un decir, preguntaron a Mafalda por la fiesta y Mafaldita se explayó.

—Yo sabía lo de la fiesta, sólo espero que no me hagan ninguna marranada esos descendientes del Pudientes. Iremos todas, eso desde luego.

—Yo no voy a ir a ninguna fiesta gótica, Alicia.

—Irás, Queta: ¿vas a dejar sola a tu sobrina en compañía de los hijos de Pudientes?

—Hablas de ellos como si no fuesen hijos tuyos, Alicia.

—No lo parecen, Mafalda.

—¡Mamá! ¿Qué me pongo?

—No sé, Mafalda, ¡yo qué sé! ¡No sé en qué consiste una fiesta gótica! No soy tu asesora de vestuario.

—Eres mi madre y eso lo incluye todo, Sofía.

—No voy a caer en la trampa, Mafalda. Puedes llamarme hasta señora coronela, que no te pienso responder.

—¡Mafalda! Has de llamar a tu madre como se estila, no por el nombre y ahora deja de dar la vara. Una fiesta gótica en una capilla, seguro que es como Notre-Dame de París, seguro. Yo iré de Esmeralda, la gitana.

—Anda, que estarás guapa, Alicia…

—Tú vas de Quasimodo, ¿eh, Queta? ¡En vez de chepa tienes tripa! Juaaaaaaaaaaaaaaaaaaa. ¡Por intentar reírte de mí!

—No tiene nada que ver con eso, Alicia. ¡Y deja en paz a mi tía!

La discusión sobre el tema de la fiesta disolvió la reunión. Todas fueron a buscar algo decente que ponerse para el baile gótico. Antes góticas que quedar en casa una víspera de fiesta. Antes cadáveres que con los difuntos de maridos o padres que amargaban su existencia.

Sofía, Mafalda y Enriqueta fueron en busca de su padre. La señora marquesa, esos días, solía dedicarse al arreglo de plantas y tiestos, lejos de los preparativos de la fiesta. Ella, Carlota del Hierro, pertenecía al bando del Santo. Con mayúsculas.

En la villa, los habitantes perdían el juicio dos días al año. En la fiesta de la Santa y en la del SANTO. Las procesiones no eran manifestaciones de fe, sino del poder de convocatoria de unos y otros. Familias enteras arrastradas a la locura, gentes venidas de lugares lejanos, que por nada perdían su respectiva celebración. Gastos enormes, lágrimas y llantos al paso de las imágenes. Histeria colectiva, lo definen los psiquiatras. Pecadores reincidentes golpeándose el pecho, miles de euros en ropa, flores, comida. Lo dicho: histeria, locura…

El general Llorente gritaba cuando sus hijas y su nieta se acercaban al tendejón de los ramos. Los panes estaban colocados, las flores en su lugar, y algunas mujeres daban los últimos toques a las estructuras de madera adornada, que al día siguiente acompañarían a la santa en su peregrinar.

—¡Ahora ha regresado a la magia negra! ¡Cada día está más loca! ¡Lo negará, Xabel! ¡Pondrá cara de santa, virgen y mártir y lo negará todo! ¡Pero se va a enterar! ¡Mira lo que hago!

Y el general agarró un cuchillo, caminó a la pradera cercana y mientras lo hundía en la tierra, pronunciaba una larga letanía. Xabel hizo lo mismo.

—¡No me miréis así! ¡Vuestra madre, tu abuela, mirad lo que ha hecho! Pero ahora no le servirá de nada…

Miraron las asombradas hijas y nieta. Un caldero lleno de agua, lleno de hielo y con una figura de la Santa en su interior, estaba bajo uno de los ramos.

—¡No me lo puedo creer, abuelo!

—¡Es de una maldad tan tremenda, Mafalda, que ni yo mismo daba crédito! ¡Meter a la Santa a remojo para que llueva y granice es perverso, propio de ella!

—Abuelo, lo que no me puedo creer es que tú hagas conjuros extraños, que claves cuchillos en la tierra para contrarrestar la lluvia. ¡Eso es lo insólito! ¡Estáis todos de encerrar!

—Mafalda, hija, estas cosas funcionan. Creo que podré deshacer el conjuro de tu abuela, no te preocupes.

—A la fuerza me preocupa ver que vosotros hacéis estas cosas. Y tú siempre dices que este país está en manos de descerebrados: esto es un ejemplo palpable, abuelo. Me voy a por la ropa.

Catedráticas de física deseando que llueva en una procesión y metiendo santos en agua. Generales del ejército, clavando cuchillos e invocando dioses paganos para que luzca el sol. Abogados de renombre, convertidos en una pita fustigadora de políticas lingüísticas. Magistradas locas y mal habladas amén de millonarias… ¿Ficción? Jajajajajajajajajajaja ¡Permítanme que me ría!

El coronel regresó de su paseo por las nubes más relajado. Relax que se convirtió en sarcasmo cuando llegó a su casa. Mafalda caminaba por el salón con aire de reina. Un vestido largo de terciopelo negro, con mangas ajustadas hasta llegar al codo y abriéndose desde ahí a la muñeca. Escote en pico y una cenefa de hilos de plata. Vestido rescatado de uno de los baúles del desván y que tras una buena sacudida de Anita y un repaso con la plancha había quedado perfecto para ir de gótica en plan fino.

—¿Los disfraces no son mañana, hija?

—Mañana yo me visto de aldeana, de asturiana antigua, padre; no me disfrazo. Tú sí te pones el disfraz de matador cada día, eso sí. Pero yo no te lo digo. Soy más caritativa.

Y el sarcasmo se trocó en indignación:

—¡Un respeto al uniforme que visto! Y a tu patria, Mafalda.

—Demuestro el mismo respeto que tú por mi traje, el de mi patria, de la más cercana, papá. Has empezado tú.

El padre y la hija mantenían relaciones diplomáticas. Se hablaban lo justo y necesario, pero en ocasiones la chispa saltaba. Por cuestiones absurdas, por comentarios idiotas. En la profundidad de la historia, que la había, no entraban jamás ni uno ni otro. Quedándose en la superficie ninguno de los dos perdía los beneficios que la relación padre hija aportaba y que eran mutuos.

En los círculos son importantes la hipocresía, el cinismo, cualquier sinónimo fino de la palabra mentira; sin ella se provocaría el caos. Y en los círculos, el caos no interesa a no ser que se produzca lejos, en un continente empobrecido y les reporte pingües beneficios a los puntos. África o América del Sur son el mejor ejemplo. Asia comienza a espabilar.

Alberto Mendoza era un buen padre. A su entender, a su uso. Y Mafalda lo sabía. Para ella, su padre era un gagá; su edad no era avanzada, pero él chocheaba desde la cuna. El coronel demostraba el afecto hacia su hija cuando le venía bien, cuando se acordaba. El resto del tiempo vivía en su mundo de soldados y guerras imaginarias. El coronel servía a un ejército que había olvidado hasta los fundamentos lógicos de la defensa nacional. Un ejército, unos servicios de espionaje, que confundieron el desmantelamiento de una dictadura con la destrucción de toda la red de inteligencia creada bajo el imperio del sátrapa. Con actos como aquéllos, el ejército se había convertido en algo descontrolado, sin sentido y sin valor alguno.

La inmigración nutría sus filas como medio de lograr una nacionalidad conveniente.

El ejército ni era ni existía. Los ejércitos son reflejo de la sociedad a la que sirven. Sin comentarios...

El coronel sufría por ello pero poco hacía para cambiarlo. Confundir disciplina con falta de valor es cómodo. Mafalda sentía ternura y rabia contra el hombre que vivía en la casa como quien mora en una pensión o un cuartel. Sabedora de que la falta de ilusiones mata el espíritu y alimenta la ruina humana, perdonaba a su padre, pero no por ello dejaba de recriminarle internamente su forma de no vivir. Externamente no le interesaba hacer manifestación alguna: el egoísmo conduce a la cobardía y Mafalda no era una excepción. Ponerse frente a su padre le habría supuesto dar la razón a Sofía y conduciría directamente al divorcio de sus padres.

Eso, a Mafalda Mendoza Llorente no le convenía.

Entró en escena la pagana de los egoísmos, la cobarde que anteponía la supuesta felicidad ajena a la propia. Portaba unas alas de ángel. Alas de ángel que en su día fueron blancas y ahora, por arte de un spray, eran negras. Saludó Sofía a su marido.

—Hola, coronel, ¿todo bien?

—¿Por qué no voy a estar bien, Sofía? Perfectamente.

—Era una pregunta, sólo una pregunta, Alberto. Cortesía.

—Ah, bien, estoy perfectamente, Sofía. ¿Adónde vas de esa guisa, Mafalda? ¿Alas negras?

—A una fiesta gótica. Esta noche los Pudientes dan una fiesta gótica, papá. Mamá viene conmigo.

—¿Qué es una fiesta gótica? Viniendo de esa casa de anormales me espero cualquier cosa.

—Ni idea, Alberto. Cuando vuelva te lo cuento.

—Ni te molestes, estaré dormido.

—Como siempre...

—Sofía, ¿puedes decirle a tu hija que sea más educada con su padre?

—Hija, que dice tu padre que seas más educada con él.

—Dile a mi padre que soy educada, sólo constato un hecho, mamá.

Sofía colocaba las alas en el vestido de Mafalda y se reía. Alberto no tenía el mismo sentido del humor. No tenía ninguno para ser exactos.

—¿La cena está lista, Sofía?

—Ni idea, Alberto. Anita algo tendrá preparado, vete a mirar.

—Manda huevos, Sofía, manda huevos que no sepas si en tu casa, tu marido tiene cena.

Nubes de tormenta se acercaban, tambores de guerra atronaban el aire. Obsérvese cómo cuando se trata de trabajar, de colaborar en el hogar, el tú es siempre para la fémina, en esto no existe el nosotros.

—Tu casa, Alberto, tu casa; nuestra casa. Tu cena, que no la mía.

—¡Tú la administras, Sofía!

—¿La cena?

—La casa, Sofía. ¡No quieras ser graciosa!

—Mamá, que no te enteras: no es suficiente con que estés en el despacho trabajando ni que hagas la compra ni prepares las comidas, ¡tú eres administradora, mamá! Tienes que estar contenta. Eso de administradora es más que ama de llaves, seguro que sí. La mujer ha escalado muchos peldaños: primero criadas, después amas de llaves y ahora sois administradoras, mamá. No sé de qué os quejáis.

Y volvieron a reír madre e hija. Alberto caminó por un pasillo iluminado tenuemente hasta llegar a la cocina. Allí no había luz. Escuchó unos ruidos, suaves al principio, más fuertes después. Dejaban de escucharse y de repente volvían a dejarse oír. Alberto pensó en el perro de su mujer. No podía ser, hacía un mes que había muerto. Él iba a envenenarlo, pero el perro se había muerto de viejo ahorrándole el trabajo. A punto de entrar escuchó una especie de silbido, un sonido de algo partiendo el aire. Ulular, dicho con propiedad. Dio un paso al frente y entonces ocurrió. Un algo se manifestó ante él. El algo movía entre sus manos unos cuchillos y se retorcía sobre sí mismo a la vez que recitaba palabras que el coronel no entendía. Los cuchillos pasaron cerca de la nariz de Alberto, que reculó. El algo daba vueltas alrededor de la mesa de la cocina blandiendo los cuchillos. Vestía de blanco pero Alberto no lograba vislumbrar su cara. Despacio, sin dar la espalda a la puerta, el coronel caminó marcha atrás. Entró en el salón con la cara pálida y hablando en voz muy baja.

—¡El arma! Sofía, abre el cajón, dame el arma. Yo vigilo entretanto…

Madre e hija se miraron sin entender.

—¡Hay algo en la cocina, dame el arma de una puñetera vez, Sofía! Seguro que son rumanos.

Y se dirigió con paso raudo a la chimenea; con un atizador en las manos volvió a la puerta del salón. Sofía le entregó la pistola al coronel sin saber muy bien qué sucedía. Rumanos, había creído entender.

—Papá, qué coño va a haber rumanos en la cocina. ¿A qué van a venir aquí unos de Rumania?

—Roban. Matan. Delinquen. Quedaos aquí. Las gentes del Este no razonan. Si las cosas se ponen feas cerráis el salón y gritáis, Sofía.

—Alberto, en la cocina está Anita, no hay nadie más.

—No es Anita, va con el rostro tapado, Sofía. Bien, voy a detenerlo.

—Pero ¿qué van a robar en la cocina, papá?

Y sin responder a la pregunta, el coronel quitó el seguro del arma y avanzó pasillo adelante.

—Mamá, míralo, va como si fuese un poli de película. Esto es ridículo, voy a llamar al abuelo.

Ciertamente, el coronel se asemejaba a Sonny Crockett

persiguiendo a un homicida por Miami, en los movimientos, que no en la percha. Agarraba el arma con las dos manos, la espalda pegada a la pared, de pronto daba un salto y se volvía para, a continuación, dar otro y poner culo a la pared de nuevo. Mafalda y Sofía veían sin creer y sin poder aguantar la risa.

—Pobre papá… Vamos a ver quién está en la cocina. Rumanos… Van a venir precisamente aquí con Castaño y el resto rondando.

Saltando, el coronel había llegado a la cocina. Mafalda y Sofía estaban a mitad de pasillo.

—¡Arriba las manos! ¡Los tenemos rodeados!

—¿Nosotras somos el resto de la fuerza, mamá? ¡Qué ridículo, por Dios!

—Voy a encender la luz, no se muevan. ¡Mis hombres están encañonándolos!

Un grito seguido de un llanto fue la respuesta a las palabras de Alberto.

—Es Anita, Alberto…

La luz encendida dejó ver la figura de una Anita aterrorizada ante el ataque del amo de la casa.

—¡Los cuchillos al suelo! ¡Déjelos caer! ¡Tiéndase en el suelo y palmee!

—¡Haz algo, mamá!

—No puedo detener a este enfermo, Mafalda. Tranquila, no le hará daño. Está viviendo un simulacro, es una especie de máquina de matar, eso se cree él. Patético. Ahora Anita nos dejará y a buscar otra persona para casa.

—Pero no dejes que la tire al suelo. ¡Qué egoísmo, sólo piensas en que te quedas sin ella!

Anita dejó caer los cuchillos, se tiró al suelo y comenzó a dar palmas mientras lloraba a moco tendido.

Santiago del Hierro y Farid cenaban plácidamente cuando sintieron ruidos y voces en el piso superior, escucharon las palabras del coronel y ambos comenzaron a subir las escaleras con sigilo. La escena que contemplaron no tenía desperdicio. La criada cuerpo a tierra y dando palmas, el coronel mirándola incrédulo —ya había salido del trance boina verde—, Sofía riéndose a carcajadas y Mafalda vestida de una manera extraña y con dos alas negras en la espalda.

—¡Levántese, Anita! ¿Quién está con usted?

—Nadie, señor, estoy sola. ¡Nadie está conmigo! ¡Ésa es mi pena!

Y de nuevo comenzó a llorar, más bien a berrear, de forma incontrolada.

—Miente, Santiago. Aquí había alguien que manejaba unos cuchillos, se los ha dado a ella y ha huido.

—Alberto, no creo que Anita mienta. ¿Para qué tenías los cuchillos, Anita?

—El conjuro, general.

—Ya, un conjuro. ¿Y qué coño de conjuro hace usted con unos cuchillos? ¡A poco me afeitan la nariz!

Anita se limpió los mocos con el delantal blanco, cogió los cuchillos y con uno en cada mano empezó a moverlos en una danza frenética. A la vez, comenzó a dar saltos alrededor de la mesa, mientras el ulular de los cuchillos y el aire se mezclaban con las palabras que salían de su boca. Santiago Llorente pensó que la criada también estaba loca. Se había contagiado.

—¡Anita! ¡Basta ya de hacer el idiota! ¿Qué es eso?

Sofía perdía la paciencia.

—¡El conjuro! ¡Me ha dejado de nuevo, señora! ¡No quiero estar sola! ¡A Dios pongo por testigo que nunca más volveré a llevar la contraria a ningún hombre! ¡Me humillaré, lameré, chuparé, no me importará que esté casado, pero nunca más estaré sola, nunca!

—¡Escarlata era blanca, so loca! ¡Y deje de decir obscenidades, promiscua!

—Alberto, por favor.

—¡Ni por favor ni hostias, Sofía! Nos invaden y meten la magia negra en nuestras casas. ¡Y encima se cree la protagonista de una película, no la esclava, que sería lo normal, no! ¡Ella Escarlata! ¡Cállese ya! ¡En esta casa hay una disciplina y si no está conforme, puerta!

Mafalda miraba todo el espectáculo con cierta pena. Su padre era un colgado, Anita una cretina y su madre estaba muerta de miedo, pensando que Anita se marcharía. Aquella casa era un drama.

Sofía Llorente hizo salir de la cocina a todos y consolaba a la criada. Realmente le importaban poco los conjuros de Anita, como si quería matar un pollo y sacarle las entrañas. Si se iba tendría que buscar a otra persona y no estaba dispuesta a hacerlo. Cuando la criada de turno se iba, nadie se preocupaba de entrevistar a la posible sucesora. Mafalda y Alberto pedían la comida, la ropa y todo lo que necesitaban sin importarles si alguien ayudaba a Sofía o no.

Una vez más la historia tiene dos caras o tres. Para Mafalda el comportamiento de su madre era egoísta, para Sofía pura cuestión de supervivencia. Cualquier historia tiene muchas caras, jamás queremos reconocer más que la que nosotros vemos.

Anita logró una noche libre para ir al pueblo a bailar y Sofía se negó a admitir ante su marido lo que Alberto denominó dictadura del proletariado invasor. En ese momento, Sofía estaba completamente conforme con su marido.

Bienvenida Castaño hizo acto de presencia en el salón de la casa. Vestía de una forma que calificada suavemente podría ser descrita de extravagante con un toque pornográfico. Sofía se había puesto un pantalón y una camisa negra para asistir a la fiesta.

Mafalda miró a su madre.

—No vas adecuada, mamá. Eso no lo veo yo nada gótico. Al menos, Bienvenida da el pego.

—¿El pego de qué?

—Mi madre tendría que ir vestida como tú: vas como una guarra sexual. No es que sea muy gótico, pero al menos vas de algo, Bienvenida.

—¡Mafalda! No hables así. Perdónala, Bienvenida. Hemos pasado un rato agitado antes.

—Sí, ya me enteré de los supuestos rumanos; Castaño y Alberto hablan de ello en el porche. Al parecer nos invaden rumanos, moros y negros. Y no te apures por lo que dice Mafalda, me da todo igual. Tomo Prozac y estoy estupenda, me resbala todo.

—Pues tomar medicinas para vivir, ¡anda que te merece la pena, Bienvenida!

—Qué sabrás tú, Sofía. Te niegas a tomar Prozac pero te pasas el día enferma. Esta medicación es mágica.

—Mamá se da al Lexatin. Sois penosas. Ponte otra cosa, mamá. Así no puedes ir a la fiesta. Mira esta revista: éstos dos son góticos, creo.

Miraron Bienvenida y Sofía dos figuras en una foto. Arquearon las cejas y se volvieron hacia Mafalda.

—A ti no te veo yo vestida como éstos, Mafalda.

—Lo mío es gótico en fino. Lo raro lo dejo para los Pudientes.

Mafalda la fina insistió en que su madre se cambiase de ropa, en que Bienvenida pusiese una palidez más acentuada a su rostro. Madre y amiga de madre aceptaron a regañadientes.

Transcurrida media hora, Sofía Llorente se había transformado en una gótica de revista. Una cinta de ametralladora reposaba en su cadera derecha escorándose hasta llegar al muslo izquierdo. Una peluca de los tiempos en que Carmen Sevilla era delgada había sido sometida a un tratamiento de laca, gomina y cardado. Los pelos de la gótica Sofía eran escarpias lanzadas al aire, suspendidas en un difícil equilibrio. La cara pálida, los ojos rodeados de pintura negra, hacían parecer a

Sofía un cadáver. Eso sí, hermoso cadáver como no podía ser menos tratándose de la protagonista de la historia. Mitones de cuero negro, una cadena de perro colgando del cuello y unos zapatos de altísimo tacón completaban el atuendo de nuestra heroína. A Bienvenida Castaño, Mafalda le había enroscado alrededor del cuello un collar con pinchos y Bienvenida sonreía satisfecha. Ahora era más sado, más maso. Al momento pensó que de nada serviría, todos los asistentes eran demasiado jóvenes.

Mafalda golpeó un tubo metálico que discurría por una pared del salón; dio unos golpes con un martillo en el tubo y al momento cuatro golpes procedentes del piso de arriba se dejaron sentir.

—La tía está preparada, ya baja.

—¿Sabéis que existen unas cosas que se llaman interfonos? Los hay para el interior de las casas.

—Son muy caros, Bienvenida. Y el encanto de comunicarse con sonidos no es comparable a un telefonillo.

—La comunicación por morse es absurda en estos tiempos, Sofía. Muy absurda.

Y refunfuñando, Bienvenida siguió a madre e hija hacia la escalera. Enriqueta bajaba protestando.

—Mafalda, no sé qué pinto yo en una fiesta de adolescentes revenidos. Y menos vestida de esta forma.

—¿Adónde coño vas con la toga, Enriqueta?

—¿Por qué sabes que es la toga, Bienvenida? Mafalda me ha dicho que no se nota. Me he colgado estas medallas de papá y unos trozos de metralla... ¡No es una toga!

—Sí es una toga y pareces algo fantasmagórico y horrendo, Enriqueta. Muy horrendo: esos ojos rodeados de pintura marrón, esa palidez con polvos de talco, se te está cuarteando la cara... Con lo grande que eres, das miedo. Es una fiesta gótica, no de meter miedo.

—Me estás fastidiando mucho y si sigues fastidiándome, no

iré a esa fiesta, Bienvenida. Y no sólo eso, la tensión me subirá, me tiraré al suelo y os jodéis todos: tendréis que quedaros en casa.

—¡Silencio! Mirad cómo bajo las escaleras. Conoceré a un príncipe y seré como Marie Chantal Miller. ¡Hale!, vosotros bajáis primero y me decís si lo hago majestuosamente. Vas estupenda, Enriqueta, tú tranquila.

Protestando, bajaron las adultas —una vez más: por decir algo— y esperaron a Mafalda en el portal de la casa. Mafalda se estiró todo lo que pudo y descendía las escaleras tal y como se ve en las películas: cabeza erguida, cuello estirado y a punto de romper, una mano recogiendo la falda y la otra reposando suavemente sobre el pasamanos. De pronto se paró. La expresión de su boca mutó de súbito y la mano posada en la baranda se elevó y señaló a un punto en el espacio.

Su madre la veía descender y pensaba en que la tal Marie Chantal habría deseado el porte de su hija. Las alas, el vestido, la palidez del rostro enmarcado por el pelo. De pronto, Mafalda le recordó algo: William Waterhouse. Y cuando su hija se detuvo en mitad de la escalera, Sofía Llorente murmuró:

—«El espejo se quebró de lado a lado; la maldición cae sobre mí, gritó la Dama de Shallot.»

—¿Qué pasa, Enriqueta?

—Ni idea, estas dos, que nos quieren tomar el pelo, Bienvenida. Eso es de Agatha Christie. Están haciendo teatro tipo culto.

—Tennyson, es suyo. La Dama de Shallot… ¿Qué te pasa, Mafalda?

—Detrás de vosotras, mamá. Está Rufino. Lo he visto, mamá. Ha desaparecido…

—¡Ahora el fantasma de un perro camina por esta casa! ¡Dejaos de idioteces! No veo nada.

Enriqueta extendió el brazo y cual dama extraña, en absoluto prerrafaelista, gritó.

—¡Es Rufino! Mira, Bienvenida, es Rufino.

De las sombras surgió un perro. Un perro blanco y negro, la mirada vidriosa, la cabeza alta; un cocker avanzaba hacia Sofía. Vagaba el animal como un fantasma, parecía flotar y no hacía más movimiento que ése: deslizarse. Sofía se agachó y extendió las manos. Rufino había vuelto a ella. No sabía cómo, no sabía el porqué, pero Rufino había resucitado.

—Ven, Rufino, ven conmigo…

—¡Deja de hablar con los muertos, Sofía, que me estoy acojonando!

—No está muerto, Bienvenida, ¿no lo ves?

—Sí, lo veo y no quiero verlo, Enriqueta: estas cosas no pasan.

Rufino, el fantasma, emitió un ladrido. Un ladrido metálico, pensó Sofía, pero no le importó. Él había regresado, eso era lo único que le interesaba.

—Ladra raro…

—Puede que en el tránsito sufriese un percance en sus cuerdas ladradoras, Bienvenida…

—¿Tránsito? ¿Qué coño son las cuerdas ladradoras, Enriqueta?

Rufino había llegado a los pies de Sofía y ella acariciaba su cabeza. En ese instante, Carlota del Hierro y Lopetegui regresaba de una acción de guerra. Había escondido parte del traje de su marido en uno de los cobertizos. Al día siguiente, el general no presidiría la procesión vestido de porruano, eso le iba a resultar difícil. La marquesa de San Honorato entró en el portal y la sangre quedó helada en sus venas. Unas figuras extrañas permanecían erguidas ante ella. Una acariciaba a un perro. Rufino. Un ladrido cortó el aire y, acto seguido, un alarido hizo lo mismo.

—Santiagoooooooooooooooooooooooooooooooooooooooooooooooo.

La catedrática de física, la honorable marquesa gritó nuevamente y una de las figuras, la más grande, la más horrenda, cara pálida y resquebrajada, círculos marrones alrededor de los ojos, caminó hacia ella hablando algo que Carlota no entendió. La masa informe se acercaba cada vez más y Carlota supo que había llegado su hora. Gritó y gritó pero Santiago no respondía a los gritos. En un momento de lucidez, Carlota se acordó de Enriqueta y dijo su nombre en voz alta, lo más alta que pudo: su hija la salvaría de aquellos truhanes.

—¿Qué te pasa, mamá?

—Rufino ha resucitado y una secta satánica se apodera de la casa, Queta. ¡Baja rápido!

—Tranquila, Carlota, somos nosotras.

Una pendanga más satánica que el resto se dirigía a ella; una sujeta con un collar de pinchos en el cuello le hablaba. Había escuchado a Enriqueta pero no la veía. Carlota del Hierro sacó fuerza de flaqueza y viéndose inmersa en un aquelarre, recordó a sus antepasados celtas. Elevó los brazos todo lo que pudo y a garganta partida recitó:

—¡Por el alma de mis muertos! ¡Por los cuernos de las cabras! ¡Por los clavos de una pezuña de vaca muda! ¡Por los pelos de un jabalí sarnoso! ¡Desaparezcan los espíritus de mi casa y de mi vida! ¡Aléjese la tiniebla y vuelva la luz!

Rufino volvió a ladrar y al ritmo de su ladrido otras apariciones entraron en escena. Una japonesa muy bonita, a la que un monje franciscano sujetaba por el brazo, una figura que cubría su cara con una máscara de cuero y una gitana llena de collares y con la cara tiznada se manifestó ante los ojos de Carlota del Hierro y de las apariciones anteriores.

Céntrense y procuren entenderlo. Así es como sucedió.

Carlota del Hierro pensó que se había confundido de conjuro. Ahora había más entes extraños. Una japonesa, un monje, una gitana y otra satánica.

Santiago Llorente regresaba de su baño nocturno, le gustaba nadar cuando la luna llena iluminaba el mar y la playa estaba vacía. Lo acompañaba Farid. Sintieron gritos en el portal, parecía la voz de Carlota. A punto de entrar, vieron cómo una figura les hacía señas desde la fachada de la casa. Alguien estaba colgado de un canalón. En calzoncillos y camiseta. Una pistola sujeta a un tobillo con una cinta, a la espalda un rifle de caza. El pecho cruzado por una canana.

Santiago Llorente miraba a la figura, mientras intentaba descifrar las palabras que el sujeto en ropa interior le dirigía.

—Es el coronel, señor.

—No es posible, Farid.

—Santiago, soy yo. Poned atención: la casa está ocupada por los satánicos. Seguro que son amigos de Anita. Me he quedado enganchado en una abrazadera del canalón, Santiago. Los pantalones se me han roto. Tienen secuestradas a las mujeres y Carlota los ha sorprendido. Ahora han llegado unos cuantos más. ¡Os lo advertí! Son todos negros con la cara pintada de blanco.

—¿Dice lo que yo he creído escuchar, Farid?

—Sí, general. Me temo que sí.

—Está idiota y más loco que de costumbre.

—Sin duda, general…

—¡Baja de ahí, Alberto! ¡Los únicos satánicos son los habitantes de esta casa! ¡Tu familia y la mía! ¡Baja de ahí ahora mismo y entramos a ver qué sucede! Ayúdalo, Farid.

—A tus órdenes, Santiago.

Y el coronel intentó el descenso sin ayuda.

Jesús Pudientes Prados contempló cómo alguien se deslizaba por la fachada de la casa de sus vecinos. Iba en busca de su mujer y sus hijos, cuando vio la figura enganchada a un canalón. Caminó más deprisa y observó con alivio que Farid y el general Llorente estaban vigilando a la cosa aquella. La cosa era una especie de masa tripuda que intentaba sujetarse como podía en el descenso.

—Buenas noches, Santiago. Farid…

—Hola, Jesús, buenas noches.

—¿Qué hace Alberto bajando por la fachada?

—El gilipollas, Jesús.

—Ya. ¿Y por qué hace el gilipollas a estas horas?

—Los gilipollas no descansan, Jesús. ¿No lo notas?

—No, no me había percatado, Santiago, no…

Santiago Llorente resistió la tentación de recordarle a Jesús Pudientes Prados que él mejor que nadie tendría que ser conocedor de la situación irreversible del gilipollismo. Pero se contuvo.

—Buenas noches a todos.

—Buenas noches, Xabel, Fernando, Juan. ¿Alguien más va a venir a ver el espectáculo de mi yerno en calzoncillos y vestido de Rambo?

—Lo ignoramos, Santiago; estábamos paseando y sentimos ruidos, vinimos a ver si sucedía algo.

El coronel comenzó a sentir un mareo extraño. Sin pantalones, sin camisa, las mujeres en peligro y aquellos anormales de mierda viendo cómo descendía por la fachada sin hacer nada. En un acto de valor supremo respiró hondo y poniendo un pie a cada lado del canalón se dejó deslizar como lo hacen en las películas.

La ficción no ha de ser tomada jamás en cuenta, esas escenas las realizan especialistas y el coronel no lo era. Una de las anillas de cobre que sujetaba el canalón se interpuso en el camino de los pies de Alberto Mendoza del Toro. De su boca salió un bramido y sus manos dejaron de sujetar su cuerpo. Descendió a la velocidad que su propio peso impulsaba, es decir: a toda leche.

Ya saben: gravedad, velocidad y masa.

Si no logran entender la relación: ¡estudien!

Un toldo pareció frenar la caída, pero el cuerpo rebotó cual balón y Alberto Mendoza en un salto que ni Burt Lancaster habría realizado en su mejor momento, quedó enganchado en una de las estructuras de madera cubiertas de flores y roscas de pan: ramos. La mala suerte acompañaba a nuestro Rambo: la entrepierna se estrelló contra un trozo de hierro y madera. El grito que salió de la garganta del coronel no lo daba Toro Sentado ni atacando el Séptimo de Caballería. Quedó inmóvil Alberto Mendoza del Toro, enganchado con las manos a la parte superior de la estructura y con los huevos hechos papilla.

—Me voy a morir… Ayudad a las mujeres… Muero tranquilo si las salváis… ¡Putos negros! ¡Me he descojonado por su culpa!

El grupo de hombres veía y no creía. Ninguno realizó movimiento alguno. El asombro los tenía paralizados.

Entretanto, los seres supuestamente demoníacos rodeaban a una Carlota a punto de desmayo. El ente maligno vestido de franciscano reaccionó.

—Y aquí, ¿qué coño pasa? Bienvenida, ¿adónde vas vestida de putón verbenero, hija?

—A la fiesta gótica, Castaño. ¿Tú qué haces de hábito?

—¡Ya no hay fiesta, se terminó! Resultó todo un engaño, una perversión total. Aquí, la japonesa esta que no abre la boca, se magreaba con la de la máscara. ¡Lesbianismo en la capilla! Y ahora, al venir, encontré a esta gitana demente por el camino, tampoco quiere decir esta boca es mía. Enriqueta, estás horrorosa, das más miedo que de costumbre. Menudas pintas.

—¿Castaño? ¿Enriqueta?

—¡Sí, mamá! Hace rato que te hablo y no me escuchas, con gritar tienes suficiente.

—¡Cómo voy a conocerte de esa guisa! Castaño tiene razón: estás horrenda, das pavor. Una vida entera educando a mis hijas para ver esto, Castaño.

—¿A mí me lo dice? La mía va cojonuda, señora. Con perdón, quiero decir que va horrenda, sí.

—Castaño, suelta a Claudio, por favor.

—Mafalda, hija, tú estás muy guapa. No he encerrado a Claudio, aún no; algún día lo haré, pero aún no...

—Lo estás sujetando por el brazo, Castaño.

Castaño miró a la japonesa que retenía, se fijó en su altura. Era un poco alta, muy alta para ser japonesa. Los nipones eran enanos a ojos del comisario. Aquellos labios pintados en forma de corazón, aquellos ojos... Castaño regresó a los labios. La japonesa tenía bigote y junto a los ojos barba mal afeitada.

—¡Claudio! ¡La madre que te parió, maricón! ¡Lo que nos faltaba! ¡Ahora un travestido!

La gitana dio un paso al frente. En las manos sostenía un mando a distancia, le dio a un botón y Rufino volvió a ladrar.

Castaño miró al fantasma de Rufino con miedo, a punto de decir algo, se le adelantó la gitana.

—Suelta a Claudio, Castaño, que ya me encargo yo.

—¡Alicia!

—Hoy no me llamo Alicia, soy Esmeralda la gitana, eso que quede claro a todos. Me da igual que no se celebre la fiesta gótica por culpa de Castaño, yo soy Esmeralda la gitana como mínimo una hora más. Y no admito discusiones. ¿Te ha gustado mi regalo, Sofía? Me costó un huevo, pero lo han disecado y le han puesto un dispositivo mecánico: ladra y camina. Sabía que te gustaría.

Sofía asintió sin poder encontrar palabras que describiesen su estado de ánimo. Enriqueta insultaba a diestro y siniestro hasta que escucharon las voces en el patio. Salieron todos de la casa, abría la marcha Rufino y lo seguía Alicia. Los hombres del exterior contemplaron cómo el fantasma perruno avanzaba hacia ellos y tras él una gitana, una japonesa sujetando con una correa de perro a una mujer con la cara cubierta de cuero, un monje, una sadomaso, una figura monstruosa vestida con una toga, Sofía con los pelos de punta, Carlota totalmente demacrada y Mafalda con alas negras a la espalda.

Los del exterior pasmaron; los que salían de la casa no daban crédito al ver cómo Alberto Mendoza del Toro se sujetaba para no caer al suelo desde lo alto de la estructura.

—Mira, tía, tu padre parece un buda mangao ahí encima. ¿Va a salir así en la procesión?

—¡Claudio, eres imbécil! ¡Papá! ¡Abuelo, ayúdalo! ¡Que alguien ayude a mi padre de una puñetera vez!

Y los entes del exterior se apresuraron a cumplir la orden de Mafalda. Todos menos Juan Balboa, que se acercó a Sofía.

—De ésta no se muere, corazón, de ésta no va.

—No seas bruto, Juan.

—Realista, Sofía, no bruto.

Alberto había descendido de su particular cruz y gritaba sin parar.

—¡Un médico! ¡Que me traigan un médico!

—Ya estoy aquí, déjame ver.

Alberto Mendoza contemplaba a Bienvenida con miedo. Aquella tía fea, vestida de viciosa sexual, lo enfermaba.

Bienvenida Castaño arrancó los calzoncillos al coronel. Sacó unos guantes del bolso, se los puso y enganchó los huevos de Mendoza con muy poco cuidado. Siempre se había imaginado haciendo eso. Alicia Solares envidió a Bienvenida: qué pena no poder retorcérselos ella misma.

—¡Me estás matando, Bienvenida! ¡Quiero ir al hospital ahora mismo! ¡Llama a una ambulancia, Sofía!

—Nosotros te llevamos, Alberto, tranquilízate. Trae el coche, Castaño.

Jesús Pudientes pensó que era un buen ministro. Había tomado una decisión.

Sin comentarios…

Y así, entre risas de todos, trasladaron al coronel.

Alicia fue a por su nuevo coche y Bienvenida, Enriqueta y Sofía lo estrenaron esa misma noche.

Camino del hospital, Alicia Solares hacía demostración de las sirenas, los focos del techo, del cambio de marchas y de los altavoces de aquella máquina de guerra. Al pasar cerca de la granja de pollos Albacastillo, Enriqueta creyó ver una figura.

—Vete un poco más despacio, Alicia. Ésa que va por la carretera, ¿no es Carmen?

Alicia Solares encendió los focos y la figura de su hija quedó a la vista. Carmen Pudientes comenzó a correr por un camino y la máquina de matar —coche y madre convertidos en un solo ser— a perseguirla.

—¡Te habla tu madre, Carmen Pudientes, detente!

—¡Alicia, por favor, deja de poner los altavoces y vete con cuidado!

—Hay gente que se marcha a Oriente Próximo, a vivir sensaciones. Hay que ser idiotas: teniendo a nuestra Alicia cerca, no es necesario.

—Tú no te quedas corta, Enriqueta. Conocerte es toda una experiencia.

—No me faltes, Bienvenida, que no estoy de humor.

—No corras tanto, Alicia, tengo miedo.

—Siempre tienes miedo, Sofía, deja de quejarte.

Y de nuevo la voz de Alicia mandaba a su hija detenerse sin que Carmen Pudientes hiciese caso alguno.

Tan enfrascada iba Alicia en su persecución, Sofía en su miedo y Enriqueta y Bienvenida en insultarse mutuamente, que ninguna vio cómo el coche iba derecho hacia un tendejón prefabricado de la granja de los pollos. El choque no fue demasiado fuerte, pero los paneles se desplomaron, el techo se derrumbó y Carmen Pudientes dejó de correr.

Los cataclismos pueden tener cosas buenas.

Entre gritos de unas y otras, descendieron del coche.

—¡Sólo escapaba de Castaño, pensé que era él, mamá! ¡Nos cerró la capilla y no deja que hagamos la fiesta!

Dispuesta a responder a las quejas de Carmen, Alicia no pudo hacerlo. Bienvenida dejó escapar un grito.

—¡Un cadáver! ¡Aquí hay un cadáver!

—Deja de gritar, que eres médico. Es la madre de los Albacastillo. ¿Ahora qué hacemos? ¡No podemos fingir que no la hemos visto!

Bienvenida Castaño puso cara de asombro. Desconocía la noticia que Alicia había comunicado al resto en la playa.

—¿Ya sabíais que estaba muerta, Alicia?

—Sí, Bienvenida, y no digas nada. Nos largamos y ya está.

—Mira, Alicia, a ver cómo te largas ahora, guapa.

Un coche de la policía local se aproximaba por el camino.

—No digáis nada, dejadme a mí.

Alicia Solares, con los brazos en jarras, esperó a que la policía local se acercase.

—Buenas noches.

—¿Qué ha pasado aquí?

—He dicho buenas noches, agente…

—Menos chulería, calé y vete diciéndonos qué ha sucedido aquí. ¿Veníais a robar los pollos, eh? Y antes habéis robado esta furgoneta…

—Yo no he robado nada y ellas tampoco. Haga el favor de ser educado.

—Mira la gorda esta cómo se las gasta. ¡Hale! Todas detenidas. Las putas también.

Enriqueta Llorente se estaba poniendo de mal humor. Sofía miraba, sin parar; miraba los gestos, escuchaba los sonidos y no hablaba. Bienvenida Castaño disfrutaba del espectáculo, siempre había deseado que la detuviesen, quería subir a un furgón policial arrestada, como en las películas. Así que avanzó unos pasos por delante de Alicia.

—Churri, no le hagas caso a la gitana, corazón. Va de marquesa. Yo no tengo nada que ver con el robo de los pollos. Estaba por aquí con un cliente, ya sabes…

—¡Yo no sé nada! Mantén las distancias, guapa. Documentación. La gorda que saque las manos del abrigo o me pongo violento.

Enriqueta Llorente tenía especial manía al municipal, le había puesto alguna multa. Creía haber entendido gorda, a ella. A una mujer grande y sin complejos. Avanzó y se puso a la misma altura que Bienvenida.

—Ni un paso más, Sansona.

—¿De la muerta no se piensa ocupar nadie? —Carmen Pudientes era tan prudente como las adultas, es decir, desconocía el sentido de tal palabra.

—¿Qué muerta? —El municipal desenfundó el arma y su compañero lo imitó.

—Esa de ahí, la vieja esa que hemos encontrado cuando ejercíamos…

—Vergüenza tendría que darles a éstas, con lo joven que eres. Te utilizan como cebo, seguro.

—Sí, ni lo dudes, muñeco. Para eso me traen la Sansona, la Muda, la Gitana y la Siestas…

—¿La Siestas?

—Sí, nene, ésta los duerme. Los deja dormiditos y les roba. Es su especialidad…

El municipal aguerrido pensó que aquélla era su noche. Ascenso seguro. Una banda entera.

—¿Dónde está el cadáver?

—Ahí…

La sábana que envolvía a la pobre difunta se había abierto y dejaba al descubierto su cara.

—¡Es la señora Albacastillo! ¿Quién la ha matado?

—La Angina…

—¿Es de las vuestras? ¿Dónde está?

Enriqueta Llorente se estaba cansando de la comedia y sin ningún disimulo marcó un número de teléfono en su móvil; los municipales no se percataron.

—¿La angina? En el pecho.

—¡No me tomes el pelo, que por ser menor no te vas a librar, guapa! ¡Dinos dónde se esconde esa Angina!

—Les he dicho que en el pecho. ¿A que sí, Siestas?

—Por supuesto, Poderosa no miente, guapo. En el pecho, la homicida está en el pecho…

Un coche se acercaba por el camino. Los municipales le hicieron señas con la linterna para que se detuviese.

Una japonesa, una mujer con la cara tapada por una máscara de cuero y otra con alas negras en la espalda descendieron del coche. Al volante quedó un cuarto ocupante. Los policías estaban perplejos. Aquella banda era nueva.

—Aquí está la Angina, guapo. Mira, preguntaste por ella y te escuchó.

—¿Cuál de vosotros es la Angina?

—La de las alas. No te responderá: es muda. Por eso la llaman así.

—Pónganse todas juntas. Hay que pedir refuerzos y el furgón. Y llama al juez, Paco. Creo que está de guardia la chiflada de la mujer del ministro. ¡La que nos espera! Y el forense, que no se te olvide el forense, es pariente de la difunta, menudo trago…

Mafalda, Claudio y Lalita, que era la mujer de la máscara de cuero, no entendían nada, pero se colocaron junto al resto del grupo. Mafalda miró a su madre y guardó silencio. Dentro de una semana estaría fuera de aquel círculo de locos. Alicia Solares soltó una frase que el municipal respondió con desprecio repitiéndola en voz alta.

—¡Claro que va a pasar algo, ni lo dudes! A ver, el del coche, que baje con las manos en alto.

Carlos Pudientes Solares quiso ser amable y llevar a Mafalda al hospital. Estaba arrepintiéndose. Descendió del coche mientras decía:

—¡Mamá, haz algo, coño!

—¿Cuál de éstas es tu madre, chaval?

—Ésa…

—¿La Gitana?

—Sí…

—Y la mía. —La japonesa hablaba sin acento.

—Y la mía.

—Poderosa, ¿eres hermana de la Japonesa y del fino, y tu madre es la Gitana?

—Claro, tío. Estamos todos en esto.

—¡Yo no estoy en nada!

—Cierra el pico, Charli, que lo saben todo.

—¡Vergüenza debería de darte, Gitana! ¡Tus propias hijas prostituidas!

—Él es un tío, la Japonesa es travestido.

—Y se os olvida que Lalita es negra raptada.

Claudio Pudientes tiró de la cadena de perro de Lalita y acalló su protesta.

—¡Sin violencias, Japonesa! ¡Deja en paz a la negra raptada!

El policía jamás había escuchado nada similar. Intentó centrarse.

—¿La Angina es hija tuya, Gitana?

—No, es hija de la Muda, de ésa. Y sobrina de Sansona.

—Acojonante: es un negocio familiar. El crimen evoluciona de una forma que no hay quien lo siga. ¿Hay forma de que me entienda la Angina?

—Por señas: la Siestas es quien se entiende con ella, tío.

—Estás cooperando, Poderosa, se tendrá en cuenta. A ver, Siestas, pregúntale a la Angina por qué lo hizo.

—No tiene que responder a nada: no hay abogado ni le ha leído sus derechos…

—¡Cierra la boca, Sansona! ¡Eso es en las películas, aquí mando yo!

—Toma nota, Gitana.

—Eso hago, Sansona.

—Menos charla; a ver, Siestas, pregúntale por qué coño lo hizo.

Bienvenida, alias Siestas, se puso frente a Mafalda, alias Angina y movió las manos con rapidez. Angina respondió con un movimiento agitado de manos.

—¡Qué manera de hacer el pijo, por Dios! Espero que no tarden en venir a por nosotras...

—¡Que te calles, Sansona! ¿Qué ha dicho la Angina, Siestas?

—Dice que ella no sabe nada de la muerta. Que ella estaba viendo cómo el perro de su madre había resucitado por arte de la Gitana. Y cómo su padre bajaba por una pared.

—Sí, sí, ¡menos cuentos y a cantar! El padre roba, bien, algo va quedando claro.

Claudio Pudientes escuchó la palabra cantar y no se lo pensó.

—«Se me olvidó que te olvidé, se me olvidó que te dejé lejos muy lejos de mi vidaaaaa.»

—¿Qué te crees que haces, Japonesa?

—Lo que usted dijo: cantar. Una del Cigala.

—Me estoy desesperando...

Dos coches avanzaban por el camino, ninguno era de la policía y el municipal tuvo un poco de miedo que le hizo olvidar la desesperación. Si llegaba el resto de la banda con armas, estaban perdidos.

Farid descendió de uno de los coches, del otro bajaron Xabel Prado de los Picos, Fernando Lasca y Juan Balboa.

—Señores, buenas noches. ¿Cómo ustedes por aquí?

—Venimos en busca de las señoras, agente.

El municipal buscó a las señoras a las que se refería el párroco y sólo vio a la banda de putas asesinas. Un coche de la policía y un furgón se acercaban, y el municipal que llevaba la voz cantante se sintió aliviado. El párroco era un progre y debía referirse a las putas. La presencia del resto no la entendía. Saludó a los policías recién llegados y preguntó por la juez.

—Quedaron llamándola por el móvil, estará cuando lleguemos.

Juan Balboa se había acercado a Sofía y le acariciaba una mano.

El policía vio la jugada. El Balboa era un vicioso, al parecer conocía a la Muda. La Gitana hablaba por teléfono.

—¡Gitana, suelta el móvil!

La Gitana guardó el móvil en un bolsillo de la falda y, acto seguido, se llevó la mano a la cabeza, enganchó un trozo del pelo y se quedó con la peluca en la mano.

—Bien, como le decía hace media hora: ¡BUENAS NOCHES!

—¡Señoría!

—Eso, eso: ¡SEÑORÍA!

—¡Yo no sabía que fuese su señoría!

—Normal: no ha dejado usted hablar a nadie, ha ignorado la advertencia de la letrada Llorente; ha insultado a mis hijos, a la hija de la otra Llorente y a la doctora Castaño.

—Yo no sabía...

—¡Cállese! ¡Quien no escucha no sabe nunca! A ver, a lo que vamos. Venía yo con mis amigas y mi hija en el coche y he observado una furgoneta sospechosa, he dirigido el rayo de luz hacia ella y he visto el tendejón derruido. Al bajar de mi automóvil he descubierto un cadáver, el de la señora Albacastillo envuelto en una sábana. Los malhechores han derruido el tendejón en la huida y la cámara frigorífica que en él se encontraba. ¿Está claro? Que venga el forense, que para eso es su nieto. ¿Alguna duda, agente?

—Ninguna, señoría, ninguna. Todo está perfectamente claro, señoría.

—Me alegro. Ahora me voy a dormir. Mañana veré si el atestado es conforme al testimonio que he referido y que mis amigas confirmarán en todos sus puntos, agente.

Y esa noche, una vez más, el poder hizo burla de la justicia y del orden público. Una vez más, en la noche de los tiempos, el círculo dejó claro dónde nos encontramos cada uno.

Arriba y abajo. Dentro y fuera. Clanes y tribus.

Lo anterior no es una lección de *Barrio Sésamo*: es la vida real desde que el mundo es mundo. Si no lo sabían, entérense.

Métanse a guerrilleros o a senadores, gobernadores o diputados. Dará igual: los comprarán o los matarán en el mejor de los casos. Si los matan, al menos morirán con dignidad.

¿Recuerdan a Carlos Pizarro León-Gómez? La cuarentona escribidora tiene dos fotos suyas frente al ordenador. En una de ellas, entrega su pistola envuelta en una bandera de Colombia. En otra, mira al horizonte sentado sobre una piedra. Buscó la paz, no se dejó comprar y se lo cargaron.

A la escritora le parece un héroe; a mí, un idiota.

En el fondo, los protagonistas de esta esquizofrenia hecha novela son unos pobres aficionados. Gladio, el ejército durmiente; la CIA; las petroleras, las farmacéuticas, JP Morgan y entes similares sí son los amos del universo. Nuestros aguerridos protagonistas tan sólo forman parte de la pirámide para sostenerla, para separar —cual plancha de hormigón en un rascacielos—, a las clases más bajas de las más altas. Se quedan en eso: cortafuegos. No se olviden ustedes de Mario Conde, el preso de la Máscara de Hierro de esta mal llamada democracia. No cumple pena por robar: lo que él hizo es un juego de niños comparado con lo que otros hurtan. Mario Conde pena por querer salirse de su círculo, por querer meterse en uno que no le correspondía. Jamás fue «uno de los nuestros»… Esas cosas son más delito que un asesinato a sangre fría. No les conviene olvidarlo para evitar tentaciones y terminar presos o muertos.

Tras poner la cuña propia de mi condición rebelde-relatora, continuemos con el devenir de los hechos.

Después del espectáculo en la granja de pollos, se fueron a sus casas; debían descansar, prepararse para la fiesta del día siguiente.

Esos días, todos se sentían un poco más iguales, cosa incierta pero necesaria para la parte baja de la pirámide. Ejemplo a tener en cuenta es El Rocío, esa suerte de romería mediática en donde putas, marquesas, flamencos y princesas lucen palmito y se hablan como iguales. Pura mentira, puro artificio necesario para mantener la ilusión del pueblo. Permítaseme aclarar que existen también putas marquesas y marquesas putas, para ser totalmente objetivo en la cuestión tratada. Lo que sucede es que los programas del corazón no tienen ni corazón ni huevos para llamar a cada cual lo que le corresponde.

La fiesta no se celebró en casa de los Albacastillo. La aparición de la muerta dejó deshecha a la familia. La culpa, por supuesto, no podía ser huérfana. Un nieto de la difunta, retrasado mental, que no era el forense, cargó con ella. Dijeron los Albacastillo que el chico no quería perderse las celebraciones, que el chico había decidido esconder a la abuela en la cámara frigorífica. Ninguno había notado la ausencia de la anciana. El tonto y una ecuatoriana la cuidaban.

Anoten en sus mentes: la culpa no fue huérfana, la culpa era emigrante y tonta.

Nadie discutió o se planteó nada. En todas las casas se hablaba mal de los Albacastillo, pero en voz baja, bajita, no fuesen a enfrentarse a culpas propias.

Aquel año granizó el día de la fiesta del pueblo para regocijo de la marquesa de San Honorato; aquel año, el coronel Mendoza relató a sus compañeros de carrera el tremendo dolor en los huevos que sufría a causa de la bella acción de guerra realizada; contaba el coronel la hazaña tendido en un sofá y con una bolsa de hielo en los testículos. El día de la Santa terminó convertido en un «¡Santiago y cierra España!» para el coronel Mendoza.

Santiago Llorente maldecía a su mujer por los conjuros; paseando por el salón de su casa maldecía a la marquesa, mientras veía cómo granizaba y el aire parecía arrasar la huerta.

Los jóvenes vistieron sus mejores galas de buena mañana y al medio día deambulaban de una casa a otra dejando tras de sí gotas de lluvia y risas.

De nuevo, la fiesta de la Santa fue el tránsito a la normalidad, supuesta, del trabajo cotidiano.

Juan Balboa regresó a una nueva guerra, a un nuevo frente y Sofía no penó por ello. Lo quería, pero a su manera. La tremenda manera de querer que ella criticaba, el «a mi manera», Sofía Llorente lo aplicaba cuando convenía y éste era el caso.

Mafalda marchó a una ciudad lejana, quería alejarse del círculo, conocer otros mundos, ver otras gentes, abrir sus ojos a otras realidades. Lo que se topó fue más de lo mismo vestido de moderno. Ya lo verán ustedes. Ignoraba, la idiota cuasi adolescente, que ya no hay lugares a donde huir, en todo caso: están dentro de uno mismo.

El día que Mafalda subió a un avión, Sofía Llorente quedó con el corazón dolorido y el alma un poco más arañada. Odiaba a Mafalda por dejarla sola. Ella no se había escapado nunca, había resistido todo por su hija y ahora Mafalda se iba. ¿Dónde estaba su libertad? ¿Quién le había arrebatado la vida a mordiscos? La mañana de la marcha, Sofía Llorente se dejaba llevar por la desesperación y el llanto. Acudió a su despacho sin gana alguna de trabajar. Quería morirse. Los muertos no padecen. Y ella sentía dolor, eso no le interesaba.

Este relator ha sido un infame cuando antes definió el cariño de Sofía hacia Juan Balboa como egoísta. He mentido. En la relación con Juan, Sofía devolvía lo que recibía. Juan jamás le había pedido que dejase a su marido. Insinuaciones, dobles palabras, pero nada definitivo. Besos furtivos, caricias en la cara y salidas de luna. El antiguo coronel era un romántico, más bien, un caballero andante, al que gustaba amar a una mujer, Sofía, pero recorrer el mundo en solitario. Los héroes siempre quieren una Penélope. Esto dicho finamente…

Juan Balboa no habría resistido ni tres meses al lado de Sofía Llorente. La libertad era suya, para él. La dosis que Sofía necesitaba no podía concedérsela un alma medianamente enamorada de Sofía. Ningún hombre se la habría concedido. Alberto Mendoza sí: a él Sofía no le molestaba lo más mínimo.

La burguesía se sustenta en esto: a mayor falta de amor, mayor dosis de libertad para la mujer. Y mayor duración de la vida matrimonial, palabra que ha de entenderse como un eufemismo; sociedad limitada o anónima es la palabra correcta. La indisolubilidad del vínculo eclesiástico, del matrimonio canónico, de ahí proviene: antes muertos que divididos los doblones...

Quien lo desconozca, desconoce los engranajes de la vida familiar burguesa.

En el despacho, Sofía se entretenía mirando expedientes. Sonó su móvil y sonrió.

—El otro día me dijiste que nadie te había recitado a Darío, Sofía.

—Sí, es cierto, nunca me ha recitado nadie. Me recito yo a mí misma.

—Tengo algo mejor para ti, escucha. Separa un poco el teléfono y escucha, princesa.

Y Sofía escuchó el mar. Un mar lejano, un sonido de agua acariciando montañas heladas. No se parecía en nada al mar que ella veía agitarse cada día. Era el sonido de agua batiendo contra masas de hielo. Agua contra agua. Cerró los ojos y disfrutó.

—Sé que te ha gustado. ¿Estás bien? Tu hija se ha ido, así que bien no estarás. Dentro de unos días regreso, nos veremos pronto, Sofía.

—¿Vas a venir a la presentación de mi libro?

—Por supuesto que no, Sofía. No es adecuado. Periodistas, tu familia... No, ya lo celebraremos juntos. Todo saldrá bien, lo sé. Puede que ya no llegues al Nobel, Sofía, pero publicar libros vas a lograrlo tú solita, esta vez lo harás. Y aún faltan meses para ese día, no me plantees las cosas con tanto tiempo por delante.

Y después de una ardua discusión desde el Ártico, el interlocutor de Sofía puso fin a toda queja.

—Lo lamento, Sofía, hay cosas que suceden fuera de tiempo, incluso de lugar, puede que éste no sea el nuestro, Sofía. Te quiero, no lo olvides.

—*Vas fer tard al teu temps...* Sí, siempre llego tarde, a casi todo...

Y murmurando estas palabras, Sofía Llorente caminó hacia el juzgado tragando la rabia, tragando la pena y la soledad. Cuestiones, todas ellas, que terminan por provocar indigestión y hasta muerte si no se les pone remedio de inmediato.

Por ello, Sofía se había dado a la escritura lo mismo que otros se dan al orujo. Al escribir, olvidaba, al escribir, dejaba salir soledades y hasta risas. No viviría jamás de sus novelas, pero era mucho más barato y divertido que un psicólogo.

Eso pensaba ella en aquel tiempo.

La canción del pirata

¡Sentenciado estoy a muerte!
Yo me río;
no me abandone la suerte,
y al mismo que me condena,
colgaré de alguna antena,
quizá en su propio navío.
Y si caigo,
¿qué es la vida?
Por perdida
ya la di,
cuando el yugo
del esclavo,
como un bravo, sacudí.

JOSÉ DE ESPRONCEDA

La especialidad vital de Sofía eran las ausencias; los hombres ausentes en su existencia.

Su marido era el perpetuo Godot.

Juan, un ida y vuelta.

El hombre del Polo un entrar y salir permanente.

Léase la expresión con toda la mala uva posible. Cuanto peor sea su pensamiento más se acercarán a la realidad. El hombre del Polo entró en la vida de Sofía a saco. Robó mucho y dio mucho más a la intrépida letrada.

La locura de Sofía volvió loco al hombre que jamás tendrá en esta historia nombre. Sé que rima, la historia es digna de ser contada por trovadores. Digna heredera de Zorrilla, sin que esto nada tenga que ver con la catadura moral de Sofía Llorente, o sí, pero yo me refería a los sucesos acaecidos en el encuentro entre Sofía y el hombre del Polo.

Mientras nuestra abogada camina hacia el juzgado, intentaré contarles parte de esta historia lo más fielmente que mis sentimientos me lo permitan.

Se encontraron dos piratas en un mar sin sargazos. Se avistaron por el catalejo y a punto estuvieron de pasar de largo, sin mirarse. En uno de los galeones, el capitán portaba un loro sobre el hombro. Y el loro, de grandes y brillantes plumas, dejó escapar un sonido insultante. El capitán del galeón contrario miró enfurecido y se topó con unos ojos airados.

Puro madrigal.

Se acercaron los galeones, discutieron los capitanes y al final de la jornada bebían ron y se carenaban mutuamente el casco. De ahí a la eternidad del instante y a que el cielo los juzgue. De carenarse pasaron a calafatearse, ya saben ustedes...

No eran corsarios ni bucaneros ni filibusteros: eran piratas, libres de amo. Haciendo caso de la bula del papa Alejandro VI, tomaban posesión de todo lo que descubrían el uno del otro. Si el Papa dio bula para ocupar la tierra ignota y esclavizar a los indígenas, no iban a dejar de aplicarlo nuestros piratas a sus cuerpos y a sus mentes. Por ello, en cada ocasión en que la vida les daba tregua, se entregaban a la hermosa tarea de descubrirse. Y así, se poseyeron por completo.

El hombre del Polo, el pirata que regalaba sonidos a Sofía, se arrepintió toda su vida de haber detenido su bajel junto al loro de plumas brillantes. Y Sofía guardó un trozo de belleza en un cofre, envuelto en un paño de hilo con las palabras amor y deseo bordadas a cordón. Cuando atacaba la tristeza, desenvolvía el recuerdo, lo aspiraba y regresaba a la vida.

Pasando el tiempo los dos galeones se separaron, pero los piratas dejaban de tanto en tanto volar palomas mensajeras y se veían en Tortuga.

¡En su vida han leído un adulterio contado de forma tan poética y tan fina! Galeones, piratas, loros, islas, carenar, calafatear...

Ésa es parte, sólo parte, de la historia. Entre carenar, descubrir y navegar, el pirata seducido por el loro se convenció de la brillantez del ama del ave a la hora de contar historias. Él era un experto en contarlas, un maestro. Cobraba fortunas por cada cuento que relataba y, para no mentir, su vida privada era toda una fantasía, una fábula. Y fuese por ayudarla, fuese por quitársela de encima durante los momentos de inspiración, la animó de tal manera que Sofía Llorente, la pirata dueña del loro, se convirtió en una especie de linotipia incansable.

La linotipia, la pirata, entra en el juzgado y yo debo regresar a la realidad, al presente. Una tristeza, lo sé. La vida de Sofía es una novela, como ustedes pueden leer. Linotipia, pirata, Han Solo, defensora, madre, esposa, amante, hija de su madre, de su padre, hermana de la Sansona, amiga de la Gitana y la Siestas. ¡Así cualquiera escribe!

Al entrar en el juzgado, Sofía Llorente vio cómo una sombra le hacía señas. Alicia la llamaba desde la puerta de su despacho.

—Entra y tú no digas nada, como que no va contigo la cosa, Sofía.

—En diez minutos tenemos un juicio, Alicia.

—¡Ya lo sé, entra y escucha!

Saludó Sofía a dos abogadas y a su hermana. Se sentó en el brazo del sillón que ocupaba Enriqueta y encendió un cigarrillo.

—¡Continúa, Cristina!

—Bueno, que no es para tanto, Alicia. Francisquita Tornado estaba liada con un homosexual muy rico; ahora sale con mi marido, toman café y cenan juntos. Pero es que es normal: yo soy una sosa. Él se aburre conmigo, Alicia. No es para que te lo tomes a pecho.

—¡Una cornuda! ¡Eso es lo que tú eres, Cristina! Una cornuda consentidora. ¿Lo estás escuchando, Sofía? ¡El macarrón que tiene por marido, que no vale un pijo, el tío ese, se la pega con la marrana de abogada que te toca a ti de contraria hoy! ¡Y ésta dice que es para alegrar su vida! ¡Idiota, eso es lo que es! ¿A que sí, Sofía?

—Yo no sabía nada, Alicia. Lo siento, Cristina.

—Para eso te he dicho que entrases, Sofía. Para que sepas que tienes que machacar a la putana esa. Desde luego no pienso dejarla hablar. Voy a volverla loca. ¡Se va a enterar Francisca de quién soy yo! ¡Hale!, ya podéis marchar. Se impone el disimulo.

Se abrió la puerta y Magdalena Alcántara asomó la cabeza.

—¿Qué se cuece, Alicita?

—Esto es una reunión privada de unas letradas con una señoría, Magdalena. ¡Pírate!

—¡Eres imbécil, Alicia! ¡Desagradable!

—A mí no me desacates, Magdalena. Desagradable tú, que ayer me dijeron cómo ibas vestida el día de la Santa.

—De llanisca, como siempre, Alicia.

—Como siempre no, Magdalena. ¡Te has hecho un juego de mandil, justillo y pañuelo nuevos! Copiado del mío, en malo: el tuyo no es de azabache. Yo ya lo he devuelto. Lo mandaré a bordar en París, así te jodes y no me lo copias. ¡Será por dinero!

—Cada día estás peor… ¡Señoría!

—Me voy, no os soporto. Yo entro con Sofía. Los delincuentes, los locos están sueltos y no es de extrañar: abogados como vosotras, magistrados como tú, Alicia, ministros como tu marido, militares como mi cuñado… ¡Y no digas que te desacato porque te doy dos hostias y te enteras de lo que es una agresión en toda regla!

—No, no, Enriqueta, tú no me desacatas nunca, mujer. Yo a ti te quiero, eres como mi hermana. A ti no te digo nada.

—¡Que no andes diciendo lo de hermanas, Alicia! ¡Que lo repites sin parar últimamente y sueño con ello, tengo pesadillas! ¡Fuera todas! ¡Tú la primera, Alicia, entra en la sala!

El despacho quedó desierto y Sofía colocaba los puños de su toga mientras deseaba mandar su vida a hacer puñetas. Aquel juicio era absurdo. Aquel juicio era como casi todos.

Enriqueta le dio un empujón en el codo y Sofía comenzó a escuchar lo que la acusación particular y el fiscal exponían. Miró al acusado. Se había puesto un pantalón limpio y una camisa nueva. Miró a la madre del acusado: gorda, desbordando las carnes por el vestido; el pelo bien arreglado en un moño bajo. Gordura de patata y fritanga, carnes de poca ternera, de poco pescado y mucha fécula, carne de cañón como lo era el hijo. La mujer, nieta de uno de los hombres del general Llorente, había pedido a Sofía que defendiese a su hijo, no podía pagarse un buen abogado y desconfiaba del turno de oficio.

Desconfianza totalmente justificada.

Escuchó la voz de Gustavo San Román, sonreía Sofía al escuchar al señor San Román, fiscal del reino de España. Escuchó a la acusación particular y volvió a sonreír Sofía Llorente.

El ofendido miraba al ofensor, a su cliente. El agredido —supuesto, presunto— vestía traje y corbata, de marca, de mucha marca; la mujer del agredido con expresión avinagrada y mucha joya encima. Unos pilares de la comunidad, unos vecinos ejemplares.

Sintió un vómito y pensó que se desmayaría. Del asco. Y encima la llamada desde el Polo.

Enriqueta volvió a menearla.

—¿Quieres que lo haga yo, Sofía? El cabrón ese te ha llamado, lo escuché desde mi despacho. Eres tonta, más tonta que Cristina. Hablaré yo, anda.

—No, lo haré yo, Queta, lo haré yo.

—¡Las letradas Llorente que no hablen!

Enriqueta Llorente se contuvo. Alicia se estaba pasando. Un auxiliar le entregó una nota. De Alicia.

«Estoy disimulando, tú tranquila...»

Se la pasó a su hermana y Sofía volvió a sonreír. Llegaba su turno.

—Con la venia de su señoría. El señor fiscal y la acusación particular han dado ya un veredicto: culpable. Mi cliente es culpable porque lo dicen el señor San Román y esta letrada.

—¡Protesto!

—¡Aquí no se protesta!

—¿Cómo dice?

—¡Digo que aquí no se protesta, letrada!

—Pero...

—Bueno, ¿de qué protesta la letrada Francisquita Tornado? Puestos a protestar, dejo que protesten las letradas presentes en la sala, incluida aquella de la tercera fila. Aquella que se llama Cristina y que está casada hace años y que por culpa de alguien que yo me sé y no digo, puede descasarse en breve. Si se va a protestar por todo, dejo que proteste ella...

La abogada representante de la acusación particular miraba con asombro a la magistrada. El asombro creció.

—¡Deje de mirarme así, señora letrada! ¡Me estoy sintiendo desacatada!

Enriqueta Llorente suspiró. Sofía miró con furia a Alicia e intentando no perder el hilo de la exposición, volvió a comenzar.

—Decía, señoría, que mi cliente ha sido declarado culpable por fiscal y acusación particular...

—Da igual, eso no sirve, Sofía. Sentencio yo...

—Sí, lo sé, señoría. Nadie puede ser culpable antes de que

se demuestre su culpabilidad. E incluso, podemos ser culpables de algo que nos obligan a hacer. Da igual que sea delito a los ojos del mundo; a lo mejor las circunstancias nos obligan a ello.

Enriqueta comenzaba a ponerse nerviosa, Sofía hablaba de ella misma.

—Mi cliente, señoría, no va a negar que quemó con un cigarrillo las partes sexuales del señor Martínez ni que se las acuchilló. No va a negarlo, nunca lo ha negado: él lo hizo.

Sonreían fiscal y acusación particular y torcía el gesto Alicia. Sofía estaba perdiendo facultades, tiraba la toalla sin más. El del Polo, ése era el culpable de todo: la manía de escribir, el bajar la guardia en preparar el juicio. Un cabronazo como todos los hombres. Tenía que enterarse de quién era. Nadie lo sabía pero ella iba a enterarse. Entre pensamientos de crueles venganza, Alicia escuchó a Sofía.

—Ahora bien, no es cierta la historia de fiscal y acusación particular, señoría. ¡Mienten y mienten a sabiendas! Pido el permiso de su señoría para presentar una prueba y un nuevo testimonio. Y antes deseo interrogar a la esposa del demandante.

Alicia acalló las protestas y pensó que el amigo de Sofía no la perjudicaba tanto. Concedido el permiso, Sofía procedió al interrogatorio.

—Señora, ¿su marido usa ropa interior?

—¿Usted qué se piensa? —La mujer odiaba a la hija del general. Toda la familia era arrogante y aquélla encima era una roja, pensaba la mujer. Su marido sin ropa interior...

—Yo no pienso nada, señora; desconozco si su marido viste o no ropa íntima, jamás se ha dado la circunstancia de tener que despojarlo de ella.

—¡Pero cómo se permite eso! ¡Que la jueza haga algo!

—¡Silencio! Yo soy juez, que sirve para todo. Como dice Sofía: el neutro existe, no soy esa chorrada de jueza. La letrada sólo ha puesto un ejemplo, limítese a responder.

—¡Pues sí: ropa interior bordada, sus calzoncillos están bordados con su nombre! Esas cosas no sólo las hacen los nobles. Gracias a Dios eso se terminó.

Enriqueta daba vueltas a un lápiz y en una de las vueltas el lápiz se quebró entre sus dedos. Pensó en el cuello de la mujer y se sintió más aliviada.

—Gracias, señora, gracias por su declaración.

Se retiró la testigo y Sofía Llorente pidió entrase el siguiente.

El sargento de la Guardia Civil se sentó con toda la solemnidad que pudo. Cualquier cosa alteraba a la magistrada y él lo sabía.

—Sargento, ¿podría decirme si estos calzoncillos, este pantalón y esta camisa llegaron al cuartel de forma anónima?

—Así es, señora Llorente.

—Sargento, enseñe esos calzoncillos a la sala, por favor, y léanos el nombre del bordado.

Miró el guardia hacia Alicia y ésta asintió con la cabeza. Enseñó el sargento unos calzoncillos y leyó el nombre bordado en la prenda. El acusador, el fiscal, la mujer del acusador y la acusación particular, que de todo eso hay en un proceso, perdieron el color.

—Son sus calzoncillos, señoría. Los calzoncillos del hombre que ha acusado a mi cliente de atracarlo, de apuñalarlo, señoría. La verdad es otra: mi cliente recibió una oferta sexual del caballero, se fue a un descampado, allí procedió a hacerle una felación, pero el caballero quería más. Cuando mi cliente se negó, el que ahora acusa se puso violento; mi cliente sacó una navaja que utiliza para cortar fruta cuando va de campo, no como arma ofensiva, y se la clavó en sus partes, señoría. Las quemaduras formaban parte de un juego sexual que al parecer gusta al caballero.

Alicia Solares disfrutaba; Enriqueta se había lanzado hacia delante para ver y oír mejor. Su hermana continuaba siendo única, un hacha.

Protestó el fiscal alegando que aquellos calzoncillos no eran prueba de nada.

—El señor fiscal sabe por experiencia los rastros que deja el semen, el daño que puede hacerse o no hacerse con una prueba de ADN, bien lo sabe el señor fiscal. —Y elevando el tono, Sofía Llorente, en su faceta más teatrera que no teatral, señaló al acusado con un dedo—: ¡Es inocente! ¡Ese hombre lo engañó! ¿Cómo se puede acuchillar los testículos de alguien sin traspasar la camisa, el pantalón y el calzoncillo a no ser que no los tuviese puestos? Gracias a las investigaciones de la Guardia Civil, investigaciones de última hora, hemos sabido la verdad: el señor honesto, el ciudadano intachable tiene gustos sexuales que no se atreve a confesar y ha realizado una acusación falsa contra mi cliente.

Un sonoro «¡maricón!» se dejó sentir en la sala. Todo el mundo supo que había sido Alicia Solares, pero todos hicieron como que no lo habían escuchado. Se desmayó la mujer del cabronazo, se dejó caer en la silla la abogada que lo representaba y el fiscal, Gustavo San Román, se acercó a Sofía con gesto amenazante.

—Vade retro, cabrón, que a ti te toca otro día. Si te piensas que me olvido de la puta a la que destrozaste hace unos meses, te equivocas, San Román. Esa deuda la tengo pendiente, ya me ocuparé de ti. No eres digno del cargo; has cambiado el favor con la acusación particular; esa zorra te ha dicho que las putas no te van a denunciar. Eso ya lo veremos, ya no es su caso, ya no lo es. Son mis clientes.

—¡Orden, orden! ¡Se sienten, coño! ¡Las Llorente, el fiscal, la robamaridos, que se sienten todos!

Alicia Solares golpeaba con la maza y se divertía. Según daba mazazos subía y bajaba del sillón, el flequillo se le movía y al son de una música inexistente todo su cuerpo brincaba.

—¡Señoría!

—¿Qué pasa, letrada Tornado?

—¡Su señoría me ha insultado!

—¿Qué he dicho?

—¡Robamaridos! ¡Eso ha dicho su señoría!

—¿Alguien me ha escuchado a mí decir que Francisquita Tornado le quiere robar el marido a una letrada que se llama Cristina? ¡Que levante la mano quien lo haya escuchado!

Francisquita Tornado estuvo varias semanas pensando cómo había sido capaz de levantar el brazo. Francisca Tornado elevó el brazo cual colegial acusica y, cuando se dio cuenta, lo dejó caer lentamente mientras escuchaba a la magistrada.

—¡Ah! ¡Eso no sirve! ¡Nadie más lo ha escuchado y eso es una nueva falsa acusación! ¡Anda, que aquí va a pasar algo gordo a quien yo me sé!

El día después, Sofía Llorente fue de nuevo aclamada en la prensa regional. A Sofía le importó un pimiento. Mierda de justicia, mierda de prensa y mierda de vida, recitaba Sofía mentalmente mientras alguien le comentaba la noticia.

El prócer acusador quedó relegado de cualquier acto social y pasados unos meses su mujer pidió el divorcio. Conocía perfectamente las actividades sexuales de su marido. Lo que no perdonaba era el conocimiento público. Normal, esto sucede cada día y quien se asombre de lo relatado ¡es tonto o hipócrita!

Gustavo San Román vivió angustiado durante dos semanas. Pasado ese tiempo, una mujer de la noche, una puta, apareció muerta en una playa. El mismo día de su muerte, el fiscal paseaba por los juzgados con el rostro sonriente y feliz. En un pasillo vio a Sofía Llorente caminar hacia él. La puta de Sofía ya no podía hacerle nada, pensó San Román triunfante. La testigo estaba gozando de otra vida.

—Y ahora, ¿vas a decirle a papaíto el general o al moro que te cubran las espaldas, Sofía? Tu marido no se preocupa de ti, eso lo sabe todo el mundo y alguna noche te pueden dar un susto. Ya ves la de muertes que quedan sin resolver.

Sofía Llorente dejó su cartera en el suelo. Y un día más sintió náuseas. La vida era un vómito, un asco perpetuo. Encendió un cigarrillo y miró fijamente al fiscal.

—¿Qué miras?

—A ti. Quiero ver la cara del mal, la mentira, la vergüenza de un servidor público frente a frente, eso miro.

—¡Deja de mirarme así, puta!

—No grites, pueden oírte. «Puta, zorra, voy a joderte bien jodida, vas a gritar como una cerda, si dices algo te mato.» Y mientras decías eso, le introducías una polla de acero en la vagina y otra por el ano, San Román. La dejaste destrozada. Rota. Tenía dos hijas, una madre, hermanos…

—Deja de hablar, no quiero que continúes hablando, ¡era una puta! ¡Y no puedes probar nada de lo que dices!

Una puerta del pasillo se abrió y Alicia Solares, acompañada por otros dos magistrados, contemplaron la escena antes de hablar.

—Señor San Román, entre en mi despacho.

—Claro, Alicia.

—Señoría, señor San Román. Los delincuentes se dirigen a mí como señoría.

Gustavo San Román perdió el color. La voz de Alicia Solares no se parecía en nada a la habitual. La juez no era la patosa y chillona figura de la que todos hacían burla a escondidas.

—¿Puedes darme un minuto más, Alicia?

—Por supuesto, Sofía. Señores, esperaremos dentro de mi despacho. Adelante, Farid, acompaña a la señora Llorente.

Farid Abbas salió del despacho de la magistrada y esperó cerca de una ventana sin perder de vista a Sofía.

—No va a matarte, cabrón; podría hacerlo sin que nadie supiese que ha sido él; un asesinato más sin resolver, ya sabes… Pero no va a matarte. Mi marido, si supiera algo de esto, sí lo haría. Él es así: me quiere, a su manera. Un caballero español de los antiguos. Y te mataría; no me conviene eso, en unos meses será general y es el padre de mi hija. En ese despacho hay una cinta de vídeo, en la cinta se ve todo, hay una declaración de la mujer a la que llamas puta. Relata los tratos de cierto fiscal con capos de la droga y la prostitución. Ha dejado hasta números de una cuenta corriente en donde se le hacían pagos al fiscal de marras. No quiero oírte decir que no hay pruebas suficientes, no quiero escucharlo. Entra ahí y trata de no negarte al trato, so cabrón. Por mí te llevaría a juicio, te destrozaría. Pero no voy a jugármela: hay cosas peores que una condena, hijo de puta. Y tú vas a vivir de ahora en adelante como un perro, relegado de todo lo que te hacía feliz. Tú ya estás muerto, San Román, más aún que a la que llamas puta.

El fiscal del reino de España se puso a llorar. Entró en el despacho de Alicia Solares y en menos de una hora había dejado de ostentar cargo alguno. Por renuncia propia, por supuesto.

Cinco días después los periódicos dieron la triste noticia del fallecimiento de una promesa de la judicatura. Gustavo San Román había perdido la vida mientras pescaba en un acantilado, un terrible accidente, relataba la prensa.

Los círculos aplican sus propias leyes. Cuando uno de sus puntos se descarrila sin poder volver a la circunferencia, el círculo lo sustituye por otro punto. Hay seres que no pueden resistirlo y eligen la muerte. Los círculos hacen algo parecido a la biología: selección natural. Si alguien se resiste, se lo elimina de manera discreta.

La incitación al suicidio es una fórmula como otra cualquiera.

La abogada Tornado pidió una baja por crisis de ansiedad. Los periódicos airearon ciertos temas que hacían daño a su carrera. De abogado.

Hay gente muy lista que tiene más de una...

Pasaron los meses fríos, el invierno, llegó el gran día y Sofía Llorente presentaba su novela. El círculo había cerrado filas, se había organizado amparando a la oveja descarriada que se atrevía a airear sus vidas. Las ovejas descarriadas tienen más posibilidades de redención si sus padres son generales y sus madres marquesas. Si los maridos portan arma, de fuego o talonario, que igual da, las ovejas descarriadas gozan de un halo que las protege. Una aureola de grandeza rodea sus pequeñas gilipolleces cotidianas. Nuestra heroína tiene mérito, pero poco.

Si hubiese nacido en una barriada, en una ciudad dormitorio llena de drogas, de supermercados baratos, de mierda tapada con casas nuevas, edificios construidos con materiales infames; construcciones que a los cuatro días dejan caer losetas de las fachadas, las ventanas no cierran y las tuberías revientan, Sofía Llorente se habría dejado comprar por un plato de arroz. Ni siquiera lentejas. La chulería vital, con una nómina de novecientos euros, no existe. De existir, se denomina heroicidad.

El capital ata al pueblo metiéndolos en esos barrios llenos de farolas pretenciosas, de pisos aparentes; el capital tiene un nuevo ejército de esclavos, los grilletes son las letras firmadas, las hipotecas. Los hijos calzando playeros caros, los coches comprados a cinco años, vacaciones pagadas con Visa, a ser posible en algún lugar de nombre impronunciable, cuanto más lejos mejor. Granada, Toledo, Llanes o Ribadesella suenan a poco. Quien no ha estado en Marruecos, Bali o Brasil, hoy no es nadie socialmente. Yo soy un «nadie»…

Sofía Llorente carecía de hipotecas, no había firmado una letra en su vida y conducía coches ingleses. Sofía tendría un precio, como cualquiera, pero era demasiado alto para pagarlo. Al fin, molestaba cual mosca cajonera, pero nunca era un auténtico peligro. Al menos para quien pudiese pagar por su silencio.

La Feria del Libro de la ciudad era una corte de vanidades vestidas con bufandas y gafitas redondas, de progresía acomodada o que deseaba serlo; de sujetos que miraban a los compradores por encima del hombro. Sonrisas de perdonar la vida a quien se acerca a por una firma del autor.

¡Zopencos, ignorantes y chulinos que comen de sus lectores y parecen no saberlo!

Todas las ferias de quienes se piensan intelectuales suelen ser así, queridos lectores.

Un derroche de gilipollez vestida de moderno. Pipiolos eternos que escriben diarios con sus frustraciones; contadores de historias sin ningún interés para el lector. Escribidores de sus aburridas vidas; sin un mínimo de imaginación; frases y frases cargadas de palabras altisonantes e idiotas que no impresionan a nadie. Miradores de ombligos propios que aburren hasta a las ovejas.

Místicos sin más Dios que ellos mismos.

Los buenos escritores son seres normales, pacíficos y alegres ciudadanos según sea el día; tienen altibajos de humor como cualquiera de nosotros, no están tristes siempre y por obligación. No dan la vara permanentemente con la literatura, la estructura de los textos, lo mucho que les hace sufrir el oficio de escribir...

El gilipollismo escritoril ataca a los merluzos. Tan sólo a ellos. Y puedo asegurar que hay muchos en el campo literario. Los merluzos literarios atacan a las gallinas de Guinea del círculo. Las retratan, intentan reírse de ellas, olvidando que las gallinas de Guinea son sus madres, sus abuelas o sus tías. Incluso sus mujeres o amantes. Los círculos se interseccionan, siempre se encuentra un punto en común, por mucho que les pese.

Gallinas y merluzos se piensan ejes del mundo. No del suyo: de toda la esfera terrestre; del universo. Son astros que trazan sistemas de referencia a su gusto, a su modo. Sus coordenadas, para encontrarse a sí mismos, pueden ser topocéntricas, geocéntricas, heliocéntricas o galácticas. Ellos eligen la forma de justificación para ser astros brillantes.

Lamentable, lo sé.

Sofía Llorente era un azimut en este complicado mundo astrofísico. Se miraba a sí misma desde el horizonte. La distancia salvaba a la mujer de caer en tentaciones gallináceas o merluciles. Su tiempo era el sidéreo. Su vida la marcaban años siderales. Los años trópicos duran 365 d 5 h 48 min 46 s. Los siderales 365 d 6 h 9 min 9 s. La diferencia, pequeña en apariencia, la ponía a salvo de merluzos y gallinas. Sofía creaba sus ortos y ocasos; sus equinoccios y hasta sus idus. Vivía entre puntos y círculos intentando interseccionar lo menos posible. Sofía vivía en el período Edo. Tal que Cipango en ese período: aislada. Así vivía Sofía Llorente. Desde siempre.

Mafalda viajó desde su nueva residencia para sorpresa y alegría de Sofía. Bienvenida vestía falda, cosa insólita en la doctora. El general Llorente uniforme; los entorchados relucientes, los bordados de la bocamanga en perfecto estado de revista. Farid mantenía el guardarropa militar como si el general Llorente aún lo utilizase cada día. Carlota cubría arrugas del cuello con perlas. Alberto Mendoza no tenía muy claro con qué taparse, cubrirse era poco aquella mañana sabatina. Pero acudió: el sentido del deber se impuso al sentido del ridículo. Caminaron los puntos a la feria donde Sofía presentaría su ópera prima. La heroína no estaba nerviosa, pensaba en otros temas que nada tenían que ver con su libro.

Realmente en varios; siempre era así: Sofía era dispersa.

Toribio, Fernando Lasca, Magdalena, Clotilde y Matilde; Alicia y todos los Pudientes; Magdalena Alcántara, Castaño y Farid… Más de cien puntos cerraban filas ante cualquiera que pudiese poner en entredicho el acto.

—¿Al final viene o no?

—No creo, Enriqueta. No me han llamado de su editorial.

—¿Quién tenía que venir?

—Otro escritor, Bienvenida, a presentar el libro de Sofía.

—¿Quién era?

—Qué más da, Bienvenida. Uno que sale en la tele.

—A mí me da, Sofía. Es para no comprarle ni un libro en mi vida al cabrón que te ha dejado colgada.

—Bienvenida, tú no lees.

—Enriqueta, no seas burra: ¡puedo no leer, pero puedo comprar libros!

Y discutiendo, como siempre, entraron en la carpa de la feria. Xabel Prado presentaba el libro de Sofía, se puso en pie y aplaudió. Los puntos imitaron el gesto y Sofía lo agradeció con una sonrisa. Miró a su alrededor. Mafalda la saludó con un gesto de la mano; Claudio Pudientes fue más rotundo.

—¡Viva la madre que parió a Mafalda!

Carlota del Hierro no pudo controlarse y sacudió un coscorrón a Claudio que recibió otro de su madre.

Sofía no veía a su marido. Ni a Juan. Ni vio otra cara que debería estar allí. Las presentaciones de los libros son como los entierros y funerales: no se ve a quien está pero sí a quien no ha acudido. Juan la había llamado desde un país de Oriente, no podía ir. El pirata navegaba por algún lugar perdido o simplemente estaba en la cama durmiendo. También la había llamado.

El móvil era un gran invento para maridos, piratas y amigos. Entre dispersiones varias, Sofía escuchó a Xabel.

—«Mirar una cosa y verla son dos actos muy distintos. No se ve una cosa hasta que se ha comprendido su belleza. Entonces, y sólo entonces, nace a la existencia…» Estas palabras pertenecen a Oscar Wilde y las utilizo para presentarles el libro de Sofía Llorente, sus relatos. Ella ve las cosas y las hace nacer a la vida. Sofía crea ilusiones en donde el resto sólo vemos humo…

Una voz interrumpió la disertación de Xabel.

—¡Lamento llegar tarde! ¡Discúlpenme ustedes!

Una figura masculina apareció en el estrado. Un hombre alto, guapo y moviéndose tal que una bailarina de ballet besó a Sofía en la mejilla, retiró uno de los sillones, se sentó y acercó el micrófono hacia él mientras sonreía a Xabel y lo acariciaba en la nuca. El nacionalista dio un brinco. Una cosa era la modernidad y otra aquello.

—¡Es Boris Izaguirre!

—Cállate, Claudio, escuchemos a las viejas.

Carmen Pudientes puso la antena, los puntos murmuraban sin parar. Mafalda estaba perpleja. Esperaba que en su colegio mayor nadie supiese aquello: su madre y Boris. La relegarían aún más los zoquetes que iban de listos. Castaño miró a Farid.

—¡Es el maricón de la tele!

—Sosiego, Castaño. La fama es así, hay que ceder…

Y el famoso de la tele hablaba ante el desconcierto de los puntos y las sonrisas socarronas de los intelectuales del lugar.

Los intelectuales —supuestos— eran simples comas…

—No he podido venir antes, el avión se ha retrasado, como siempre, pero estoy absolutamente contento de estar aquí. No esperaba tanta gente: ¡esto es puro glamour, señoras! Su elegancia es legendaria en el país y ahora me explico el motivo: Asturias no es sólo tierra de Regentas, es pasarela de elegancia. Tema libro: ¡inconmensurable! Sofía ha recreado a las nuevas Regentas, a las nuevas mujeres. La belleza de las descripciones amorosas, el sexo dormido que despierta, esos hombres malvados, locos, enamorados de no se sabe quién…

—¡Santiago! Este homosexual ¿qué dice del sexo? ¡Éste no era el de sexo! Está comparando a tu hija con la Regenta. Voy a desmayarme.

—Éste no es el libro del sexo, Carlota. Deja de hablar y si te desmayas procura caerte hacia el otro lado, no quiero que me arrugues el uniforme. ¡Ya quisiera ser la Regenta como mi Sofía, Carlota! ¡Víctor Quintar, un vivales comparado con Alberto! Y mi Sofía sería, en todo caso, magistral o jefe de partido, ¡regentos resignados ellos! ¡Así que nada que ver, Carlota! Cállate de una vez.

Finalizaron los presentadores, Sofía dio las gracias y caminó hacia los puntos de su círculo. En el camino tropezó con Alberto Mendoza. El coronel sonreía.

—Lo has hecho muy bien, Sofía. Nunca he leído ni una

sola línea de tus libros, ya sabes que de Julio César yo no salgo. Pero, si son la mitad de buenos que tus artículos de prensa, vas a retirarme, Sofía, lo harás. Lo del maricón de la tele es un golpe maestro: saldrás en toda la prensa. Sí que vas a vender. Vete a firmar, mira qué cola tienes.

Ése era el peligro del coronel: la doble personalidad. De ahí nacía su cabronismo encubierto. De la amabilidad, a la más pura crueldad o supina idioticia. Sabedora de ello, Sofía acarició la cara de su marido y caminó a la mesa de las firmas pensando en la pena que provocaba en ella Alberto.

Libro tras libro, Sofía estampaba su dedicatoria entre palabras de agradecimiento. A punto de recoger sus cosas para irse, Sofía escuchó una voz.

—Le agradecería me lo dedicase, señora Llorente. En unos años puede que tenga un valor extraordinario. Estás preciosa, Sofía. Quiero mandar a la mierda todo, quiero besarte, quiero raptarte, Sofía. Quiero pasar esta noche contigo, besándote, acariciándote, viéndote sonreír y gritar. No soporto estar aquí, de pie, mirándote sin tocarte.

Sofía Llorente pensó que el llanto que guardaba en el pecho la estaba volviendo loca. Escuchaba la voz de Juan Balboa de Valdeavellano como si estuviese frente a ella. Miró las manos que le extendían el libro y eran las de Juan.

—Has venido, Juan. Estás aquí.

—La duda ofende, lady Ginebra, la duda ofende mi amor. Me has afrentado, Sofía. Has de pagar una prenda por ello. Te quiero, Sofía. No sabes cómo te quiero.

Bienvenida Castaño ayudaba a Sofía a recoger todos los bártulos para irse a comer. Estaba en un cuarto pegado a la mesa de firmas, cuando escuchó a Juan Balboa de Valdeavellano hablar como si de un galán de película se tratase. *Tal como éramos*, pensó Bienvenida; en la peli el escritor era el hombre, pero los tiempos cambiaban. Robert Redford se parecía a Juan. Continuó escuchando pero no se oía nada. Asomó la cabeza y vio a

Sofía escribiendo en un libro. Se cargó todo lo que pudo de paquetes y salió del cuartucho lleno de libros y polvo.

—¡Juan! No sabía que vendrías.

—No habría faltado nunca, Bienvenida. Vámonos, nos esperan todos, al parecer soy el último en pedirte una dedicatoria, Sofía.

—Déjame ver la dedicatoria, Juan.

—Por supuesto, Bienvenida.

Y la doctora Castaño se abalanzó sobre el libro.

—«Nada es como es, sino como se recuerda. Memento...» ¿Esto qué significa?

—Nada, Bienvenida, pregúntaselo a Valle; devuélvele el libro a Juan. Vamos, papá ha preparado en casa una comida para todos. Está contento, se le nota.

Y al salir, caminando entre la gente, Sofía tocó la mano de Juan Balboa y él devolvió la caricia.

Nada era como era.

Nunca lo había sido.

... PERO ESTÁN EN ÉSTE

Espero curarme de ti

Espero curarme de ti en unos días. Debo dejar de fumarte, de beberte, de pensarte. Es posible. Siguiendo las prescripciones de la moral de turno. Me receto tiempo, abstinencia, soledad.

¿Te parece bien que te quiera nada más una semana? No es mucho, ni es poco, es bastante. En una semana se pueden reunir todas las palabras de amor que se han pronunciado sobre la tierra y se les puede prender fuego. Te voy a calentar con esa hoguera del amor quemado. Y también el silencio. Porque las mejores palabras del amor están entre dos gentes que no se dicen nada.

Hay que quemar también ese otro lenguaje lateral y subversivo del que ama. (Tú sabes cómo te digo que te quiero cuando digo: «Qué calor hace», «dame agua», «¿sabes manejar?», «se te hizo de noche»... Entre las gentes, a un lado de tus gentes y las mías, te he dicho «ya es tarde», y tú sabías que decía «te quiero».)

Una semana más para reunir todo el amor del tiempo. Para dártelo. Para que hagas con él lo que tú quieras: guardarlo, acariciarlo, tirarlo a la basura. No sirve, es cierto. Sólo quiero una semana para entender las cosas. Porque esto es muy parecido a estar saliendo de un manicomio para entrar a un panteón.

JAIME SABINES

El general Llorente se convirtió aquella mañana de sábado en un insurrecto. Se levantó en fiesta contra parte de su círculo, principalmente Carlota. Cual Manuel Pavía, el general Llorente hizo entrar en su casa comida, música y gente alborozada; sustituyó tropas por fiesta y fanfarrias.

Carlota del Hierro lo vivió como un golpe de Estado; no podía ser menos.

No entendía la marquesa de San Honorato el alborozo del general; su hija no era precisamente motivo de alegría en esos tiempos ni nunca, pero menos aquel sábado. No era suficiente con su militancia en un partido aborrecible, ahora, Sofía era bohemia con todas las de la ley; los escritores lo eran a ojos de la marquesa. Se consoló pensando que Izaguirre no se sentaría a su mesa, alegando compromisos previos, se había esfumado.

La pobre mujer ignoraba que los escritores de aquel entonces deseaban ser burgueses con todas las consecuencias. Ignoraba, la augusta señora, que el escribir era un medio de reconocimiento social y dinero, eso era lo que alentaba a la mayor parte de aquella fauna y flora del mundo literario. Sofía sí era bohemia, desde la cuna. Sofía era un okapi; la falta de libertad provocaba su muerte. Muchos de los escribidores vendían libertad por fama y fortuna; eso, Carlota del Hierro no lo sabía. Aún no.

El aborrecimiento de la marquesa hacia el partido de su hija nada tenía que ver con las ideas socialistas; los despreciaba por inútiles, falsos, mentirosos e incoherentes. De ahí venía la aversión de la marquesa hacia los socialistas de aquellos tiempos. La marquesa era radical en todo. Ella sí era socialista, no aquella tropa de *parvenus*, que vivían a golpe de escaño legislatura tras legislatura. Tragones de ilusiones y dinero del pueblo, decía la marquesa de San Honorato. En estos pensamientos no le faltaba razón.

Educada, como era la marquesa, no tuvo más remedio que

poner buena cara a la fiesta que el general ofrecía en su casa e intentó ser la perfecta anfitriona, como siempre.

Nunca lo conseguía, por supuesto.

Corderos a la estaca, quesos y boronas; sidra de la casa y vinos de Cangas del Narcea. Un festival de sabores y alegría inundó la hacienda de los Llorente del Hierro.

La palabra hacienda no sólo se utiliza en la llamada literatura hispanoamericana, no. España, en literatura, también existe. Es propensa la literatura patria a retratar Españas negras u ocres. Españas llenas de color tierra; colores tristes poco parecidos al amarillo Nápoles. La casa de los Llorente, el círculo, cualquier círculo español, tiene tanto color como cualquier otro. La amargura innata de los escribidores patrios ha hecho que todo el país se venda fuera de nuestras fronteras como un quejido seco. De este extremo pasamos a la tan conocida charanga y pandereta. Ni lo uno ni lo otro, pero les aseguro que una fiesta en Asturias es tan interesante como una en Irlanda, en la Toscana o en un rancho argentino. La parrulez de esta patria hace adorar lo foráneo y despreciar lo propio. Así nos va.

Mafalda y los Pudientes discutían sobre cuál era mejor universidad, sobre la conveniencia de irse a estudiar fuera o no. Xabel defendía su nacionalismo ante Jesús Pudientes y Alberto. Bienvenida, Alicia, Enriqueta y Magdalena criticaban con envidia a Sofía y a Juan. El ex coronel Balboa servía la comida a Sofía con mimo. Iba y venía a la mesa cargando con platos, de los que Sofía apenas probaba nada. Y hablaban, sin parar. Y sonreían.

—Aquí no hay moral, esto es un despendole. ¿Esos dos nunca van a dejarlo o qué?

—Al parecer no, Alicia. ¿A ti qué más te da?

—A mí nada, Bienvenida, era por decir algo.

—Pues di menos, Alicia. O no digas de mi hermana.

—Bueno, Enriqueta, también es mi hermana. Ya lo sabes: por hermanas os tengo. A las dos.

—Me dará algo. ¡No vuelvas a repetir lo de hermanas! ¡De pensarlo, enfermo! No vuelvas a repetirlo o te pego, Alicia.

—Calma, calma, no pasa nada por ser hermanas, Enriqueta. Es como si todas lo fuésemos.

—Magdalena, tú eras la que me faltaba. ¡Déjalo!

Como verá el lector, la fraternidad, tan buscada durante siglos por el género humano, no tiene ninguna aceptación. Nunca la ha tenido. Si alguien nos dice: «Te quiero como un hermano»…, pongámonos a temblar. Quien así nos quiere no lo dice, no es necesario.

Anita y otra mujer aparecieron con unas fuentes. Carlota del Hierro las miró. Su marido se había excedido, era demasiada comida.

—Las verduras cocidas aquí, Anita, por favor. Son para nosotras. Verduras al vapor.

Clotilde elevó la mano para señalar el lugar en donde Anita debía dejar las verduras. Carlota miró a sus hermanas con extrañeza. Estaban comedidas, habitualmente se saltaban el régimen a la primera oportunidad. Mal debían encontrarse para no comer borona ni cordero.

Alicia Solares se acercó a su madre.

—Mama, tú come las verduras como Clotilde y Matilde, ya verás qué buenas están.

Carolina Cruces sonrió beatíficamente y asintió con la cabeza. Alicia volvió a su lugar y conversaba animadamente cuando la voz de Castaño la distrajo.

—Alicia, mira…

Castaño hablaba en voz baja y Alicia apenas lo entendía. Al final, tanto susurro llamó la atención de todos los comensales, que dirigieron la vista hacia el punto que Castaño señalaba sigilosamente con una mano extendida.

Carolina, Clotilde y Matilde comían y hablaban entre ellas.

—¿Te apetece un poco más, Carolina?

—Sí, Matilde, está muy bueno, dame otro poco.

Los comensales vieron a Clotilde subir su cesto de mimbre hasta la mesa; sacaba un tarro de mayonesa y servía a Carolina varias cucharadas. Acto seguido un sonido parecido a un crack, crack, volvió la vista de todos hacia Clotilde. De una rueda de chorizos, cortaba un trozo y lo iba poniendo en su plato, en el de Carolina y en el de Matilde. Revolvían mayonesa, verdura y chorizo y lo comían con deleite.

—¡Mamá! —gritó Alicia.

—¡Clotilde! ¡Matilde! —gritó Carlota.

Las afectadas por los gritos miraron a las gritadoras con cara interrogante.

—¿De qué os sirve tomar verduras cocidas si le ponéis mayonesa y chorizo?

Carolina sonrió de nuevo y continuó comiendo. Clotilde elevó la vista, miró a su hermana y con un trozo de pan limpió el plato de restos de mayonesa. Y una vez tragado, se dignó responder.

—¡No pensarás que voy a tomarme la verdura sola, Carlota!

—Qué insensatez…

—Claro que lo es, Matilde, y si lo sabes ¿por qué haces lo mismo?

—Carlota querida, me refería a lo tuyo: es una insensatez comer verduras cocidas sin mayonesa o chorizo. Es absurdo. Bienvenida no nos dijo nada de la mayonesa.

—¡Yo os dije que tenéis que comer verduras!

—Y eso hacemos, Bienvenida.

—¡Sin mayonesa, Matilde! ¡Chorizo menos, Clotilde!

—De eso, no nos indicaste nada, Bienvenida. Si no nos instruyes adecuadamente, si no nos tratas bien, no es culpa nuestra. Eres negligente como médico.

Jesús Pudientes Prados habló. Habló el ministro, mientras pasaba afanosamente páginas del libro de Sofía.

—¡Esto ya ha sucedido! Sale en la página veinticinco del libro. En otra comida ya nos pasó esto. Sofía lo ha escrito.

Las miradas, en una comida con muchos comensales, son como un limpiaparabrisas, se desplazan de un lado a otro según quien hable. En ese momento, todas se dirigieron a Jesús. Blandía el ministro el libro como si fuese un arma.

—¿No me creéis? ¡Aquí está todo!

—Te creemos, Jesús, no te excites. Tú sales en la página treinta y seis.

—¿Qué dices, Enriqueta? —Jesús Pudientes palideció. Buscó la página y volvió a resoplar.

—¡Aquí no salgo yo! ¡No es cierto! ¡Se habla de un gato suicida! ¡Yo jamás he tenido gato alguno! En todo caso, siendo un niño… —Palideció más Jesús Pudientes Prados a la vez que musitaba—: Isidoro… La gata Camila… ¡pero aquí se habla de un asesinato y de un suicidio de gatos!

—Recuerdo a Camila y a Isidoro. Alguien atropelló a Camila. Isidoro no pudo superarlo y se dejó caer desde una de las torres de vuestra casa, Jesús. Recuerdo aquella tremenda historia.

—¡Pero no tiene nada que ver conmigo, yo no fui, Carlota! Fue el carrito de golf que me regaló mi padre. El primer carro de golf con motor que existió en España, era precioso. ¡Se me escapó! Se puso a funcionar solo y atropelló a Camila. ¡La culpa no fue mía!

Castaño miraba y no creía. Farid pensaba en el desierto con placidez; algún día regresaría; aquellos infames retrasados mentales quedarían en el olvido.

—Así que fuiste tú, Jesús. ¡Cabrón! ¡Yo quería a Camila, seguro que lo hiciste a propósito! Si lo sé, no me caso contigo…

—Tú también sales, Alicia. Página ciento cinco: una que se opera de todo.

—¡Mentira, Magdalena! Eso no está escrito en ninguna parte.

Alicia Solares arrebató el libro a su marido y buscó la página que Magdalena Alcántara le indicaba.

—¡Una hermana mía traicionándome! Has contado lo de mis operaciones, Sofía. ¡Ya no eres mi hermana, nunca más!

Sofía estaba feliz y no hizo caso a ningún comentario, a ninguno de ellos. Carlota del Hierro enfureció más a la magistrada Solares.

—Esa manía tuya de las operaciones es preocupante, Alicia. No sé por qué te operas: no pueden ponerte un motor, así que es inútil.

—¿Motor?

—Sí, Alicia, ya vas para mayor, vieja no, pero mayor sí. No tendrás arrugas, no tendrás tripa, pero llegada una edad no vas a saltar como a los catorce años. Así que eso de operarse es una estupidez: sin un motor no serás nada y eso no existe.

Reflexionó Alicia Solares durante unos segundos y no encontrando argumentos, contraatacó sin contemplaciones a la marquesa.

—¡Tú eres la de la página doscientos cinco, Carlota! ¡El marido se suicida por no soportarla! ¡Ésa eres tú! ¡Todos lo sabemos!

—¡Santiago! ¡Dame ese libro, Alicia!

Y uno más de los puntos del círculo se buscó afanosamente entre las historias.

—Dije hace meses que era una redacción bien hecha: ni más ni menos que eso.

Enriqueta Llorente era rotunda y su afirmación cierta. Sofía Llorente había traspasado a un papel los comportamientos de todos ellos.

—¡La próxima vez escribes de los *cheyenos*, Sofía! ¡A nosotros nos olvidas!

Se movió el limpiaparabrisas hacia Alicia Solares.

—Creo que se dice cheyennes, Alicia. Y la novela de Sofía es costumbrista, esos relatos lo son. Escribir una de indios, no sé yo…

—Fernando, ya te he dicho que no creo nada de lo que

diga un cura y tú lo eres. Y eso de los indios me lo confirma: quieres engañarme una vez más. Son casi rusos. Juan estuvo allí, ¡que ayude a Sofía a inventar cosas de *cheyenos* que están todo el día en guerra!

Juan Balboa no recordaba haber estado jamás en un país de cheyennes; esos territorios hacía años que habían dejado de existir como tales. Las Grandes Llanuras las conocía, Apalaches y Rocosas, Missouri y Mississippi. Desde Fort Laramie, había llegado al lugar en donde Custer perdió la vida, contempló los escenarios de la batalla de Little Bighorn. Le había ofrecido a Sofía que lo acompañase. Como siempre, ella, había dicho no. Alicia no sabía nada de eso, no entendía el razonamiento de la magistrada.

Magdalena Alcántara gritó:

—¡Ay, que me afuego! ¡Si será burra! Ayúdame, Antonio, que no puedo respirar, me he atragantado.

Antonio Piña Goloso, el marido, no hizo nada. El señor Piña Goloso era el protagonista de unas cuantas páginas del libro de Sofía, pero él jamás se habría dado por aludido. Nunca se reconocería en el animal de costumbres, en el hombre desagradable, frío, poco afectuoso que Sofía describía en su libro.

Repuesta Magdalena de su atragante, pudo hablar.

—Ésta quiere decir chechenos: ¡confunde a los indios con los del Cáucaso!

Se entabló una discusión entre Magdalena y Alicia que parecía no tener fin, hasta que una mujer apareció en el porche.

—Siento no haber estado en la comida, señora marquesa y marido. El deber me llamaba y aún lo hace: el partido ha organizado unas reuniones sobre democracia y mujer. La desigualdad no tendrá fin en tanto las masas femeninas no nos rebelemos. Castaño, en casa no queda cena y Bienvenida no te la hará que para eso es médico gracias a mi sacrificio. Con permiso del general, pones unas cuantas cosas en una tartera y te las llevas, regresaré dentro de un rato. Salud, he de irme.

Y Consuelo Adoratrices Villana, madre de Bienvenida, esposa de Castaño, desapareció por un camino en busca de la revolución perdida.

Castaño miró a Farid y éste le devolvió una mirada llena de compasión y comprensión, que aun siendo mucho *on* vienen al caso: compasión sin entendimiento de nada sirve.

Alicia acusó a Bienvenida de mala hija, de mala ama de casa y volvía el círculo a meterse de lleno en una guerra, cuando el general Llorente dio unos golpes que llamaron la atención del respetable. Una vez más por un decir, por emplear una palabra carente de sentido: respetable aplicado a estos sujetos.

—Sofía, hija, quiero que sepas lo orgulloso que estoy de ti. Da igual que vendas muchos o pocos libros; no importa si no vuelves a escribir o a publicar nunca más. Pero lo has intentado, has hecho que un sueño, un empeño tuyo se convierta en realidad. Has puesto tu dinero en juego al servicio de una causa; habitualmente lo haces, pero por primera vez la causa es tuya, Sofía. Has invertido en ti, en una ilusión y en este mundo tan falto de ella, es encomiable. Otras mujeres se habrían comprado abrigos, joyas y tú te has comprado una esperanza, un sueño. Compras un sueño para venderlo y compartirlo. Y por eso, yo quiero regalarte algo esta tarde noche.

El general Llorente miraba a su hija con cariño. Jesús Pudientes, ministro él, demostró una vez más la faceta gilipollista con que los políticos adornan sus pecheras.

Cual entorchados. Cual alamares.

—Muy bien, Santiago, ella se compra sueños porque las joyas y los abrigos de piel se los compra Alberto. ¡Así cualquiera!

Y Jesús Pudientes Prados, capitán general de la idioticia, se rió acompañado de Antonio Piña Goloso, teniente general de la imbecilidad. Alberto Mendoza del Toro sonrió. El cabronismo encubierto deja actuar el mal en otros, así no se descubre, no se manifiesta.

Santiago Llorente a punto estuvo de ponerse a la altura de los idiotas. Han Solo acudió en su ayuda.

—¿Cuál es mi regalo, papá? Mi primer abrigo de piel me lo regalaste tú, desde entonces me los he comprado yo sola, con mi dinero. Siempre. Mi padre me regaló muchas cosas, Jesús, lo mejor, saber valerme por mí misma. Límpiate la boca, Antonio.

Miraron los comensales a Piña Goloso que se limpiaba con una servilleta. Nadie se había percatado de mancha alguna.

—¿Ya está, Sofía?

—No, Antonio: la mancha de la que te advertía no se quita con la servilleta; creo que no se quita con nada. Son sapos invisibles: los que habitualmente escupes cuando hablas.

—*Pax voviscum!*

—No pasa nada, Fernando. Antonio no se da por aludido: nunca.

—*Cave canem…*

—¿Cuál de los dos, Alberto?

—Sofía, mujer, no te lo tomes todo tan a pecho, es un comentario; eres como un lobo cuando te enfadas, esposa mía. A ver, veamos el regalo, tu padre tiene razón: hoy es un gran día: *Ad maiorem Sofia gloriam…*

Enriqueta Llorente del Hierro procesó cada una de las palabras de su cuñado. Daba miedo, vestido de oveja provocaba pánico. *Si vis pacem para bellum,* pensaba Enriqueta.

—Aquí, se hace *casus belli* de todo, me temo…

Clotilde del Hierro comía una uva mientras pronunciaba la frase.

—¡Estoy hasta los huevos! ¡No entiendo nada! ¡Que dejéis de hablar en raro de una vez!

—No es *en raro*: es latín, Alicia.

—¡Me da igual lo que sea, yo no lo entiendo y ya está!

Santiago Llorente continuaba de pie. No podía creer en qué se había convertido aquello.

—Farid, ¿puedes hacer que comiencen?

—Sí, mi general, pero antes quiero decirle algo a Sofía. En mi país, hay una frase: «Si lo que vas a decir no es más bello que el silencio, no lo digas». Tú, *habibati*, has llenado de belleza los silencios y lo feo de nuestras existencias. Tu libro lo hace.

Aplaudieron a Farid los puntos y tornó la calma. Porque de todos es sabido que si la tempestad precede a la calma y la calma a la tormenta, después de cualquier guerra, reina la armonía. Muertos y heridos se joden, de ellos no se acuerda nadie. Y en las guerras de palabras, en las guerras de familia, sucede lo mismo.

—Para ti, mi Long Carabine, mi último mohicano. Para ti, Sofía.

Farid abrió las puertas que comunicaban el porche y los salones de la casa. El sol se ponía entre los árboles cuando la música llegó a los puntos. Cuerda, viento y percusión inundaron a Sofía. La banda sonora de *El último mohicano* se dejó oír en la casa, los montes cercanos, las playas y las praderas. La orquesta se había desperdigado en perfecto orden desde la antigua sala de música hasta el comedor, atravesando salones y biblioteca. A cada envite de la música, con cada acorde, Sofía volaba. El resto de los puntos no daban crédito a lo que escuchaban.

Alicia se deslizó por una de las puertas. Era la orquesta sinfónica, estaba allí, casi al completo. Su padre jamás le había regalado nada así. Sufrió una crisis nerviosa-envidiosa la magistrada, pero se recuperó al instante. Su padre no le había regalado aquello, pero sí el dinero suficiente para comprar la orquesta. Regresó a su lugar en la mesa pensando cuánto podría costarle ser la dueña de una sinfónica, seguro que deduciría impuestos. Paloma O'Shea y ella serían iguales y Jesús no era banquero. Ministro sí, pero eso no duraba eternamente. Pudientes se chincharía, pensaba Alicia Solares.

Pensamiento nada absurdo: Pudientes sufriría. Todos lo hacen.

La música amansa a las fieras —dicen— pero Carlota del Hierro o no era fiera o necesitaba cinco orquestas para domesticar su ánimo. La señora generala tuvo claro que su esposo estaba loco. Serían el blanco de los comentarios de la ciudad entera. Y todo por un libro, por un miserable libro en el que no se señalaba teoría novedosa alguna. Sus tesis, en el mundo de la física, habían merecido premios y Santiago jamás le había regalado nada semejante. En una ocasión, un viaje a Rusia, pero nada comparable a una orquesta.

Ante la alegría del prójimo hay dos caminos: regocijarse o enfurecerse. La generala vivía el júbilo ajeno con fiereza. Muchas veces así se llama a la envidia. Cuestión de sinónimos, tan sólo es eso.

Y antónimos que —en este caso— son manifestación de maldad y pecado.

Santiago Llorente de Echagüe bailaba con su hija y la miraba: feliz, volando, despreocupada. Sin más inquietud que no perder el paso. Así quería verla él siempre. Sofía era una guerrera perdida en un mundo que no le era propio ni ajeno. Una desclasada. La peor de las desdichas.

La terraza empezó a llenarse de vecinos, de gentes de la ciudad que habían escuchado la música. Toribio bailaba con una mujer inmensa, fortachona, una mujer que lo enganchaba por el cuello y lo besaba a cada rato ante el disgusto de la señora generala. Carolina Cruces y su nieto Claudio procuraban no perder el compás. Clotilde bailaba con Fernando Lasca y Xabel Prado con Matilde. Consuelo Villana dejó a un lado cuestiones de partido y se arrastraba con Castaño en un baile poco armonioso. Carlos y Mafalda se abrazaban a la vista de todos con la excusa del baile. Carmen Pudientes bailaba con Farid y pegaba culazos a su hermano y a Mafalda a la menor oportunidad. Alicia y Magdalena trataron de sacar a bailar a sus maridos sin éxito. Alicia enganchó a Magdalena por la cintura y a la voz de «yo te llevo, Magdalena», comenzaron a bailar.

Sofía trató de bailar con su marido: misión imposible. Y, mientras el general bailaba con una Carlota envarada, Sofía saludaba a quienes iban llegando a la casa y los invitaba a unirse al baile. Mientras ella miraba y saludaba, los ojos de Juan Balboa querían hablarle. No sabía cómo decirle a Sofía algo que no podría esperar mucho más. Alberto miraba a Juan. Le hizo un gesto con la mano y Juan se acercó.

Alberto pensaba en la cobardía del antiguo coronel, pero aquella noche su mujer sabría por fin quién era su amigo del alma. Alberto Mendoza no actuaba en aquel momento como cabrón encubierto. Ni siquiera encontraba placer en lo que sucedería cuando su mujer se enterase de algo que él mismo había descubierto aquella tarde, no antes. Sofía era buena madre, buena persona y tremendamente tonta, pensaba Alberto. Él la quería como se quiere a una amiga fastidiosa y todo era conveniente. Su vida, la de los dos, lo era. Juan podría desequilibrar esa existencia medianamente plácida y sobre todo a Sofía. Ella era quien le preocupaba.

El coronel no tenía sentido del círculo; dos puntos le preocupaban: Sofía y Mafalda, el resto podía convertirse en humo sin que Alberto Mendoza se preocupase por su extinción.

¿Les extraña el comportamiento del coronel? A mí, no. Los seres humanos guardan más secretos y pasadizos que la pirámide más recóndita de Egipto o Yucatán.

—Juan, ¿te importa bailar con Sofía? Yo no puedo dar un paso de baile, he bebido demasiado.

—Por supuesto, Alberto.

Y mientras Juan se acercaba a Sofía, Enriqueta pegó un codazo a Bienvenida.

—Tú y yo vamos a bailar, Bienvenida, y como Alicia: llevo yo.

Juan saludó a varias personas del pueblo, era un anfitrión perfecto. Sofía sonreía y cada visitante recibía una palabra agradable. Las monarquías basan su protocolo en las costumbres burguesas, al fin, de ahí nacen la mayor parte de los reyes: jefes tribales venidos a más. Como los burgueses.

Sonaba «La cima del mundo», *Top of the World*, en versión original para puristas y amantes de la lengua del imperio, cuando Sofía y Juan comenzaron a bailar. Juan Balboa quería morirse y Sofía Llorente vivir intensamente. Una mano de Juan acariciaba su nuca con cuidado, la otra estrechaba la suya. La orquesta dejaba escapar suspiros y en algún momento, Sofía se escuchó suspirar. Juan siempre estaría allí, Juan la protegería. Él la quería por encima de cualquier otra consideración.

Carlota del Hierro miraba la escena.

—¡Santiago! Diles que toquen algo más movido, me cansa esta música de película, diles que cambien el ritmo, por favor.

—Carlota, cálmate, cada uno tiene lo que se busca. Si quieres, les pido que toquen «La masacre», puede ser apropiado. —Y riendo el general enganchó fuerte a su mujer y continuaron bailando.

Bienvenida y Enriqueta se encontraron de pronto con Alicia y Magdalena y entre vuelta y vuelta murmuraban.

—Ya dije yo que aquí el Roberto tenía mucho que ver, Alicia…

—¿Quién coño es Roberto, Bienvenida? ¿Es el otro tío?

—Redford. ¿No veis que es la misma escena?

—¿Qué escena, Bienvenida, que la que no se entera ahora soy yo?

—Esto es como en una película, Enriqueta. *El hombre que susurraba a los caballos*. La escena del baile. Éstos o se acuestan juntos o un día queman de tanta pasión, os lo digo yo. Eso sale en una novela, creo. Lo de quemarse de pasión.

Un «es cierto» salió de las bocas de Alicia y Magdalena. Una palabra malsonante de la boca de Enriqueta. Las hermanas nunca son adúlteras ni apasionadas, las hermanas siempre son personas enamoradas o en todo caso equivocadas, cometedoras de un desliz. Jamás una hermana es adúltera, por definición.

Las cuatro vieron cómo Juan enganchaba más fuerte la cintura de Sofía. Un «le está metiendo pierna» recibió como respuesta un «no seas guarra».Y las cuatro bailaban sin son alguno cerca de Juan y Sofía.

—No he podido decírtelo antes, Sofía.

—Voy a caerme, Juan. Estoy mareada. ¿No has podido decírmelo antes?

El último mohicano, la música, sonó en el móvil de Sofía. La orquesta no la dejaba escuchar con claridad y fue la excusa perfecta. Caminó hasta un banco del jardín. No sabía quién la llamaba.

Enriqueta capitaneaba la fuerza de choque. Alicia, Bienvenida y Magdalena la siguieron. Agazapadas tras unos arbustos escuchaban a Sofía.

—No, no me han entregado carta alguna. Bien, se lo agradezco, mañana los llamaré. No se preocupe por la hora; de nuevo, muchas gracias. Sí, por supuesto que acudiré.

Las agazapadas salieron del escondrijo y Enriqueta, capitana y portavoz, dejó salir de sus labios una palabra intimidatoria.

—¡Canta, Sofía!

—¿Que cante? La mujer de Juan ha regresado. Nunca se divorciaron. Él no nos engañó, dice. Afirma que nunca le hemos preguntado. Separados, así estaban.

—¿Qué mujer? ¡Juan no tiene mujer, Sofía! Ya estamos con planes para reíros de mí: ¡pero hoy no pico!

—Alicia, no tenemos ningún plan, no, que yo sepa. ¿Tenemos un plan para joder a la magistrada y yo no me he enterado?

—Calla, Magdalena. Estás quedándote muy pálida, Sofía. ¿Qué coño dices de la ex de Juan?

—Bienvenida: no se ha divorciado, nunca lo ha hecho. Ella está ahora en su casa, esperándolo. Él no ha venido por mí, eso parecía, pero no ha venido por mí. Al parecer, ella quiere volver, quieren estar juntos una temporada. Juan ni siquiera le ha dicho que hoy presentaba mi libro ni que venía a la fiesta. No quiere que ella se enfade.

Capitana y tropa no pensaban: querían matar. Adulterios que no eran adulterios, divorcios que no eran tales. Hombres, pensaban todas a una. Salvo Sofía, que había perdido momentáneamente la capacidad de razonar.

Un espécimen del género masculino entró en escena: el párroco. Fernando Lasca había contemplado muy divertido el baile de Sofía y Juan. A cada rato, miraba al coronel Mendoza. Alberto no parecía fijarse en nada, hablaba con Jesús Pudientes y sonreía. Fernando pensó que era una sonrisa cruel y cuando vio a Sofía abandonar el salón, la buscó por el jardín. Escuchó la explicación que daba a sus amigas y Fernando Lasca sintió pena, mucha pena por Sofía Llorente. Alberto Mendoza del Toro lo sabía, de alguna manera Alberto sabía que la mujer de Juan había regresado.

—¡Mira para qué sirve la Iglesia, Fernando! ¡Para joder la vida de Sofía y de la humanidad entera! ¡Ésa ha regresado por arrepentimiento y nos ha dejado a Sofía así!

—Ésa ha regresado para comer de donde hace años que come, Alicia. Ahora quiere comer más. Así de sencillo. Deja de tocarme las narices con la Iglesia. Trae un poco de ponche, tráelo ahora mismo: sin protestas, sin ruidos y sin contar a nadie en dónde estamos.

Dicen que ser jesuita imprime cierto carácter y Fernando Lasca lo demostró aquella noche ante la magistrada.

—¿Quién era al teléfono, Sofía?

—Soy finalista del premio ese, Fernando; al parecer, han enviado una carta pero Anita no me ha dicho nada.

—Ve a preguntarle, Magdalena. Si ha recibido esa carta para Sofía, la traes. Y sin comentarios con nadie.

Magdalena Alcántara caminó en busca de Anita y se tropezó con Farid. Señaló el lugar del jardín en donde estaba el resto y continuó caminando. Pensaba Magdalena en que la vida era cruel. Tan corta, tan complicada. En ocasiones, tan inútil. Sofía se agarraba a Juan y a otro hombre que todas ellas y Fernando Lasca conocían. No físicamente, conocían su existencia. Sofía hablaba poco de él. Sofía y sus hombres. Ella se agarraba a una botella. La bebida adormecía los sentidos, los hombres podían agudizarlos. Mejor estaban muertos; sentir, cuanto menos, mejor. Preferible la botella, pensaba Magdalena Alcántara.

Anita terminó pagando caro el no entregar la carta a Sofía. Magdalena Alcántara magnificó la tarasquez de la criada y dio rienda suelta a su rabia con ella.

Costumbre muy habitual en todos los seres humanos. Siempre hay una Anita, alguien por debajo en el escalafón social, laboral o familiar, que hace de almohadón al que golpear cuando no queremos enfrentarnos a nuestras propias asquerosidades vitales.

No muevan la cabeza con disgusto, no reprueben: ustedes también lo hacen…

Llegaron al tiempo Magdalena y Alicia. Fernando acariciaba el pelo de Sofía.

—Da igual lo que le digamos, Fernando: volverá a caer en lo mismo. Él apagará su móvil cuando le convenga; ella no podrá ir a su casa cuando esté su mujer. Le mentirá, le contará lo que sea y Sofía se volverá loca de nuevo. Es inútil: él no cambiará y Sofía intentará que cambie. Funciona así con todo, Fernando. Una pena, pero da igual lo que le digamos. Así es y así ha sido siempre. Él le miente a Sofía, no a su mujer. Es la historia eterna pero al revés. Es ridículo.

Farid miraba a Sofía y escuchaba a Enriqueta. Tenía razón la pequeña de los Llorente. Sofía no cambiaría nunca. Juan Balboa de Valdeavellano era un cobarde, uno más en la vida de su Sofía.

Era curiosa la relación de Sofía con los hombres: buscaba sin desmayo alguien que la protegiese y terminaba siendo la protectora. Siempre perdía, ningún hombre soportaba aquel enfrentamiento permanente. Todos hablaban de libertad, de igualdad. Ninguno creía en ellas. Sofía sí y lo pagaba caro.

Sofía leía la carta sin escuchar ninguno de los comentarios. Se la pasó a Fernando.

—¡Eres finalista! ¡Estas cosas pasan una vez en la vida! Olvídate de todo por esta noche, vive esto con la intensidad que se merece. ¡Puedes ganar, realmente es una novela preciosa, desgarradora, puedes ganar! Piensa que sin tener un agente, sin conocer a nadie, has quedado finalista. Vamos a decírselo a todos, sí que es una gran noche.

Sus amigas la abrazaron, su hermana sintió pena: lo que se le venía encima a Sofía ninguno de aquéllos podía suponerlo. Una agonía. Sofía estaba mejor en el despacho, con los artículos de prensa era suficiente. Ese mundo en el que estaba entrando era desconocido para todos ellos y Enriqueta se temía que era un círculo aún más destructivo que el propio.

No sabía la letrada Llorente cuánta razón y cordura encerraban esos pensamientos.

Volvió el grupo a la casa. Fernando Lasca se dirigió a un micrófono con el que Claudio Pudientes atormentaba a la concurrencia, cantaba a los sones de la orquesta. Carolina Cruces, su abuela, disfrutaba viéndolo cantar. El representante de los músicos había aceptado un nuevo contrato: dos horas más pagadas por la señora Cruces del Tenorio y la orquesta tocaba melodías que acompañaban a su nieto. Algunos músicos, formados en conservatorios soviéticos, sufrieron, pero el dinero les hizo olvidar la mala voz de Claudio Pudientes y acordarse de la buena vida que les proporcionaban aquellos sujetos decadentes y poco amantes de la música.

La coherencia fue comprada por el capital. Sucede cada minuto del día.

Ante el disgusto de Claudio y Carolina, Fernando arrebató el micrófono al chaval y pidió un momento de atención.

—Queridos amigos, hoy es un gran día, por muchos motivos: estamos juntos, somos casi felices y Sofía ha quedado finalista del concurso en literatura erótica con más resonancia mundial. Les pido un fuerte aplauso para ella.

Entre aplausos de los presentes, Carlota del Hierro pidió a la madre tierra que la tragase a la voz de ya. Santiago Llorente aplaudía puesto en pie, Mafalda abrazó a su madre y Alberto Mendoza caminó hacia su mujer y su hija. Abrazó a Sofía, besó a Mafalda y habló a la concurrencia.

—Quiero agradecerles en nombre de mi suegro y de su esposa, de todos nosotros, su presencia aquí. Felicidades, Sofía.

Carlota del Hierro supo que un hechizo cubría su casa: Alberto felicitando a Sofía, Alberto siendo amable ante una noticia semejante. Enriqueta volvió a pensar en la relación entre guerra, paz y el cabrón de su cuñado. Escuchó cómo hablaba. Padecía verborrea aquella noche.

—Fernando se ha olvidado de darles más noticias, buenas noticias, así que lo haré yo. Quiero felicitar a mi amigo y antiguo compañero de armas, el coronel Balboa de Valdeavellano: su mujer ha regresado con nosotros y él se queda una temporada en casa, alejado de las guerras que tan bien nos relata en los medios de comunicación…

El silencio y las miradas confluyeron en Juan Balboa que aguantó como pudo el aluvión de murmullos. Santiago Llorente sintió ganas de matar a su yerno, pero al parecer tenía algo más que decir. El ansia homicida del general se extendió hacia Juan Balboa.

En esta novela todos se quieren matar unos a otros. Real como la vida misma…

—… y esta tarde me han comunicado que mi ascenso a general se hará efectivo la semana que viene. Amigos: es un buen día para todos. Bailemos y pidamos a Dios que nuestra buena suerte continúe.

Aplaudieron los presentes mientras Alberto Mendoza volvía al lugar en el que su mujer y su hija lo esperaban. Mafalda con cara de susto. Una madre novelista erótica y un padre general. En la residencia de estudiantes, ella había dicho que su madre era una abogada de provincias, una madre normal, y su padre empleado de un banco, un puesto alto, eso sí, pero nada militar. A su abuelo lo convirtió en un respetable jubilado de una fábrica de coches; su abuela Carlota era ama de casa, un ama de casa que le hacía pasteles, tartas y diversos manjares cuando ella regresaba del colegio. Nada dijo de que en un tendejón cercano a su casa, la pacífica abuela tenía un laboratorio en el que se pasaba las horas entre fórmulas de física y que odiaba la cocina. Menos aún habló de su cátedra universitaria. Clotilde, Matilde, Farid y Castaño habían sido relegados al olvido. Demasiado difícil de explicar. Y ahora, su madre y su padre saldrían en toda la prensa nacional. Se había inventado un novelón, se había creado una familia normal y a su medida para nada.

Clotilde y Matilde caminaron con pasos lentos hacia el micrófono. Cesaron los murmullos y las palabras de felicitación y todos se dispusieron a escuchar los parabienes de las hermanas Del Hierro. Claudio Pudientes, desesperado, les pidió que fuesen breves. Quería continuar cantando.

—Queridos todos, nosotras felicitamos a nuestra Sofía. Lo mismo hacemos con Alberto, pero ser general en esta familia es normal y no tiene tanto mérito; se empieza de soldado raso y se termina de general, es algo mecánico. Escribir no lo es tanto...

De un plumazo, los años de academia de Alberto quedaron borrados; en pocas palabras, el coronel vio cómo su carrera quedaba relegada a cuestión de mecánica, de automatismos. Suspiró el general *in pectore* y continuó escuchando a las hermanas.

—Nosotras hemos de daros otra noticia, no es importante, pero es una noticia: nos han llamado para participar en el concurso *¿Cuánta cultura tiene usted?* Escribimos antes del verano y nos han respondido ahora. Dentro de unas semanas, participaremos. Perderemos enseguida, pero nos hace ilusión.

Volvieron a sonar aplausos y de nuevo un «¡Santiago, haz algo!».

Aquella noche, Carlota del Hierro invocaba el nombre de su marido a cada rato. Respondió un sonoro «¡Santiago y cierra España!» que Claudio Pudientes profirió antes de continuar con sus cánticos.

Mafalda supo que su salud se quebrantaría gravemente: ahora Clotilde y Matilde. Y en su colegio veían ese puñetero programa de sabihondos.

Al día siguiente los diarios de la provincia retrataban a una familia feliz: los Mendoza Llorente. Sofía y Alberto, con Mafalda en medio, sonreían a la cámara. Mafalda no sonreía; exactamente su cara era de acojonamiento, pero eso jamás lo reflejan los diarios. No de la hija de una futura marquesa novelista y de un general con mando en plaza.

Los periódicos mienten por sistema; los periódicos encubren la verdad. Los programas del corazón son aún peor. Pero ésa es otra historia.

Al día siguiente, las puertas de un nuevo camino se abrieron ante todos los miembros del círculo. Alberto, Sofía y Juan eran los portadores de la llave, pero los círculos ruedan al unísono. Siempre.

Y al día siguiente, una nueva nube apareció en el encapotado cielo de Sofía.

Devuélveme el rosario de mi madre

Aunque no creas tú, como que me oye Dios,
   ésta será la última cita de los dos...
Comprenderás que es por demás que te empeñes en fingir...
Devuélveme mi amor para matarlo,
   devuélveme el cariño que te di...
Tú no eres quien merece conservarlos,
   tú ya no vales nada para mí...
Devuélveme el rosario de mi madre
   y quédate con todo lo demás...

JORGE CAVAGNARO

Mafalda se fue de la ciudad pensando cómo fugarse a un país lejano. Su abuelo se había reído de sus temores.

—Mafalda, tú siempre has sido muy equilibrada, hija. ¿De qué te preocupas? Cada uno es como es, formamos parte de un círculo. No somos tan distintos a ellos.

—Abuelo, ¡no son como nosotros! ¡Éstos son muy anormales! ¡No me hablan! Me he apuntado a tres comisiones del colegio y no me avisan para ninguna reunión, van a su bola. Es como una cofradía de raros. Ven películas de chinos y japoneses, sólo ven cine de ése. Presumen de leer libros que seguro ni entienden. Hablan en su idioma y el castellano no saben hablarlo. Y a los militares los odian. Son nacionalistas de ellos mismos, todo lo que no son ellos es una porquería, según su criterio. Asturias les parece algo remoto, inexistente. Creen que somos bárbaros.

—Ya, nacionalistas, Mafalda. Yo también lo soy. Siempre lo he sido. Claro que lo mío es diferente: cuando este país, mi Asturias, era próspero, cuando las minas eran un tesoro, cuando el fuego de las chimeneas iluminaba las noches, cuando miles de extremeños, andaluces y portugueses llegaron buscando trabajo, a mí no se me ocurrió decir que por ser más ricos, teníamos derecho a más cosas. Ése es su nacionalismo: querer para sí mismos, querer ser superiores a golpe de dinero y poder. Ratas, ratas de ríos negros. Eso son los nacionalistas de ahora. Siempre ha sido igual. Si sucede algo, si mañana este país se rompe por sus gilipolleces, los que más gritan, los que más agitan, vivirán en áticos lujosos en Roma o París; entretanto, los parias, los de siempre, se matarán entre ellos. Nacionalistas de salón, tienes razón: nacionalistas de sí mismos, hija. Este país no tiene remedio: primero el dictador y ahora éstos, que no son nuevos, siempre han sido los mismos. Los de uno y otro bando, los extremistas lo son.

El discurso encendido del general no tranquilizó a Mafalda. Subió al avión con el pensamiento de que ella no pintaba nada en aquella tierra que deseaba serle extraña. Raro deseo el de un supuesto país que se las daba de progresista; una tierra a la vera del mar, que adoraba a los americanos, brasileños, ingleses o austríacos. A los extremeños o a los asturianos los llamaba charnegos. La discriminación, hasta en la lengua se dejaba ver. ¡Racistas!, pensó Mafalda.

Mientras su hija se iba al *extranjero*, Sofía Llorente intentaba poner un poco de orden a su vida. Todo iba muy rápido, demasiado. Colocaba ropa en la habitación de Mafalda cuando vio cómo Alberto la miraba desde el quicio de la puerta.

Le sonrió. Su marido enseñó los dientes. Que no es una sonrisa.

—¿Vas a ir a esa fiesta, Sofía? A lo del premio.

—Sí, claro, Alberto. Claro que voy a ir. No me lo puedo creer. Estaba pensando ahora en eso, en lo rápido que ha sido todo. Da miedo.

—Sí lo da. Yo no iré.

Sofía dejó caer una blusa al suelo y se dio la vuelta.

—¿Te avergüenzas de mí, Alberto?

—No sé lo que me pasa contigo, Sofía. No me avergüenzo pero no iré. Creo que es inapropiado totalmente. Una mujer casada, una madre de familia escribiendo sobre esos temas. No es apropiado y lo sabes.

—A mí me parece apropiado, Alberto. Más que las guerras. Tú comes de eso, Alberto.

—Y tú, Sofía: durante toda tu vida. De todas formas jamás he ido a una guerra, nunca he matado a nadie ni quisiera hacerlo.

La conversación, suave, educada, correcta, conversación en principio, fue subiendo de tono, hasta que los gritos se dejaron oír en toda la casa. Se apagaron las voces cuando el recién ascendido coronel anunció que le dolía la cabeza y se acostaría un rato. El dolor de cabeza fue achacado, por supuesto, a Sofía. A sus ocurrencias, a su estilo de vida. Estilo de vida nada extraño —en la superficie—, pero que, al parecer, lo era.

Enriqueta Llorente escuchaba las voces de su cuñado y todo lo que se hablaba en el piso inferior; con la cabeza metida en una de las chimeneas, Enriqueta lo escuchaba todo. Estilo de vida, mala mujer, caprichosa, había dicho Alberto. Si no fuese por su hermana, Alberto estaría en un destino de mierda y no habría sido ni coronel. Y ahora se metía en la cama un rato, a descansar. Subió unos escalones camino del desván, de un clavo descolgó un artilugio y regresó a su casa, se dirigió al salón, debajo estaba Alberto; descansando, no sabía ella de qué. Sujetó el saltador, que ése era el objeto descolgado, y se dejó caer con fuerza sobre él. Pegaba botes, esquivaba los muebles con cuidado y daba saltos riéndose. Continuaba siendo una campeona con el saltador Gorila que su padre le había regalado hacía muchos años. Esos regalos provocaban el espanto de Carlota, que encontraba aquello poco adecuado para sus hijas. Ella les regalaba ábacos, microscopios…

Alberto Mendoza despertó sobresaltado. Pensó que era un sueño, pero la cama parecía moverse. Miró al techo y la lámpara no se movía: bailaba una extraña danza. La casa entera retumbaba.

—¡Terremoto! ¡Terremoto! ¡Todos fuera de la casa!

Y salió de la habitación apresuradamente. Buscó a Sofía y, sin darle tiempo a decir nada, la cargó sobre su hombro y la arrastró escaleras abajo al grito de terremoto.

El general Llorente y Farid regresaban del aeropuerto. Farid, al ver cómo Sofía era acarreada, corrió hacia el bulto —Sofía— y el porteador —Alberto— con la sanísima intención de eliminar de la faz de la tierra al porteador. A punto estuvo de hacerlo, lo impidió un nuevo grito de Mendoza.

—¡Terremoto! ¡Santiago, Farid, a cubierto! ¡Todos fuera de la casa!

Paró en seco Farid y miró al general Llorente que hizo un gesto con la cabeza. El ascenso lo desquiciaba aún más, pensaba el general. Su hija tratada como un paquete y su yerno en calzoncillos, gritando algo de un terremoto. Y Mafalda decía que en su residencia eran raros…

—Alberto, lo de pasearte en calzoncillos lleva camino de ser costumbre.

—¡Santiago, sal de casa, hay un terremoto!

—Yo no siento nada, Alberto. Suelta a Sofía. Está poniéndose pálida. No hay ningún terremoto.

Alberto dejó a Sofía en el suelo. Se concentró en sentir nuevos temblores. Y, una vez más, se sintieron. Se movió una lámpara del portal y Santiago Llorente sonrió a la par que gritaba:

—¡Queta!

Los golpes se fueron acercando. Una Enriqueta sudorosa se asomó a la barandilla. Saltaba, daba botes sin parar ante el asombro de Alberto.

—¡Hola, papá!

—Queta, hija, buenos días. Jugando un rato, supongo.

—Sí, papá. Esto del saltador Gorila continúa siendo estupendo, quemo calorías y me viene bien para soltar energías negativas. Hola, So. Farid, guapo. ¿Queréis probar? Alberto, ¿qué haces en ropa interior?

Alberto Mendoza tuvo que retirarse a sus aposentos con la sensación de que alguien le tomaba el pelo. El resto de los presentes hicieron esfuerzos para contener la risa. Enriqueta le gritaba a su cuñado que confundir sus ejercicios con un terremoto era ofensivo. Santiago le pedía que procurase no pasearse en ropa interior por casa. Y Sofía le acarició la mejilla.

—Alberto, gracias por no salir corriendo y dejarme en casa. Si hubiese sido un terremoto de verdad, me habrías salvado la vida.

Farid y el general los vieron subir las escaleras; Sofía lo llevaba de la mano y Alberto se dejaba.

—Lo quiere, ¿no? Espero que no esté enamorada de mi yerno. Sería un desastre para mi Sofía.

—No, general: siente lástima. Enamorada nunca estuvo. Y ahora menos. Tan sólo lástima, afecto. Costumbre, general.

—Mejor. ¿Jugamos un rato?

—Sí, mi general.

Y se dirigieron al estudio. En una mesa dos ordenadores portátiles, uno frente al otro, permitían a Santiago y Farid jugar a batallas ya olvidadas. Se conectaron. Abrieron el Word, minimizaron y a continuación comenzaron a jugar. El Word era un salvavidas: Carlota creía que pasaban a limpio notas de antiguos diarios de guerra, que tanto el general como Farid deseaban dejar en el lugar donde se entierran los malos sueños.

Jugar con legiones romanas era más divertido.

La pantalla del teléfono móvil de Sofía registraba una llamada perdida. La devolvió.

—Hola, Sofía. Te he llamado y no has respondido.

El pirata estaba serio. Sofía sonrió. Se pasaba la vida sonriendo. La mayor parte de las veces sin ganas. Aquélla era una de ellas.

—Bajé a ver a mi padre.

—Jamás te separas de tu móvil, Sofía. Menos estando tu hija fuera de casa. Eres obsesiva.

Sofía dejó entrar el aire y lo soltaba concentrándose. No le estaba gustando aquello: ni el tono de voz ni tanta pregunta. En todo caso, ella tendría que ser la que pidiese explicaciones.

—He quedado finalista del premio. Puede que gane.

—Sí, lo he leído en los periódicos, tú no me llamaste. Y por lo visto, el cabrón de tu marido ya es general.

—No insultes, tú menos que nadie puedes insultarlo, sois iguales, me temo. No puedo llamarte los días que estás con tu mujer, son tus normas.

—No quiero discutir. Estoy aquí, en el puerto. Tengo que hablar contigo. Hoy mismo me voy.

—¿En el puerto? ¿Qué haces aquí?

—Me he comprado un nuevo velero, Sofía. Lo estoy probando y de paso hablamos. ¿Puedes estar aquí en media hora? Es el velero más grande, no tendrás pérdida. Te traerán en una lancha. Ya están esperando.

Los hombres poderosos o que creen serlo tienen distintos tonos de voz para hablar con sus hembras; para ellos, son eso: hembras. Ustedes pensarán que esto es normal. Lo es hasta cierto punto: las mujeres poderosas, con los hombres a quienes estiman, siempre utilizan el mismo tono. Una diferencia más; notable diferencia entre géneros, mal que le pese a la escritora y feministas afines.

Sofía Llorente se cambió de ropa con rapidez. Amenazaba

lluvia. Descolgó un impermeable del perchero. Enriqueta se interpuso entre ella y las escaleras.

—No creo que debas ir, Sofía. Presiento que no debes ir a ver a ese sujeto.

—Enriqueta, no seas dramática. Ha venido para hablar conmigo.

—Ha venido para mandarte a la mierda, Sofía. Le estás complicando la vida más de lo que él tenía previsto. Primero, no sabía quién eras. Se pensaba el rey del mundo. Mujeres desdichadas, mujeres sin medios de vida propios o poquitos medios. Ésas eran sus conquistas, Sofía, y se dio de cara contigo. Una burguesa loca, con dinero, casi con título. Una mujer marcada por la vida, pero que sonríe sin parar, que anima la existencia del prójimo. Una loca con los pies en la tierra que no teme a casi nada y que, si teme, lo oculta a mayor gloria de sí misma y de su mundo. Una mujer que le devuelve cuadros de firma, joyas… Una chiflada que le dice que sólo quiere su cuerpo y su alma. Pensaba que era broma, que eran palabras. Ahora se da cuenta de que eres como eres; para bien o para mal. Y él no quiere ni quiso jamás eso. Lo has acojonado, Sofía. Ese tío vive en el cuaternario, va de moderno, pero es como todos. Y ahora, el premio. Eso le complica aún más la vida. Da igual que ganes o no: eso es una dificultad añadida. En menos de un mes, le ponen a tu marido la banda de general. Tu padre ya lo es. Vives con un ayudante árabe. Tu madre es respetada en el mundo de la física. Tus tías, dos sabias chifladas. Yo soy una infeliz a vuestro lado, pero existo. Yo escucho por las chimeneas, pero estoy aquí. Y veo y sé. Te has enamorado de quien no debes. Viene a dejarte, Sofía. A eso viene. Ni en sueños había imaginado que eras quien y como eres. Los tíos tienen que ser muy tíos para soportar algo así. Sus películas jamás han reflejado una historia semejante. Esta realidad supera a su ficción.

—Déjame pasar, Queta. Lo que tenga que ser será. Y frente a frente.

Enriqueta Llorente vio marchar a su hermana con pena, con mucha pena. Fue en busca de Farid.

—Papá, ¿te importa que juegue yo contigo? Tengo que pedirle un favor a Farid.

—Claro, Queta, jugamos tú y yo. Pensé que irías con tu hermana al puerto. Dicen que ha llegado un velero espectacular. Sofía ha ido a verlo, supongo, Queta.

El general Llorente miraba a los ojos de su hija menor. Con enfado, con fiereza.

—Sí, ha ido a verlo, padre.

—Bien, Queta. Tú y yo jugaremos. Farid irá al puerto. Fernando ha visto llegar el barco desde la basílica. Farid y Fernando comerán juntos. Alberto comerá con nosotros. Tu madre sabrá que Sofía ha ido a visitar el barco; unos amigos que han venido de improviso. Unos amigos a los que no le apetece invitar a casa, Queta. Eso sabrán tu madre y Alberto.

Cuando alguien quiere de verdad, adivina las mentiras. Y el general Llorente amaba a Sofía por encima de cualquier consideración moral que pudiese plantearse. El general no juzgaba, se conformaba con querer. Alejado de la Iglesia oficial, Santiago Llorente practicaba su doctrina sin necesidad de pláticas semanales.

El puerto estaba desierto, la lluvia barría las calles y el malecón. A lo lejos, Sofía vio el velero. Un hombre le hizo señas. Descendieron por unas escaleras hasta llegar a la zodiac. Sofía se colocó un chaleco y se agarró fuerte a una cuerda. Brincaba la lancha camino del barco y el corazón de Sofía lo hacía al mismo ritmo. Queta estaba equivocada, por primera vez en su vida ella había encontrado a alguien que la quería de verdad. Sin miedos, sin temores. Se iría, no le importaba nada. Se iría con él. Mafalda ya era mayor y Alberto se las arreglaría él solo sin problemas. Su misión, su tiempo, en aquella casa, había terminado.

Mientras la lancha llega al velero, debo contarles que Sofía Llorente estaba completamente enamorada del pirata. Cuando les conté la relación, frivolicé un poco: no quise dramatizar. Llegados a este punto es necesario aclararlo. Ella lo amaba, como en las novelas, como en las películas. Habría sido capaz de morir con él. Morir por alguien puede ser sencillo, morir con alguien no lo es tanto. Ustedes pueden pensar que Sofía Llorente era una persona carente de escrúpulos. No es así. La hija del general era una mujer en el más amplio sentido de la palabra. Y nunca la habían dejado serlo. Ni familias numerosas ni caricias ni deseos ni pasión. Nada. Hay mujeres que cambian familia por triunfo laboral, que lo desean. No era el caso de Sofía.

Siento tener que contarles esto, pero Sofía era como la mujer de un anuncio publicitario: una cocina llena de niños que salen a jugar a una huerta, el marido que llega y sobre la mesa de la cocina, tal que escena de película, le hace el amor apasionadamente y después la ayuda a peinarse y a dar la merienda a sus hijos. Así era Sofía Llorente.

La imagen pública nada tenía que ver con la verdad.

Con dificultad, Sofía llegó a la cubierta del velero. Un hombre la agarró por las manos. La abrazó. Entraron en el interior y el hombre la ayudó a quitarse la ropa mojada.

—Estás preciosa, Sofía. Entra al baño, date una ducha, terminarás helada. Siempre tienes frío.

Y entre comentarios de lo hermoso que era el barco, Sofía se duchaba como si todo fuese normal, como si hubiese visto al pirata unas horas antes.

Comieron, hablaron del libro de Sofía, del premio, de los hijos, de los maridos y mujeres, de los padres, del trabajo… Muy correctos ambos, hasta que el hombre pronunció una frase maldita en estas historias.

—Tengo que decirte algo, Sofía.

Y Sofía sintió un temblor en su cuerpo y él lo notó y pensando en el frío de Sofía, la estrechó entre sus brazos.

Me da igual que les suene cursi, así fue como sucedió.

Sofía Llorente besó al hombre y, contra su boca, susurraba:

—«Rézame, embrújame, céntrame, concéntrame, tómame, madrúgame, canélame, entrebáilame, tenme, entiémpame. Empiélame, empléame, entrepiérname, envuélveme… acósame, dientéame, resucítame, circúlame, madérame, esperánzame, acúname…»

Entre palabras de Pablo Mora, Sofía Llorente arrastró al hombre a un camarote. La jaculatoria del poeta jamás fue recitada de modo tan fervoroso. Sofía acariciaba a golpe de rezo. El hombre la tocaba a golpe de invocación.

—«… enciéndeme, enhójame, deshójame, enrámame, ármame, desálmame, amórame. Arómame, achíname, enchínchame, enlútame, resábiame, aguitárrame, astíllame, ampárame…»

Ruego y preces eran las palabras de Sofía al dar y al recibir; súplicas entre suspiros. Lágrimas de amor se derramaron aquella tarde entre las olas.

De poco sirven las súplicas si a quien se invoca se convierte en piedra cuando termina la pasión. Si la caricia sólo se debe a estímulos mecánicos, las palabras de amor no funcionan. Una Viagra sin deseo no sirve de nada, dicen. Para un sujeto como el pirata, las palabras de amor eran eso: Viagra sin deseo.

Un impotente amoroso, así y eso era el pirata.

El hombre apartó a Sofía de su lado. La miró.

—Nunca te he engañado, Sofía. No vamos a continuar viéndonos. Me gustas mucho. Jamás he conocido una mujer que derroche la pasión de tal manera. Pareces beberte mi cuerpo. Nunca conoceré a alguien como tú, eso espero. Pudiste ser mi perdición.

—Siempre dijiste que era tu salvación. Antes lo era.

—Antes ya no existe, Sofía. He conocido a una mujer. Me gusta. No es como tú, no os parecéis. Ella es distinta. Ni mejor ni peor: diferente. No me arrasa la mente ni el cuerpo. Quiero que seamos amigos. En cualquier lugar del mundo que esté, contarás conmigo, Sofía.

—Yo te quiero a ti, no contar contigo. Son dos cosas diferentes. Quiero irme contigo.

No continuará este pobre relator contando cómo Sofía Llorente del Hierro intentó no perder la dignidad.

El amor, mirado desde lejos, es indigno por definición.

Cuando se vive, es sublime. Hasta en el sufrimiento.

«Devuélveme el rosario de mi madre», la canción, puede ser la mejor forma de explicar lo sucedido en el velero. Versión masculina, el hombre repetía palabras tal que una sarta tal que una letanía.

Libertad fue la más invocada.

El pirata fue atacado por un súbito ataque de libertad y pedía a gritos que Sofía le devolviese su amor para matarlo. Y Sofía le gritaba que era imposible devolver su sentimiento. El propio.

No podía devolver el amor ni matarlo. El amor era suyo. No podía devolverlo. El del hombre, nunca lo había tenido.

El suyo no podía devolverlo: aún amaba.

El hombre aplicaba uno de los puntos del código pirata a rajatabla:

«La Cofradía no podía inmiscuirse en la libertad personal de cada uno. Las cuestiones individuales se resolvían personalmente. No se obligaba a nadie a partir en una expedición pirata. Se podía abandonar la Hermandad en cualquier momento».

Sofía se mareaba. El mar nada tenía que ver. Su móvil resonó en el camarote.

—Llega la noche, *habibati*. Vuelve a tierra.

—Ven a buscarme. Deprisa.

Farid miró a Fernando Lasca. Juntos salieron de la casa del cura. Corrieron al muelle, embarcaron en un barco con nombre de mujer: *Sofía*. A toda máquina se dirigieron hacia el velero. Sofía los veía llegar desde cubierta. Con el pelo empapado, con la cara llena de sal de lágrimas. La cabeza erguida, la cara recibiendo el envite del aire.

El hombre trataba de convencerla para que se resguardase. Farid paró las máquinas y subió por la escalerilla del velero. El pirata lo miró con asombro. Tras del árabe apareció un hombre con barba. Un cura. Los dos lo miraban con odio. Sofía se volvió hacia él.

—«Espero curarme de ti en unos días… esto es muy parecido a estar saliendo de un manicomio para entrar a un panteón.» Razón tiene Sabines. Yo no me curaré nunca. Jamás. Te quiero.

Y abandonó el barco. Camino del puerto, Sofía no respondió a pregunta alguna. Cantaba mirando un ejemplar de su último libro, un original de los muchos que había corregido antes de enviarlo al concurso.

> *De entre todos mis libros, es éste el que prefiero.*
> *Este libro que un día dejé a medio leer.*
> *Lo cerré de repente, lo puse en el librero*
> *y hoy lo cubre ya el polvo del ayer.*
> *Recuerdo que era un libro de una belleza rara,*
> *como si en cada frase floreciera un rosal.*
> *Pero temí de pronto que me desencantara*
> *si llegaba a leerlo hasta el final.*
> *Aún está en mi librero como un quieto navío…*
> *Sin embargo, muchacho que casi fuiste mío,*
> *cuando miro este libro pienso en ti…*

Y así, cantando una canción que años antes escuchara a María Dolores Pradera, Sofía se alejó de un pirata que temía querer.

Se alejó de lo único que ella había querido con desesperación.

O por desesperación.

Yo, relator de este drama, apuesto por lo segundo.

La tormenta descargaba con fuerza. Los canalones dejaban

caer el agua sobre el guijo y las piedras de la casa. Arrasaba el agua, limpiaba todo lo que encontraba a su paso. Sofía pensó lo fácil que era limpiar algunas manchas. Lo de ella era un baldón.

Un agravio.

Un borrón sin cuenta nueva.

Corrió hacia un edificio que casi nunca usaban, desde hacía años se conservaba, se atendía, pero sin darle el uso de antaño. Enriqueta salió del estudio y se puso un chubasquero.

Fernando estaba en el portal.

—¿Ha ido a pedir perdón, Fernando?

—No, Queta. Supongo que busca consuelo.

Sofía abrió un portalón de madera, buscó a ciegas una llave de la luz que estaba en algún lugar de la pared. La giró y la luz se hizo. Volvió a pensar Sofía en la facilidad de ese acto: tocar algo y alumbrar. La física, esa materia, era mucho menos complicada que la mente humana. Se dirigió a un armario de madera, dentro encontró lo que buscaba. Lo tomó y se dirigió a un reclinatorio frente a un altar de piedra. Estaba limpio, todo lo estaba. Un musulmán mantenía limpia la antigua capilla. Se arrodilló y miró a la cruz. Dos palos cruzados sin Cristo alguno. Se persignó y con un rosario de azabache entre las manos, comenzó a rezar.

Misterios gozosos. Misterios dolorosos. Misterios gloriosos.

Rezaba en voz alta las Avemarías y meditaba sobre los misterios. Eran como la vida: del gozo al dolor; del dolor a la gloria. De nuevo gozo, dolor, gloria. Un círculo interminable.

Pedía consuelo Sofía. En ningún momento se arrepintió de nada. No pidió perdón. Repetía en la letanía: «Madre admirable, Madre amable, Virgen clemente, Consoladora de los afligidos...».

El arrepentimiento no deshace el pecado, pensaba Sofía. Y ella no se consideraba pecadora. Lo suyo era peor: se sentía estafada, engañada...

Se conformaba con consuelo. El cielo no respondía, era

como un psicólogo: de la meditación nacía la respuesta. La propia. Que suele ser la mejor de todas ellas.

Un ruido la sacó del misterio que es entrar en uno mismo.

Fernando se acercaba hacia ella.

—No pienso discutir nada, Fernando. Ni confesar ni pedir perdón. Nada.

—Yo no te he pedido eso.

—Por si acaso.

—Hablar, ¿podemos, Sofía?

—Sí, eso siempre, Fernando.

—Siéntate, que tienes las rodillas destrozadas. Pareces una de las beatas de la Basílica, Sofía.

Se incorporó con dificultad la penitente que no lo era y, estirándose, fue a sentarse en un banco junto con el sacerdote.

—Tienes razón. Ya no tengo edad para esto. Ni lo de antes ni lo de ahora. Andar subiendo y bajando de barcos en días de tormenta ya no es lo mío. Arrodillarme tampoco.

—Estás muy bien, dada la situación.

—Tú qué sabrás…

—Yo algo sé. Me hice cura porque tú te casaste con un guerrero. Alicia diría que es el musical de Ricardo Cocciante. *Notre-Dame*, sería para Alicia.

—Queta te llama *El pájaro espino*. Todos te lo llaman.

—Ya lo sé. Prefiero *Notre-Dame*, Sofía.

—«De qué me servirá rezar a Notre-Dame. Quién de tirar la primera piedra es capaz. Lucifer, déjame por una vez que acaricie el cabello de Esmeralda…»

—Más o menos es así, So. Eres una devoradora de hombres. Si mides diez centímetros más, estábamos perdidos, amor mío.

—No me llames así, Fernando.

—¿Por qué no? Es la verdad. El amor tiene muchas maneras de manifestarse. Es como tu cuento de las bolas y la realidad, Sofía. No es nada malo ni perverso. Soy un cura que ama a su Iglesia y te ama a ti. Por supuesto, no como el cabrón del velero. Ése no sabe lo que es amor. Yo, cada día hago profesión de él: te miro, te hablo. No mato a tu marido cada vez que te desprecia. Voy a buscarte a barcos piratas en los que buscas a otro hombre; procuro no odiar a Juan por el daño que te hace. Y tengo muchas cosas que agradecerte: conservo una figura envidiable gracias a ti. Cada día corro kilómetros, nado en este mar tan frío… Todo, menos ponerme un cilicio, eso no lo hago. Y rezo. Rezo sin parar. Busco, como tú, consuelo, no olvido, Sofía.

—La que está enferma soy yo, Fernando. La que necesita ayuda soy yo. Tú tienes superado todo eso. No quieras consolarme de esta manera extraña.

—Veremos cuánto dura esa enfermedad, Sofía. Si es tan larga como la mía, será verdad.

—¿Aún me quieres? No puede ser cierto, Fernando. Con todo lo que soy, con toda la carga que llevo encima, no puedes quererme, ya no.

—Sofía, no veo carga alguna. No más que la mía.

—¡Hace dos años que estoy con él! ¡Lo sabes! ¿No ves diferencia?

—Entre tú y yo, no. Entre él y yo, la hay: yo jamás te haría ese daño. Nunca. Si supiese que tú me quieres, yo dejaría de ser cura, Sofía. Entretanto, no lo haré. Somos iguales. Ambos tenemos esposo. No puedo reprocharte nada. Ninguno de los que te rodea puede hacerlo. Nadie es un santo. Ninguno es perfecto.

—Si me quisieses tanto, no me dirías esto. O me lo habrías dicho mucho antes.

—Tú lo sabes, Sofía. No por mucho repetir las cosas son más ciertas. El amor se manifiesta de muchas formas. Yo estoy aquí. Esperando. Puede que espere en vano, no lo sé. Ni me importa. Tú vendrás a mí si es lo que deseas. Ese día yo lo dejaré todo y el tiempo que nos quede te amaré. Con gritos, con silencios, con palabras y caricias. Te amaré sin reserva alguna. Si no llega tal día, continuaré como ahora: amándote. Sin más. No lo haré por compasión, Sofía. No seré un sustituto sentimental. No sé si he nacido para ser cura, para ser placebo puedo asegurarte que no.

—Yo te quiero, pero nunca pensé que fuese así, que tú me quisieses de esa manera, Fernando.

Sofía Llorente se dejó caer sobre el sacerdote. Apoyó la cabeza en sus piernas y lloró. Fernando Lasca le acariciaba el cabello sin mirarla. Tenía fija la vista en el crucifijo de madera. Pensaba el cura en lo fácil que habría sido crucificarse en el madero de los labios de Sofía. Pensaba el cura en César Vallejo.

Como no podía ser menos, en esta historia sin secretos para el círculo, salvo para el relator, que se ve atacado de súbito por sobresaltos tipo a la declaración de amor del cura, cuatro ojos miraban y dos cerebros procesaban sonidos y visiones. Una boca, unos labios hablaron.

—Saben que estamos aquí y lo hacen para que nos asustemos, Queta. Tú, tranquila, es todo mentira. Esto no pasa ni en el cine.

—Te dije que no vinieras tras de mí, Alicia. Déjame escuchar, sí que es verdad: todo. Si cuentas algo de esto, date por desaparecida, Alicia.

—¡No cuento nada, coño! Pero es teatro, es porque saben que estamos aquí. Mira, Queta, Sofía no es una estrella de cine, no es un monumento de mujer. Y a mí, en la vida me ha pasado esto: un general, un millonario que viaja en velero y ahora un cura. Se me olvidaba el corresponsal de guerra. ¡Estas cosas no le pasan! Se las inventa para escribir, es como un ensayo en una película, Queta.

—El comentario: «a mí no me pasa», ¿no será en serio? ¡Alicia, estas cosas tienen poco que ver con el físico, mujer! ¡Y vete haciéndote a la idea: a ti no te dejan guapa ni pasándote una garlopa!

—Tienes razón, debe ser una enfermedad lo de andar liándose por ahí con esos tíos. —Alicia obviaba el comentario de Enriqueta, no le interesaba—. Eso sí: tiene gusto. Al del barco no lo conozco, pero el resto son guapos; hasta la bestia de Alberto lo es, Queta. Fernando ya es caso aparte, no es que sea guapo, es impresionante. Claro, lo que él dice: ejercicio para matar deseos sexuales. En bañador está impresionante: sin una gota de tripa y a su edad no es normal. Y tuvo muchas novias, nunca entendí por qué no se casó.

—Pues ahora lo sabes, Alicia.

—¡Coño, Queta! Que no es cierto. Si no es un ensayo para una novela es porque la consuela, le dice eso para consolarla: ¡la dejan todos! Y a Fernando le da pena.

—Alicia, no creo que las novelas se ensayen. Vámonos ya. No está bien lo que hacemos. Ensayos de novelas… mira que eres tonta.

Se fueron las espías y al poco salieron los espiados.

Sé que es un lío. Sé que es tremendo. Pero a mí ni me miren: es lo que pasó.

Yo relato, no invento.

Entreme donde no supe
y quedeme no sabiendo...

Entreme donde no supe,
y quedeme no sabiendo,
toda ciencia trascendiendo.
Yo no supe dónde entraba,
pero, cuando allí me vi,
sin saber dónde me estaba,
grandes cosas entendí;
no diré lo que sentí,
que me quedé no sabiendo,
toda ciencia trascendiendo.

SAN JUAN DE LA CRUZ

Los días daban saltos. Corrían por encima del círculo y cada uno se preocupaba de frenar la locura vital que los atacaba de la mejor manera que podían. Sofía distribuyó sus ejemplares por las principales librerías de todo el país. Llamaba por teléfono, les explicaba el caso y enviaba cinco o diez libros a cada una de ellas. La caridad de los libreros daba para ese número. Nadie quería ocupar sitio en los estantes con textos de un autor desconocido.

En aquel tiempo, la abogada empezó a conocer el mundo de la edición por dentro y no le gustaba lo que veía. Algunos libreros de su propia ciudad le rechazaron los libros. Al parecer, era poco intelectual para ellos. En sus librerías se vendía «literatura de calidad». Al escuchar esas palabras, escupidas a su propia cara, Sofía se envaraba y tenía que hacer esfuerzos para relajarse y no escupir ella otras cosas. Los comentarios eran propios de Cervantes —que a buen seguro jamás los habría hecho— que de vendedores. Sofía intentaba no desesperarse pero le costaba trabajo, mucho esfuerzo. Distribuyó todos los ejemplares que pudo y se dedicaba al despacho con desgana.

Llamaba a las agencias literarias que encontraba en Internet. Pensaba que al ser finalista de un premio sería más sencillo encontrar un agente. Las primeras llamadas la dejaron sorprendida: secretarias que parecían coronelas, agentes literarios cual capitanes generales la mayoría de ellos. Todos estaban repletos de trabajo, no podían aceptar un representado más. «Escritores hay muchos… No se crea única… No logrará nada, el mercado está saturado… No tengo tiempo de ocuparme de alguien como usted…»

La perplejidad atacó a Sofía en cada una de las llamadas. El país tenía exceso de escritores que vendiesen. Ella estaba convencida de que algún día lo haría. Nadie más parecía creerlo. Lo comentaba cuando sus amigas iban a visitarla, con incredulidad, con rabia.

—No será para tanto, Sofía. Y algo les dirás tú.

—Alicia, yo llamo de una manera muy educada, ellos responden como si fuese La Zarzuela. Te aseguro que jamás me había enfrentado a una situación semejante.

—Bueno, son «intelectuales», eso debe ser como marqués o algo así.

—¡Sofía es casi marquesa y ahora generala, Bienvenida, no puede ser por eso!

—¿Has dicho lo que yo he creído oír, Alicia? Así que mi hermana llama a un agente literario y le dice: aquí, la próxima marquesa de San Honorato, la generala consorte Llorente, que quiero que sea mi representante de inmediato. ¡No seas chorras, Alicia!

—En serio, no me preocuparía si no fuese por lo del premio, no sé qué hacer, no sé cómo tengo que actuar. Y encima no sé con quién voy a ir: al parecer, todas estáis ocupadas. Por cierto, Alicia, si quieres puedes llamar a esta agencia, es una de las pocas que me quedan en la lista.

—Ya te dijimos que no podíamos acompañarte, So. Irá Farid contigo, supongo que el general ni de coña. A ver, dame ese número que voy a llamar ahora mismo. Tú, es que no sabes hacerlo.

Alicia Solares marcó el teléfono de la agencia. Hacía gestos con la mano, una uve de victoria. Magdalena susurraba que «dejar llamar a la tarada esta es una locura». Bienvenida y Queta asintieron.

—Buenas tardes. ¿Es la agencia Aquipodemoscontodo? Soy la representanta de Sofía Llorente del Hierro, la marquesa, ya sabe… ¿No lo sabe? Bueno, da igual, quiero hablar con Pretenciosa Menéndez, agenta. Dígale que la llama Alicia Solares, representanta.

Mientras esperaba respuesta de una aturdida secretaria, Alicia separó el auricular y comentaba:

—Esto de decirlo en femenino es fundamental, ridículo pero necesario, son modernos de ésos y hay que ponerse a la altura. La verdad es que habla hueco la secretaria, con voz de esas anormales, ficticias, que dirías tú, So… Sí, dígame. Bueno, que se desreúna, es urgente. Sofía ha ganado el premio obsceno y necesita quien la represente, yo tengo que marchar a Perú por negocios. Pretenciosa y yo nos conocemos… ¡Ha picado, se va a poner! Sofía, es que tú no sabes.

Las amigas miraban, oían y no podían creer. La representanta, agenta…

—¡Hola, Pretenciosa! Ya sé que no nos conocemos, pero tengo que hablar contigo de Sofía Llorente, la nueva figura literaria, ya sabes. Bueno, da igual que no lo sepas, ya lo sabrás.

La cuestión es que Sofía ha ganado ése premio perverso, el marrano, y yo tengo que irme, busco sustituta para ser representanta. ¿Que no ha ganado? ¿Que cómo sé que ha ganado? Bueno, ganará, puedo asegurártelo, es la mejor. Nadie puede haber escrito una guarrada semejante, yo de eso entiendo. ¿Una periodista? ¡Oye, no soy periodista! ¿Cómo? ¡Sinvergüenza! ¡Te vas a enterar tú de quién soy yo, anormala! Oye, oyeeeeeeeeeeeeeeeeeeeee... ¡Me ha colgado!

—¿Por qué será, Alicia?

—¡Ni idea, Queta! Me ha dicho que soy una periodista, que no voy a sacarle nada y que jamás reconocería que otra representada suya tiene el as en la manga, que los contratos en este país sirven de algo... no he entendido nada. ¡Voy a llamar de nuevo y se va a enterar la gilipichi esa! ¡Hablarme a mí de contratos!

—Déjalo, Alicia, por favor. Da igual. Son todas así. Ahora, eso de los contratos nunca me lo habían dicho. ¿Lo veis? Siempre es igual y yo no me dedico a decir estas chorradas de Alicia.

—Yo sé qué es el contrato. Sé de qué habla la tía esa. Pena de grabación...

—¡Tú de contratos no entiendes, Bienvenida! ¡Eres médico y no entiendes, no quieras dejarme mal!

—Vale, no lo cuento, a mí me da igual. Sois unas gilis.

—Cuéntalo, Bienvenida. Moriré uno de estos días por vuestra culpa. Recuerdo la conversación que he escuchado y no puedo contener una subida de tensión.

—Tengo un amigo de Argentina, hablo con él por IRC. Me ha contado que hace dos años, ganó un premio un autor muy conocido allí y se armó un lío. Otros autores han protestado. Ese autor, el ganador, publica en la editorial que concede el premio, tiene varios libros editados con esa gente. Uno de los que se presentó al premio, otro autor, lo ha llevado ante los tribunales. Y mi amigo, que es periodista, me cuenta que es algo habitual. Los premios son todos una mentira. Se los dan a la gente previo pacto, al parecer previo contrato. A lo mejor la agente hablaba de eso…

—¡Es ilegal!

—¿No me digas, Alicia?

—¡Sí te lo digo, Magdalena! Eso no puede hacerse.

—¿Por qué no nos lo contaste antes, Bienvenida?

—No quería amargar a Sofía, puede que sea una oportunidad. Alguien puede leer el libro y publicarlo. Conociéndola, sé que se retiraría, que no pasaría por esa farsa, Queta.

—Yo no lo tengo tan claro, pero puede que no todos los premios sean así. No os lo había contado, no me atreví, era mi primer libro y me dio vergüenza contároslo. Los relatos, el libro que he pagado yo misma, lo envié a un concurso. Una cadena hotelera convoca un premio de relatos cada año. Un premio no muy grande, no cuantioso en dinero, pero te publican y lo dejan en las habitaciones de sus hoteles. Es una buena promoción. Envié los cuentos. Pasaron varios meses y nadie me respondía. Una noche me enteré de que lo habían entregado, leyendo un diario en Internet vi esa noticia. Contaba la entrega de premios, hablaban del jurado, pero yo no conocía al escritor de nada. Llamé al periódico de aquí y no se habían enterado. Le pedí a uno de los redactores que me hiciese un favor. Yo llamaría haciéndome pasar por una periodista y daría su nombre en caso de que no me confirmasen la noticia en el acto, para que hablasen con él. Busqué el teléfono del hotel, llamé, les dije que era una periodista asturiana interesada en cubrir la información, que deseaba saber el nombre del ganador. Me respondieron de inmediato: «El ganador ha sido… hijo de…». Me dijeron el nombre de su padre, sin preguntar nada, me dijeron el nombre del padre del ganador. Colgué el teléfono y pensé: «Me ha ganado un hijo de su padre, no he perdido yo». Así que algo tendrá de cierto eso que nos cuenta Bienvenida. Al único que se lo conté fue a Alberto, me dijo que ese mundo era así, un puterío, que las cosas eran por enchufe. Yo no le dije que sus ascensos lo mismo. Al final, todo es igual. Pero no creo eso de los precontratos. De todas formas, da lo mismo: ser finalista es algo grande, yo no conozco a nadie, no tengo un representante, no tengo nada. He ido a pecho descubierto y tiene su mérito, ¿no os parece? Y puede ser cierto que alguien quiera publicar más cosas mías por eso.

—Espero, novia de la muerte, que cuando riegues con tu sangre la tierra ardiente, no caigas redonda del susto. A pecho descubierto... valiente memez, Sofía.

—Queta, mejor regar la tierra con sangre que no con excrementos de deshonor. Por cierto, tengo que ir al médico de nuevo. Vuelvo a estar mal.

—¡Deja de joder, Sofía! ¡Estás perfectamente! ¡No tienes que ir al médico a nada!

—Manía la tuya a tus compañeros, Bienvenida. No quieres que nos toquen ni de broma.

—Por algo será, Magdalena.

Y entre discusiones médicas, tal que las guerras, nuestras bélicas mujeres se fueron marchando del salón de Sofía. Enriqueta pensó que sus temores eran ciertos y Alberto tenía razón: aquel círculo de la literatura era un puterío. Su círculo también, pero ahí, en su mundo, ellos dominaban. Enriqueta olvidó varios factores: tesón, amor propio, empecinamiento de su hermana... Y sobre todo, algo fundamental: quien domina un círculo aprende rápido el funcionamiento de otro. Las corruptelas cambian de escenario, de vestido, pero al final siguen el mismo sistema y el mismo fin.

Al quedarse sola, Sofía colocaba los cojines y ponía leña en la chimenea mientras pensaba en la vida, en el amargor del ajenjo que destilaba la existencia. El dolor que le provocaba la pérdida del pirata, en ningún momento se dejó ver ni ese ni otro día. Ella lo sentía como algo propio, ajeno al mundo que la rodeaba. Su dolor no habría de ser motivo de desazón para el resto. Si en el placer no había compartido, en la zozobra, menos.

Faltaban pocas semanas para la concesión del premio y comenzó a suceder algo curioso en aquellos días. Su despacho recibía cada día peticiones de ejemplares, de más libros. Y una mañana, el editor la llamó.

—Sofía, me han pedido cuarenta libros para una universidad en Estados Unidos. Al parecer, una profesora ha leído los cuentos, le han gustado y van a estudiar tu obra allí. Quería que lo supieses. No es nada normal. En esta editorial, jamás nos había pasado. Te felicito.

No entusiasmaba a Sofía nada de aquello. No tenía con quien disfrutarlo. Su marido se probaba el nuevo uniforme, hablaba con sus compañeros del futuro y no la escuchaba. Le importaba el generalato. Lo suyo era un juego, nada serio, decía Alberto.

Juan se pasaba los días haciéndole llamadas raras, con voz susurrante; al parecer, temía que su mujer lo escuchase. Sofía le gritaba, daba voces al teléfono, respondía a sus correos electrónicos con palabras malsonantes, pero Juan carecía de entendimiento, al menos momentáneamente.

A Fernando no se acercaba Sofía desde el día en que el cura se expresó de forma rotunda en la capilla. Vivía rodeada de gente y era incapaz de comunicarse.

Situación poco digna de relato: nos sucede a todos.

No había vuelto a escribir desde hacía meses. Una tarde, justo la tarde antes del acto en que su marido sería nombrado general, Sofía discutía con una Mafalda renegada por su suerte, una Mafalda que había llegado el día antes y se iba al día siguiente. Una hija que esperaba la llegada de su madre a la tierra inhóspita en que habitaba, con miedo. Los anormales de su colegio mayor terminarían por enterarse de la faceta literaria de Sofía.

—¡A ti lo que te pasa es que tienes el síndrome del nido vacío, Sofía! ¡Y lo pagas conmigo!

Miró a su hija. Síndrome del nido vacío… Sólo le quedaba tener aquello.

—No es eso, Mafalda. Te has ido en el peor momento, es verdad, pero no es eso. Si eres feliz, yo lo soy, hija. Son otras cosas…

—¿Qué cosas? ¿Mi padre? Divórciate, a mí me da igual. Yo no habría soportado a mi padre ni un año. Como marido. Y no quiero escuchar que lo has hecho por mí, Sofía.

—Por todos, Mafalda. Equivocadamente o no, lo hice por todos.

—Yo tendría un padre general de todas maneras, Sofía. Serías su ex, pero ya te habrías ocupado de que yo tuviese un padre general. Buena eres tú…

—Lo dices como un reproche…

—Lo digo como una realidad. No te has ido porque no encontraste nada mejor, Sofía. No nos engañemos. Yo lo lamento, pero es la verdad.

—No soy una de tus amigas, Mafalda, no me hables así. Soy tu madre. Me temo que lo estás olvidando. Y no me gusta que eleves la voz. Hablamos, no son necesarios los gritos.

—¡No quieras dar apariencia de tranquilidad! ¡Yo no estoy nada tranquila! ¡Sólo miras tus propias causas! ¿Me preguntaste si a mí me parecía bien esa locura de querer ser escritora? ¿Me has preguntado qué puedo sentir teniendo una madre que escribe libros de ésos? ¡No! No lo has hecho en ningún momento.

Sofía no podía creer lo que escuchaba. Preguntar, pedir aprobación para escribir.

—¿Me has preguntado tú qué me parece que estudies tu primer año de universidad fuera de casa, Mafalda? No recuerdo haber hablado de esto…

—¡Qué remedio! ¡Claro que lo hablamos!

—Cierto, qué remedio: yo te pago esa estancia absolutamente innecesaria. Hablamos de eso, Mafalda. Pedir permiso para escribir, Mafalda, sería tanto como vivir en una dictadura. Y no es el caso.

—¡No lo entiendes!

Sofía Llorente sintió ganas de llorar. Y lloró. Mafalda la miraba agobiada. El general Llorente entró en el salón.

—¿Qué sucede aquí?

—Abuelo, ésta, que no reconoce las cosas…

—¿Ésta? Veo que las malas formas de tu padre se te están quedando grabadas, Mafalda. Es tu madre. Nunca ésta… ¿Qué tiene que reconocer tu madre?

—¡Lo de escribir, abuelo! ¡No quiero que escriba cosas de ésas!

—Escribir cosas de ésas… Tú no quieres que escriba cosas de ésas, Mafalda. ¿Has leído ese libro?

—Ni pienso hacerlo. He leído el otro: nos retrata a todos, abuelo. ¡No quiero ni pensar lo que dice en ese engendro de mierda!

Sofía vio al general tal como era en los momentos de ira. De nuevo, el lado oscuro.

—Papá, por favor…

—Sí, hija. Gracias. Mafalda, no puedes juzgar lo que desconoces. No has de hablar de esa manera. Ese libro es una hermosura. Si dejas de lado todo lo explícito que puede parecer cuando lo lees, si dejas de lado la parte más aparente, verás que es una historia de amor preciosa, Mafalda. No es de mi agrado esa literatura, pero el libro de tu madre no se queda en lo aparente. En cuanto a sus relatos, es cierto: nos retrata. No a nosotros, retrata una sociedad de la que, te guste o no, formas parte. Si te desagrada, será por algo que nada tiene que ver con quien lo ha reflejado. Independientemente de esta faceta literaria, el respeto debido a una madre como la tuya, no has de perderlo, nunca. Te lo pierdes a ti misma. No esperaba este comportamiento ni esta actitud en ti.

—¡A ella siempre la comprendes, abuelo! De mí no se ocupa nadie.

—A ella no la entiendo siempre, no. Pero la respeto, Mafalda. No veo que haga nada malo, no veo locura alguna. Miro a una persona que vive entre nosotros y que describe el mundo como ella lo ve y creo que su visión es acertada. En ti veo a una hija egoísta, a una mujer asustada. No esperaba esta reacción.

—Yo voy a continuar escribiendo, Mafalda. Acostúmbrate. Tienes una madre que cocina, organiza su casa, trabaja y te ha cuidado. Ahora, voy a escribir. Hasta que me canse, puede que después me meta a hortelana, es mi vida y no voy a renunciar a ella, hija. Si te gusta, bien, si no te gusta, lo lamento. La tía Clotilde me dijo hace tiempo que la vida es corta pero ancha. Y yo voy a recorrer todos los caminos que pueda. Vivo en un círculo, es cierto, tengo un diámetro limitado, pero desde el mismo centro, trazo radios, busco cuerdas de unión con otros puntos, trazo arcos. Los radios me permiten ser un poco más libre, sólo un poco, pero al menos lo intento, hija. Procura hacer lo mismo.

—No entiendo nada. No me gustan las matemáticas y no te entiendo, mamá.

—Es geometría, toda nuestra existencia lo es, hija.

—Nada te turbe, Sofía. Nada te turbe…

—Lo intento, padre, lo intento. Hermoso poema…

Y, pensando en el poema, Sofía Llorente se fue en busca de sus amigas. Todas estaban en la peluquería. Odiaba el estar sentada y esperando con la mirada fija más allá del sillón. Se peinaba ella; se sometía al suplicio peluqueril cuando su pelo cambiaba de color, las mechas y un corte, para eso acudía al peluquero. El resto de las mujeres de la historia eran unas adictas. Salvo Carlota, en eso, eran iguales. Y puede que, sin saberlo, en el amor a la lógica y la geometría.

—Sofía, no tienes vez. Tendrás que ir con esos pelos. Una vergüenza, la mujer de un general así peinada.

—Alicia, vengo a buscaros, no me toques la moral que ya lo han hecho en casa.

Enriqueta levantó la vista del *¡Hola!*

—¿Ahora qué ha pasado?

—Mafalda se avergüenza de mí, eso dice. No quiere que escriba.

—Mafalda que se joda, Sofía. Claudio no me habla, he condenado a un sujeto de mala vida que mi hijo frecuentaba. Son egoístas, irresponsables y unos anormales.

—Que tus hijos sean así es lógico, Alicia. Lo de mi sobrina no.

—Enriqueta, no empecemos…

Sofía procuró que nada la alterase. Se miró en un espejo y preguntó:

—¿Qué tiene mi pelo? Yo lo veo bien.

—Tienes los pelos de punta, Sofía. Y un mechón de color rojo entre el rubio. Nunca he visto a la mujer de un general con pelos de colores y de punta.

—La has visto toda tu vida, Alicia…

—¡Magdalena, no era la mujer de un general! Deja de incordiar. La critican, critican a Sofía, que lo sé yo.

—¿Me critican? Mejor, Ali, mejor. Puede que tengas razón. Voy a cortarme el pelo.

Enriqueta miró a su hermana, ella sabía lo que significaba. El remedio sería peor que la enfermedad.

—Yo te veo bien, Sofía.

—Si tienen tiempo les diré que me lo corten, Queta. Hace mucho que no lo hago.

Preguntó al peluquero y el hombre se lo pensó un rato grande.

—¡Te lo hago por el acto de mañana, Sofía! No soportaría verte así en las fotos. Hace meses que no vienes. ¡Mal, muy mal! Hay que cuidarse. Espera un rato y te lo corto. Vete pensando cómo lo quieres.

Sofía se sentó junto a hermana y amigas.

Alicia le dio un codazo en el costado.

—Mira, Anastasia Guardado se empeña en venir a la peluquería. Está calva. No sé a qué viene. En el café, se sienta junto a una de las Albacastillo, una que está momificada: no habla, la sientan allí para que las hijas puedan pasear. Y Anastasia se sienta con ella y cotorrea. No lo hace por la vieja, es por ella misma, que no le habla nadie. Habla sin parar y la otra no responde. Qué gente, Sofía, qué gente más rara. ¿A ésta no la sacas en las novelas? Apúntala, es interesante.

Sofía sacó un cuaderno del bolso y anotó. Siempre apuntaba todo. En la cabeza o en papel. Encendió un cigarrillo y buscaba un cenicero cuando, entre un alarido, sintió su nombre. Pegó un brinco.

—¡Sofía Llorente! ¡A ser educada! ¡Más consideración! ¡A fumar a la calle! Aquí hay personas que no fumamos. Pedrito, tienes que poner un cartel de prohibido fumar o no vuelvo.

Anastasia Guardado se repanchingó en el sillón y continuó conversando con el peluquero. Contaba las grandezas familiares, viajes a lugares lejanos, éxitos en los estudios de sus sobrinos, compras realizadas durante la semana. Un inventario vital que no venía a cuento.

En las peluquerías, por un secreto que no alcanzo a comprender, todo el mundo cuenta su vida. No las miserias, no la verdad. Grandezas, siempre grandezas. Debe formar parte de una especie de terapia, de un remedio que ataja algún virus femenino que este relator desconoce. Los peluqueros alientan esas historias con maestría, cosa que siempre me ha dejado perplejo…

Enriqueta Llorente encendió un cigarrillo y expulsó el humo contra el cogote de Anastasia. Magdalena y Alicia hicieron lo mismo. Volvió a protestar la cuasi calva y Enriqueta se dirigió a su hermana obviando las quejas.

—Me parece, Sofía, que molesta más el olor a sudor que el humo del tabaco. A mí al menos. Hay que poner carteles de: «Prohibido oler a sudor», «Lávese y no huela». O bien: «Lávese antes de ponerse cinco litros de colonia».

—Opinamos lo mismo, Enriqueta.

Alicia hablaba por Magdalena, pero esa vez no importaba. El caso era machacar. Anastasia las había amargado en los años de colegio.

—Y qué me dices de los cocineros, Enriqueta. Ahora resultará que un cocinero es un químico entre fogones. Parece que un cocinero es una especie de místico. Qué ridículo. Pompas de olores, sabores mezclados que impiden saber lo que comemos… Los hay que, incapaces de terminar una diplomatura, se meten a cocineros y todos tenemos que reverenciarlos. El otro día tomé unos tortos de maíz, los de toda la vida. Pero no se llamaban tortos de maíz; la carta los llamaba «Germen de embrión de gallina sobre supremas de granos amarillos amasados con agua del lugar y salsa roja de fruto machacado». Pedí aquello y cuando me ponen dos tortos con un huevo y salsa de tomate, creí que me daba algo, amigas mías. Muy ridículo. Lo peor es que, cuando terminamos de comer, salió el cocinero y saludaba a los comensales. Mesa por mesa. La gente aplaudía.

—El mundo al revés, Alicia. Tienes razón. A mí ya me cansa tanto cuento con la cocina y los cocineros. No es para tanto. La moda, Alicia, la moda que nos agilipolla a todos. Toda la vida existieron buenos cocineros, lo de ahora es ridículo. Los sacan en los diarios como a héroes. La portada de un dominical de esta semana es un cocinero de Nueva York, le dan un homenaje por hacer tortillas de patata. Mi madre gritó al verlo. Las tortillas de patata por encima del átomo, decía mamá. Y con razón. ¡Puro cuento! Uno, en la tele, decía haber descubierto un plato estupendo y sacó un *bollu preñau*. Él lo rellenaba de salmón en lugar del chorizo.

Humo y palabras se dirigían directamente a la cabeza de Anastasia. La mujer hacía un rato que guardaba silencio. Escuchaba a las monstruas, a las horrendas mujeres —a su entender—, hablaban de olores y cocineros.

—¡Ya es suficiente! ¡No quiero escucharos más!

Las monstruas pusieron cara de ingenuidad, cuestión que encabronó más a la mujer. Se levantó y se puso frente a ellas con los brazos en jarras; unos mechones de pelo envueltos en trozos de papel de plata y elevados al aire sobre la cabeza casi monda, la hacían parecer una horrible visión.

—¡Siempre seréis igual, la pandilla basura! ¡No quiero escucharos ni veros ni percibiros!

—No nos mires…

—¡Guarda silencio, Solares!

—¡Pero bueno…! ¡Esto no es el colegio!

—¡Nunca habéis tenido nada bueno, Alcántara!

—¡Nosotros no te hemos hecho nada malo, Anastasia!

—¡Benjamina de los Llorente del Hierro, abstente de hablar! No defiendas a tu hermana, no hay defensa posible. ¡Ella es la peor de todas, siempre lo ha sido! Bien que lo ha demostrado con su librillo…

Sofía se divertía, hasta que escuchó el diminutivo.

—¿Librillo? ¿De fumar? Anastasia, te ha dolido. Bien, me alegro.

—¡No me había dado cuenta! ¡Anastasia es la que sale en el cuento de un colegio, el de la profesora que huele a sudor y las alumnas se tapan la nariz con pañuelos perfumados! ¡La que no tiene ni idea de lengua española, pero se empecina en martirizar con ejercicios absurdos!

—Alicia, ¿lo de los olores por quién crees que iba?

—No me había dado cuenta, Queta.

—¡Y lo del cocinero! ¡Habláis de mi sobrino Hugo! ¡La envidia os corroe!

—Faltaría más, Anastasia. A nosotras sobre todo…

—¡Pedrito, expúlsalas o me voy yo!

—Doña Anastasia, no puedo hacer eso. Chicas, un poco de paz, por favor…

—Nosotras no hemos hecho nada, no sé por qué se pone así…

—¡Sofía, sí lo habéis hecho! Habláis a mis espaldas, me ridiculizáis y ahora lo niegas. ¡Siempre has sido mala, muy mala!

—Mala no: peor, Anastasia. Me estoy aburriendo. ¿Falta mucho, Pedro?

—No, Sofía. Te atiendo en un momento.

—O me pedís perdón o me marcho. No tenéis vergüenza, a vuestra edad y estos espectáculos…

—Lo único espectacular que veo son tus pelos, Anastasia.

—Tú tenías buena pinta, Enriqueta, pero has salido del buen camino, ya eres como tu hermana.

—¡Qué más quisiera Enriqueta! Con ella, nadie ensaya novelas. No des la vara, Anastasia. Vete si quieres, vete ya, que tenemos prisa. Y tú, con esos cuatro pelos, no necesitas arreglarte. Lo tuyo no tiene remedio. Con una peluca, puede que con eso.

Enriqueta dirigió una mirada asesina a la magistrada, pero Alicia la ignoró.

Mafalda Llorente entraba en la peluquería y una mujer con la cabeza casi sin pelo, el poco que tenía estaba envuelto en papel de plata y lanzado hacia arriba, la arrolló.

—Mamá, ¿has visto a esa mujer?

—¿A qué mujer?

—Una que ha salido con el pelo lleno de papel de plata y tinte. Bueno el pelo no, que estaba casi calva, unos mechones. Creo que es tía de Hugo, ese chico que ha puesto un restaurante en la plaza. Parecía enfadada. Se fue con la cabeza llena de papel de plata, qué raro…

—No me he fijado, Mafalda.

—Ni nosotras…

El peluquero miraba a través del espejo a las cuatro mujeres. Estaban totalmente serias, centrada la mirada al frente, sin dejar escapar una sonrisa. Mentían bien aquellas cuatro lagartas. Se alegró mucho de la fuga de Anastasia Guardado, humillaba a los demás, protestaba por todo. Él no podía responder a las pijadas de Anastasia, pero aquellas cuatro le habían alegrado el día.

La inmadurez, las pequeñas memeces cotidianas, iluminaban las almas de estas mujeres. Puede que usted, lector, sea una persona madura. Una tragedia. La madurez conduce directamente al miedo y el miedo a la desgracia vital. A ellas no les pasaban esas cosas. Si sufrían, si algo les hacía daño, lo arreglaban haciendo el lelo como aquella tarde de peluquería. Matar realidad a base de travesura es el secreto de los niños para sobrevivir en un mundo hostil. Si todos guardásemos algo de la niñez seríamos felices.

Sin que ninguna tarascada más alumbrase la historia, llegó la noche y con ella la vigilia. La de Alberto Mendoza al menos. Sentado en su despacho, sintió cómo Sofía lo llamaba. Leía el discurso que pronunciaría al día siguiente. Sofía tendría que repasarlo con él. Alberto nunca repasaba nada con Sofía. Nada que tuviese que ver con el trabajo de su esposa. Recuérdenlo por si les remembra alguna situación propia.

—He regresado, Alberto.

—No sabía que hubieses salido, Sofía. Ahora me explico esta calma, esta paz… Tienes que ayudarme con el discurso, a repasarlo.

Anote el lector la respuesta. Falta de caridad semejante la vemos y padecemos cada jornada. Nos ignoran los más cercanos, a la par que en la misma medida, cuando no ignoran, insultan. No ha de existir pena mayor. En este caso sí, la de Alberto. Sofía dejó de lado el comentario de su marido. Era habitual.

—El discurso está muy bien, Alberto. Lo he leído varias veces y es estupendo.

—¡No seas egoísta, Sofía! ¡Te pido una mínima ayuda y ni eso!

Pronunciaba esas palabras y, a la vez, elevaba la cabeza. Quedó mudo Alberto. Por poco tiempo.

—Lo has hecho a posta… Es para joderme el día… Para que todo el mundo diga que soy viejo… Un viejo casado con una mujer joven… Quieres que todo el mundo te mire a ti, que a mí me critiquen, Sofía. ¿Cómo has podido hacerme esto? Pareces una mujer joven, una segunda esposa, Sofía…

—¿Una qué? Hablas raro, Alberto.

—¡Te has cortado el pelo al dos! ¡Pareces una mujer joven! ¡En las fotos, en los diarios, la gente verá tu cara y la mía y pensarán que me he casado por segunda vez! Pensarán que soy uno de esos viejos que se casa con una jovencita, un tonto que se ha dejado embaucar, un hombre sin honor… Eso pensarán de mí, Sofía.

La mujer podría haberle contestado de forma rotunda, sangrienta. Recordándole que nadie que lo conociese podría pensar aquello. Podría haberle hablado de la morena tipo copla, de sus amantes en sus años de matrimonio, del abandono que ella sentía y de la amargura que le provocaba buscar afectos extraños. Podría haberle gritado que no tenía que repasar un discurso que ella misma había escrito. No lo hizo. Sofía Llorente sintió de nuevo pena, una gran pena. Por los dos. Se acercó, acarició la cabeza de Alberto y sonriendo, puso buena cara a la tormenta.

—No pensé que te importase tanto. Realmente creí que te gustaría. Todo el mundo sabe que soy tu mujer, Berti. Pensarán en tu buena suerte, en lo bien que me conservo y en la fortuna de un general teniendo a una mujer así de joven. Te envidian, seguro que te envidian. Tienes todo lo que tus compañeros no han logrado. Ya eres general y serás un buen general. Eres un buen militar. Un buen soldado. Un buen padre. De muchos de tus compañeros no puedo decir lo mismo.

No dijo Sofía buen marido ni él se percató de esa ausencia.

—Siento si te he gritado, Sofía. Estoy nervioso. No me gusta que parezcas tan joven, pero lo eres, mucho más que yo y ese pelo acentúa esa diferencia. Me estoy haciendo viejo. Soporto todas estas locuras porque te quiero. Nunca te lo digo pero yo te quiero, Sofía.

Sofía volvió a guardar silencio. No respondió que el querer como él quería, no valía nada o valía poco.

—¿Leemos de nuevo tu discurso? Yo creo que está perfecto, pero si quieres, volvemos a leerlo.

Mafalda y Enriqueta se miraron y subieron en silencio las escaleras. Habían escuchado toda la conversación. Iban a cenar con Alberto y Sofía, pero pararon en seco cuando escucharon las voces. En esta historia, ustedes saben que apenas hay secretos entre los puntos.

—No son normales, ¿a que no?

—No lo son, Mafalda. Ni él ni ella. Y hay días en que me alegro. Pocos hombres soportarían a tu madre y nadie habría llevado a tu padre al generalato. Él estuvo en la academia, pero la que se ha ganado cada ascenso ha sido ella. Vamos a cenar, el régimen me pone de mal humor y ya tengo hambre.

Alberto repitió el discurso ante Sofía. Cambiaba la entonación a sugerencia de su esposa y cuando estuvo seguro de que el parlamento era bueno, se dejó caer en un sofá.

—Voy a dormir, Alberto. ¿No te acuestas?

—Todavía no, Sofía, no tengo sueño.

—No pensarás velar estrella en lugar de armas, Alberto. Duerme, descansa. Hasta mañana.

Sofía dormía plácidamente. Sintió unos ruidos en la entrada de su cuarto, alguien abría la puerta. Mafalda quería dormir con ella, pensó. Sonriendo, apartó el edredón. Aquella cama era grande, no le importaba compartirla con Mafalda.

—Sofía… Sofía… ¿estás despierta?

De un salto, Sofía se incorporó, algo sucedía, Alberto la llamaba. Encendió la luz.

—Sí, Alberto. ¿Qué sucede?

—¿Te importa que duerma contigo? No soporto estar solo en mi habitación, So. Estoy nervioso.

Los calvarios pueden ser eternos, las penas inmortales. Sofía Llorente se hizo a un lado, se colocó en un extremo de la cama y deseó buen sueño a su marido. Alberto Mendoza se acurrucó contra su mujer y le pasó un brazo por la cintura.

—Buenas noches, Sofía. Gracias.

Sofía se había puesto rígida. No sabía cómo reaccionar si él intentaba tocarla. Relajó el cuerpo cuando la respiración de su marido se hizo acompasada. Dormía. Hacía más de quince años que no dormían juntos. Sofía le había pedido alguna noche que la abrazase y la respuesta era contundente.

Para el alma de Sofía.

«No seas nenaza, no seas ridícula, Sofía...»

Aquella madrugada, ella velaría armas, ella velaría al guerrero de la historia. Siempre lo había hecho.

Mafalda sintió un sonido extraño. Miró el reloj de la mesilla de noche y se desperezó. Era la hora. Sería un día muy largo. Algo la había despertado. No sabía qué, seguro que algún sueño. De pronto, el sonido invadió su cuerpo, su cerebro... Una corneta y un tambor. Era imposible, los nervios la hacían oír una corneta y un tambor. Toque de diana. Una y otra vez alguien tocaba una corneta y daba golpes a un tambor. Abrió las contraventanas y se asomó al balcón. Castaño soplaba a toda mecha la corneta y Alicia Solares, en pijama de franela y cubierta por una capa militar, daba golpes a un tambor. Toque de diana una y otra vez. Se abrieron otros balcones, Santiago Llorente se reía en el porche, Sofía desde una ventana, Enriqueta insultaba, gritaba que la matarían de un infarto, Alberto sonrió y Carlota del Hierro exigía sosiego desde otro ventanal. La marquesa, con la cabeza llena de rulos, pedía un poco de paz para poder arreglarse. Pero Castaño y Alicia continuaban con el toque de diana. Cuando se cansaron, Alicia se despidió al grito de:

—¡Viva la vida! ¡Viva el general Mendoza del Toro y la generala consorte! Vamos, Castaño, que no me dará tiempo a vestirme.

Un microbús esperaba. Los puntos subieron ordenadamente, correctamente vestidos y peinados, perfectamente perfumados. Sonrientes. Felices.

Llegaron al destino. Saludaban, sonreían. Todos se comportaron como se esperaba de ellos. Los puntos de los círculos, llegado el momento, cuando salen de su hábitat natural, saben guardar las formas. Alicia y Bienvenida no pronunciaban palabras malsonantes, Carlota del Hierro era una sonrisa con patas; los Pudientes parecían seres perfectamente normales. Todos se agruparon y formaron una falange frente al mundo exterior.

Mafalda caminó hacia un hombre que departía con otros militares.

—Hola, padrino.

—Hola, preciosa. Esa cara ¿a qué viene?

—A nada, padrino. Será el susto. Hoy me han despertado a toque de corneta, Alicia y Castaño han hecho esa gracia.

—¡Genial! Ali nunca cambiará. ¿Ella tocaba la corneta?

—¡Qué más da eso! No, ella el tambor.

—No has ido a verme, Mafalda. Yo no he querido ir. Puede que no te gustase.

—¡No! ¡Tú no puedes ir a verme!

—Algo me ha contado tu abuelo, nena. No debes tomar las cosas así. Creo que te avergüenzas de nosotros.

—No…

—Da igual, se te pasará; ahí viene tu madre.

—Yo voy a saludar a los Pudientes, padrino, luego te veo.

El hombre la miró caminar. No estaba contenta la niña. Se imaginó entrando en el colegio mayor vestido con uniforme de gala. Ni uno de los paletos que arrinconaban a su ahijada se atrevería a respirar. Aquéllos insultaban entre la masa; de uno en uno, eran cobardes.

—Sofía, ¿contenta? Estaba mirando a Mafalda, creo que un día de éstos iré a visitarla. Vestido de gala. Puede que lo haga.

—Sí, y gracias a ti estoy contenta. Te doy las gracias, de corazón, por todo. Por tantos años a mi lado, ayudándome. Gracias. Hoy culmina su carrera. Y lo de Mafalda ni se te ocurra.

—Personalmente, creo que esa estrella, ese fajín, son tuyos, Sofía. Me habría gustado ponértelos a ti. Por unos años no lo has logrado, habrías sido un buen general, hija. Esperaba que Mafalda siguiese la carrera, pero veo que no le gustamos demasiado.

Sofía besó al hombre y acarició sus divisas, tres estrellas de cuatro puntas entre dos sables, sobre ellas, la corona.

—Éstas también las habrías conseguido, Sofía. Sin dudarlo.

—A Mafalda dale tiempo. Un poco de tiempo. No es fácil tener una familia como la nuestra; antes nos temían, ahora nos desprecian. Ella sí sería un buen oficial.

Interrumpieron la conversación Clotilde y Matilde, acompañadas de Juan y Fernando, llegaron junto al militar y lo abrazaron.

Juan saludó a Sofía con un beso. Fernando le sonrió y le tocó el pelo.

—Pareces un infante de marina, So.

—Eso sí que no me gustaría, Fernando.

El teniente general miró a Sofía. Y después a Fernando. Sofía y Fernando, toda una historia.

—Siervo del Señor, te veo muy bien. Continúas en forma. Se nota que haces ejercicio. Claro que el ejército imprime carácter, una pena, Fernandito, una gran pérdida lo tuyo. Te quedaste en tres estrellas y no de coronel. Nunca entendí el abandono.

—La vida, mi general, la vida. Un capitán que prefirió otro ejército. Lo de Juan es peor y a él no le dices nada.

—Éste es un caso perdido, Fernando.

—Siempre que nos reunimos es la misma historia. Vosotros matáis y yo cuento cómo lo hacéis, para intentar enseñaros vuestros destrozos, el mal que provocáis.

—Perdí a dos hermanos en una guerra fratricida. Mis hermanos estaban frente a frente en el campo de batalla. No necesito que me lo recuerdes. Ahora se habla de niños soldados. ¿Qué piensas que eran ellos? Niños, en los dos bandos había niños. Entré en la academia pensando que desde adentro podría cambiar algo. Poco pude, pero no me arrepiento de nada. Si crees que enseñando los cadáveres destrozados terminarás con las guerras, yo te aplaudo. La guerra es el peor de los pecados, si es que ese concepto existe. El acto debe de comenzar y no es día de tristezas. Vamos.

Camino de la tribuna, Juan atosigaba a Sofía.

—No entiendo lo que te pasa.

—Eres corto, ha de ser eso.

—No quieres hablarme, no respondes a mis llamadas de teléfono, Sofía.

Sofía Llorente paró en seco, buscó en su bolso un abanico y mientras lo hacía, respondía a Juan. En su rostro, una sonrisa, los dientes haciendo de frontera entre el mundo y sus palabras.

—Yo soy amiga tuya, Juan. Eso creía al menos. Y tú me has mentido, utilizado y engañado. El día que uses los huevos para algo más que hacer bulto en el pantalón, el día que asumas que una esposa es una esposa y un amigo algo diferente, el día que no te escondas para llamarme, ese día reconoceré en ti al amigo y al militar. Hasta entonces, eres un sujeto sin huevos que pasea por mi calle, coronel. Yo no admito llamadas de alguien que, en cuanto ve a su mujer entrar, disimula y hace como que habla con un periódico. Yo no tengo nada que esconder, puede que tú sí. Discúlpame, hoy le ponen la estrella de general a mi marido y debo estar a su lado. Hoy más que nunca.

Claudio Pudientes hablaba con el teniente general y al pasar a su lado, Sofía escuchó las palabras del chico.

—Adolfo, sólo quiero decirte que me parece muy bien lo vuestro, pero yo no voy a ser militar, soy cantante. Mi madre me envía a Estados Unidos, pero yo me escaparé. Así que tú, vuecencia o excelencia o como se diga, no vuelvas a decirme eso de que me aliste. De lo vuestro, sólo me gusta la ropa que mola mazo y a mí me sienta que te cagas, pero nada más. Puede que cante vestido de general, eso sí. Oye, ¿hoy tocan la de «ya viene el pájaro»?

—¿Cómo dices, Claudio? ¿La Marcha de Infantes? Sí, claro. Cuando entro yo, por supuesto.

—¡Ésa mola la leche! Estoy componiendo una canción y le meto parte de la música de la marcha esa. Lo del pájaro es por ti, ¿no?

Sofía contuvo la carcajada; la cara del militar era de pasmo completo cuando acudió a reunirse con sus compañeros sin responder a Claudio.

Comenzó el acto, la banda tocó la Marcha de Infantes al entrar el capitán general. Tres ministros, diecinueve generales y autoridades autonómicas a granel acudieron al acto.

Se leyó la orden de ascenso, el padrino del nuevo general colocó en su cintura el fajín rojo, en el costado derecho pendían dos borlas doradas. Se leyeron discursos y, entre vivas a la patria, al nuevo general y a todo lo que marcialmente se pueda gritar, terminó el día.

De los ministros se había ocupado Alicia. Las autoridades autonómicas iban a cualquier acto en el que la prensa estuviese. De los generales y compañeros de Alberto, se había encargado Sofía. Nunca perdía el contacto con nadie, se encargaba de las relaciones exteriores cual purpurado vaticano. A unos les gustaba la rudeza de Sofía, a otros su sonrisa, a otros su firmeza. De cualquier cualidad o defecto, lograba sacar partido a mayor gloria de su causa. No de la propia: para ella, el círculo, todos y cada uno de sus miembros eran muros de contención que la ayudaban en el logro de sus fines. La familia, los amigos eran el apoyo de Sofía. El mundo exterior le era extraño, que no ajeno.

Utilizaba el círculo cual escudo protector de las obras a las que dedicaba su vida. Conocía la necesidad de una buena defensa previa al ataque. Sabía de la importancia de la armadura antes de entrar en combate. Ciertos ideales chocaban con los intereses de todos los bandos sociales, y ante eso, Sofía se blindaba con sus amigos de cualquier tendencia. No era la letrada una loca lanzada a la lucha sin cuartel, no era una revolucionaria al uso de las leyendas. De tener que compararla con alguien, Sofía era Maquiavelo. En estado puro y apoyada en una mirada franca, en un cabello que movía a voluntad y en una sonrisa que enmarcaba la fiereza cuando convenía hacerlo. Superaba resistencias, multiplicaba su energía a fuerza de utilizar a otros cual palanca. Arquímedes tenía en ella buen discípulo. Galileo no era ajeno a su existencia. Cuando alguien se le enfrentaba, cuando algo frenaba su causa, la que fuere y querían hacerla abjurar de sus creencias, Sofía murmuraba: «Y sin embargo se mueve». Y continuaba peleando, ajena a quien se opusiese a su propósito.

Su hija se resistía con fuerza a la palanca que tenía por madre y de ahí surgían tremendos enfrentamientos. Hay fuerzas, empujes que agotan aunque nos protejan o ayuden.

Mafalda regresó al colegio mayor y al día siguiente de su llegada, tuvo que hacer frente a una de las pruebas que temía. Clotilde y Matilde del Hierro comenzaron a concursar en *¿Cuánta cultura tiene usted?* Para mayor desgracia, el mismo día concursaba uno de los chicos de su colegio. Un sujeto despreciable a ojos de la joven.

Y a los míos. El gilipichi, el estudiante más pretencioso de la residencia, hacía mofas de quienes no seguían sus doctrinas, enseñanzas que se cuidaba en impartir a cualquier precio. Si era necesaria la humillación, no lo dudaba. En los cinefórum del colegio, en los coloquios de las conferencias, en cualquier acto público, el chaval intervenía. Eran sus frases favoritas: «Yo pienso, yo creo»…, «Como diría Freud»…, «Ya hablaba Jung de»… Tomeu Casi Cola era el perfecto mamón que todos hemos conocido en nuestra época de universidad o instituto. Admirador del cine chino o japonés en la misma medida que antaño otros Tomeu lo eran de *Cuerno de cabra,* película de referencia en otros tiempos, película que si no te gustaba, te dejaba relegado de inmediato a la condición de anormal social y burgués decadente. A mí, *Cuerno de cabra* me aburrió, etiquétenme.

Recitaba Tomeu un haiku como quien tiene ambrosía en los labios: con fruición. Despreciaba la poesía castellana con la misma fuerza que adoraba los poemas japoneses. Haiku y poemas arabigoandaluces tienen un nexo de unión que los Tomeus modernos no conocen.

A la hora del concurso, Mafalda estaba en su habitación, pesarosa y aburrida. Tomeu terminaría con sus tías en un asalto. Era el finalista del anterior programa y había elegido tema. Astronomía. Acompañado por una secuaz de sus delirios culturales, el integrista de la modernidad y la cultura acudió al programa. Mafalda salió de su cuarto y con paso cansino se dirigió al salón. La peña de Tomeu se apiñaba ante el televisor. Comenzó el programa y Mafalda se tranquilizó pensando que nadie sabría que eran sus tías. La imagen mostraba a un Tomeu desgarbado, con perilla de chivo, gafas de alambre fino y una gran cinta de colores sujetando unos pelos revueltos. Aparentemente, el peinado era casual, pero no: cada mañana se peleaba con la laca, el peine y el secador durante media hora. Cosas de la metrosexualidad progresista, que existe. A su lado, la chica vestía una minicamiseta de tirantes y un pantalón de cadera. Resumiendo: pechos y tripa al descubierto, las intelectuales de hoy en día van así.

Hizo el presentador las alusiones necesarias a la juventud de los concursantes y a su gran sapiencia y acto seguido, la imagen mostró a las hermanas Del Hierro. Clotilde y Matilde, vestidas con camisas blancas, idénticas, con sus collares de perlas y un camafeo cerrando las blusas, tenían pinta de pánfilas, pensó Mafalda. *Arsénico por compasión*, a eso le recordaban. Las carcajadas llenaron la sala y los comentarios el aire.

—¡Dos viejas! ¡Y de provincias! Las han dejado ir por caridad, me ha dicho Tomeu que a los productores les hizo gracia sacar a unas ancianas.

Esa frase fue la más suave. Mafalda estaba a punto de irse y continuar su exilio interior, cuando el presentador preguntaba algo a las hermanas.

—Nosotras somos de Asturias y estamos muy contentas de estar aquí, gracias por acogernos de manera tan amable. —Clotilde saludó a la cámara con la mano.

—Queremos saludar a nuestra familia que estará viéndonos y especialmente a nuestra sobrina nieta, Mafalda, que reside en esta tierra. Cursa sus estudios aquí este año.

Matilde saludó con un «hola, Mafalda».

La nombrada supo que sus días habían llegado a su fin. Las miradas de la peña de Tomeu se centraron en ella. Una chica se rió, musitando algo que nuestra autocondenada a muerte no logró escuchar.

La cámara mostraba en aquel momento la cara de sorna de Tomeu. El presentador parecía estar encantado con las ancianas y les preguntaba sin parar.

—¡Tienen una sobrina con nombre de dibujo argentino, es genial!

Clotilde y Matilde se miraron. Respondió Clotilde.

—No, señor, creo que se ha confundido. Nuestra Mafalda se llama así por una princesa portuguesa que de alguna manera entronca con el reino de Asturias.

—Al igual que lo hace con el condado de Barcelona, Clotilde, no hemos de olvidar esto.

El presentador, nacionalista convencido y apellidado Pérez, pero de nombre Antoni, torció el gesto.

—No me dirán ustedes, queridas señoras, que Mafalda es un nombre catalán. Y no veo relación entre el reino de Cataluña y Asturias. Eso no lo *dijistes* tú nunca, Tomeu. Nunca se te ha ocurrido algo tan gracioso…

—En absoluto ni siquiera portugués, señor. En todo caso, ha de ser italiano o francés. ¿Es así, Matilde?

—Cierto, Clotilde. Y relación entre el reino de Asturias y el de Cataluña no ha de haber: Asturias era reino y Cataluña condado, señor. Pero sí existe relación entre el condado y el reino que citamos: una asturiana, una hija o nieta de Jimena, ahora no puedo precisar el dato, se casó con uno de los condes, y por cierto, otra Mafalda matrimonió con esa casa hacia el mil ciento sesenta, creo recordar.

El presentador no supo qué responder y dio paso a las preguntas. Las viejas le caían mal. Desde aquel momento las putearía, decidió Pérez, Antoni.

—¿Cómo se llamaban las construcciones desde las que los antiguos babilonios observaban las estrellas?

—¡Zigurat!

Y así, respondió Tomeu Casi Cola tres preguntas, hasta que el presentador dio por inválida la cuarta y pasó el rebote a las hermanas. Tomeu y su amiga sonreían, se habían equivocado sin querer en una pregunta sencilla, las viejas les devolverían una nueva pregunta rápidamente.

—Repito la pregunta: nombre de una gran mujer griega considerada una de las primeras astrónomas de la historia.

—Hypatia…

Respondieron pregunta tras pregunta las Del Hierro, ante el pasmo, el fastidio y la mala baba de Tomeu y Pérez. El presentador deslizó la mano hacia una ficha que le venía bien en los momentos de apuro, cuando quería ponérselo crudo a un concursante.

—Bien. Ahora la última pregunta relacionada con la historia de la astronomía. Para ustedes, señoras. ¿Sabrían decirme el nombre de uno de los reyes sumerios bajo cuyo mandato se construyó un zigurat y la ciudad en donde *le* hizo? ¡Tiempo!

—¿Sólo uno? Dilo tú Matilde…

—Ur-Shulgi, rey de la V dinastía de Ur, ahí lo construyó.

Y podríamos citar a Ur-Nanshe. Primer rey de la ciudad sumeria de Lagash, claro que no estamos seguras de que construyese un zigurat, pero como todos lo hacían…

—Bien, bien, no es necesario más de un nombre. La respuesta es correcta. Ahora pasemos a las preguntas generales. Turno para los jóvenes. Pregunta de poesía, pero relacionada con la astronomía. ¡Nombre de poeta sufí que a su vez era astrónomo!

—¡Rumi! Yalal ud-Din Rumi.

—¡Correcto! Tomeu, aún podéis estar la semana que viene como ganadores. Siguiente pregunta.

En ese momento Clotilde y Matilde elevaron a la vez la mano derecha.

—Perdón, pero ése no es el nombre. No es correcto, no.

—Matilde, por favor, lo pone aquí…

—Clotilde, yo soy Clotilde. Y no es correcto, da igual que lo ponga ahí. El nombre no es ése. No ha de negarse a Rumi su corpus poético ni su metodología extatogénica en la Mawlawiya ni su relación con los derviches, eso no. Pero no es el poeta sufí por el que usted ha preguntado.

—¿Quieren saber más que nuestro juez?

—Nosotras no queremos saber más que nadie, pero no es el nombre. ¡Protestamos!

—A ver, digan el nombre de una vez, el que ustedes dicen, ¡pero no servirá, no será valido!

—Es Omar Khayyam, ése es el nombre. Su *Tratado sobre demostraciones de problemas de álgebra* es muy conocido y sus trabajos astronómicos, por encargo de Malik Shah, muy famosos, por la elaboración de tablas astronómicas y su reforma del calendario. ¿Verdad, Clotilde?

—Por supuesto, Matilde.

Desde hacía unos minutos, un programa —supuestamente— cultural era líder en audiencia. El presentador se desesperaba, perdía el control y dos ancianas le rebatían cualquier cosa que el hombre dijese. Los móviles enviaban mensajes y medio país veía el espectáculo en directo.

En aquel momento, Mafalda era la viva imagen de su madre: la cabeza alta, mirando al frente, al televisor, pero sin perder ripio de las miradas de sus compañeros (entiendan que es por llamarlos de alguna manera). Estaba disfrutando. Sus tías le daban su merecido a Tomeu y al cretino del presentador.

—¡Da igual lo que digan! El nombre que trae la tarjeta es ése y es el válido. ¡No quieran darnos lecciones!

—Joven, no se altere. Y sí que debería recibir usted lecciones. No ha dejado de cometer incorrecciones gramaticales desde que hemos llegado. *Vinistes, dijistes*, le en lugar de lo… Y a esto lo llaman cultural. Vámonos, Clotilde. —Matilde miró directamente a una cámara mientras decía—: Carlota querida, habrás visto que nosotras no somos las culpables de estos sucesos.

Y sin que el presentador pudiese preguntar quién era Carlota, las ancianas abandonaron el estudio. El público presente no necesitó de cartel indicador alguno. Aplaudieron la salida, y ellas, cual reinas, saludaban.

En casa de los Llorente, la afición aplaudía a rabiar. En el colegio mayor, Mafalda se disponía a abandonar el salón. Uno de los peludos–gafudos dio un codazo a una anoréxica por afición, demostró la chica la misma *idioticia* que se imponía en ella por querer entrar en una talla treinta y seis y preguntó a Mafalda:

—Oye, ¿ésas son tus tías? ¿A qué se dedican?

—Sí, son mis tías. Y después de varios meses aquí, sabrás cómo me llamo. No soy oye… Están retiradas, se dedican a estudiar.

El gafudo se armó de valor y realizó la siguiente pregunta.

—¿Retiradas de qué? ¿Y qué estudian?

—Eran funcionarias. La última vez que estuve con ellas estudiaban las placas tectónicas, sus movimientos. Traducían un trabajo de Alfred Wegner e intentaban saber si la explicación sobre la forma en que se separaron los continentes es cierta tal como nos la han explicado. Eso estudian ahora.

—Ya, a esa edad. ¡Y tu padre es marqués, no me digas más!

Volvió el tipo la vista hacia el grupo y el grupo, la masa, se rió. La masa es así de faltosa...

—No, marquesa es mi abuela. Mi padre es general. Como mi abuelo.

Mafalda se había puesto de pie, el miedo se iba rápido. Lo sentía deslizarse fuera de su cuerpo. Cuando uno se enfrenta a la verdad, sucede eso.

—¡Sí, hombre, faltaba más! Y mi padre es capitán general.

—Si es el rey, puede...

—¡Bueno, pues es teniente general!

—¿Sí? Como mi padrino, seguro que se conocen. ¿Alguna cosa más o ya puedo retirarme? Sois aburridos, de veras que lo sois. Hace meses que estoy aquí, entre vosotros. Y hoy, solamente hoy, me habláis para mofaros. Dais pena. Tanto presumir de sabios, de cultos y termináis derrotados por dos ancianas. Patético. Tardes y noches enteras jugando al Trivial con Tomeu para terminar así. Dais para el Trivial, para poco más. Eso no es cultura, es un juego. Buenas noches.

La masa borreguil no aceptó en ningún momento sus equivocaciones, por el contrario, no creyeron ni una sola palabra sobre abuela, padre, abuelo o padrino. Lo que da miedo, si se ignora, da menos pavor. Esa tarde, Mafalda entendió lo mala que era la envidia, comprendió que quien no entiende lo distinto, lo diferente, se disfraza de apariencia e ideología barata. Aquéllos se vestían de camisetas a rayas, de marcas caras con aspecto desarrapado, si no se avergonzaban de ellos mismos, menos iba a hacerlo ella de su gente. La apariencia no da conocimiento ni sabiduría, pensaba Mafalda. A nadie.

Las hermanas Del Hierro visitaron a Mafalda. Se quedarían unos días más en Barcelona. Sofía llegaba al día siguiente y ellas la acompañarían. Las habían llamado de varios programas y como no tenían mejor cosa que hacer, acudirían. Carlota del Hierro las había telefoneado enfadada, quería que regresasen de inmediato. Ellas no pensaban hacerle caso.

Farid acompañó a Sofía, llegaron el día antes de la entrega del premio. Madre, hija, ancianas y Farid paseaban por el colegio mayor ante la mirada chulesca de Tomeu y cía.

—Nosotras mañana no podremos acompañarte, So. Tenemos dos programas de televisión. Pero con Farid estarás bien.

Sofía asentía con la cabeza. Iría con Farid, pero le habría gustado que alguien más la acompañase, siempre era Farid su pareja en cualquier acto que no tuviese que ver con actividades de Alberto.

Amaneció un día de lluvia y Sofía paseaba por Barcelona sola. Su hija tenía clase y Farid hacía unas compras. Sus tías estaban en un programa matinal de televisión. Al mediodía se encaminó al colegio de Mafalda, se reunirían todos allí y comerían juntos. Sonrió al ver pasar junto a ella un coche como el de Alicia. Esa misma mañana había recibido un ramo de rosas de su amiga. Bienvenida y Magdalena le enviaron otro. Tan sola no estaba, pensó Sofía. Hasta su marido la había llamado, («ánimo, Sofía, tú puedes con esto y con más»), eso pensaban todos, en la fortaleza, en la suya. A nadie se le ocurría pensar en sus miedos, en sus ansias.

En su libro, en los cuentos, había puesto una dirección de mail. De vez en cuando recibía alguno, de mujeres y de hombres. Los hombres solían quejarse de sus opiniones sobre ellos, de cómo los retrataba. Los mails de mujeres eran diferentes: le contaban historias que superaban con mucho lo que ella retrataba. Incluso, la mayoría sobrepasaba su propia situación personal. Casi todas tenían una cosa en común: eran mujeres trabajadoras y estaban solas. Casadas o viviendo en pareja, pero todas decían estar solas.

Pensando en esos mails, en lo distintos que hombres y mujeres eran, Sofía entró en el colegio.

—Hola, So. Estás muy guapa, pero esa mirada tan triste…
Desamparo, tienes escrito en las pupilas…

Sofía miró al hombre que le hablaba. La lluvia no evitaba la claridad en el cielo y al entrar en el colegio apenas veía en la oscuridad. Frente a ella, un hombre con barba y bigote, alto. Vestido con tejanos y una americana. Mafalda estaba junto a él.

—¡Fernando! ¿Qué haces aquí?

—¿Tú qué crees, Sofía? Vengo a por el premio, contigo. Seas ganadora o finalista, vengo a por lo que nos den, preciosa.

Se abrazaron y Sofía rompió rápidamente el abrazo. Aquello la asustaba más que lo del premio. Varios chicos, sentados en unos sillones, hacían ademán de leer los periódicos. Disimulaban mal, los estaban mirando a ellos. De las sombras salió otra voz.

—Yo también he venido, he dicho en casa que tenía que trabajar aquí, Sofía. Pero he venido.

Juan Balboa miraba a Sofía y la abrazó. Ella sonreía. Juan era un merluzo, pero aun así lo quería.

Los chicos eran cada vez más. Sobresalía sobre todos uno con los pelos espantados al aire, unas gafitas muy ridículas y un turbante de colores sujetando la pelambre, los dientes salían casi de la boca. Tomeu Casi Cola capitaneaba la tropa de lerdos. Cuando le contaron lo que Mafalda había dicho la tarde anterior, Tomeu, cual comisario político, tipo al que se retrata en *Doctor Zhivago*, había susurrado: «Se veía que era de una familia de fascistas…».

Tomeu era un zoquete total, como cualquier comisario político del signo que sea. Con el pelo más corto, Tomeu Casi Cola habría sido el protagonista de una película de la resistencia francesa. Por supuesto, él pertenecería a las SS.

Llegaron las hermanas Del Hierro y saludaron a todo el mundo, incluido Tomeu, que respondió con un gruñido.

—Creo que podemos irnos ya, Farid nos espera en el restaurante. Llamaré, no tendremos mesa para todos.

—Ya me he ocupado yo, mamá.

Un coche aparcó a la entrada del colegio. Un coche oscuro

y grande. Tomeu y cía. estiraron el cuello. Una bota militar se dejó ver cuando un hombre descendía.

—¡Hola, Sofía! Me han engañado, estaba invitado a unas maniobras militares en Las Bardenas y me han traído aquí. Pero me alegro. Hola, Mafalda, hija. Tías, Fernando, Juan. ¿Falta alguien más?

Alberto Mendoza, en todo su esplendor militar, lucía ropa de camuflaje y de esa guisa imponía. Mafalda miraba de reojo al grupo de Tomeu. Ella no esperaba por su padre, pero disfrutaba viendo la cara de sus acosadores. La indiferencia es acoso, no lo duden.

—¡Falto yo!

—Hola, padrino.

—Hola, Mafalda, hija. Espero que estés contenta, preciosa.

—Mucho, padrino, no sabes cuánto.

Mafalda miró fijamente al chico que la tarde anterior le había dicho que su padre era capitán general. El chaval se escondía tras la chulina de la talla treinta y seis.

—¡Abajo el ejército, panda cabrones!

—Hola, Claudio. Deja de gritar idioteces, por favor.

—Porque tú lo digas, Alberto. A mí no me puedes hacer nada, que me meto a prófugo.

Mafalda abrazó a Claudio. Como ven, todos se abrazaban y se querían aquel mediodía. Un ruido ensordecedor rompió abrazos y diálogos.

—¡Llamando a Sofía Llorente, responde! ¡Aquí tus amigas! ¡Eres tonta si creíste que te dejaríamos sola!

Un Hummer estaba aparcado junto al coche de Alberto Mendoza. Alicia, Enriqueta, Bienvenida y Magdalena la saludaban. Sofía sintió ganas de llorar, su padre y su madre atravesaban la puerta en aquel momento. Lloró. Castaño saludaba y Jesús Pudientes reñía con Claudio.

—¡Deja salir a tus hermanos! Ábreles o te acordarás de mí, se lo diré a Castaño, Claudio.

Claudio salió a la calle y abrió el maletón de otro coche negro, el del ministro; salieron Carmen y Carlos Pudientes que se lanzaron a golpear a su hermano. Los amigos de Tomeu no hablaban. Aquella gente era rara, parecían extras de una película. Gritaban, reñían unos con otros y se vestían de militares. Las viejas discutían con otra mujer un poco menos vieja pero que se les parecía. Mafalda hablaba con un viejo y con otro tío. Los señalaba con la cabeza. Se dirigían hacia ellos cuando un vozarrón, un timbre de voz nuevo se dejó oír.

—¡*Bones tardes! ¡Puxa Asturies! ¡Ja sóc aquí!*

Y todos abrazaron a Xabel. Ya saben ustedes que en este círculo se pasa del amor al odio y viceversa con una gran facilidad.

Abandonaron los astures el colegio entre gritos y estruendosa algarabía, como le corresponde a tan magnífica estirpe. Mafalda se dirigió a Tomeu.

—Mi abuelo quiere saludarte, Tomeu.

—Sí, ya, yo…

—¿Tú te apellidas Casi Cola?

—Sí.

El chico dijo un sí a medio camino entre el miedo y la chulería.

—Me alegro de conocerte, Tomeu. Supongo que serás nieto de Tomeu Casi Pena.

—Sí…

—Saludas a tu abuelo de mi parte: espero que sus ánimos estén menos exaltados que hace años, Tomeu. Un buen hombre pero demasiado exaltado. Recuerdo cómo sus compañeros de la Falange tuvieron que pedirle menos afecto hacia el dictador. Lo admiraba como a un dios y al fin era un hombre. Y cruel, el dictador lo era. Me dice mi nieta que tú eres todo lo contrario a tu abuelo. Cuidado, los extremos se tocan, Tomeu. Encantado de conocerte. Vamos, Castaño.

Tomeu Casi Cola sintió cómo se le iba la vida. Sus compinches lo miraban con caras de extrañeza. Nuestro Tomeu se había forjado una leyenda vital que incluía tres generaciones de luchadores antifranquistas, persecuciones y cárcel. Tomeu no decía una mentira completa. Obviaba que era su familia la inquisidora, los que encarcelaban y ajusticiaban. Se olvidó Tomeu de contar que, si en España la transición no hubiese sido tan generosa, su abuelo y algún pariente habrían sido conducidos a un tribunal, acusados de crímenes contra la humanidad. Mafalda salió del colegio enganchada de Carlos Pudientes, ante la mirada devoradora de las tallas treinta y seis, que eran casi todas. Nuestra chica usaba la cuarenta y en ocasiones la cuarenta y dos.

Pasaron la comida discutiendo en dónde cenarían. Ya saben que estos seres van de comida en comida. Alberto manifestaba sin parar que no quería ir con Sofía a la reunión de extravagantes, y Carlota, siempre en su línea de no enterarse de nada, sugirió que la acompañase Fernando. Juan miraba a Carlota con odio y dirigía miradas de desprecio hacia Alberto. Él, al parecer, no se veía. Alicia dejó escapar una carcajada y entre dientes, unas palabras que pocos entendieron.

—¡Eso, que ensayen la novela del premio! ¡Muy bien, a ensayar otra novela!

Enriqueta pegó un pisotón a la magistrada, que dejó escapar un improperio.

Comieron, unos durmieron la siesta, otros se fueron de compras y a las nueve de la noche, todos esperaban a Sofía en uno de los salones del hotel. Fernando llegó el último.

—Perdón, he tenido que comprarme algo de ropa. No me parecía adecuado ir en tejanos, Sofía. Tú estás muy guapa.

Enriqueta Llorente sufría. Ella quería ensayar la novela con aquel hombre. Y Magdalena y Bienvenida e incluso Alicia. Ante ellas, Fernando, vestido con una camisa azul, con una americana y un pantalón impecables, parecía más un modelo publicitario que un cura.

—Cuídamela bien, Fernando. Que si gana nos da de comer a todos.

—No sabes tú cómo te la puede cuidar de bien, gilipollas... —Alicia respondía en voz muy baja al comentario de Alberto.

Enriqueta la escuchó y volvió a darle un golpe.

Y así, entre comentarios absurdos por parte de casi todos, y que este relator no puede achacar a los nervios si no a que son como son estos puntos, partieron Fernando y Sofía en busca de lo desconocido.

—¿Nerviosa?

—No, nerviosa no. Tengo ganas de regresar. Que pase todo, Fernando. Sabes que la gente me da miedo, lo disimulo pero la gente me da pavor.

—Yo sé que te dan miedo, Sofía. No te apures. Seré tu sombra.

Un restaurante, en la parte alta de la ciudad, era el lugar de la cita. A la puerta, Sofía entregó las invitaciones y entraron en una sala llena de gente.

—Ahora, ¿qué hacemos, Fernando?

—Supongo que alguien de la organización tendrá que saber que estás aquí.

La gente hablaba sin parar, debían de conocerse todos. Sofía reconoció a dos o tres de los agentes literarios que la habían rechazado. Se lo comentaba a Fernando cuando él señaló hacia una mujer con el pelo muy corto.

—Parece que esta chica pertenece a la editorial, Sofía. Vamos a preguntarle.

Se dirigieron hacia la mujer. Vestía como un samurái. Falda negra, ancha en los bajos y una blusa blanca parecida a la de los guerreros japoneses. El pelo cortado al dos y con joyas muy modernas. Sofía pensó que todos iban igual. Los hombres de negro, pelo muy corto y con barbas de chivos. Ellas de blanco y negro, con modelos orientales. Se olvidó de la moda intelectual y siguió a Fernando.

—Hola, buenas noches, ¿tú trabajas para la editorial que otorga el premio?

—Sí, ¿por qué? —El tono era pura agresividad. Fernando no se dio por enterado.

—Te presento a Sofía Llorente, es una de los finalistas.

—Ah, muy bien. Podéis tomar lo que queráis, es barra libre.

Sofía y Fernando se miraron. La mujer no debía de haber entendido bien.

—Ya, pero yo ¿qué tengo que hacer?

—¿Hacer, de qué?

—No sé, supongo que los finalistas se colocarán en algún sitio, nunca he sido finalista de nada…

—Se nota… Perdona, tengo que irme, podéis tomar lo que queráis. Es gratis.

Sofía estaba comenzando a sentirse mal. Mareada y con los ojos llenos de gente queriendo entrar en su cabeza. Alicia Solares habría dicho que estaba padeciendo un ataque de mala hostia. Situación tremendamente peligrosa en nuestra protagonista. En ella, el lado oscuro no tenía barreras.

La vestida de samurái se disponía a dar media vuelta. Una fuerza, el lado oscuro de Sofía, se lo impidió.

—¡No, no te perdono! Yo no he venido aquí a beber. Me han enviado esta carta, aquí dice que soy finalista de este premio y me han enviado esta invitación. Supongo que no es para beber. Por cierto, ¿de qué lugar de Asturias eres tú?

La moderna intelectual quedó parada, quieta, inmóvil y con la vista fija en Sofía.

La gente había dejado de hablar alto en el mismo momento en que Sofía se dirigía a la mujer.

—No soy asturiana…

—Sí eres asturiana y tienes mezcla de acentos.

—Mi padre era de Asturias, yo no. Voy de vacaciones.

—Es raro, ese acento no se pega en un mes ni dos. Diría

que es de la cuenca minera del Caudal. Pero también del oriente. De Llanes…

La mujer se estaba descomponiendo, pero Sofía no se percataba, se centraba en saber de qué lugar era y por qué no quería decirlo. Fernando sonreía.

—Sí, de Llanes y de la cuenca del río Turón. De ahí eres, hablas con ese deje.

—¡De ahí era mi padre! ¡Yo soy catalana!

—Siento que tu padre haya fallecido…

—¡Mi padre no está muerto!

—Pues si no lo está, *es,* no *era.* Se es de un lugar, nunca se deja de ser del lugar donde has nacido. No entiendo esa obcecación en negar que eres asturiana.

Un hombre escuchaba la conversación desde hacía rato. Se divertía. Sabía quién era la mujer empeñada en conocer el lugar de procedencia de la chica. Alguien le había hablado de ella y había leído sus dos libros. Era extraño que el marido fuese tan joven. Parecía un general de película. No pudo evitar intervenir.

—Señora Llorente, veo que se asemeja usted al profesor Henry Higgins. ¿Conoce los dejes de todas las regiones de España?

—No, los asturianos casi todos. ¿Cómo sabe quién soy?

—Sigo su trayectoria literaria, señora. Sabino Nestares, editor. Un placer saludarla. Ana, ¿no vas a decirle a la señora de dónde eres?

La mujer samurái había perdido chulería, prestancia y recuperaba cierta educación.

—Mi padre nació en Turón y veraneamos en Llanes…

—Sí, eso es lo que pensé. Uno de mis abuelos es oriundo de Turón. Seguro que conozco a tu familia.

Fernando apretó la mano de Sofía y, en ese momento, ella se dio cuenta de dónde venía su aplomo: hacía rato que Fernando la sujetaba. Con las manos entrelazadas.

—Seguro que la señorita tiene algo que hacer, Sofía. Ya nos ha indicado que podemos beber hasta caernos sin tener que abonar un duro. Déjala ir, Elisa…

—¿Elisa? —Ana, la mujer que renegaba de tierra y familia, no entendía. Sabino Nestares se divertía y no era habitual hacerlo en esas fiestas.

—Sofía es propensa al cambio de personalidad, tan pronto es una dama como una vendedora de flores en Londres, señorita. Puede ser mal hablada o una dama, según sea su estado de ánimo. Elisa Doolittle, a ella se parece.

Asintiendo con la cabeza, la chica se alejó. Otra mujer joven, con el pelo casi afeitado hasta la nuca y una coleta que le tocaba la cintura, se acercó a Sofía.

—Perdona, he escuchado la conversación. Soy otra de las finalistas. Te presento a mi madre. Me llamo Marina. Hace una hora que estamos aquí, no nos hace caso nadie.

—A mí me pasa lo mismo. Hola, soy Georgina. Soy finalista. Nadie me dice qué tengo que hacer, me han dicho que es barra libre. Es lo único que me han indicado.

Se saludaron todos y Sofía les presentó a Sabino Nestares. El hombre las miraba con pena. Aquellas mujeres no sabían en dónde se metían.

—Lo mejor será que esperemos a que desvelen el ganador. Después yo mismo les presentaré a la editora. Perdónenme un momento, el móvil. Sí, Alfredo, es Morena Montoya, la ganadora es ella. Claro que es seguro. Ayer mismo te lo avisé, Pretenciosa Menéndez me lo ha confirmado. Luego hablamos. Saludos.

Sofía continuaba con su mano en la de Fernando. Lo miró con cara de interrogación. Aquel hombre sabía el nombre del ganador, otra mujer. Y Pretenciosa Menéndez era su agente. El precontrato… No era posible. Georgina y Marina la miraron. Encogió los hombros y se dejó caer sobre el cuerpo de Fernando, reposó mientras los periodistas rodeaban a los miembros del jurado.

Un hombre abría un sobre y decía ante las cámaras y micrófonos:

—Este año la elección ha sido dura, muy dura. Hasta hace una hora no hemos sabido quién es el ganador, hemos tenido que votar varias veces esta misma tarde.

—Miente, está mintiendo…

—Por supuesto, señora Llorente. Es lo normal. Escuchemos.

Las tres finalistas repudiadas miraron a Sabino Nestares con cara de mala leche y asombro.

—El ganador de este año es… ¡Morena Montoya!

Aplaudieron los presentes y la ganadora acudió a los micrófonos a relatar la gran sorpresa que la embargaba, la emoción que sentía en aquel momento. No podía imaginárselo. Lo que no podía imaginar Sofía ni en sus novelas era aquella cantidad de hipocresía y cinismo entre los modernos, los intelectuales defensores de la integridad.

—¿La editora es aquella de la melenita, señor Nestares?

—La misma, Sofía.

—Voy a saludarla antes de irme, ¿queréis acompañarme?

Marina y Georgina asintieron. Se abrieron paso entre el gentío.

—Buenas noches, somos las finalistas, señora. Venimos a saludarla y a saber cuándo atenderemos a los medios de comunicación.

La editora miró de arriba abajo a Sofía Llorente. En su juventud había sido guapa, aquella noche era una mujer casi vieja queriendo parecer una adolescente de los años sesenta. Sofía le recordó a ella en otros tiempos.

—Me parece bien que sean las finalistas. La prensa atenderá a la ganadora. Nada más.

—A mí no me parece bien. Tres finalistas y una ganadora, todas mujeres: es una noticia en este tipo de certamen literario, ¿no le parece? Sobre todo a una feminista como usted que dice defender los derechos, la igualdad de la mujer. Esto es una noticia de primer orden, hoy se han saltado muchas barreras.

—Si me pareciese, no le diría que la prensa no las atenderá.

—He venido desde Asturias y mis amigas, mis nuevas amigas, supongo que habrán tenido que hacer esfuerzos para llegar esta noche aquí.

Asintieron las dos mujeres.

—Nadie les ha pedido a ustedes que viniesen. ¿Asturias?

Sofía Llorente abrió los labios en lo que parecía ser una sonrisa, tan sólo enseñó los dientes.

—Asturias está al norte, señora, la brújula marca esa dirección. Y allí, cuando se invita a alguien, se hace de corazón, con todas las consecuencias. No haber venido no es respuesta para quien presume ser hija de diplomático. Poco diploma, poca educación veo. No habernos invitado. Si le iban a dar el premio a Morena Montoya e ignorarnos a nosotras, no habernos invitado.

La editora, que tiempo atrás había perdido el norte, estaba perdiendo la paciencia.

—¡Los premios no se dan, se ganan!

—Eso pensaba yo. Pero comprenderá que cualquier editor conoce a sus escritores, los estilos no cambian de un libro a otro y usted ha editado seis libros a esa mujer. No es ninguna sorpresa. Y por cierto, deberían haberle enseñado en alguna de esas embajadas que la prensa no atiende a los escritores, nosotras, finalistas, nosotras, escritoras, atenderemos con sumo gusto a la prensa. Vamos, uno de esos redactores es de *La verdad es lema*, hablaremos con él. Beba lo que quiera, está usted en su casa, señora. Al parecer es barra libre. Y cómprese dos libros: un atlas de España y un manual de buenas maneras. Le hacen falta ambos.

Sabino Nestares preguntó a Fernando:

—¿Es siempre así? Es brava, ha de ser difícil para usted vivir con ella, general.

Fernando miraba a Sofía, estaba hablando con un periodista al que rápidamente se unieron varios compañeros. Las finalistas hablaban con la prensa ante la mirada de una mujer que perdía fuelle a la par que bebía un vodka de un trago. Sin pensar más que en la visión de Sofía y las otras mujeres, Fernando respondió de forma automática.

—Capitán, señor Nestares. Nunca pasé de ese rango. Y no es difícil vivir con ella, se calma a base de palabras, de caricias. Sufre desamparo perpetuo, la quieren poco.

Sabino Nestares miraba al hombre con asombro. El marido era general, él lo había leído en varios medios de comunicación. Ese hecho llamaba su atención, era extraño en un miembro del ejército una mujer así. Y ahora, decía que era capitán.

—Pensé que era usted general, Fernando. Su mujer lo contaba en una entrevista que he leído apenas hace una semana.

Fernando miró a Nestares. Decía que Sofía era su mujer, estaba entendiendo mal.

—Su marido es general, Sabino. Yo no soy su marido. Soy sacerdote. Entré en la academia, pero dejé el ejército cuando era capitán. Creo que es un malentendido. Soy su amigo.

Sabino Nestares escuchaba una novela, un culebrón radiofónico. Un cura acompañaba a la mujer, un cura la enganchaba de la mano. Él lo había visto. El marido era general y ella escribía una novela erótica de un voltaje que pocos hombres lograrían; nunca había leído algo semejante a lo escrito por Sofía Llorente. Y un cura hablaba de calmarla a base de caricias, de palabras. Amigo, decía. Nestares era hombre de mundo y católico, cosa que por definición no es posible, pero es, existe. Sofía regresó acompañada de sus dos nuevas amigas. Estaba satisfecha. Sintió su móvil vibrar en el bolso.

—Es Alicia. Hola, Ali. Un desastre, ya te contaremos. ¿Luz de Gas? Vale, dentro de una hora, sí. Esperamos aquí, un beso. Era Alicia, viene Castaño a buscarnos. Han cenado y quieren tomar una copa en Luz de Gas. ¿Os apetece venir con nosotros?

Las dos mujeres se despidieron, se intercambiaron los teléfonos, los correos electrónicos y Sofía las animaba.

—No importa lo de esta noche, llegaremos, sé que lograremos publicar. Si hemos llegado aquí sin ayuda, lograremos publicar, ya lo veréis.

Sabino miraba y escuchaba a la mujer. De reojo miraba al cura que no quitaba la vista de Sofía. Una telenovela, Nestares lo tuvo claro.

—Es muy animosa. Brava y animosa, Fernando.

—No lo crea. Brava sí, animosa no tanto. Esta mañana le he dicho que en sus ojos se lee la palabra desamparo. Es una huérfana de afectos, Sabino. Siempre anima a los demás, siempre sonríe. Pero a ella no la apoya nadie. Hace lo que quiere, que es una manera de escaparse, pero siempre sola.

Sofía se despidió de Georgina y Marina y se unió a Sabino y Fernando.

—¿Usted quiere venir, Sabino?

—¡Claro! No me perdería esto por nada del mundo, Sofía. Es decir, sí, quiero acompañarlos. ¿Llamo a un taxi?

—No, dentro de un rato vendrán a buscarnos.

—Quiero proponerle algo, Sofía. He leído sus dos libros. No me pregunte cómo he leído el de este certamen, no puedo decírselo. Mi propuesta no le gustará, ahora que la he conocido, sé que no le agradará, pero quiero que se lo piense. Edito libros de colecciones románticas, romances. Para un público muy amplio. No puedo editarle su libro, el finalista. La editora no me lo perdonaría y en este negocio procuramos no pisarnos. Es esencial. Sólo quiero que se lo piense. Pagamos muy bien y sé que el dinero no es problema para usted, pero piénselo.

Sofía lo estaba pensando y no le parecía buena idea.

—¿Cuándo tengo que responderle?

—Sin prisas, una semana, dos…

—Vale. Aquí está Farid. Vámonos, Jesús nos deja su coche. Alberto considera que dejarnos el suyo es un exceso, Fernando.

Un árabe de edad indefinida, vestido como en las películas, de chilaba y kefía, acaparó la atención de la concurrencia. El árabe avanzó hacia Sofía, que lo miraba con asombro. Al llegar a su altura, el hombre hizo un ceremonioso saludo con la mano y pronunció de forma muy sonora unas palabras que algunos entendieron y otros, días después, dijeron haber entendido.

—*Salam alaikum, Lal-la…*

Nestares veía, oía y casi no creía.

Salieron del salón entre el silencio y las miradas. Sofía, saludaba como una reina inclinando levemente la cabeza. El populacho tardaría años en olvidar la escena y entraría a formar parte de la leyenda de nuestra pobre infeliz. Castaño se inclinó cuando abría la puerta trasera a la par que daba un taconazo. Aguantó el dolor en los tobillos, se los golpeó con demasiada fuerza. La mujer que renegaba de su tierra, la apátrida, seguía la escena desde una ventana, todos los que pudieron acercarse a las ventanas, lo hicieron.

—Tiene un esclavo moro y un chófer nazi…

Y al día siguiente, los periódicos se hicieron eco de la extraña escritora a la que pocos o nadie conocían, que viajaba acompañada de un árabe, de un ario y de un hombre barbudo, elegante, que alguien dijo reconocer como un gran agente literario de Estados Unidos.

Al entrar en el coche, todos se rieron a carcajadas, menos Sabino Nestares, incapaz de comprender.

—¡Ha sido genial! ¡Sois estupendos! ¿Me has traído la ropa, Farid?

—Sí, *habibati*. Está en esa bolsa.

—Señor Nestares, ¿le importa mirar hacia otro lado? Voy a cambiarme, no quiero ir vestida de esta manera, prefiero unos tejanos y una blusa.

—So, podrías esperar a llegar y cambiarte en el baño.

—No seas cursi ni remilgado, Fernando. Al señor Nestares no le importa.

—Por supuesto, Sofía, no se incomode, cerraré los ojos durante el tiempo que sea necesario.

Sabino no penó por él. El cura tenía que sufrir. Aquella mujer era extraña, mucho.

—¿Usted es Sabino Nestares? ¡No puedo creerlo! ¡El editor de *Corazones desatados*! No puede ser, usted en el mismo coche que yo. No puedo creerlo. ¡Yo leo todas las novelas de su colección! Comisario Castaño, a sus órdenes y para lo que usted guste ordenar, señor Nestares.

—Siempre te han gustado esas novelas, Castaño.

—Claro, hija, y con la tuya, con los cuentos, lloré. Tanto amor, tanta sensibilidad. La de este concurso ya es otra cosa, pero pura pasión, Sofía. En ésa también lloré. Me habría gustado matar al cabrón que deja a Laura. ¡Un delincuente!

Farid miró por el retrovisor y sus ojos tropezaron con los de Fernando.

—A todos nos hubiese gustado hacerlo, Castaño.

—Tú pudiste hacerlo, Farid. Cualquiera se cae por la borda de un velero, un accidente. Alicia no habría tenido ninguna duda. Así que no te quejes, yo no tuve oportunidad.

—¡Es suficiente! ¡No quiero oír esas cosas y menos esta noche! Terminaréis por asustar a Sabino.

—En absoluto, Sofía. No se preocupe por mí.

Sabino Nestares estaba absolutamente acojonado. O se estaban inventando una novela sobre la marcha o contando una realidad, hablando de asesinatos con una naturalidad que lo dejaba con el corazón contraído. Él vivía en México DF y allí el crimen era algo habitual, lo que no era corriente eran las conversaciones de ese tipo y en aquella clase de gente.

Riendo todos, menos Sabino, llegaron a Luz de Gas. Castaño dejó el sitio a otro escolta y dirigiéndose a Sabino le explicó:

—El ministro está dentro con la familia y supongo que estarán la marquesa, los generales y el teniente general. Así que esto es trabajo, Sabino. Vamos, se los presentaré a todos. Unos locos los hijos del ministro y la mujer aún más, pero es de la familia, tenemos que quererla así.

Nestares comprendió que aquel sujeto, Castaño, estaba loco. Sofía debía tenerlo con ella por caridad. Un teniente general, una marquesa, una mujer de ministro desquiciada... Pero poseía una imaginación prodigiosa.

—Castaño, ¿usted nunca ha pensado en escribir?

—Bueno, puede que cuando me retire, pero ahora no. Tengo una novela a medio escribir, eso sí.

—De acción, claro. Misterio y crímenes. Tenemos una colección sobre esos temas, Castaño. Cuando la termine puede enviármela. Tome mi tarjeta.

—No, no es de eso: es una monja que se enamora de un árabe en el Sahara y tienen un hijo que se convierte en jefe de una facción del Polisario, Sabino. Conocí una historia parecida.

Sabino Nestares tuvo claro que Castaño padecía una anormalidad. Aún no había conocido a la magistrada Solares. En el momento que traspasó el umbral de la sala de fiestas, Nestares se sintió en otro mundo. Una música sonó al entrar Sofía. Y un chaval alto, con una boina de general de brigada calada hasta las cejas, cantaba a voz en grito al ritmo de la música.

—¡Ya viene el pájaro! ¡Ya viene el pájaro! ¡Viva Sofía y mierda pa la intelectualidad que la repudia!

Parecía música militar y todos lanzaban vivas a Sofía. Sabino miró a su alrededor: la sala de fiestas estaba vacía. Era raro, sólo estaban los amigos de la escritora.

Una mujer se encaró a Nestares, a la vez que preguntaba a Castaño y con un gesto de la mano hizo que la música y los gritos del joven dejasen de sonar.

—¿Quién es éste, Castaño? Es una fiesta privada, alquilé

esta sala hace meses y es privada, muy privada. ¿Es amigo tuyo?

Hablaba la mujer con Castaño, pero la mirada no se movía de la cara de Nestares. El editor volvió a sentir miedo.

—¡Es Sabino Nestares, Alicia, el editor! ¡Una gloria de la edición, hija!

—¡Unos hijoputas es lo que son todos estos que maltratan a Sofía!

—Ali, el señor Nestares quiere editarme una novela, no es de ésos. Ya te lo contaré.

—Entonces que pase. ¡Pero cuidadín no suceda algo!

Nestares estaba a punto de salir corriendo cuando un hombre mayor se le acercó.

—Soy Santiago Llorente, el padre de Sofía, señor Nestares, venga a sentarse con mi mujer y sus hermanas. Alicia es un tanto especial, no se apure.

Y Sabino conoció a Carlota, a Matilde y a Clotilde. Y asentía sin parar con la cabeza. Las ancianas hablaban de programas televisivos, decían que las invitaban sin parar. Sabino no entendía nada. Una mujer enorme se acercó a ellos.

—¡Yo quiero que alguien ensaye conmigo una novela, papá!

—Queta, hija, saluda al señor Nestares.

—Hola, señor. ¡Que yo quiero que alguien ensaye conmigo una novela!

—¡Es hora de que nos marchemos, Enriqueta! ¡Has bebido demasiado!

—¡Yo no me voy y si me gritas te doy un cabezón, mamá! ¡Ya lo sabes!

—Le sienta mal la bebida cuando la mezcla con la medicación, Sabino. No hay que hacerle caso, se convierte en una niña grande.

Sabino pensó que tan grande y no tan niña, la tal Enriqueta era enorme.

Otro hombre uniformado y una chica se acercaron.

—Abuelo, yo me voy, que mañana tengo clase. Me lleva padrino. El chófer espera.

Sabino Nestares miraba a la chica. Se parecía a Sofía. Se unió al grupo otro hombre y luego otro. El primero se cuadró ante el padre de Sofía y acto seguido ante el padrino de la chica.

—Con permiso de vuecencia me retiro, mañana a primera hora regreso a casa, mi general. Mi teniente general, permiso para retirarme. La escritora dice que se queda con las amigas. Yo me piro. El deber me llama.

—Señor Nestares, le presento a mi yerno, el general Mendoza. Mi primo, el teniente general Adolfo Llorente y mi nieta Mafalda.

Sabino Nestares miraba, saludaba y volvía a no creer. El hombre que venía con Alberto Mendoza le extendió la mano y Sabino pensó que se conocían.

—Hola, soy Jesús Pudientes, el marido de Alicia. Yo no soy general, soy ministro. Alicia quiere que sea ministro, a mí me aburre, pero no puedo desobedecer a mi Ali. Me mataría o algo peor, ya sabe usted.

Sabino asentía sin parar y de golpe su cabeza dejó de moverse.

—¡Ya está bien! ¡Todos a casa, al hotel! Estáis borrachos. Supongo que por la pena que os provoca mi pobre Sofía. Es la única excusa que encuentro a este comportamiento. ¡Vámonos! ¡Castaño, los coches!

Sabino se incorporó de golpe y a poco se pone firme. Alberto Mendoza llamaba a voces a su mujer.

—Yo no me voy, me quedo un rato, Alberto.

—Vosotras solas en este sitio no podéis quedaros, Sofía. Juan y Xabel se han ido ya. Fernando, si se queda Fernando quedaros, no hay problema.

Sabino Nestares vio la mirada de risa en los ojos de Enriqueta Llorente. Alicia Solares meneaba la cabeza y Nestares comprendió el gesto y de paso a Sofía. El general aquel era un lerdo.

Se fueron todos menos Enriqueta, Sofía, Bienvenida, Magdalena y Fernando. A los chicos los enviaron con sus padres. Sabino Nestares se fue pensando en la familia Monster o cualquier familia extraña que el cine hubiese puesto ante sus ojos: ninguna podía compararse a lo que había visto aquella noche.

—Ya se han ido, ahora nos vamos nosotros.

—¿Adónde, Bienvenida?

—¡Al Bagdad, al cabaret!

—Yo no pienso ir. No me gusta.

—No iré, Bienvenida. De ninguna manera.

—Pues os quedáis, la noche es joven. Fernando y So se quedan, ¡vámonos!

Y salieron las mujeres en busca de las emociones que su vida no les daba. Comentario absolutamente idiota. Un enano con una verga enorme era algo totalmente normal comparado con la existencia de estos frikis de alta sociedad.

Desde la barra, Farid observaba a Fernando y a Sofía, hablaban sin parar y reían.

—Hoy cumplo cuarenta años, Sofía.

—¡Sí! Se me había olvidado, Fernando. Eres Tauro. Yo dentro de un mes cumplo años. Felicidades, he sido egoísta por no acordarme.

—Sí, eres Cáncer, Sofía. Normal que no lo recordases un día como hoy. ¿Estás bien?

—Sí, Fernando, estoy bien.

Farid escuchó la conversación. Que hiciesen lo que les viniese en gana. Ni el cielo podría juzgarla. Él la habría defendido ante cualquier Dios.

Fernando quedó prendido de la sonrisa de Sofía y asintió con la cabeza.

Alicia se había empeñado en que sonasen las canciones de

María Dolores Pradera y al ritmo de «Del andariego» bailaron Sofía y Fernando.

Se deslizaban por la pista al ritmo de vals. Sofía se dejaba llevar y miraba a los ojos de su amigo. Él le devolvía la mirada. Giraban y se miraban, en silencio.

Yo que fui del amor ave de paso…
Perdona a la andariega
que hoy te ofrece el corazón…

La canción se hizo más lenta y la Pradera cantaba.

Hay amores que se siembran y florecen,
hay amores que terminan enseguida.
Y hay amores de los buenos como tú…

Y los cuerpos se arrimaron sin que los ojos dejasen de mirarse. Fernando habló al ritmo de una nueva canción.

Procuro olvidarte siguiendo la ruta de un pájaro herido

Farid los miraba y sentía pena. Una terrible pena. El único hombre que realmente la quería, estaba encadenado. Las cortinas de la sala se abrieron y Castaño entró acompañado de Sabino Nestares. Farid les hizo un gesto y ambos guardaron silencio. Castaño se sirvió una copa de cava. Nestares hizo lo mismo. Los veían bailar, abrazados pero no arrimados hasta el punto en que los ojos dejan de mirarse, seguían con la vista fija el uno en el otro. Fernando parecía decir una oración.

Lo que haría por no sentirme así,
por no vivir así perdido…

Y a ritmo de bolero continuaron mirándose.

Castaño sacó un pañuelo y se limpiaba las lágrimas.

—Mírelos, Nestares, ¡toda una historia!

Cuando tú estás no sé estar triste…
Pasión gitana y sangre española
cuando estoy contigo a solas…
Cuando no estás quiero llorar…

—La última, Fernando, tenemos que irnos…

Y en la última, de nuevo a ritmo de vals, entraron las amigas y hermana. Desengañadas de la noche de cabaret, iban a buscarlos. Guardaron silencio y sentadas en la barra, bebían el cava que Castaño les servía.

—Bienvenida, hija, esto es un drama, un drama total. No puedo verlo. ¡Míralos!

—Son como la escena de una película…

—¡No empecemos, Bienvenida! ¡Que siempre que la ves bailar dices lo de la película!

—Es que lo de Sofía es una película total, Queta, así que asúmelo. ¿Qué ensayarán hoy?

—Alicia, no digas idioteces, deja en paz a Queta. Yo soy católica, pero sufrir así es de tontos. Él no va a resistir mucho tiempo. Y ella nunca ha sido feliz. Dios no quiere que seamos infelices, esto no puede parecerle mal.

—Tienes razón, Magdalena.

Castaño daba razones, bebía y lloraba. Nestares miraba y escuchaba. Aquello era insólito. Mucho. Pero el cura miraba a la escritora con cara de amor total. Pocas veces había visto aquella cara en un hombre. No era pasión, no era deseo. Era amor en estado puro. Y la de la mujer era de paz.

Giraban por la pista y Bienvenida tenía razón: eran una pareja de película. Sobre todo él. Terminó la música de pronto y se escuchó la voz de Fernando.

Quisiera amarte menos…
En ti la paz no alcanzo y lejos no sé vivir.
Mi vida está perdida de tanto quererte.
No sé si necesito perderte o tenerte…

A estas alturas de la película, expresión absolutamente apropiada, todos los presentes, los anclados en la barra y ahogados en cava, lloraban, salvo Farid. Nestares se limpiaba con el pañuelo de Castaño. Bienvenida y Queta lloraban por ellas mismas, por no tener con quien bailar de esa manera, por carecer de unos ojos que las mirasen así. Magdalena lloraba por sí misma, recordaba a su marido y sollozaba de pesar. Alicia lloraba de felicidad, Sofía estaría feliz y segura con Fernando. Tendría que enterarse cómo se volvía uno no cura. El dinero lo podía todo y ella le daría a Sofía lo que fuese necesario.

Enganchados de las manos y sonrientes, Fernando y Sofía se acercaron a sus amigos. En la puerta se sentían ruidos. Un hombre, el encargado de la sala, se acercó a la barra y le habló a Castaño.

—¡No entra nadie! La sala está cerrada. Me da igual que sea un cliente especial con unos amigos.

—Qué más nos da, Castaño. Ya nos vamos.

—Como digas, Alicia. Que entren, pero sin molestar.

—¿Habéis visto cómo bailamos? Lo he pasado muy bien. Gracias, Fernando.

—De nada, *principessa*. El placer ha sido mío. Mañana me levantaré temprano y correré lo que haga falta.

Sofía soltó una carcajada y acarició la cara de Fernando. Alicia los miraba.

—Eso, el pobre a correr. ¡No lo toques, coño, Sofía! Que no tienes corazón.

Nestares no comprendía, pero le daba igual. Y si Sabino Nestares pensó haberlo visto todo, estaba muy equivocado. Como ustedes.

Un grupo de hombres entró en la sala y tomaba unas copas. Uno de ellos parecía más borracho que el resto. Sus amigos trataban de animarlo.

—No puedo olvidarla. Es imposible.

Castaño puso la oreja cual parabólica, Nestares hizo lo mismo y las mujeres los imitaron. Fernando y Sofía continuaban hablando sin enterarse de nada. Farid sintió subir a su pecho un calor que no presagiaba nada bueno.

—Uno con mal de amores, Sabino. ¡Qué sabrá de mal de amores! ¡Mal de amores lo de estos dos, que no tendrá remedio!

El hombre que se quejaba de mal de amores sintió una risa y a la vez un pinchazo en el corazón. Había escuchado muchas veces aquella risa rota, aquella voz extraña. La miró. Junto a un hombre alto, guapo, que le retiraba el pelo de la cara, estaba ella. Se encaminó hacia Sofía mientras la llamaba.

—Sofía, no puede ser... Sofía.

La sección Sofía siguió el camino del hombre con la mirada y girando la cabeza. Fernando vio cómo Farid se interponía en el camino del sujeto.

—Paso franco, Farid. Déjalo que se acerque.

—Paso franco, ha dicho Sofía, habla como en las películas, ¿no lo veis? Todo es una película.

—Sí, Bienvenida, hija. Y ¿éste quién es?

—El pirata, padre, creo que es el pirata.

—¡Me lo cargo, por cabrón!

—Quieto, Castaño, déjalo.

—¡Enriqueta, es tu hermana! No pienso dejarlo... bueno, a ver qué pasa.

El hombre se acercaba a Sofía y Sabino Nestares veía las escenas sin tener referencia previa.

—Señorita Alicia, ¿y éste quién es?

—Uno de los hombres de Sofía. Un sin importancia que la engañó. El pirata, lo llama ella. Ahora Farid o Castaño lo matarán, usted no se preocupe. Será legítima defensa o enajenación mental. Tranquilo, Nestares, todo está bajo control.

—Por supuesto, yo no me preocupo. Todo bajo control. ¿Un poco de cava?

—Sí, gracias, Nestares.

El pirata estaba frente a Sofía.

—Pronto me has sustituido, letrada. Poco me has querido, no como yo, que muero por ti.

—Ha dicho que muere por ella, Alicia. ¿Le importa que la llame por el nombre?

—Eso lo dicen todos, Nestares, pero no se mueren nunca… Llámeme como quiera.

—Este espectáculo es innecesario, está de más. Ya nos íbamos. No me alegro de verte.

—Tú no te vas sin explicarme esto, Sofía.

—¿Qué tiene que explicarle ella, Enriqueta? ¿No la dejó él?

—Ni idea, Magdalena, pero me estoy cabreando mucho. Voy a ir a darle un cabezón al tío ese.

—Déjelo, Enriqueta, para eso estamos nosotros y su hermana sabe defenderse. Usted mire, mírelo sin preocuparse.

Enriqueta miró con el gesto torcido a Nestares, aquel tío estaba un poco imbécil. Parecía estar viendo una película.

—Le ruego que se retire, señor. Ya nos íbamos. No queremos problemas.

—Tu cara la recuerdo, te he visto antes. ¡Eres el cura que fue a buscarla! ¡La zorra se ha liado con un cura!

Un cuerpo se interpuso entre Fernando y el pirata. Un hombre se abalanzó sobre él y le descargó un golpe en el cuello. Farid vio cómo el hombre caía doblado. Sofía se abrazó a la cintura de Fernando.

Los amigos del caído fueron en su ayuda.

—¿Adónde van, sujetos? Quietos no más en donde están, pinches gachupines. ¡Hijos de Malinche! —Acompañaron las palabras de Castaño un gesto que dejó al descubierto su revólver en la pistolera.

—Muy bien, Castaño, muy bien.

—Gracias, don Sabino. Le he dado un toque mexicano por usted…

—Ahora voy yo, con el permiso de las señoras. ¿Me permite usted, Sofía?

El hombre arrodillado en el suelo llamó cobarde a Fernando. Los asentados en la barra se bajaron de golpe cuando el cura se agachó y puso su cara a la altura de la del hombre. Formaron un círculo alrededor y escucharon a Fernando Lasca hablar con una furia que jamás habrían imaginado en él. Tranquilidad y furia se mezclaban en cada palabra.

—Da igual lo que me llames, lo que me digas, jamás te tocaría. Pero si algún día te acercas a ella, si vuelve a salir de tu boca cualquier insulto o palabra que le haga daño, yo te mataré, con mis propias manos. Cobarde hay que ser para tratar así a una mujer y no es mi caso. —Agarró al hombre por la nuca y lo hizo bajar la cabeza hasta que la frente tocó el suelo—. Ante ella, así, de rodillas, sin mirarla. Ni una mirada suya mereces. De ella, ya has tenido más que lo que puedas merecer de nadie el resto de tu existencia. Si te veo de nuevo en su vida, te mato. No lo olvides. Ni Cristo pasó de la cruz ni tu pasas de aquí. Vamonos, Sofía. Nos vamos todos.

El respetable, el público no aplaudió por la impresión. Fernando era un héroe. Sabino Nestares insistió en pedir permiso a Sofía para no se sabía qué. Se acercó al hombre que estaba en el suelo y cantó. A mitad de cántico se le unieron Castaño y Enriqueta.

¡Y tú que te creías el rey de todo el mundo!
¡Y tú que nunca fuiste capaz de perdonar!
¡Adónde está tu orgullo, adónde está el coraje!
Porque hoy estás vencido mendigas caridad.

¡Ya ves que no es lo mismo amar que ser amado!
¡Maldito corazón, me alegro que ahora sufras,
que llores y te humilles ante este gran amor!
La vida es la ruleta en que apostamos todos
y a ti te había tocado no más la de ganar,
pero hoy tu buena suerte la espalda te ha golpeado,
¡fallaste, corazón, no vuelvas a apostar!

El grupo salió de Luz de Gas y Sofía pidió perdón a Fernando.

—¿Perdón por qué, Sofía? Hacía años que no era tan feliz, corazón. Me he sentido un hombre esta noche, y era hora. Mañana todo volverá a la normalidad. Vamos, hace frío para ti.

—«Entreme donde no supe y quedeme no sabiendo», Fernando. Siempre me sucede eso.

—A todos nos sucede, Sofía. A todos.

—Ser jesuita y haber sido capitán imprime carácter, Nestares. Él es muy hombre, mucho…

Y como si hubiese sido una velada normal de baile y risa, como si nada extraordinario hubiese sucedido, volvieron los puntos a colocarse en el círculo. Sofía suspiró aliviada cuando sintió pena y desprecio por el hombre golpeado y cantado, que no existe como palabra aplicable, pero que viene al caso. Ni pizca de amor ni remordimiento. Ni odio ni indiferencia. Pena por aquel trozo de carne humillada. Ni era un pirata, en todo caso un miserable bucanero, un ladrón de carne. Puede que con trozos de la suya se hubiese quedado, pero a su alma, el bandido, ni la había arañado.

Una ilusión, una sombra, una ficción...

Es verdad; pues reprimamos
esta fiera condición,
esta furia, esta ambición,
por si alguna vez soñamos.
...
Sueña el rico en su riqueza
que más cuidados le ofrece;
sueña el pobre que padece
su miseria y su pobreza;
sueña el que a medrar empieza,
sueña el que afana y pretende,
sueña el que agravia y ofende,
y en el mundo, en conclusión,
todos sueñan lo que son,
aunque ninguno lo entiende.
¿Qué es la vida? Un frenesí.
¿Qué es la vida? Una ilusión,
una sombra, una ficción,
y el mayor bien es pequeño;
que toda la vida es sueño,
y los sueños, sueños son.

PEDRO CALDERÓN DE LA BARCA

En las novelas, cuando se relatan historias que duran años, hay que utilizar sistemas de compresión tipo zip. Éste es uno de esos momentos necesarios por el bien del relator, el lector y el editor. La autora, en este caso, no me preocupa. Se pone a hablar o escribir y no hay quien la pare.

Pasaron los meses, casi los años y no cambiaron mucho las cosas en el círculo. Jesús Pudientes dejó de ser ministro y ocupaba la presidencia de una empresa estatal. Cosa normal, habitual y corriente en este país. Los políticos españoles no suelen retornar a sus antiguos trabajos, mayormente por carecer de ocupación anterior. De profesión: político, ya saben... No era el caso de Jesús Pudientes, pero es lo mismo, el comentario es justo con la clase política española. Si alguno se da por aludido, de cualquier bando, escriban a la escritora, a mí me dejan al margen.

Mafalda regresó del exilio y eso hizo feliz a su madre. Madre que abandonó su trabajo en el despacho y se puso a escribir sin descanso ni desmayo. Les ahorro los insultos, las voces de madre y marido de Sofía Llorente cuando ella tomó esa decisión. Instalada en un sótano de la casa, preparado con la ayuda de Farid, encalado, lleno de carteles, rodeada de libros, plantas y flores, y diccionarios, Sofía escribía historias. Los agentes continuaban sin hacerle caso alguno. Eso no la desanimaba, perseveraba haciendo caso omiso a las circunstancias externas. Eran ella y las suyas, el resto no importaba. Entregó la primera novela a Sabino Nestares; el editor se mostró encantado y le hizo dos nuevos encargos. Firmaba las novelas con el seudónimo de Davinia Truman. Nombre tremendo, nombre que puso de los nervios a madre y marido y provocó las risas del resto del círculo. Sabino se desplazaba con frecuencia a verla. El editor disfrutaba viviendo en el mundo paralelo de nuestros puntos. Creó una web: www.daviniatruman.com cuando publicó su tercer novelón. Sofía comenzó a recibir mails de mujeres y algún hombre, haciéndole consultas sobre temas sentimentales.

Leía detenidamente y con humor, con rabia o consejos legales, Sofía contestaba.

> De: andrea@hotmail.com
> Para: davinia@daviniatruman.com
> Estimada señora Davinia, tengo novio desde hace tres meses. Desde hace dos tomo la píldora, él me lo ha pedido, no le gusta el preservativo. A mí la pastilla me hace vomitar, lo paso mal, pero yo lo quiero mucho y no deseo que me abandone, y ha dicho que lo hará si no la tomo. Igualmente, le gusta hacer en la cama las cosas que ve en las películas porno, lo de los aparatos, hacerlo con cosas. A mí no me agrada hacerlo siempre así y hay ocasiones en que me hace daño. Trabajo en un supermercado, de cajera, y estudio contabilidad por las noches y no sé qué hacer. Me gustaría decirle que si algún día soy madre, le pondré Davinia a mi primera hija, por lo mucho que usted me ha hecho soñar con sus novelas.
> Le agradecería pronta respuesta.
> Andrea

Ese mail era del tipo que enfurecía a la escritora.

> Querida Andrea, creo que estas decisiones son difíciles, pero hay que encararlas. Para empezar, una relación de tres meses no está lo suficientemente consolidada y es necesario utilizar preservativo. No sólo por el tema del embarazo: las enfermedades de transmisión sexual hay que tenerlas en cuenta. Y ante todo has de cuidar este tema. En cuanto a la pastilla: deja de tomarla. Piensa que poco te quiere quien te obliga a efectuar prácticas sexuales que no te agradan, Andrea, y menos aún a ingerir productos químicos que van en contra de tu organismo y salud. Si quieres, puedes pensar en esta posibilidad. Otra, es que tú, con uno de los aparatos que tanto le gustan a ese tarado, le hagas por donde puedas imaginarte lo que él te hace. Te recomiendo que busques a alguien más adecuado a

una sensibilidad como la tuya. Alguien a quien le guste acariciarte con las manos y un caramelo de menta o fresa, no un sádico retorcido como el que tienes junto a ti.

Con todo mi cariño y mi apoyo,

Davinia

Estas respuestas alarmaban a Sabino: podían restar lectores a Davinia, le explicaba. Pero Sofía exigía libertad absoluta. Asombrosamente, los libros se vendían más y más y los mails llenaban el buzón. Las hembras estaban cansándose de ser pacientes, sumisas y dolientes. El romanticismo se unía a la revolución. Mezcla perfecta.

Davinia Truman era un filón inagotable. El mundo necesitaba amor, bien lo sabía Nestares. La vida de las mujeres no cambia demasiado ni cambiará. Si molesta el comentario a los defensores de que las cosas están mejorando, a los defensores de la modernidad consistente en hacer que la mujer trabaje el doble y gane lo mismo, no lo lamento y hasta me reitero en él. La señorita Francis, hoy en día, tendría mucho más éxito que antaño.

Todos estamos cansados de ver cómo nos enseñan a fornicar y no a querer.

Los planes de Sofía no coincidían en aquellos momentos con los de su editor y pidió un tiempo, tiempo que Sabino se negó a conceder. No cejó en el empeño la mujer y entre novelón y mail, escribía un libro más acorde con lo que ella deseaba. Por supuesto, Mafalda entraba y salía del estudio de su madre pidiendo consejo sobre peinados y ropa. Sofía pedía paz, rogaba a su hija. Tarea inútil.

—¡Mamá! ¡Tú eres multifunción! ¡Así que me escuchas!

—No puedo más, Mafalda, estoy muerta, voy a contrarreloj, hija…

—¿Que estás muerta de aguantarme? ¡Ni hablar, aún no estás azul, todavía respiras!

Escena que se repetía todos los días. Las madres son multifunción. Eso se piensan las hijas, los maridos, los jefes… Incluso los gobiernos: las animan a parir, a integrarse en el mercado laboral y, dentro de poco, a ser sexys en un breve cursillo de dos meses. Denles tiempo.

Anita preguntaba cosas absurdas cuando ella estaba más concentrada en la novela. Alberto era experto en cortar una escena en el momento de mayor clímax: una camisa sin botones o un pantalón mal planchado eran motivo de irrupción e interrupción. Al fin, Sofía tan sólo jugaba. Ustedes saben que esto no ha cambiado y posiblemente no cambie nunca.

El mayor admirador de la escritora era Castaño. Era el probador, la nariz de sus folletines. Imprimía la novela y se la entregaba al comisario. Sentado en uno de los sofás del sótano, rodeado de ceniceros y con una caja de pañuelos de papel al alcance de la mano, Castaño leía y, en función de las lágrimas o suspiros que profería, Sofía calculaba el éxito de la novela. Enriqueta, Alicia y Bienvenida devoraban las páginas, y Magdalena, más pudorosa de su estatus cultural, lo hacía a escondidas.

Al salir a la superficie, vio cómo Juan Acosta nadaba hacia ella.

—¿Qué haces, Juan? ¡Te has vuelto loco!

—Lo que el ama me ha pedido: vengo a buscarla, señora, vengo a buscarla.

—¡Estás desnudo!

—No pensarías que voy a irme al norte pilotando con la ropa empapada. Ni lo sueñes. Las chicas modernas como tú no se asustan de estas cosas, Andreíta.

—¡No me llames Andreíta, lo odio! Y no sé qué es ese empeño en llamarme moderna, no sé qué quieres decir. Y no te acerques.

—Clara Montoya me ha dado un informe sobre tus actividades en Europa y Santiago, querida amiga. Al parecer, no te gusta estarte en casa. Pero da igual.

Juan Acosta estaba pegado a Andrea Patricia y la miraba de nuevo de una forma extraña.

—Ignoro qué te ha podido contar, pero se equivoca esa mujer. Sepárate de mí, Juan, aléjate, por favor.

—Miedo, no te daré, ¿verdad? Al fin, mañana serás mi mujer.

—De palabra, pero no tu mujer. ¡Ya me entiendes! Vete, me estás poniendo nerviosa. ¿Qué querías darme?

—Ahora mismo esto, Andrea. Ahora mismo quiero darte esto.

Y antes de que Andrea pudiese hacer el más mínimo gesto, Juan Acosta le besó los labios.

«¡Sublime!», gritaba Castaño al leer aquellos párrafos. «¿Se casan o no?», preguntaba Alicia, ávida de cultura romántica. Enriqueta soñaba con un fundo chileno y Bienvenida retozaba entre los brazos de un pirata cada noche. Mafalda veía y no creía. Santiago Llorente disfrutaba contemplando a Sofía ir y venir del sótano a su casa. Vestida con pantalones de pana, camisas de Alberto, el pelo recogido con prendedores. Era feliz. Pasaba a su lado y preguntaba: «¿Tú crees que debo dejar que ella mate al pirata, papá? No, es demasiado pronto, ya te diré después cómo termina…». Carlota la veía caminar como a un espíritu y repetía sin cesar: «En esto se ha convertido tu hija predilecta, Santiago, en una bohemia despeluzada, sin ningún tipo de horario, de disciplina… Habría sido una gran magistrada, tú la has echado a perder… ¡Una hija mía escribiendo folletines!».

Soplaban vientos de guerra cuando Sofía Llorente imprimió su novela, la auténtica, la que deseaba escribir. Sus tías terminaron la corrección, volvieron a leerla y vieron cómo Sofía escribía direcciones en varios sobres. Farid se encargó de llevarlos al correo y cada vez que franqueaba uno, pasaba la mano por encima y recitaba una plegaria.

Pasaron los meses y la vida continuaba como siempre: un delirio.

Una tarde el general Mendoza se ocupaba de quitar una mota de polvo en su pantalón. Intentaba superar la presencia de Alicia Solares en su casa. La magistrada se declaraba exiliada de su propio hogar, había decidido abandonar a Jesús Pudientes y a sus hijos, no los soportaba. Solía hacerlo una vez al año.

—¡Era tan pocooooooooooooo en la vidaaaaaaaaaaaaaaaaaa! ¡Tan poco que nada eraaaaaaaaaaaaaaaaaaaa! ¡Por no tener no tenía ni madre que lo quisieraaaaaaaaaaaaaaaaaa!

—¿Es necesario que aguantemos a la loca y que encima cante, Sofía?

—No está loca, Alberto. Es así. Nació así.

—Está loca de nacimiento, eso quieres decir.

—He querido decir lo que he dicho, Alberto. No está loca.

El teléfono interrumpió el cante y la conversación. Piadosa manera definitoria de la situación relatada. Lo adecuado sería decir: los berridos y una discusión más.

—Buenas tardes. ¿Sofía Llorente, por favor?

—¿Quién la llama?

—Soy Caritina Cantada. Llamo de la editorial Todoelmundomelee. Es en relación a un manuscrito que hemos recibido de la señora Llorente. ¿Es usted?

—¡No, no soy yo! Y usted preguntará por Davinia. Y yo no puedo decir que Davinia está. ¡Supongo que será un truco! ¡Pero conmigo da en duro! ¡Farsanta!

Alicia Solares colgó el teléfono.

Caritina Cantada permaneció con el auricular en la mano durante unos segundos. Una desquiciada. No podía ser la autora, o sí, muchos autores eran locos que contaban sus penas en folios. Comprobó el número de teléfono que venía en el manuscrito y marcó de nuevo.

Sofía Llorente miró a su marido a los ojos. El marido sonrió. Sofía Llorente sintió ganas de estrangular a Alicia Solares. Susurró: «Estás loca».

Alberto gritó:

—¡No! ¡No está loca! ¡Es que es así! Que paséis buen día. Me voy a descansar un rato. Perdón, al despacho, quería decir.

Y, cual capitán de los tercios de Flandes, salió por la puerta de la casa. Triunfante. Aguerrido. Henchido el pecho por la gran victoria lograda ante su mujer. Aquella mujer loca; aquella loca amiga. Ahora, estar loco, era ser así.

—Alicia, no tienes que hablar de Davinia, ya lo sabes.

—Seguro que era un truco de algo raro.

Anita entró en el salón.

—Una señora encantada al teléfono.

—¿Lo ves? Una tarada que te llama encantada de lo que escribes, Sofía. Una admiradora chiflada.

Sofía miró a criada y amiga. Una señora encantada. Enriqueta y Magdalena que tenían gana de juerga. Descolgó el auricular.

—Dígame, señora Encantada. Supongo que ahora escucharé una de Juanito Valderrama, es lo vuestro. Yo soy más heavy metal.

—Perdone, no la entiendo. Soy Caritina Cantada…

La mujer no pudo terminar el parlamento, Sofía sonreía y la interrumpió.

—¡Faltaba más! Y se llama usted Caritina, un nombre muy común. Y ¿qué me va a cantar?

—¿Cantar? No, no, Cantada…

—¿Qué te dice, Sofía?

—Ya, Cantada, pues cante o mejor aún, espere un minuto. Son Queta y Magdalena, cántales algo, están tomándome el pelo.

Alicia Solares no se hizo de rogar.

—«Por las buenas soy buena por las malas lo dudoooooooooooooooooooo, yo soy toda de ley pero valga decirte que son mis palabras el último adiós. Aunque vengas de rodillas y me llores que te absuelva y te perdone aunque a mí me causes pena he tirado tus cadenasssssssssssssssss.» ¡Ésa se la cantas a Pudientes, Queta! Se han quedado mudas, Sofía. Mira a ver qué quieren ahora.

—¿Qué le ha parecido, señora Cantada?

—¡Horroroso! Por favor, deseo hablar con Sofía Llorente, soy editora y nos ha enviado un manuscrito de una novela. Si no es su teléfono, dígamelo. No entiendo qué está sucediendo.

Sofía perdió el color.

—Perdóneme, ¿puede darme su número de teléfono? La centralita…

Anotó Sofía y devolvió la llamada.

—Editorial Todoelmundomelee, ¿con quién desea hablar?

—Caritina Cantada, por favor.

Sofía se disculpó como pudo, achacó la confusión a la criada, a su falta de comprensión del idioma. Alicia la miraba. Anita era ecuatoriana, hablaba como ellos. Debía ser una estratagema. Al parecer, no era Queta.

—Sí, me parece bien, envíemelo cuando quiera. No, no tengo agente. ¿Mañana lo tendré aquí? ¿La cantidad? Ya le responderé. Sí, de acuerdo. Gracias.

—¿No era Queta?

—No, es de una editorial, Alicia. Una de las mayores de España y Europa. Quieren comprarme la novela.

—Seguro que es una estafa. Pero va presa, tú tranquila. Mando que localicen la llamada y presa su perra vida entera. Como en eso de Davinia, la que metiste presa y escapó. Pero ésta de escapar, nada.

—Me voy al médico, Ali. ¿Vienes? Enriqueta no puede.

—No, sólo es una mamografía y la ecografía, si fuese otra cosa iría, pero para eso puedes ir sola. Voy a conectarme en MSN con Jesús.

—¿Hablas con Jesús? Dices que lo abandonas y hablas con él. No es serio.

—Yo hablo con Jesús. Jesús habla con Arrebatada.

—¿Cómo dices?

—Es largo de contar, no tengo tiempo. Yo sé qué dirección utiliza él, así que me pongo Arrebatada y me cuenta su vida entera, ya sabes cómo son los hombres, Sofía. Me está cayendo bien de nuevo, no habla mal de su mujer. Siempre defiende a su Alicia, como él la llama.

Sofía abandonó su casa con cierta sensación de desamparo y pensando en las argucias de su amiga. No era normal. Lo que ignoraban ambas era que Jesús Pudientes sabía con quién hablaba, conoció el estilo de Alicia mezclado con el que utilizaba Sofía en sus novelas al minuto de conectar con la tal Arrebatada. Había sido ministro, pero tonto del todo no era.

Camino de la consulta, Sofía llamó a su marido. No pudo ponerse al teléfono, el ayudante le comunicó que si no era urgente no debía interrumpir al general. No lo era. Continuó caminando. Que le ofreciesen la cantidad que le ofrecía Caritina Cantada por su novela no era importante. Que una editorial como aquélla quisiera editar su libro, no lo era. Ir al médico sola no era importante. ¿Qué era importante? Morirse debía de serlo. O una partida de golf en el club, pero ella odiaba correr tras una bola. O la falta de nieve en invierno y no poder esquiar, una tragedia. No tener hielo para servirlo con un cuba libre, eso era tremendo. La falta de sal en las lentejas, un desastre. Llegar tarde a una cena con amigos, fatídico, digno de un drama calderoniano. Todo lo que carecía de importancia para ella, la tenía en su círculo. Tener una salud asquerosa era normal. No poder decirlo porque aburría al prójimo y recibir como respuesta: «Te quejas todos los días...», no era nada importante, nada a tener en cuenta como ofensa. Caminaba Sofía pensando en que los hombres poseían unos valores ofensivos diferentes, para dar y recibir. Hasta en eso se notaba. Un resfriado se convertía en enfermedad gravísima en cuanto el virus atacaba a un varón. Era extraño aquello. Entró en el hospital, tenía dos consultas aquella mañana. Del neurólogo, se había olvidado Alicia. Le hicieron la mamografía y mientras el cacharro apretaba sus mamas, Sofía pensaba en el artilugio puesto en los huevos de un hombre, se desmayaría a buen seguro. La pasaron a una habitación y estirada en la camilla miraba al techo. La soledad era algo raro, ella vivía con mucha gente y estaba allí sola. Nadie la esperaba a la salida de la consulta. Al momento, pensó que mejor. Si Alberto hubiese ido con ella terminarían riñendo. Su marido se ponía nervioso al verla enferma y sus nervios provocaban en él una especie de síndrome de Tourette y la atacaba sin piedad. Gesticulaba, maldecía, insultaba…

Un médico entró en la consulta, un hombre amable que la saludó con corrección.

—En un momento terminaremos.

Ella sonrió y miró a su alrededor. No había ninguna enfermera. Era extraño, un médico examinando a una paciente con los pechos al aire y sin una enfermera presente. Se relajó, era demasiado estricta con aquellas cosas. Lo vio ponerse el gel del ecógrafo en la mano, acto seguido le pasó la mano untada por un pecho, después por otro. Las axilas, de ahí al codo. Sofía abrió los ojos y los cerró de nuevo. Aquello no era exactamente poner gel a una mama, era dar un masaje a un pecho. Estaba a punto de decirle al galeno si deseaba que ella hiciese algo o sólo era cosa de él. No habló, estaba cansada. No era normal lo que estaba sucediendo, pero ella estaba agotada de pelearse con el mundo. A lo mejor, era una nueva técnica. Salió el médico de la consulta despidiéndose de nuevo con un educadísimo saludo. Meneó la cabeza Sofía y sonrió. El hombre debía ignorar la cantidad de denuncias que hacían las pacientes por abusos. Normal no era, desde luego, jamás le habían extendido el gel así. Esperó por los informes, los leyó ante la cara de enfado de la enfermera.

—¡Los informes son para el médico!

—Los informes y la historia son del paciente, señorita. Las tetas son mías y los informes, lo mismo.

—¡Pero usted no entiende lo que pone ahí!

Sofía, que ya se iba pasillo adelante, se dio la vuelta. Estaba de mal humor, de muy mal humor.

—Que no sea médico o enfermera no me convierte en una retrasada mental incapaz de comprender un informe. Puede que si ustedes los escribiesen con palabras normales, con palabras que todos pudiésemos entender, se les terminaría el chollo del misterio, dejarían de ser tan chamanes. Cuando alguien explica algo de una forma oscura, algo teme y algo esconde. No lo olvide, es usted muy joven. Ya aprenderá.

La enfermera no era un año mayor que Mafalda e intentó responder. Un médico había escuchado réplica y contrarréplica. Tomó a la chica por un brazo y la metió en la consulta mientras Sofía se alejaba.

—¿No sabe quién es?

—¡No! ¡Ni me importa! Una paciente como otra cualquiera. Una chula que se las da de que sabe.

—Puedo asegurarle que de paciente tiene poco. En su lugar, haría mucho caso de lo que le ha dicho, tiene razón. Y aun no teniéndola, yo me apartaría de su camino. Si no tuviese razón, tiene razones para hablar como lo ha hecho.

La enfermera no entendió nada y Abelardo Román vio a Sofía doblar una esquina. Razones no le sobraban, desde luego, pensaba el médico.

La siguiente consulta relajó a Sofía. El neurólogo era un hombre mayor, amable.

—Las pruebas no dan nada extraño, Sofía. La espalda torcida, como siempre. El tema neurológico es normal. La exploración que te hice, lo mismo. Supongo que es una fibromialgia. Es la única explicación posible. Te recetaré unos calmantes y un antidepresivo, si te parece bien.

—Fibromialgia, dices. Y antidepresivos y calmantes...

—Sí, ése es mi diagnóstico, no tengo otro, Sofía. No puedo darte otro.

—Yo voy a dártelo, anota: mujer blanca de cuarenta años, casada, madre, hija, trabajadora y que está hasta los huevos de vivir como vive. Ése es mi diagnóstico. No tomaré pastillas para vivir. Cambio de vida o me muero, pero no tomo pastillas para vivir como vivo.

El médico miró a Sofía con afecto.

—Es una buena definición de fibromialgia, Sofía. Puede serlo, desde luego. Intenta descansar un poco la cabeza, deja de pensar. Al menos, inténtalo.

Al salir del hospital, Sofía miró al cielo. «Llamé al cielo, y no me oyó y pues sus puertas me cierra, de mis pasos en la tierra responda el cielo, no yo.» Marcó el número de Queta. Enriqueta escuchó las últimas palabras cuando respondía a su hermana.

—¿A qué viene el Tenorio?

—A nada, Queta. ¿Te han hecho alguna vez una ecografía de mama?

—Sí, claro, varias.

—¿Cómo te ponen el gel?

—¿Por qué? Sofía, ¿qué te pasa?

—Nada, dime cómo te esparcen el gel, Queta.

—Lo ponen a la altura del esternon y con la punta del ecógrafo lo extienden. Lo normal.

—Lo normal... Te veo a la hora de la cena, un beso, Queta.

Sofía hizo la misma pregunta a Bienvenida, Alicia, Magdalena y a dos amigas más. La respuesta era siempre la misma y terminaba con la muletilla «lo normal». Apuntó una anormalidad más en su vida y entró en un café. No comería en casa. Saludó a una compañera de facultad y charlaron un rato.

—Estoy agotada, Sofía. Tienes suerte, Mafalda ya es mayor y ahora no trabajas. Yo no doy más de mí: la casa, las compras, las reuniones del colegio, las actividades extraescolares... No puedo.

Sofía bebía el café y veía a su compañera irse presa de la prisa. Decía que tenía suerte, que no trabajaba; nadie consideraba trabajo escribir novelas. Asunto misterioso, meditó Sofía. Mafalda había nacido cuando ella era muy joven. Salvo sus amigas de toda la vida, nadie quería en el grupo a mujer joven con niña. Los niños eran molestos, así que Sofía jugaba con Mafalda como una niña grande con otra chica. Ella también había pasado por aquello, pero al parecer ni otra mujer lo recordaba. Hasta en el dolor nos pensamos únicos. Así nos va... Encima eran madres casi viejas, con pocas ganas de jugar o de reír, pensó Sofía. Y empeñadas en que sus hijos se apuntasen a clases de judo, piano, tenis... Mafalda tuvo una buena educación sin tanta tontería. Recordó que nadie más que Alicia conocía la llamada de la editorial. Lo contaría a la hora de la cena. Caminando por la calle, tropezó con niños que salían de la escuela. Ni una sola madre los esperaba. Iban acompañados por las abuelas o criadas extranjeras. Las manos ocupadas por unos bollos grasientos, rellenos de chocolate o mermeladas de mala calidad. El trozo de pan y la onza de chocolate sustituidos por aquella marranada. La madre, reemplazada por una emigrante llena de problemas que poco escucharía al niño o por una abuela cansada. El mundo era muy mierda, volvió a pensar Sofía.

Nadie había llegado del trabajo, la casa estaba vacía. Se cambió de ropa y se fue al sótano. El ordenador estaba encendido, Alicia era un desastre. Algo parpadeaba en la barra de herramientas, una ventana de Messenger. Caruso. Abrió la ventana y vio que su nombre era Arrebatada. La boba de Ali había dejado conectado su MSN. Aquel Caruso era Jesús. Había escrito hola varias veces. La enajenación no tiene nada que la justifique y menos en Sofía Llorente. Hizo lo que un irresponsable habría hecho: respondió.

—Hola, Caruso. No estaba frente a la pantalla. ¿Cómo estás?

—Hola, Arrebatada, bien.

Y Caruso escribía Alicia cada cinco palabras. Sofía se fue enterando poco a poco de la relación de Caruso y Arrebatada. Siento si los nombres les parecen infames, a mí también. Pero ésos eran. Caruso falagaba los sentidos de Arrebatada a ritmo de otro nombre femenino: Alicia. Sofía no tardó en entrar en el papel.

—Tenés razón, Caruso. Tu mujer es buena. Creo que sí y creo que vos la querés. Acá no tengo tanta suerte, no hay hombres como vos. Ningún porteño te alcanza. —Arrebatada, supuestamente, era argentina—. Creo que a tu mujer le gustaría que fueses a buscarla de improviso, da igual que te lo ponga pino. —Sofía mezclaba porteño y chileno—. Búscala esta misma noche, entra de golpe en donde ella esté, abrázala, arrástrala contra una pared, bésala con lengua y hacelé el amor como si fuese la primera vez. Hacelo y te dará lo que desees, Caruso. Me tengo que ir, amigo. Sos el mejor, no lo olvidés. Chaucito.

Jesús Pudientes comprendió que Alicia estaba abriéndole de nuevo las puertas de su corazón y la frase «te dará lo que desees» significaba que le compraría algo. Puede que un coche nuevo. Eso sí, un poco cruel había sido su Alicia, decirle que la amase como la primera vez, lo era. La primera y la segunda vez habían sido un desastre, hasta que Alicia lo miró a los ojos y en un susurro le dijo que o se esmeraba o le daba dos hostias y no la volvía a ver. Desde entonces, Jesús Pudientes mejoraba cada noche de sexo con su mujer.

Sofía desconectó el MSN y escribió una nueva novela de amor. No de los amores de Sabino, una más desgarrada, de su estilo. Un ruido en la puerta del sótano la hizo volver la cabeza, se quitó las gafas y sonrió a Fernando.

—¿Estás sola?

—Creo que sí, Fernando. Pasa, no tardarán en venir. Ya es casi de noche, ni me había dado cuenta.

—Me ha llamado Queta, a la que ha llamado Alicia y yo he llamado a Bienvenida, que llamará a Magdalena. Cuando éramos niños hacíamos una especie de rueda para quedar a la puerta del cine. Regresamos a la infancia. ¿Qué tienes que decirnos?

—A ellos, lo del libro. A ti, que voy a pedirle el divorcio a Alberto.

Fernando se tocó el pelo de la nuca.

—¿Piensas que Juan dejará a su mujer, Sofía? ¿Lo has pensado bien?

—Juan nada tiene que ver en esto, Fernando. Yo no quiero a Juan como pareja, nunca lo he querido. Nadie tiene nada que ver. Se ha terminado un ciclo.

Las voces en el piso superior interrumpieron la conversación. Llegaron todos los puntos a un tiempo. Sentados alrededor de la mesa, cenaban y Sofía les explicaba la llamada de la editorial. Todos estaban contentos, Santiago Llorente aplaudía a cada rato. Alberto no sabía qué expresión poner. Complicaría más su vida. Fernando no hablaba. Fumaba y miraba a todos sin hablar. Juan Balboa no se alegró en absoluto, publicar a ese nivel haría más libre a Sofía y la alejaría de él.

—Esta tarde me ha pasado algo muy raro, se me olvidaba decíroslo.

Y la escritora relató lo sucedido con el médico y la ecografía.

—¡Sofía! ¿Quién coño va a querer tocarte un pecho a ti? ¡O los dos! Es absurdo. Será una nueva técnica, para relajar los ganglios o algo así.

Mafalda miró a su padre con estupefacción, cada día era más desconsiderado. Enriqueta se atragantó y Santiago Llorente pidió paciencia al cielo. Bienvenida gritaba que eso de la técnica no existía, que el médico era un anormal, un cerdo. Había que denunciarlo de inmediato.

Juan estaba a punto de gritarle a Alberto, cuando una voz pausada pero fuerte, profunda, salió desde el fondo de la mesa.

—Puede que alguien quiera tocarle el pecho a Sofía, que alguien quiera tocar su piel y, a través de ella, entrar en su alma, Alberto. Cubrirla de amparo, de compañía. Amarla tanto que le duela, poner pétalos de geranio y de rosa en su almohada y dejar que el tiempo discurra mirando la expresión de sus ojos, el brillo de su piel cuando ella aspire el aroma de esos pétalos. Que tú no valores a tu mujer no te da derecho a pensar que otros no lo hacen. Si Sofía fuese mía, ese médico estaría en el hospital, pero ingresado. Te felicito por la llamada, Sofía. He de irme. Buenas noches.

—¿Qué le pasa al cura?

—Una crisis espiritual, Alberto, seguro que es eso.

Magdalena era muy diplomática. Juan no tanto.

—Creo que la crisis de éste no tiene nada de espiritual. Menudo sinvergüenza. ¡Desde hace meses mira a Sofía de una forma diferente! Está enamorado de ella, no se le ha pasado nunca.

—No te lo tomes así, Juan. No me ha faltado al respeto, en ocasiones soy poco hábil con las palabras. Siento haberte dicho eso, So. Si quieres, mañana paso a pedir explicaciones a ese médico.

La estupefacción atacó una vez más a los puntos. El arrebato de Fernando, la amabilidad de Alberto y la agresividad de Juan los dejó en silencio durante unos minutos. Clotilde y Matilde lo rompieron, entraron cantando una canción de su niñez y felicitaron a Sofía a ritmo de la música.

A punto de irse todos a sus casas, Jesús Pudientes entró en escena. Saludó con un hola profundo, tipo galán de cine, se dirigió a la silla de Alicia, la elevó de un solo envite, la arrastró contra un aparador y la besó. Con lengua, por supuesto. Los puntos miraban sin hablar. Jesús Pudientes los miró de reojo. Debía de estar haciéndolo muy bien, lo había ensayado varias veces entrando y saliendo de su despacho y arrastrando un perchero contra la pared. Ahora, todos lo miraban, era admiración, seguro.

—Creo que debemos irnos a descansar, Santiago. Mañana será un día duro para mí. Tengo exámenes. Cuando salgáis avisa a Farid, Alicia. Él cerrará la casa. Buenas noches.

Jesús Pudientes continuó besando a su mujer y los puntos se diluyeron en la noche.

Carlota se untaba las manos de crema y pensaba en Alicia y Jesús. La escenita tenía que ver con la nueva faceta de Sofía. Jesús era un tonto, pero jamás se había comportado así. Para Carlota el saber estar era importante. Las formas no se perdían nunca. Fuese cual fuese la circunstancia. Santiago salió del baño, pasó junto a ella y le dio una palmada en el culo.

—Esto se anima, Carlota. Sofía va a lograrlo.

—Se anima demasiado, Santiago. ¿Has pensado qué será de ella? No conocemos ese mundo y no es fuerte. Si fuese la otra, no me preocuparía. Terminará destrozada. Y el comportamiento de Juan ya es ofensivo.

—Querida, se arreglará y lo hará muy bien. Es diferente a nosotros y a ellos. Pobres editoriales: o triunfa o las arruina. En cuanto a Juan, no me preocupa. Ofensa la de Alberto, pero tampoco me preocupa. Lo va a dejar.

—¿Cuándo te lo ha dicho?

—¿El qué?

—¡Que se separa de Alberto! ¡No puede hacerlo! ¡Lo ha nombrado general y no va a dejarlo ahora!

—Mi hija no nombra generales, Carlota. No seas insensata. No me ha dicho nada, yo lo sé. La conozco. Precisamente ahora que él ha logrado lo que quería, lo dejará. Ella es así de generosa.

Apagaron las luces del cuarto y Carlota tardó mucho en dormirse.

Sofía colocaba unas rosas en una jarra de alpaca. Alberto miró cómo les iba cortando el tallo y las ponía en la jarra con mimo.

—Esa jarra era de mi madre, creo. Pensé que la habías tirado.

—Es una jarra preciosa, Alberto. Yo guardo todo lo de tu madre, sabes que tengo esas manías.

—Juan te quiere mucho, So.

—¿Tú crees? A mí no me lo parece. Es un lerdo, le tiene miedo a su mujer. Ella me odia y él deja que lo distancie de nosotros.

—Creo que sí te quiere. Habrías sido más feliz con él que conmigo, Sofía.

—¿A qué viene esto, Alberto? No creo que Juan me quiera, y yo a él por supuesto, no. No es mi tipo de hombre. De marido, al menos. Jamás me habría casado con él, Alberto. Juan es divertido para unas vacaciones, sólo para eso.

—Tú me dejarás algún día, Sofía.

Una rosa se deslizó de las manos de Sofía hasta la meseta de mármol y de ahí, al suelo. Alberto la recogió y la puso en la mano de su mujer. Se miraron a los ojos.

—Puede ser, Alberto. No lo sé. Pero hoy no tengo ganas de hablar de eso. Hoy no, por favor.

Carlota y Sofía se durmieron casi a un tiempo, de madrugada.

La tarde del día siguiente, seis mujeres miraban unos folios varados sobre la mesa de trabajo de Sofía. Mafalda, Enriqueta, Alicia, Bienvenida, Magdalena y la escritora. El contrato de la editorial, un borrador, había llegado por mensajero aquella mañana. Alicia tomó la iniciativa.

—¡No muerde! ¡Ni que fuese la primera vez que veis un contrato! Vamos a leerlo, yo lo leo en voz alta y vosotras opináis. Bienvenida, tú no intervengas mucho que no es lo tuyo.

Bienvenida se metió un trozo de chocolate en la boca, el Prozac la convertía en un ser pacífico.

Leía Alicia y el resto opinaba, iban cambiando plazos, cantidades, y cualquier punto que no les parecía correcto era iluminado con un rotulador amarillo. Sonó el móvil de Sofía y con un gesto pidió silencio.

—¡Es de la editorial! Sí, dígame. Lo he recibido, estoy le-
yéndolo. ¿Ir a firmarlo? No creo que sea necesario, puedo enviarlo. ¿La semana que viene? Bien, la llamaré dentro de una
hora.

—¿Qué dice?

—Que quieren conocerme, que lo normal es que lo firme
en Barcelona, Queta. Quieren que esté allí dentro de una semana.

—Vale, yo voy contigo, mamá.

—Y yo, hermana.

—¡Vamos todas!

—Tiene razón Alicia: vamos todas.

Alicia quedó encargada de organizar el viaje. Sofía se vistió
de ser humano, en palabras de Carlota. Ahora sólo lo hacía
para acudir a la televisión. En cada ciudad, en cada autonomía,
las televisiones se habían convertido en algo —al parecer—
imprescindible. Principalmente para ayuntamientos, autonomías y entes políticos de cualquier tendencia. A la par que
todo el que tenía oportunidad daba rienda suelta a sus opiniones, sobre lo que fuese —E $= mc^2$ lo entendía todo el mundo—, los engranajes político-económicos se movían. Cada
tendencia lanzaba sus consignas desde las pantallas. El poder
económico cooperaba pagando anuncios e incluso haciéndose
cargo de las televisiones, cuando iban mal. Los contratos públi-
cos tienen un precio. Las autonómicas eran no puntos y aparte, eran puntos filipinos malvados. Nidos de partidarios del gobernante de turno, repugnantes opinadores de ideas ajenas,
lectores de los mails que previamente les enviaban para impartir prédica, doctrina. Daba igual que lloviese, nevase o hiciese
frío polar, si la instrucción era que un sol espléndido achicha-
rraba a los ciudadanos, eso decían los voceros del poder auto-
nómico. Los voceros salen caros al ciudadano: las autonómicas
las pagamos con nuestros impuestos y aguantamos a las pro-
ductoras de los amigos de sus amigos, las novias de los maridos

de nuestras amigas, los pelotas de nuestro entorno… En las cadenas privadas nacionales sucede lo mismo, pero se disimula un poco y pagamos menos. La libertad de prensa ya no es tal. Ningún editor valiente e intrépido funda un periódico o una televisión o radio para informar al ciudadano. Todos mienten u omiten. En periodismo, omitir es sinónimo de mentira. Una cosa son las tendencias y otra, las verdades retocadas. «Camión atropella a gato» no puede convertirse en dos noticias diferentes según cuál sea el medio en que se lea. Pero, sí, sucede que en un medio leemos o escuchamos cómo un gato ha sido atropellado por un camión y en el otro, el gato atropelló al camión y lo dejó destruido. Un asco.

Después de la disertación, necesaria por motivos ideológicos —míos—, regreso a relatarles la vida del círculo. Sofía, vestida, peinada y decorada convenientemente, disponía de media hora antes de la tertulia. Mafalda y Alberto veían el informativo. Se escuchaban voces.

—¡Qué dices, papá! ¿Que ella se ha tirado bajo la excavadora? ¡Alucino!

—¿No lo has visto? No se ha apartado, Mafalda.

—¡No apartarse no es tirarse bajo la excavadora, papá!

—Es casi lo mismo.

—¿Qué os pasa?

—¡Mira, lo van a dar ahora de nuevo, mamá! ¡Mira!

Y Sofía miró. Una pala excavadora avanzaba por un terreno, un grupo de jóvenes se interponían entre la máquina y unas casas, la máquina no frenó el paso. Los jóvenes se apartaron, pero una chica no lo hizo. La excavadora pasó por encima de ella y continuó camino de las casas. La joven estaba muerta, informaba el corresponsal.

—La han matado… A sangre fría…

—¡Sí, mamá! ¡Y él dice que no es un crimen, que ella se ha tirado!

—«Gato atropella a camión», Mafalda. Así es la vida. Alberto, procura moderarte un poco, vas a parecer un loco si andas diciendo que una joven se tira bajo una excavadora israelí y todo el planeta ha visto cómo la ejecutan de mala manera.

Alberto Mendoza era duro de mollera e intentó argumentar a gritos lo imposible. Su mujer no lo escuchó. Carlota del Hierro salió al portal de la casa con un cigarrillo entre los labios.

—Aquí tu padre no me ve y puedo reñirlo si él fuma. Esas voces de Alberto ¿a qué vienen?

—¿Has visto el telediario? La chica que han asesinado cuando trataba de impedir un desmantelamiento de casas palestinas. Alberto dice que se ha tirado bajo la excavadora.

—¡Ah! Alberto quiere ofender, molestar, discutir por lo que sea. Ni él es tan imbécil como para mantener que eso no es un asesinato. ¿Vas con Farid?

—No, mamá. Voy sola.

—Diviértete y no te molestes en reñir. No compensa, el mundo está roto, perdido, Sofía. Tú no vas a cambiarlo.

Francisco Granados Monteagudo y de las Mazas discutía con Consuelo Adoratrices Villana, madre de Bienvenida y esposa de Castaño. Granados pegaba puñetazos sobre la mesa y vociferaba ante las cámaras.

—¡Usted no tiene ni idea de estrategia militar, señora! Estados Unidos es una potencia que está haciendo lo que debe hacer.

—El imperio del mal terminará por desaparecer y la estrategia de Estados Unidos consiste en exterminarnos a todos los que no nos dejemos esclavizar. Y su idea de la guerra es jugar a repartir comida entre las tropas sobre un mapa. ¡En escribir artículos en el periódico que nos aburren a todos, planificando contiendas, y usted jamás ha estado en una de verdad! ¡Farsante, que no tiene ni idea de nada y nos machaca cada vez que hay una guerra, contándonos cómo actuaría usted! ¡Beligerante!

Sofía, la moderadora y otra invitada no intervenían. Sofía pensaba en Anita, cada día trabajaba menos y pedía más sueldo.

—¡Sofía, di algo! ¡Tú eres parte interesada!

—General, no te entiendo. ¿En qué soy interesada?

—¡No he dicho que seas interesada, digo que eres parte interesada, Sofía!

—Yo en las guerras, Paco, no tengo interés alguno. Pero opino como Consuelo: estamos sometidos al poder de un imperio, que es Estados Unidos y su actuación a nivel mundial no me parece acertada ni correcta. Ésa es mi opinión. Sin ser parte interesada en nada.

El general retirado se encendió cual mecha de explosivo.

—¡Eres hija y esposa de un servidor de la patria, Sofía, generales ambos! ¡No puedes estar conforme con el planteamiento de esta comunista! ¡No hicimos una guerra para esto!

Sofía se aburría, Consuelo tenía razón en casi todo. Sobremanera en decir que Paco en su vida había estado en una guerra de verdad, en que los aburría cada vez que una nueva contienda incendiaba alguna parte del planeta, empeñado en contar desde el periódico cómo actuaría él en esas batallas. No daba ni una, era un coñazo Paco. Sofía continuaba pensando en Anita cuando escuchó las palabras: comunista, hija y esposa.

—General Granados Monteagudo y de las Mazas, yo no soy parte de nada. Ser hija o esposa de no me convierte en integrante de un cuerpo militar ni apéndice de pensamiento alguno. Y vuecencia sabrá que si eso fuese así, si padre o marido dijesen algo al respecto, dirían que ambos forman parte de un ejército que acata y respeta la Constitución de este país y, por supuesto, la opinión de sus ciudadanos, sean o no comunistas. Eso vuecencia debería tenerlo claro. En cuanto a la contienda fratricida que asoló este país, mejor mantenerla bajo siete llaves. No conviene remover el pasado, todos tenemos muertos y fantasmas. Recordar sí, remover no, general.

La presentadora evitó el bochorno a espectadores y tertulianos dando paso a la publicidad. El general abandonó los estudios entre gritos de que esa misma noche los generales Llorente y Mendoza tendrían cumplidas quejas del comportamiento de Sofía. Hay hombres que aún no han entendido que la tutela no es de aplicación automática a la mujer. Pasados los gritos y la publicidad, la moderadora presentó a la tercera mujer de la mesa.

—Nos acompaña Camino Lastrosa, presidenta de AMV, la Asociación de Mujeres Variopintas. Vamos a tratar el tema de los malos tratos.

Sofía pensaba de nuevo en Anita, en lo anormal que podía ser Alberto y en el contrato con la editorial. Se cansaba de escuchar hablar de malos tratos. Al final, nadie hacía nada. Así que *dispersionaba* una vez más en su vida. Consuelo hacía un llamamiento a la rebelión de las hembras; de manera ardiente disertaba sobre igualdad. Sofía seguía a lo suyo hasta que Camino Lastrosa interrumpió a Consuelo.

—Razón tienes, Consuelo, pero hay que entender que a los hombres, la mano se les suelte de vez en cuando. Yo, cuando voy a la compra, veo a muchas que todos conocemos tomando el café en la confitería y cuando vuelvo están allí. No hacen las camas ni la comida. Llega el hombre del trabajo y les da una torta. Hay que entender estas reacciones. Ellos trabajan y ellas, nada de nada: ni las camas.

Sofía intentó aguantar la risa. Camino discutía con Consuelo, la presentadora intentaba que ella dijese algo, pero Sofía era incapaz de articular palabra. Con evitar que la risa se le escapase, era suficiente. Consuelo alzaba la voz, Camino alzaba la voz.

—¡Yo que he sido uno de *les enfan refuxes de la guerre malerosa*! ¡Una infancia refugiada para regresar y oír esto! ¡Di algo, Sofía!

Sofía no pudo decir nada. Jamás había escuchado pronunciación semejante en francés. Estaba cansada de escuchar hablar de la maldita guerra, de ver cómo una mujer defendía la bofetada frente a la falta de orden en una casa. De Paco. Estaba harta de todo y dejó salir el hartazgo en forma de carcajada sonora que, de haber sido una televisión nacional, sería las delicias de los programadores. Se rió a carcajada limpia, sin control, sin poder pararse. Consuelo y Camino dejaron de reñir y miraban las risas. Las risas pueden verse, no lo duden, inténtenlo. La presentadora, apurada, intentaba dar salida a Sofía. Pasaron dos minutos entre carraspeos de la presentadora y miradas de las contertulias. Los cámaras intentaban sofocar sus carcajadas tapándose la boca, las imágenes se movían sin control en las pantallas. Sofía paró en seco.

—Que diga algo… Digo que me aburre esto, que me parece indignante ver cómo una mujer justifica un maltrato y no aconseja un divorcio. Digo que la asociación está subvencionada por el Ayuntamiento, lo sé con certeza. Y digo que el alcalde les quite la subvención de inmediato, a no ser que cambien mañana mismo de presidenta, eso digo. Que me río por no llorar y que menudo futuro les estamos dejando a nuestros hijos. Si una vida o una casa desordenada justifican un bofetón a la esposa, cualquier crimen justifica una tortura. Y que ahora me voy yo con el permiso de todos ustedes: ME ABURRO, en mayúsculas. ¡Dimita de inmediato, so burra! ¡O mañana mismo me manifiesto con cuanta persona decente quede en esta ciudad pidiendo que lo haga! Buenas noches.

Al llegar a casa, Santiago Llorente esperaba a su hija.

—¿Te ha llamado Paco?

—Sí, claro. Por el móvil, desde el taxi, al salir de la emisora. Creo que ha llamado a tu marido. Alberto, sal que ha llegado Juana.

Sofía volvió a reírse.

—No me veo muriendo por Dios, padre.

—Muriendo no, matando puede, So.

—Hola, Alberto. ¿Qué le habéis dicho a Paco?

—Lo mismo que le has dicho tú, querida esposa. Exactamente lo mismo. Nada más había que decir, Sofía. Bueno, yo le he recordado que esas declaraciones pueden traerle graves problemas, que modere. ¿Subimos? Buenas noches, Santiago.

El general Llorente los veía subir la escalera, riendo; Alberto contento con las declaraciones de Sofía y ella comentando su ataque de risa y él parodiando a Consuelo. Alberto era un enigma, un tremendo enigma. Que lo desentrañase otro, pensó Santiago Llorente.

Dos días después, Barcelona recibió a unas mujeres en busca de fortuna. Un decir… Personajes en busca de autor, pero al revés.

—Una pena que Magdalena no pudiese venir.

—Que se joda, Sofía. O que se divorcie del mierda de su marido. Cuando pronunció «es que no me deja ir», dije de todo. Pero no fui capaz de convencerla.

—Magdalena cada vez bebe más. No os lo dije, pero el otro día fue al hospital de madrugada. No se tenía en pie. Al parecer, él la había insultado delante de unos invitados. Ese tío es asqueroso.

—Yo no quiero oír eso, Bienvenida, si lo oigo me parece a mí que lo empapelo.

—No puedes empapelar a nadie, ella no lo ha denunciado, no le pega, Alicia.

—Tú no hables de lo que no sabes, Mafalda. Termina la carrera y después opinas. Puedo empapelarlo por otros temas que no voy a contarte.

Sofía puso paz entre su hija y Alicia. El taxista las miraba por el retrovisor.

—Hace un día precioso, ¿no os parece?

—Me parece, mamá. Ahí está el hotel.

—¿Puedo pagar este hotel, Alicia? No sé si puedo permitírmelo.

—Ganas casi el doble que yo, Bienvenida, no digas chorradas.

—¡Tú no vives de lo que ganas, eres una capitalista millonaria y yo no!

Sofía y Mafalda entraron en el hotel dejando a Bienvenida
y Alicia peleándose. Queta las esperaba.

—Tardasteis mucho en llegar. Ya tengo las llaves. Esto de
dos taxis es un coñazo.

—No sabes de lo que te has librado, Queta. Esas dos están
peleándose.

—Déjalas que se apañen, vamos. Tenemos una suite. Me ha
llamado Magdalena, no le he entendido nada. Creo que ha bebido.

—La llamaré mañana, cuando esté más despejada. Pobre
Magdalena, aguanta por un capital que nunca será suyo. Qué
absurdo.

La hora de la cena empeoró las cosas. Magdalena llamó a
Sofía.

—¿Cómo lo estáis pasando?

—Un coñazo, Magdalena, un aburrimiento, no hay am-
biente y mañana a las once vamos a la editorial. No creas que
te pierdes mucho.

—Ya, pero me gustaría haber ido, Sofía. Al menos salís de
aquí. Me encuentro mal, Sofía. Ayer creo que estuvo a punto
de pegarme. Se puso frente a mí, se tocaba los huevos y me decía que era una mierda, que estaba cansado de nuestra vida,
que sólo le daba disgustos y problemas. Metí a los niños en su
habitación para que no escuchasen todo aquello, pero fue inútil. Lloraban sin parar. Se ha ido la asistenta, Sofía, y he llegado
tarde a dos juicios. Le digo que la casa es de los dos, que tiene
que hacer algo. Dice que mi trabajo es una mierda, que gano
para mis lujos y que me joda, Sofía. Tuve que acostarme con
él, creo que estaba borracho. No puedo más.

—Magdalena, llama a mi padre. Pídele las llaves de la casa
de Enriqueta y vete ahora mismo de ahí. Déjalo de una puñetera vez, déjalo o termina contigo. Ahora mismo llamo a mi

padre. Vete esta noche, de inmediato. Que se tome un tranqui-
lizante o que se muera, pero vete ahora mismo de casa.

—No puedo, Sofía, me quitaría a los niños, sabes que lo
haría. No puedo hacerlo. Voy a colgar, que ya ha llegado.

Sofía Llorente guardó el teléfono móvil. El resto la miró
esperando una explicación a las palabras que habían escuchado. No la hubo.

—Me voy a dormir, buenas noches.

Sofía no durmió bien aquella noche. Magdalena. Los hombres y la vida. El maltrato asqueroso que duraba siglos. Las feministas pidiendo una igualdad que no lo era: más esclavas, en eso
las habían convertido. De marido, de carga marital, pasaron a
cargar, sufrir y soportar marido, jefe y trabajo. Ella había escrito
una comedia que no era tal, su novela era un drama cubierto, tapado. Atrapaba la atención desde la primera palabra. Al final, era
la historia de un secuestro, del secuestro de millones de mujeres.
De ellas mismas, de su propia realidad. Su gente se reía al leer los
originales del libro, pero a ella no le hacía gracia alguna. Reír
por no llorar. Sería un éxito. Al fin, era una redacción bien hecha, habría dicho su hermana y con razón en este caso.

La editorial ocupaba un edificio entero en el centro de
Barcelona.

—Esto es buena señal: tienen bienes raíces. Serán solventes
al menos.

Alicia entró seguida de todas y preguntó por la editora.
Enriqueta se veía atando a la magistrada al primer intento de
sembrar el pánico entre aquella gente. Las acompañaron a una
sala de juntas. Grande, decorada con maderas claras y sin apenas objetos ornamentales.

—Todo muy moderno. ¿Eso es una pintura o un dibujo de
Mafalda cuando era pequeña?

Miraron hacia el cuadro que señalaba Bienvenida, una raya
negra sobre fondo blanco. La editora entró acompañada de
otras dos mujeres.

—¡Hola! Veo que os gusta la pintura de Jangh Chanam. Es preciosa, inspira serenidad. ¿Cómo estáis?

Se saludaron, se presentaron y todo lo terminado en aron que se hace en estas ocasiones. Bienvenida y Mafalda estaban sentadas en un sofá mirando desde la distancia, Alicia había decidido que ellas no pintaban nada en la reunión y de acudir, no se sentarían en la mesa. Según ella, era una táctica.

—Podemos comenzar. ¿Alguna pregunta?

—Sí, yo tengo una, Caritina. ¿Quién coño es Jangh Chanam?

Caritina Cantada miró a las mujeres que la acompañaban. Con una sonrisa respondió a la pregunta de Alicia. Aquellas chicas de provincia…

—Es el pintor de esa maravilla, Alicia. Cuesta una fortuna. Nuestro consejero delegado tiene línea directa con el artista. Se lo ha vendido como un favor, por ser él. Jangh no pinta para cualquiera. No te preocupes por no conocerlo, es para elites. Pocos pueden tener su obra.

Bienvenida miró a Mafalda, y se metió un trozo de chocolatina en la boca y pronunciaba de forma dificultosa.

—Se va a armar, Mafalda, creo que la ha desacatado.

Enriqueta Llorente se sirvió agua y bebía. Lástima no poder pedir algo más fuerte, pensaba. Sofía intentó hablar. No pudo.

—A mí no me preocupa no conocerlo. Me preocupo ahora que lo he conocido: no me gusta un pijo y dices que cobra caro. Me parece una tomadura de pelo. En mi casa, tengo Degas, Renoir, Monet y cosas así. Esa cosa negra ahí puesta no me gusta nada. Me deprime.

Una de las mujeres que acompañaba a Caritina miró en dirección a la magistrada Solares. No la miró a ella, exactamente miraba por encima de Alicia.

—No hablamos de copias, hablamos de originales. ¿Podríamos ir al tema? Tengo mucho trabajo pendiente.

—Alicia habla de originales. No de copias. No recuerdo tu nombre, disculpa.

Enriqueta se estaba cansando de aquella chulería vestida de sencillez.

—Elisenda, me llamo Elisenda.

—No podía ser menos. ¡Se va a llamar María!

—No te metas, Bienvenida, ya te lo advertí antes de entrar.

—Vale, Alicia.

—Bueno, Elisenda, a lo que vamos: lo mío son originales, siempre y en todo. ¿Tú qué negocias aquí?

—Yo no negocio nada, soy la encargada del departamento de diseño. Y tengo mucho trabajo, me gustaría terminar pronto.

Unos golpes suaves se dejaron sentir sobre la mesa. Enriqueta golpeaba con un lápiz sobre la madera, golpes cortos, largos. Sofía hacía lo mismo y Elisenda se alteró.

—¿Os importaría dejar de golpear la mesa?

—No es mala educación, señora. Mi madre y mi tía están hablando entre ellas, al igual que ustedes lo hacen desde hace un rato. Ustedes en catalán, ellas en morse. Así estamos todos iguales. Y no creo que Alicia sea una pedante, es Alicia, simplemente. *Jo parlo català*.

Elisenda enrojeció. Y dijo algo a Caritina Cantada.

—En alemán, no lo intente. Trabajé cinco años en ese país. Lo entiendo todo. Me temo que la única inútil para los idiomas es Sofía, por eso la acompañamos nosotras.

La reunión se estaba convirtiendo en algo que no debía. Los cuchillos se lanzaban en todas las direcciones. Sofía se estaba mareando.

—Creo que debemos concretar varias cosas que he apuntado.

Y comenzaron a discutir plazos de edición, porcentajes y cuestiones normales en estos casos. Normales para cualquiera, menos para la editora y sus adláteres. Cuando un escritor aparece en la escena editorial, lo hace con la cabeza baja, agradecido. Sobre todo, si carece de agente. El novel es ser un agradecido, el editor un dios al que venera, un objeto sagrado y de culto. Caritina estaba sorprendida, aquella vez era la primera que trataba con seres semejantes. Parecían llevar la batuta ellas, eran las amas de la mesa de negociación y se estaba poniendo nerviosa.

—La edición será de diez mil ejemplares.

—¿Eso no es poco, Caritina?

—No, me estoy arriesgando en exceso, Sofía. Las ediciones normales son de mil quinientos, a lo sumo cinco mil ejemplares.

—Venderemos más, este libro venderá más de cincuenta mil ejemplares, estoy segura.

Las mujeres de la editorial sonrieron de nuevo. Esas sonrisas poco agradables que denotan burla.

—Parecéis abogados discutiendo contratos y tú estás muy segura de ti misma, Sofía. —La mujer abría la boca por vez primera. Al parecer, era la encargada de marketing.

—No lo parecemos, lo somos. Y no es seguridad en mí misma. Un libro es como un bote de refresco, lo ha sido y lo es. Y este refresco va a venderse mucho. Retrata la desgracia que nos asola a las mujeres y encima te ríes. Los estudios de mercado dicen que las mujeres son las que más leen, las que más compran. Así que no soy yo, es el producto.

—Shakespeare era un producto, vivir para oír.

—Frente a Marlowe, lo era. Los dos lo fueron, Elisenda.

—Bueno, ahora el precio, Sofía y después veremos la portada que han hecho en diseño. Te adelantaremos doscientas cincuenta mil pesetas.

—Quiero un millón de pesetas, Caritina. No quiero menos de eso. Y antes de firmar, quiero asegurarme de la distribución, la publicidad que tendrá el libro, etc.

Enriqueta miró a su hermana. Estaba loca, peor que Alicia.

Era una desconocida y se estaba pasando. Las editoras o lo que fuesen eran unas pedorras, pero Sofía se estaba pasando. Enriqueta era como los escritores noveles.

Discutieron y Sofía obtuvo su millón. Una llamada las interrumpió, Elisenda respondía con la voz alterada.

—¡Súbeme de una vez la portada de la nueva! ¡Y envíame la imagen al ordenador de la sala de juntas! Ya la tengo en pantalla, ahora te llamo.

Caritina miró a las astures y explicó con voz cantarina, tal que su nombre, tal que su apellido:

—Todos los ordenadores están en red.

—¡Fíjate qué modernos! Menuda novedad…

Mafalda recibió la mirada de su madre dejándola pasar de largo.

—Un momento, he de dar de paso una portada, estos inútiles de becarios son incapaces de hacer nada por sí solos.

—No es de extrañar, la explotación no resulta en estos tiempos…

Sofía volvió a mirar a su hija, la hija no se dio por enterada.

Elisenda marcó un número en el teléfono interior.

—Sí, ya os he dicho que está perfecto. Es el castillo normando que buscábamos, lo doy de paso.

Por si ustedes no lo saben, no hay peor enemigo de una mujer que otra mujer. Adelas, Bernardas, Poncias… Mientras Elisenda miraba la pantalla del ordenador, el resto la miraba a ella, menos Sofía. Que miraba la imagen del castillo.

—Va a romperse una cadera…

Mafalda no podía evitar los comentarios. Y todas miraron a Elisenda. La mujer vestía una falda larga, casi cubriéndole los tobillos. Dejaba reposar el peso del cuerpo en la cadera, con un retorcimiento antinatural. El brazo y los hombros parecían relajados por algún sedante. Elisenda era la imagen de alguien a punto de descoyuntarse. Presumir se llama eso. Los modernos presumen así de raro. Creo que tiene algo que ver con esa manía del zen, de la espiritualidad. Cuando vean a uno en la televisión, fíjense en cómo no permanecen sentados, se tiran directamente. La educación es molesta para el poder. Cuanto más incívico es el pueblo, mejor se lo engaña y manipula. Se ha decidido que la urbanidad y la compostura son símbolos fascistas.

Colgaba Elisenda el teléfono y entraba en la sala una chica con un atril y un cuadro. En el mismo momento, Sofía encendió un cigarrillo y humo y palabras salieron a un tiempo.

—Eso no es un castillo normando…

La miraron sus amigas. La miraron las editoras. Sonrió la chica portadora del atril.

—¿Ah, no?

—No, Elisenda. Eso es un castillo. No un castillo normando.

—¡Está en Normandía!

—Perdona, me refería al tipo de arquitectura. No al lugar: me he equivocado.

Caritina puso atención, el libro lo editaba ella. Y no era la región de Francia lo que debía ocupar la portada. Era el estilo. Preguntó a Sofía si aquello no podría pasar por un castillo normando.

—No soy experta en arquitectura, pero desde luego no es un castillo normando como yo lo entiendo.

—¡Sí lo es! Estoy segura.

—Los castillos normandos de los que habláis no son así. Esto es un castillo tipo de los del Loira. Un castillo típico del Renacimiento francés: torres cónicas, redondeadas desde la base, piedra clara, tejados de pizarra… Los castillos normandos son más cuadrados, con almenas. Los construían para defender, no para aparentar. Sillares, ventanas cuadradas, así son las construcciones de las que hablas… No es un castillo normando, no lo es.

Sofía fumaba y aspiraba humo y palabras con igual placer.

Elisenda era una burra vestida de moderna, sin puñetera idea de lo que era un trabajo bien hecho.

La joven que portaba el atril sonreía cada vez más. Sofía le guiñó un ojo. No era necesario ser psicólogo para saber que Elisenda puteaba a la joven de mala manera y que la chica se estaba alegrando con el espectáculo.

Elisenda arrebató el cuadro a la joven y lo lanzó sobre la mesa.

—¡Ésta será la portada de tu novela!

Sobre un fondo rojo, una mujer deforme, con los brazos gordos y unas piernas enfundadas en unas medias que más parecían pelos saliendo de cada poro. Frente a ella un hombrecillo minúsculo, del tamaño de una pulga, recibía una reprimenda de la oronda. Las catalanas estaban embargadas por la satisfacción de tan magna obra. Las astures no podían respirar. Del susto.

—¿Esto son pelos o medias?

Alicia Solares daba vueltas al cuadro intentando ver algo que lo enlazase con la novela de Sofía.

—Representa el contenido de la novela, yo lo veo claro.

—Nada te espante, Sofía. No compensa.

—Por supuesto, Enriqueta. Elisenda, mi novela no trata de mujeres humillando a enanos modernos, de mujeres con pinta de anormalas y casi despelurciadas. Esto es una mala copia de los dibujos de Mingote, es querer copiar a un genio de la parodia. No quiero esta portada. Espantará a los hombres. Yo escribo novelas para hombres y mujeres, no artículos en revistas femeninas.

Las catalanas sentían insultado el producto interior bruto —diseño— y las astures, su inteligencia.

—¿Cómo crees que tiene que ser la portada entonces?

—Mírame bien, Elisenda: como yo. Así de parecida a la realidad. La liposuccionas un poco y así mismo. Pero tal que yo es la mujer que describo en ese libro. No son histéricas, no son deformes, no son modernas de pacotilla, son mujeres trabajadoras de este siglo. No viven ni en la mierda ni en la chulería. Estas mujeres bajan a la tierra cada jornada laboral y suelen ser jornadas de dieciocho horas.

Las miradas se posaron en Sofía. Un pantalón, un jersey cisne, unas perlas y un pañuelo cubriendo el pelo. Hacía un momento se había puesto unas enormes gafas de sol.

—Puede ser, sí. Me gusta la idea.

Caritina Cantada era lista y Elisenda la estaba cansando con su modernidad desatada. Las dos últimas portadas habían tenido quejas de algunos lectores, al parecer nada tenían que ver con el tema de las novelas.

Esperaban la llegada del contrato rehecho para firmarlo y hablaban sin gana alguna entre ellas. Se habían caído mal desde el principio y la situación empeoraba.

—¿Os vais hoy?

—No, Caritina. Estaremos unos días, de compras.

—Hay unas tiendas preciosas, os daré alguna dirección. Para ver, no se puede entrar a comprar, son carísimas. Sobre todo las italianas. Y zapaterías. Ya veréis qué bien os lo pasáis.

Sofía ignoraba cómo podía pasarse bien comprando. Al resto de sus amigas les gustaba pero a ella la ponía de los nervios. Miraba las correcciones que estaban en el libro y se empezó a poner de mal humor. Su atención se distrajo de la lectura cuando vio a su hija tirar el bolso encima de la mesa.

—¿De esto venden aquí?

Los anagramas llenaban el bolso de Mafalda. A Sofía le espantaba hacer publicidad de una marca y encima pagar por ello. A su hija parecía gustarle.

Alicia estaba retorcida por completo, decía tener algo en la espalda y Bienvenida no podía hablar, un trozo enorme de chocolate se lo impedía. Enriqueta se pasaba la mano por la cara en un gesto de desespero.

—¡A ver, Cantada, ayúdame que me va a dar, algo me ha picado aquí! ¡Mira a ver!

Caritina corrió a mirar la espalda de Alicia.

—No veo nada…

—La etiqueta, seguro que es la etiqueta que me molesta, mira bien. ¡Córtala!

Caritina agarró una tijera y cortó la etiqueta.

—Ya me siento mejor. Claro que es una lástima, una auténtica lástima…

La sección editorial no entendía nada. Y Mafalda gritó en aquel momento.

—¡El anagrama de mi bolso no lo cortes, por favor!

Caritina Cantada miró el bolso y acto seguido la etiqueta: Valentino.

—La vanidad no es un adorno, Mafalda, y la chulería menos. Con decirles a las señoras que nos gusta la ropa italiana era suficiente. Tu espectáculo está de más, Alicia.

—¡Se están chuleando desde que hemos llegado, Sofía!

—Y a nosotras qué nos importa, Alicia. Me preocupa algo, Caritina. ¿Qué son estas correcciones? ¿Quién ha cambiado estos artículos? Me han tachado los artículos, los han cambiado todos.

—Es que has puesto mal esos artículos, Sofía. No tiene importancia.

—Sí tiene importancia, y no he puesto mal nada. Se han hecho mal las correcciones: «le puso en su lugar»… ¡No es le, es lo!

Y de nuevo salieron las espadas. Han Solo luchaba por sus artículos.

—Es que en Asturias sois leístas, será eso…

—Elisenda, en Asturias hablamos castellano correctamente. Hay una prueba definitiva para saber si está bien o mal. Si lo digo en asturiano es: pusolu… ¡Y de lu muta a castellano en lo!

—El asturiano no existe… Ahora tendréis lengua propia… Por cierto, me han dicho que heredas título, yo también. Y que tienes un esclavo moro, eso yo no lo tengo. En lo del título somos iguales.

El teléfono de Sofía repiqueteó en aquel momento. Amigas e hija quedaron fastidiadas, el láser no se había desenfundado. La cara de Sofía quedó blanca. Agachó la cabeza, respiró y volvió a levantarla.

—Sí, Fernando, estoy bien. Te llamo en un rato.

Colgó el móvil, abrió el contrato y fue firmando hoja por hoja, casi sin fuerza. Algo le estaba pasando. Bienvenida se levantó, Sofía no podía desmayarse delante de aquellas gilipollas. A ellas no les importaba si Sofía estaba enferma o no.

—Esto es un negocio, sólo es un negocio como otro cualquiera. En mi vida hay cosas mucho más importantes que un libro, pero quiero que salga bien. Colaboraré en lo que haga falta y espero lo mismo de esta empresa de la que he pasado a formar parte. Por cierto, Elisenda. —El láser apareció de súbito ante los ojos de todas—. El asturiano existe, mi cerebro se está ariando de escucharte, busca la palabra. No tengo esclavo alguno ni criado. Yo seré marquesa por un pastel ridículo, no por traficar con seres humanos. Puede que tengamos un punto de pijas, pero gilipollas jamás, Elisenda. Obviamente no somos iguales. Nos vamos, adelántate tú, Queta, regresamos esta misma noche. Era Fernando, han encontrado a Magdalena muerta en la playa.

El alma en el ojal de la solapa

> Yo soy un clown sentimental.
> Mi novia es guapa.
> Y llevo el alma en el ojal
> de la solapa.
>
> DÁMASO ALONSO

Fustigar. Golpear. Aldabear. Aplastar. Abatir...
La existencia es un batán. El círculo se mueve por fenómenos que desconocemos; fluidos que nos atraviesan, fuerzas mecánicas que matan, se escapan y llevan la energía de un cuerpo a otro. La vida es un batán lleno de greda que nos chupa el tuétano. Nos araña en cada esquina. A cada tramo puede golpearnos como los mazos lo hacen con los paños. Si pensamos en ello, si nos damos por enterados de que en cualquier momento el mazo puede alcanzarnos, enfermamos: de depresión, de muerte y soledad.

«Son las caídas hondas de los Cristos del alma, de alguna fe adorable que el Destino blasfema. Esos golpes sangrientos son las crepitaciones de algún pan que en la puerta del horno se nos quema. Hay golpes en la vida, tan fuertes... Yo no sé...»

Recitaba a Vallejo Sofía Llorente y sentía hilos de seda sobre sus muñecas y tobillos. La arrastraban hacia un hoyo que aparecía a cada paso. Se revolvía, trataba de arrancarse las argollas y, a cada envite, se apretaban más y tiraban de ella con fuerza. Una mañana dejó de pelear. A punto de terminar la primavera, de madrugada, caminó al mar. Al mismo que le había arrebatado a Magdalena. Se quitó la ropa y la dobló con cuidado, la posó sobre una piedra húmeda y comenzó a pasear entre las olas. Cada vez más adentro, camino del horizonte. El agua le llegaba a los hombros y al poco sus pies no tocaron arena. Nadó hasta sentir que le estallaba el pecho. Se dejó mecer por el agua. Con brazos y piernas extendidas miraba al cielo.

—¿Por qué permites esto? ¡Nos quitas la vida, dejas que nos la quiten! ¡Nos educas en el pecado, en la culpa! ¡Tú, que te dices Dios, has matado a Magdalena! ¡Ella cumplía tus preceptos y la has matado! ¡Conmigo no te atreves, sabes que te desafío en cada acto! ¡Cada día! ¡Hazme doblar la cabeza a mí! ¡Inténtalo! ¡Has querido verme humillada, vencida, desde el día en que nací! ¡Atrévete de nuevo!

Y gritando el nombre de su amiga se dejó caer al vacío, al hoyo que desde hacía semanas evitaba. Abría los ojos y miraba entre el agua limpia. Algas y algún pez pequeño. Ninguna respuesta. Dejó escapar aire y maldiciendo, volvió a la superficie.

—¡Yo no voy a matarme! ¡Yo no voy a dejarme morir! ¡Hunde tú el puñal, no seré yo quien me quite la vida que dicen me has dado!

Farid creía oír las palabras que pronunciaba Sofía. Escuchaba los sonidos e intuía el verbo. Seguiría luchando. Él lo sabía. Abandonó la playa. Sofía no estaba sola.

Fernando solía nadar todas las mañanas. Apenas amanecía, el párroco acudía a la playa. Desde la muerte de Magdalena, dormía poco y siempre entre pesadillas. Sus malos sueños proyectaban el cuerpo de Sofía entre las algas, arrojada a la arena por la marea. Magdalena no era la cara que él soñaba en sus delirios.

Le pareció ver a Farid entre las rocas. Era él. Miró al mar y vio cómo Sofía salía a la superficie. Nada malo estaba sucediendo, Farid daba la espalda a la playa y regresaba a la casa. Sintió ganas de llorar, la angustia se agolpaba en su pecho, anidaba entre sus costillas y le comprimía el corazón. Si el alma existía, la suya se ahogaba. Entró en el mar y nadó despacio en busca de Sofía.

—Está fría, Fernando.

—¿Qué haces aquí?

—Reto a Dios. Creo que lo he insultado. Ahora llegará la tormenta, nubes negras, caerá un rayo sobre el mar y moriremos. Al menos, será junto a ti. No moriré sola.

—Es la escena de una novela, Sofía.

—Las novelas siempre tienen un punto de verdad y la realidad las supera. De todas formas, no quiero morirme. Al menos, no darme muerte. Si veo una nube negra aparecer empiezo a nadar y no paro. No quiero morir, no quiero hacerlo y menos desearlo, Fernando.

—Me alegra que quieras vivir, So. Y a Dios no se lo reta, Él es quien lo hace.

—Será a ti y que te dejas, yo aplico el *quid pro quo*, en esto y en todo. Él dejó morir a Magdalena. Ella era católica, una buena católica, yo no. Él la mató.

—La matamos todos, la dejamos morir. Cerramos los ojos, los oídos, la boca, Sofía. Ninguno hicimos lo que deberíamos haber hecho.

—Asesinar a su marido, eso deberíamos haber hecho.

—No es necesario llegar al crimen: ayudarla a irse. Apartarla de su lado. Ninguno lo hicimos.

—Ayúdame a mí, Fernando.

—No quiero estar más tiempo aquí. No quiero escucharte decir eso, Sofía. ¡No puedo escucharte decir eso! Ni quiero que me mires de esa forma.

—¿Tú morirías por mí?

—Yo, Sofía, viviría por ti. Contigo. No te creas única en la pena. Ni por Magdalena ni por ti. Yo, Sofía, muero de ansia, de angustia, de dolor. Cada día, durante muchos días y muchos años. Pensaba que la Iglesia lo aplacaría. No ha sido así. Renuncié a una carrera por alejarme y al fin, regresé derrotado. He visto crecer a una hija que debiera haber sido mía, te he visto amamantarla, jugar con ella, criarla sola. Y cada vez que te observaba, cuando os veía jugar a las dos, pensaba que yo tenía que estar allí, con vosotras. Pensaba en lo bien que habríamos estado juntos. En tus gritos, en mis caricias acallando esa queja permanente en la que vives. Me he imaginado muchas tardes con tu padre y con Farid. Paseando, esperando tu regreso del despacho, cuidando a Mafalda, llevándola conmigo a ver un desfile militar, Sofía. ¿Piensas que no habría querido ser general? Me habría gustado, claro que sí. El ejército y tú erais mi vida. No os he tenido a ninguno. A ti, a pedazos. Y con esos trozos de vida me conformo. Te he visto tantas veces buscar amparo, lo haces como los perros callejeros buscan un trozo de comida en las basuras. Te he visto irte con ese hombre del barco esperando encontrar lo que estaba al alcance de tu mano. No te creas única en la pena, tú también la causas. Es cierto: la vida es más dramática que una novela, Sofía.

—Nadie me habla nunca como tú, Fernando. Nunca. Debí volverme loca cuando me fui de tu lado aquella tarde.

—No fue locura, Sofía: la vida, el círculo. Las energías que en ocasiones se vuelven incontrolables. Vámonos, estás poniéndote azul.

—¡Dios que me tiende una trampa! ¡Te ha enviado para que no me dé cuenta del frío y me congele o sufra un mal repentino!

—Si fuese así, se ha equivocado: ignora que el calor que pongo en cada letra de cada palabra que te digo evitaría una muerte por congelación, So. Y Dios no se equivoca. Nunca.

Después del amanecer en la playa, Sofía tiró al mar la llave del miedo. Desaparecieron los lazos que parecían arrastrarla hacia la muerte y vivía inmersa en su nueva novela y en preparar su entrada en el círculo literario lo mejor que podía. No era fácil. A las máquinas, a los aparatos que tienen engranajes antiguos, no les gusta que les pongan ni una gota de aceite. Increíblemente, chirrían al engrasarlos. La editorial, los entes que vivían de los libros escritos por los autores reaccionaban como un metal al entrar en contacto con el oxígeno. Tal que el hierro, al entrar en contacto con Sofía, se producía en ellos una reacción química. Se enfurruñaban, que es parecido a furrañarse cuando se habla de humanos. Oxígeno-Sofía los convertía en ferrosos o férricos, dependiendo del grado de mala baba que los atacase al oír su voz.

—Llaman de una cosa que todo el mundo lee. Después tengo que hablar con usted. Me siento explotada y ya es hora de terminar con ese sentimiento.

—Gracias, Anita. Después hablaremos.

—¡Tú eres tonta perdida, Sofía! ¡La tía te toma el pelo! ¡Explotada, dice!

—Alicia, déjame responder a la llamada. Buenas tardes, dígame.

—¡Hola! ¡Soy Paca Machacada, tu encargada de prensa en la promoción!

Alicia escuchaba por otro teléfono y se oían ruidos extraños: risas y maldiciones contenidas.

—Hola, Paca, te he llamado varias veces. En dos o tres semanas me voy a Madrid, estaré allí casi un mes. Quería decírtelo. No he podido localizarte.

—¡Estoy superocupada, Sofía! No puedes ni imaginártelo. Quiero hablarte de tu estancia en Madrid: no es necesario tanto tiempo, con tres días tenemos suficiente. Hemos cerrado cinco entrevistas y puede que nos den alguna más, pero es difícil. No le interesas a nadie.

Un «¡cabrona!» se escuchó nítidamente.

—¿Qué has dicho?

—Nada, estaba escuchándote, Paca.

—Me ha parecido oír una voz diciendo algo.

—Es mi línea, tiene interferencias. No intereso a nadie… Veremos, he contratado una agente de prensa externa.

—¡Nadie te ha mandado que lo hagas! ¡No puedes tomar esas decisiones tú sola! ¡Esto es una empresa seria!

La voz se dejó oír nuevamente: «¡Pues parecéis de chiste, ni puta idea de lo que os traéis entre manos!».

—¿Sí? ¡Sofía! ¿Qué son esas voces?

—Te he dicho que mi línea tiene interferencias, Paca. Lo de la prensa intenté discutirlo con vosotros muchas veces: no se pueden poner esa cantidad de libros en la calle sin una promoción decente. Si no los vendo, la responsabilidad es mía, no vuestra.

La voz actuaba de nuevo: «¡Estamos aprendiendo mucho, jumenta! ¡No vais a dárnosla con queso!».

—Alicia, cuelga de una puñetera vez…

—¡Soy Paca, Sofía! No soy Alicia, ella está en México, en una feria.

—Faltaría más, va a estar en Corbera de Llobregat. Siempre estáis en México, en la China o donde no pueda localizaros. Y después a Ibiza en plan fin de semana paleto con los puntos Iberia de la empresa. Que no entiendo cómo os los dan: son retribuciones en especie. —Sofía pensaba en voz alta y dispersionaba—. Yo he contratado a la agente y voy a hacer lo que te he dicho, Paca. Vuestro plan de trabajo es indecente, impropio de una empresa semejante. Tú tienes cinco entrevistas, yo tengo a día de hoy planificadas treinta y cinco. Cuando quieras, comparamos.

—No sé quién te crees, Sofía. Vienes a darnos lecciones de algo que desconoces. Es imposible que tengas el número de entrevistas que dices. Si quieres algo de mí, me llamas, preguntas por Charra Mezcal. Es mi *assistant*…

Un ruido gutural, de risas tragadas, se escuchó antes de que Sofía respondiese. Queta y Bienvenida acompañaban a Alicia en la escucha telefónica.

—No tengo el número de tu casa, Paca. No sé tu teléfono personal.

—¿Mi casa? No es necesario que lo tengas.

—Ya, pero si tengo que hablar con tu asistenta cómo lo hago.

—¡En la oficina!

Paca se estaba desesperando, aquella paleta la desquiciaba, se lo habían advertido, pero no podía creer que fuese tan provinciana. A Paca, alguien de su empresa no le había contado la verdad de la vida, al menos de la supuesta paleta.

—¿Tengo que hablar con la mujer de la limpieza? —Las interferencias aumentaron. Mun*ggggggggggggggggggpua*ggggggggggg*moggggggggggggggggggggggggggggg*, así sonaban. Tal que mugidos de vacas.

—¡Secretaria! ¡Hablas con mi secretaria!

—¡Ah! Perdóname, Paca. No te entendía. Bien, toma nota: cualquier cosa que tengas que decirme, desde ahora, llamas a mi despacho, preguntas por Ana Rodríguez o Susana Sánchez, son dos de mis secretarias personales. A casa, no me llames. Te veo en Madrid.

Las interferencias colgaron el teléfono y se prepararon para merendar en el sótano, estancia invadida por todos los habitantes de la casa; encontraban agradable y acogedor el rincón de Sofía. La bohemia siempre atrajo a los burgueses y estos puntos, en eso, no eran diferentes.

—¡Has estado muy bien, Sofía! ¡Estupenda! Esa chula… ¡Es que cada día me caen peor! Bueno, tengo que calmarme que hoy empiezo con el *coaching*. A las nueve.

—Esa operación no la conozco, Alicia.

—Operación, operación… ¡Ya no me opero! Esto es algo natural.

—Es un té, me parece…

Enriqueta Llorente lo dijo convencida, no vean ustedes en ello gracia alguna, no: estaba convencida de que a las nueve Alicia tomaría una infusión.

—¡Tengo un *coach* personal! ¡Me enseña cómo corregir conductas y a enfrentarme a mis problemas, a ser feliz! No seáis paletas, que terminará teniendo razón la Paca esa.

—¡Nunca vi aprender a ser feliz, tener un profesor de eso! —Enriqueta estaba enfadada por confundir el aprendizaje con un té.

—Yo creo que si se puede aprender a ser feliz, haces bien, Alicia. Será un psicólogo.

—Psicólogo particular, hay que fastidiarse… —Bienvenida intentaba hablar sin tacos.

—¡Que no es un psicólogo! ¡Es un entrenador de sentimientos! Cuando tengo ganas de darle una leche a algo, de tirar por la ventana un plato, él me dice cómo arreglarlo.

No comentaron nada las amigas de la poseedora del entrenador de sentimientos, el teléfono lo impidió. Una lástima.

—Hola, Claudio. Sí, tu madre está aquí. ¿Cómo llevas la estancia en el imperio?

—Mal, y como estoy mal y mamá no me hace caso, te lo digo a ti Sofía: voy a tirarme en una charca llena de caimanes. Lo he decidido.

—Bueno, Claudio, no será para tanto. Un año pasa pronto.

—No voy a estar un año con estos anormales, Sofía. Vosotros veréis. Me hacen ponerme firme al subir y bajar su bandera, todos son gordos deformes, comen marranadas. Y encima se chulean de ser los mejores en cualquier cosa. Ayer, uno me desquició, no pude evitar que la raqueta saliese lanzada y le han dado tres puntos en la cabeza. Ha venido un policía a casa, pero al parecer, lo han arreglado. Papá enviará dinero para la familia de ese gilipollas. Los odio.

—Te paso a tu madre, espera, Claudio. Dice que se tira a una charca de caimanes si no lo dejas volver, Alicia.

—¡Se va a enterar! ¡A ver, Claudio, deja de decir idioteces!

—*Yáwë… Yelwa… Fauka… Úrë… Falassë…*

—Pero ¿qué dices? ¡No entiendo el inglés de Claudio!

—Claro, Alicia: es inglés americano... Que dirías tú...

—No seas idiota, Queta. ¡No te entiendo, Claudio!

Mafalda entraba por la puerta del bajo seguida de Castaño. El comisario tenía un destino fuera de la ciudad y comenzaba a añorar a los Pudientes. Su nuevo jefe era un mamón insoportable. A ojos de Castaño. A los ojos de la ciudadanía, lo mismo: el ministro peor valorado en las encuestas, por chulo.

—¡Mafalda, habla con Claudio, no entiendo lo que me dice!

Castaño frunció el ceño, Claudito estaría detenido por el FBI. En América no eran tan blandos, aprendería. Pulsó un botón del teléfono y todos escucharon la voz de Claudio.

—*Yáwë... Yelwa... Fauka... Úrë... Falassë...*

—¿En qué hostias habla, Bienvenida?

—Ni idea, papá. No he escuchado eso en mi vida.

—¡Se habrá metido algo en la boca o estará drogado! ¡Te dije que tenías que internarlo en un campamento militar, Alicia! ¡Nada de escuelas de tenis! ¡Disciplina!

—Castaño, te oigo. Voy a tirarme a una charca llena de caimanes si no negociáis de inmediato. No me comunicaré más: *Yáwë... Yelwa... Fauka... Úrë... Falassë...*

—Es elfo o algo así, Alicia. Lo de *El señor de los anillos*, creo que habla como ellos. No soporto esa película ni el libro. Es absurdo.

—A mí qué me importa que la soportes o no, Mafalda. Y no sé por qué les dices en lo que hablo. ¡Chivata!

—Claudio, ¡voy a cortarte los huevos como no entres en razón! Deja de hablar como esos enanos cabezones y vuelve a la escuela. —Castaño se alteraba a cada palabra del chico.

—*Yáwë... Yelwa... Fauka... Úrë... Falassë...* Ya están aquí...

—¿Quién está dónde? —Castaño pasaba de la alteración a la sorpresa.

—Ni caso, serán los caimanes.

Y todos rieron la ocurrencia de Enriqueta.

—No chulees, Queta, que oigo lo que decís: ya está aquí la tele, los caimanes hace rato que me miran. Me estoy cagando de miedo, pero yo no me voy de la charca si mamá no me promete que viene a por mí mañana mismo. Y delante de la tele.

Castaño gritaba al teléfono, Bienvenida comía chocolate y Enriqueta se sirvió una copa de coñac. Sofía vio bajar a Farid por la escalera interior; tras él, su padre y Alberto. Su madre, unos pasos por detrás. El general Mendoza entró gritando.

—¡La educación moderna, vosotras que os decís madres! ¡Tu hijo amenazando con tirarse a una charca llena de saurios, Alicia, qué vergüenza!

—Mi madre me educó muy bien, padre. No empecemos. Y Claudio tiene padre, lo mismo que yo, aunque no lo parezca.

Padre e hija se miraron con fiereza.

—¿Cómo sabes lo de Claudio?

—Lo sabe todo el mundo, hija. Lo están retransmitiendo en directo por todos los canales. Un chico español al que sus padres han obligado a abandonar el país e irse a Estados Unidos.

Farid encendió una desvencijada televisión y todos guardaron silencio. Claudio, vestido con una camisa floreada y unos bermudas, intentaba mantener el equilibrio encima de una piedra cercana al agua.

—Yo quiero irme a mi casa. Sólo quiero eso. Estar con mis padres y mis hermanos y con Mafalda. No me gusta este país, ni la comida ni lo que les hacen a otros países. Mamá, si me estás escuchando, ven a buscarme o me tiro. No negocio nada, pienso continuar cantando, no voy a dejar de intentarlo. ¡Viva España!

—¡Se ha vuelto patriota!

—¡Castaño, no confundas patriotismo con imbecilidad!

—Sí, mi general. Pero creo, Alberto, que el chico ama a la patria, veo en él un soldado determinado a morir…

Bienvenida buscó chocolate en una alacena. Partió un trozo y le ofreció a Queta. Aceptó la menor de las Llorente, y previo mojado en coñac, masticó con satisfacción. Claudio tirándose a las fauces de unos caimanes, en televisión y en directo. Ni en el *Capitán Trueno* pasaban esas cosas. Alguien tocaba el timbre de la finca. A los pocos minutos, Anita entraba acompañada de unos sujetos. Con cámara y micrófono. En castellano y sin rodeos: un montón de cámaras y micrófonos ocuparon el sótano y uno de los patios de la casa de la marquesa de San Honorato. La noble mujer sintió que se moría. La bohemia invadía su existencia. Cayetana, ella sería como la duquesa. Tonadilleras y toreros, pendones y gente de mal vivir albergaba Cayetana. Allí eran todos decentes y con estudios, eran trabajadores con título. Su casa, gracias a Dios, no era la de los Alba. No tenía intención alguna de permitirlo. La discreción era norma vital.

—¡Márchense! ¡Éste no es el hogar de Claudio! Acompáñalos a tu casa, Alicia. ¡Santiago, Farid, Alberto, Castaño, haced algo!

Alberto Mendoza subía con sigilo las escaleras y no pensaba intervenir. Santiago Llorente estaba encantado con el espectáculo. Farid era una sombra y Castaño se vio solo ante el peligro. Se atusó el pelo con la mano y se enfrentó a los reporteros.

—Señores, tienen que irse: esto es una propiedad privada, no pueden permanecer aquí.

La voz de Claudio interrumpió la moderada actuación de Castaño ante las cámaras.

—Carlota, ¡ésa es también mi casa! ¡Así que de ahí no se mueve nadie o me dejo caer! Castaño, deja de chulear y que mamá me prometa ante los espectadores que mañana mismo me saca de aquí.

¿Recuerdan la palabra estupefacción? Pues no he de decirles más.

—Venga, Alicia, dile lo que sea. O llama a tu *coching*.

Bienvenida y Enriqueta se rieron a carcajadas.

—¡Se dice *coach*! ¡Que alguien avise a Jesús!

—Papá ya lo sabe, me quedas tú... Mira, sale papá en la tele.

Miraron. Jesús Pudientes Prados intentaba apartar micrófonos de su cara. Pitones le parecían al ex ministro.

—¡Mi hijo no es anti USA, no es anti nada! ¡Apártense! Es un chico desorientado, sólo eso. Su madre lo ha consentido en demasía. Mañana iremos a buscarlo, ¡apártense!

—¡Será cabrón! ¡Dice que la culpa es mía! ¡Aquí va a pasar algo! ¡Pero a la voz de ya!

—Esto es mejor que esa mierda del *Diario de Patricia*, Bienvenida.

—Sí, Enriqueta, mucho mejor, lo de ese programa es estulticia. Mira, salimos en la tele detrás de Alicia. Saluda. Hola, hola, somos las tías adoptivas del chico. Alicia no tiene culpa de nada, los padres son los dos. Así que menos lobos, Jesús. Deja de masticar, Queta. Ella es comedora compulsiva. Queta, no Alicia. Un mal que nos aqueja a todos hoy en día.

En un minuto, Bienvenida se convirtió en el doctor Beltrán, pero con pechuga desbordada. Se había desabrochado la blusa. Estaba mona, pensaba la doctora viendo su imagen en la tele.

Castaño se dejó caer en el sofá junto al general Llorente. Mafalda se escondió en las escaleras, junto a Carlos y Carmen Pudientes. Los chicos demostraron más cabeza que los adultos. Sofía acariciaba la mano de su padre y miraba cómo Alicia se peleaba con la prensa, con Jesús y con Claudio. Todo en directo y retransmitido al mundo. Las imágenes de aquel día, aquellos sucesos, tuvieron cumplido tiempo en las televisiones nacionales y algún canal americano. Hijo de un miembro del partido conservador y gobernante, un hijo de la clase dirigente, prefería estar muerto antes que en Estados Unidos, aliado del gobierno. En la familia del chico había militares de alta graduación, ex ministros, su madre, magistrada... La prensa encontró un filón en la historia. Historia poco original, se da desde el principio de los tiempos: hijos en contra de los padres por motivos ideológicos o enfrentados por el poder. En este caso, la razón era más primaria, patética y carente de ideología: hijo que no soporta vivir fuera del círculo familiar privilegiado. Eso nadie se acordó de señalarlo.

Claudio regresó en olor de multitud. Alicia tuvo que pasear con la cara tapada por unas enormes gafas de sol y pañoletas en la cabeza. Inútil. Los periodistas la seguían. Alberto intentaba no insultar a los cabrones que acampaban en la puerta de la finca; añoraba no ser Rambo para limpiar aquel campamento de insensatos con pinta de guarros peludos. El general Llorente paseaba con Farid sonriendo a los acampados. Aceptaba sus cigarrillos y, a las preguntas sobre Claudio o su familia, la respuesta era siempre la sonrisa. Claudio, nada más pisar tierra española, se arrodilló y, cual héroe exiliado que regresa a la patria liberada, la besó ante el frenesí de sus fans. Recorrió los canales de televisión nacional, autonómica y de cualquier tipo que lo invitase y aprovechó la ocasión para lanzarse a la fama: cantaba a la menor oportunidad.

Una legión de seguidores lo esperaba a donde quiera que fuese. Carmen Pudientes firmaba autógrafos en la facultad y Mafalda y Carlos negaban cualquier relación con hermano y amigo.

Faltaban pocos días para la marcha de Sofía y una noche, Anita bajó al sótano.

—Tenemos que hablar de lo mío.

Sofía estaba corrigiendo un texto con ayuda de Enriqueta. Levantó la cabeza, se quitó las gafas y miró a la mujer. Anita estaba comenzando a caerle mal. No soportaba a los aprovechados. Fuesen blancos, amarillos o negros.

—Necesito más dinero. A mí no me da para los gastos. Y la semana que viene empiezo a trabajar hasta las tres. Mi hija no tiene clase en el colegio más que hasta esa hora. Como y me voy a buscarla.

Enriqueta continuaba enfrascada en el texto. Puro teatro. Miraba de reojo a Sofía.

—Anita, son dos horas menos. ¿Podrá arreglarse con ese dinero?

—Hasta ahora me he arreglado. Mal, pero me he arreglado. De eso necesitamos hablar: cobro poco.

—Hasta ahora cobraba cien mil pesetas por seis horas de trabajo, más la comida, más alojamiento, hasta hace cinco meses, Anita. Vacaciones y pagas extras. Dos horas menos, igual a menos dinero. Cien mil pesetas al mes ¿le parece poco por esas horas?

—Sí, es explotación. Lo tengo claro. La semana que viene tienen que ir de su despacho a buscar los papeles, los míos. Que no se les olvide.

—Explotación... Seis horas de trabajo, reducidas por la hora de la comida. Arreglarle los papeles, el seguro pagado entero de mi bolsillo porque usted considera innecesario pagar nada en este país. Trabaja en otras dos casas y yo no tendría que pagar nada del seguro... Y la estamos explotando.

—¡Es lo mínimo que pueden hacer! ¡Primero fueron ustedes a quitarnos lo nuestro en toda América!

—Queta, ¿estuviste alguna vez en Ecuador?

—Nunca, Sofía.

—Yo tampoco recuerdo haber estado.

La escritora alargó la mano, cogió una calculadora y empezó a sumar, restar y multiplicar.

—Cien mil pesetas multiplicadas por catorce pagas son un millón cuatrocientas mil pesetas anuales. El seguro, unas doscientas cincuenta mil. La comida no la cuento, pero sí, voy a hacerlo. Diría que más de medio millón al año.

—Lo que me faltaba: me echan en cara la comida. ¡Es puro racismo!

—¿Racismo? —Calentaba motores, y una vez en vuelo, ni Han Solo podía frenar al Halcón Milenario—. ¡Es justicia! ¡Ni un negro ni un blanco están por encima de la ley o la equidad! ¡Gana usted más dinero que el marcado en el convenio colectivo, diría que medio millón de pesetas más por tres horas menos de lo convenido! Escucho a cada rato que es mi obligación, la obligación de este país, atender sus necesidades, jamás escucho a nadie hablar de deberes en ese lado del río, en el suyo. Su hija no tiene colegio por las tardes y me fastidio yo. Sus asociaciones crean clubes de fútbol y no resuelven los problemas mínimos de su colectivo, pero me jorobo yo nuevamente. No quiere abonar la seguridad social. La tengan o no, acceden a la sanidad pública y al sistema educativo de este país. Alega usted que en ocho años regresa al suyo y no le compensa. Eso tiene un nombre: estafa. A mí, a esta tierra que los acoge y a todos los que defendemos que trabajen aquí con iguales derechos. Se llama explotación. Usted y los que son como usted intentan explotarnos. Y yo no me dejo, Anita. Se terminó.

—¡Pues, cuando encuentre otro trabajo, me voy!

—No, Anita: hoy. Ahora mismo. Mañana venga a cobrar. Espero que tenga suerte.

—¡Me está dejando en la calle!

—Puede, se llama supervivencia. La despido antes de que usted me deje a mí. Buena suerte. Yo creo un puesto de trabajo estable, pago un sueldo, un seguro y, sea cual sea el gobierno, no me lo deducen de mis ingresos, es como si me fuese de vacaciones. Menuda igualdad, menudas ayudas a la familia y la mujer, Queta.

Anita insultaba y gritaba mientras subía las escaleras. Sofía miró a su hermana que fingía leer.

—¿Algo que añadir?

—No, creo que has sido hasta suave, Sofía.

Alguien entraba en aquel momento por la puerta del sótano. Bienvenida y Alicia.

—Lo hemos escuchado todo. ¡Una cabrona la Anita esa! ¡Siempre te digo que una cosa es ser socialista y otra imbécil! ¡No eres fray Patera!

—¿Conoces a alguien, Alicia? No me des la vara y ayúdame a solventar el problema.

—Las chavalas de mi casa tienen una amiga, una ucraniana. Espera, que tengo el teléfono aquí. La necesitaba una auxiliar del juzgado, pero tú antes que ella. No vamos a ser hermanas para lo bueno solamente, Sofía.

—Bienvenida, pásame el chocolate. Ya empezamos con la hermandad, no lo soporto.

Sofía hablaba con la mujer por teléfono mientras Queta, Bienvenida y Alicia se insultaban. Lo habitual. Colgó y antes de poder informar del resultado, una fuerza, un tornado entró en el cuarto. Seguía al tornado un huracán. No sobre Monterrey, sobre Sofía.

—¡Sofía, has despedido a esa explotadora de Anita! ¿Qué harás ahora? ¡Te vas dentro de unos días y no pensarás que yo me ocuparé de todo! ¡Una madre, una esposa que abandona el hogar y encima nos deja sin servicio! ¡Mi pobre hija al cargo de la casa! ¡No tienes consideración alguna con ella! ¡Dejas a un lado tus obligaciones!

Tornado-Alberto vociferaba y Huracán-Mafalda desvió la fuerza hacia su padre.

—¿Yo, a cargo de qué casa? ¿Qué estás diciendo? ¡Chiflaste! ¡Los dos estáis locos! Yo me voy a vivir con Queta mañana mismo o con la abuela. ¡Y si no, me marcho con Carlos! Con Alicia, quiero decir. ¡Tengo exámenes, tengo una vida que vivir! ¡Yo no quiero ser el ama de casa!

Las vidas, en las familias, las viven algunos. Otros se joden. Las madres principalmente.

—No voy a discutir. Mañana empieza una mujer a trabajar. Una nueva. Y vete a donde quieras, Mafalda. Me da igual. Y contigo, Alberto querido, no tengo obligación alguna. Tú me debes mucho, yo a ti nada. Procura no olvidarlo para no caer en el ridículo. Dices esas cosas y la gente se ríe de ti, Alberto; no me resulta agradable ver cómo quedas como un tonto. Me cansa tanta repetición. Ahora, quiero que todos os larguéis de aquí. Tengo trabajo.

No elevó Sofía la voz. No profirió grito alguno. Había dicho la verdad y la verdad resquema. El desprecio sustituyó a la pena aquella tarde noche en la que el sistema familiar se rompió por algo tan aparentemente simple como la marcha de una asistenta. El ecosistema doméstico es más frágil que los casquetes polares. A no ser que una supermujer quiera sostener todo el peso en sus hombros. Sofía era híper en muchas cosas. Supertonta esclavizada aún no era ni le sería de aplicación el término.

A la mañana siguiente, la casa fue Babel. Tome Svaniskaya, la nueva mujer de la limpieza, no hablaba castellano, apenas tres palabras. Sofía rebuscó en la biblioteca y paseaba con un diccionario de ruso entre las manos. Al mediodía, los baños estaban limpios a duras penas, las camas hechas apenas y a la comida no se la esperaba. Sofía preparó una ensalada y unas patatas fritas con filetes bajo la atenta mirada de Tome. Alberto llegó cuando Mafalda y ella estaban a la mesa. Las saludó y se hizo el firme propósito de no reñir. Una mujer de pelo dorado y ojos claros hizo acto de presencia y le habló.

—*Dabró pazhálavat.*

Alberto miró a la mujer. No la entendía. Vio cómo dejaba unas fuentes sobre la mesa y a Sofía, hablarle.

—*Spasiba*, Tome.

La mujer abandonó el comedor y Alberto respiró profundamente.

—Me parece de mal gusto que me hagas burla delante de la criada, Sofía. Después te quejarás de esas rebeliones a bordo. Y tú, Mafalda, deja de sonreír. Hablar en esa cosa de los elfos y los enanos me parece de idiotas tipo Claudio.

Madre e hija se miraron.

—Es ruso, Alberto.

—¿Hablas ruso? No me tomes el pelo. ¡Ruso no lo hablo ni yo!

Sofía se quedó con las ganas de recordarle la cantidad de cosas que él no hacía ni sabía hacer. Fue amable.

—Le he dicho que gracias, eso es fácil. Tengo el diccionario aquí. Cuando me marche, lo usas. Es muy sencillo.

El general Mendoza vociferaba, gritaba y maldecía: él no pensaba usar diccionario alguno. La criada lo entendía o se jodía. La que buscaba trabajo era ella, no él. Mafalda y Sofía comieron con aquella canción tipo rock duro que era la conversación de Alberto. Sofía pensaba que, en breve, ella, cantaría otra: la canción del olvido.

En medio de aquella marabunta vital, Sofía se marchó de su casa y de su círculo. Farid la acompañaba. Alicia Solares había puesto a disposición de su amiga una casa en Madrid. La plaza de los Carros, La Paja y La Cebada conocieron a una nueva y extraña pareja. No se asombraron. Allí, lo extraño era habitual.

El general Llorente paseaba con Carlota por un centro comercial. Mafalda iba delante con Alberto.

—¡Mirad! Aquí están los libros. En novedades. Mamá entra por la puerta grande. Está junto a los más vendidos. Voy a llamarla.

Y llamó y hablaba con una Sofía apagada, sin humor ni gracia.

—No me pasa nada, Mafalda. Tengo ganas de regresar a casa. No me gusta estar fuera. No puedo escribir ni centrarme en la nueva novela.

—¡Mamá, no seas absurda! ¡Si quieres continuar escribiendo tienes que vender este libro, al menos la primera edición! Siempre me has dicho que funciona así ese negocio. Todo saldrá bien, mamá.

Alberto Mendoza oía la conversación con desagrado. La foto de su mujer estaba en la solapa de los libros y había libros a montones. Una sonriente Sofía con los ojos mirando al mundo y todo el mundo mirándola a ella, pensaba Alberto.

—Tú anímala, Mafalda. Veremos adónde nos lleva la nueva aventura de tu madre.

—¿Quieres que la hunda en la tristeza, Alberto? Sofía ha logrado algo que jamás pensamos que sucediese. Es fruto de su esfuerzo y hay que animarla. Eso espero que hagas. Si vende pocos, da igual. Al menos lo ha intentado y no todo el mundo lo consigue.

Santiago Llorente no estaba enfadado. Fastidio era la palabra aplicable. Alberto perpetuamente negativo, siempre intentando colocar piedras en el camino de su hija. Puro sadismo era su comportamiento.

Sofía recibía sin cesar llamadas de sus amigas y de su hermana, comenzó a sonreír. El libro era una especie de aventura común. Alicia se había puesto las gafas y la pañoleta de nuevo y actuaba de infiltrada en las grandes superficies. Se empecinaba en una nueva misión: colocaba los libros de Sofía en los lugares más visibles. Bienvenida y ella se situaban junto al montón de libros y, cuando un comprador se acercaba, comentaban las excelencias de la novela. Entraban en las librerías y preguntaban por el título. Los establecimientos que no lo tenían en sus fondos veían adornado su nombre con una cruz roja. Alicia escribía el nombre de la librería en un papel y garabateaba la cruz. Al llegar a casa, la magistrada pasaba nombre y cruz a una libreta de cuero. La libreta de las ofensas. En aquel cuaderno, Alicia escribía desde niña los nombres de quienes se portaban bien o mal con ella. De esa manera, decía no olvidarse nunca de a quién debía devolver: el bien y el mal. En la misma medida que ella percibía bondad o maldad, así lo retornaba. Anotaba el acto causante del apunte y cerraba el cuaderno. Podían pasar meses o años, pero Alicia nunca dejaba deudas pendientes. Si creen que Alicia era prima, hermana o nieta de Vito Corleone se equivocan: los seres humanos hacen esas cosas. Las cuenten o no, las apunten en un cuaderno o en la memoria, lo hacen. Las listas negras, su elaboración jamás se reconoce, pero existen.

Sofía deambulaba de un estudio de televisión a otro; paseaba por las emisoras de radios nacionales y locales a las que tenía acceso. Y a pocas de ámbito nacional lo tuvo. Los programas culturales tenían su plantilla cubierta. Entiéndase plantilla por los intelectuales patrios o foráneos a los que vemos cada día en los medios de comunicación. Da igual que escriban una mierda o que no sepan hablar. El Club de los Famosos Literarios tiene el cupo cubierto. No hay manifestación que no cuente con su presencia ni causa absurda que no los atrape. No cuenta la razón, sólo la ideología, por llamar a lo que predican y padecen de alguna forma. La cultura —en este puto país— era patrimonio de la derecha en vida de Franco y en la democracia, es exclusiva de la izquierda folklórica. En la dictadura, algunos no creaban por falta de libertad, decían. En la libertad, no crean porque editorial alguna logra lo que natura no otorga. Ellos van a todo lo que al final les reporte un beneficio. Económico, por supuesto. Igual les da la defensa del burro orejudo de Villacastaña de Abajo que el embalse de Cartonquemado de Arriba. Iconos de la modernidad se piensan. Símbolos vivos a los que todo ciudadano debe seguir. Escriben en los dominicales, en las revistas femeninas, hablan en la radio, televisión y de lo que sea. Cuando explican el contenido de sus libros, los espectadores cambian de canal: son soporíferos. Siempre son los mejores, jamás utilizan diccionario. Les cuesta un huevo terminar una novela, sufren tremendos dolores y angustias vitales por formar cinco frases. Ganas dan de ponerse a llorar o de enviarlos a una mina de carbón durante cinco días para que sepan lo que es trabajo duro y penuria.

La relaciones públicas contratada por Sofía fue eficiente.

Poco dada al sentimentalismo, árida en el trato, desagradable en ocasiones, pero eficaz. Los programas surgían uno tras de otro. Pequeñas emisoras de radio al principio, programas de televisión absolutamente vergonzosos para la mentalidad del círculo literario y el de Sofía. Ella acudía a todos, mañana, tarde, noche o madrugada. Sin desmayo, con empeño, respondía a las preguntas.

A mitad de la promoción, Claudio llamó a Sofía.

—Sofía, he pedido a uno de los productores del programa en el que colaboro que te traiga. No podrás enseñar el libro, pero yo haré todo lo posible por hablar de él. Mañana a las cinco pasará el coche de la tele a buscarte. Te veo en los estudios. Un beso.

Farid sonrió a Sofía.

—No pongas cara de susto, Sofía. El mundo, ahora, es así. La gente ve esos programas. Hoy tenemos uno más digno, anímate.

Dignidad se le llama a cualquier cosa…

Y animada y pensativa, salieron camino de los estudios.

Dos hombres esperaban en la sala. Sofía los saludó. De la boca de uno de ellos salió una especie de gruñido. El otro saludó a Sofía con una sonrisa. Ninguno hablaba. Sofía se aburría.

—¿Sois escritores?

—Sí, yo escribo. He publicado dos libros. Me llamo Francisco Gallo. ¿Tú?

—Yo he publicado dos novelas: la de ahora y una que me autoedité. Sofía Llorente.

El sujeto del gruñido los observaba de reojo y no hablaba. Torcía la sonrisa al mirarlos. Sofía sintió miedo. De ella misma.

Los llevaron al estudio y comenzó el programa. Era un falso directo, pero les advirtieron que no se repetiría ninguna toma. El presentador parecía un tanto ido.

—Buenas noches, nos acompaña una figura de la literatura

nacional y diría que mundial. Pepe Chorrez, buenas noches. Saludamos asimismo a dos personas que publican: Francisco Gallo y Sofía, perdón he de mirar el apellido, ah sí, Sofía Llorente, que publica literatura femenina.

El miedo volvió a golpear a Han Solo y el miedo abre la puerta del lado oscuro.

—Tu última novela ha sido un éxito, Pepe, hacer protagonista a un árbol, hacer de unas ramas el símil de la fraternidad mundial, contra el despotismo de los imperialistas, me parece una idea fuera de serie...

Y el presentador-comentarista-halagador habló durante largo rato de la obra de Chorrez. Cuando le tocó el turno al mentado, no se quedó atrás. Ni en tiempo ni en palabras.

—Sí, creo que he logrado lo que quería, he utilizado recursos literarios atípicos. Se manifiestan página tras página un surtido de anacefalcosis, anadiplosis, enálage, metonimia, polipote. La estructura es típica y muy similar a la de Saramago, en algunos trozos del libro diría que se le parece mucho. Es decir, el estilo es el mismo que el suyo, sí, lo he logrado. He sufrido mucho; cada hoja me costaba semanas de elaboración, sangre, sudor y siendo tópico diría que lágrimas. Crear es duro.

Asentía el presentador a todas las palabras de Chorrez. Sofía no entendía casi nada de lo dicho por el hombre. Miró a Francisco Gallo y él le sonrió. La dentadura tan blanca, la mirada risueña, ayudó a salir del trance a la mujer. Mujer —anótese y désele nombre a la reiteración de final de frase y comienzo de otra— que con una sonrisa y una mirada de afecto recuperaba las fuerzas. Para ella, las miradas eran como una dosis masiva de vitamina C.

—Usted, Sofía, escribe literatura femenina, para mujeres. Este libro, que he de reconocer no he leído completo, es un compendio de tópicos feministas. Cuéntenos cómo lo hace.

—¿Cómo hago qué? No entiendo la pregunta.

El presentador carraspeó. Aquella mujer no daba la talla. Se la habían metido en el programa a calzador. Una provinciana con ganas de triunfo, pensó el culto. Lo de provincias tenía coña, el tipo era de Campo de Criptana. Sin comentarios.

—Quiero decir que cómo se enfrenta a la aventura de escribir, cómo estructura, a quién quiere imitar con el resultado final.

—¡Ah! Gracias, perdóneme, pero soy nueva en esto. —El presentador asintió con la cabeza, al menos era humilde la boba aquella—. Yo no entiendo de estructuras: yo escribo.

—¡Mujer, tendrá que hacer un guión antes de comenzar los libros! Organizar la novela, saber cómo empieza, cómo termina, darse un tiempo para llenar los folios, que no es fácil ni siquiera en una novela de mujeres. Algún modelo tendrá en la cabeza cuando se pone a escribir, de autor quiero decir.

Francisco Gallo se reía abiertamente y Chorrez, ídem. La diferencia era que Gallo lo hacía del presentador.

—Yo no plagio estilo alguno: yo escribo, cuento cosas. No hago guiones, no sé cómo terminará, casi nunca sé cómo terminan mis libros, alguna vez escribo el final lo primero, no sé cómo lo hago. Yo escribo sin pensar. En caso de parecerme a alguien, mi aspiración ha sido llegar a Calderón o Lope. En cuanto a tópicos feministas, lamento oír eso: yo no soy feminista, no al uso que hasta ahora se ha dado a esa palabra. Yo creo en la igualdad, y declararse en este siglo feminista es tan extraño como ser antiesclavista. Yo lucho por la igualdad de derechos de todos los seres humanos. Creo en ella.

Los tres hombres sonreían, por motivos diferentes. Los dos faltosos culturosos de Sofía, y Gallo lo estaba pasando estupendamente.

—¡Caramba! Es usted como Calderón, tenemos a un genio entre nosotros.

—No he dicho que sea como Calderón, señor, he dicho que aspiro a su claridad a la hora de transmitir, de contar historias, de llevar sentimientos y realidades a mi obra. En resumen:

a no escribir para que el lector tenga mis libros y un diccionario al lado cada vez que los lee. Y no sufro: escribir me provoca placer, me gusta y disfruto. Y no me drogo ni bebo absenta. Lamento defraudarlos. En cuanto a tópicos feministas, yo diría que son realidades sociales, otra cosa es que los machos los llamen tópicos porque les jode leerlo, incluso a los más progres. Calderón escribía para la corrala, yo aspiro a lo mismo y creo que lo he logrado: mi obra tiene diferentes niveles de lectura, todo el mundo puede leerla. Mi libro es un buen libro y si usted quiere compararlo a algo, *La Regenta* puede ser un ejemplo en la temática, no en la estructura ni la descripción. *La Regenta*, para mí, es un coñazo insoportable, jamás he podido terminarlo. ¿Es un tópico la triple jornada de la mujer? ¿Lo es la puñetera píldora que nos dan para fornicarnos? ¿Es mentira que en la mayoría de los casos el aborto es cosa de hombres, porque ellos lo exigen? ¿Lo es la píldora del día siguiente? ¿Quién sangra? Los maridos llegan a casa y preguntan: «¿Qué hay de comer?». Las mujeres no somos una carta, señores, no somos las amas de llaves ni la carta de un restaurante. Y nos preguntan el plato del día cada día del año. Si no les gusta, lo lamento, es lo que hay. Mi novela es una novela realista, simplemente. No de mujeres y menos en el tono que usted ha empleado al referirse a mi literatura. Está escrito por una mujer, que es diferente. Las de piratas, según usted, ¿son para hombres? A mí me encanta *El Cisne Negro*. Igual leí algo masculino y yo sin enterarme. La literatura, la buena, no tiene género: es neutra. No neutral, por supuesto.

Francisco Gallo aplaudió a la vez que se reía a carcajadas. El realizador del programa disfrutaba y el director lo mismo. Aquello se asemejaba a un programa con audiencia, no a lo que habitualmente hacían.

Chorrez y el presentador protestaban apurados.

—¡Esto es una sarta de frases reaccionarias! ¡Se ha manifestado en contra de la píldora y del aborto! Es puro fanatismo religioso. ¡Se nota que la derecha gobierna este país! ¡Es una Ana Botella infiltrada!

Sofía buscó su bolso, sacó una cajetilla de tabaco y encendió un cigarrillo.

—¡No se puede fumar!

El presentador odiaba a la mujer aquella, era imbécil perdida.

—Pues llame a seguridad y que me expulsen del estudio. Por cierto, límpiese la nariz: se le ha quedado un poco de harina, tiene una mancha blanca.

Palideció el hombre y se limpió la nariz afanosamente. No había rastro alguno, pero podría haber existido.

—¿Reaccionaria? ¿Infiltrada de derechas? Absurdo todo el argumento. Soy de izquierdas, por vocación y afiliación. Considero respetable a la señora Botella, otra cosa son sus ideas, caballero, con las que no comulgo en absoluto. Si para usted, ser de izquierdas significa dar por buena una cultura absolutamente masculina en temas laborales, de sexo y vitales, no sabe de lo que habla. Yo soy antisistema, que le quede claro. Y venimos a hablar de libros, no de ideas políticas, cada uno lee lo que le da la gana y piensa como quiere: eso es la libertad. Yo he escrito una novela, no un ensayo.

El láser atacaba y defendía sin parar. Sofía había padecido durante aquellos días comentarios similares, procuraba ser moderada, pero en esa ocasión no lograba contenerse. Y Chorrez era incapaz de moderar su estupidez.

—No hay más que verla, a simple vista se ve lo que es. Mechas, melena, esa ropa... Así edita cualquiera.

—Señor Chorrez, la semana pasada coincidimos en una velada literaria. Usted, por supuesto, no me recuerda, yo a usted sí.

—Es lo normal, a usted no la conoce nadie...

El presentador era tan ofensivo como Chorrez. Pero en Sofía era lema no cortar miembro alguno de un infeliz. El presentador, a pesar de la ínfula, eso era. El láser pasó sobre su cabeza y quedó justo a la altura de los ojos de Chorrez, moviéndose de un lado a otro. En un momento, la espada, de un golpe certero, cortaría los huevos del escritor prosopopéyico. Entiéndase como atribución de humanidad a un mulo semejante.

—Le decía, señor, que la semana pasada coincidimos. Usted tocaba el culo a una joven de no más de treinta años. Joven que ha ganado dos certámenes en los que usted era jurado. Joven, o casi adulta, que tiene vetas en el pelo, va con los pechos estrujados por un sostén que se los pone a la altura de la clavícula. Más que pintada, va decorada. Así que no me hable de mi aspecto. No pienso pedir disculpas por no parecer un pendón o una desastrada, que al parecer son los modelos a seguir en este círculo. Yo escribo, no me decoro ni me disfrazo y, por supuesto, me toca el culo quien yo quiero y sin previo pago, Chorrez.

—¡Voy a ponerte una demanda que te vas a acordar, imbécil!

—No hay caso alguno, Chorrez, o puede que usted lo cree al atribuirme falta de inteligencia. Eso sí es delito. Y por favor, no convierta un programa cultural en una carnavalada tipo *Gran Hermano*. Los juzgados tienen casos más urgentes que atender.

—¡Chula! —El presentador cobraba de varias agencias literarias por llevar autores a su programa, y era el caso de Chorrez. Veía peligrar su sobresueldo. Sofía ignoraba el dato pero aun así dio en la diana.

—Yo no trafico con la vida ni la obra de nadie: no es de aplicación el calificativo. Si me está llamando brava, puede.

El hombre comenzó a vociferar que él no cobraba nada por llevar a los autores al programa. Sofía no entendía a qué se estaba refiriendo, pero Chorrez perdía el color y Francisco Gallo volvía a reírse a carcajadas. Aquella tarde el joven escritor no pudo hablar de su obra, pero lo dio por bien empleado. Se había divertido y de lo lindo.

Chorrez y el presentador trataron de que la emisión no saliese al aire, pero no lo consiguieron. Esa misma noche se emitiría el programa. Sofía esculpía con cuidado su fama de maldita. Ella lo ignoraba, pero comenzaba a serlo en el círculo y circuito literario.

Francisco Gallo cenó con Sofía mientras veían el programa y se reían. Era ocho años menor que la escritora y con una prosa poética que dejaba sin aliento a la mujer. Desde aquella tarde noche, Francisco pasó a formar parte de la vida de Sofía Llorente.

Cuando Farid colocaba las tazas de café en la mesa, el móvil de Sofía se movió dentro de su bolso. Caritina Cantada la llamaba, era tarde y era extraño.

—Dime, Caritina.

—¡Ha sido bochornoso! ¡Has dejado en evidencia a un autor de la casa! ¡Chorrez ha llamado a Paca y la ha puesto a parir! ¡No puedes decirle esas cosas a un autor como Chorrez!

—Caritina, quien no puede decir esas cosas es él. Insulta cualquier inteligencia normal. Si prensa no lo entiende, no es mi problema.

—¡Chorrez es un astro editorial! Ese libro nos importa mucho.

—¿Cuántos ejemplares ha editado Chorrez?

—Eso no tiene nada que ver, cinco mil, creo…

—Yo doce mil en primera edición. O vendo o no publico nunca más.

—Eso me da igual, yo no puedo defenderte ante la editorial entera, Sofía. ¡La semana pasada publicaste un artículo llamando de todo a otro autor! No sé cómo llegaste a ese periódico y lograste que te lo publicasen. ¡Eso de hablar mal de otro autor nuestro es deslealtad editorial!

—Caritina, ¿ahora hablamos del tipo que llora por tener un libro secuestrado? Uno medio calvo y con gafitas, claro que eso no es descriptivo, son todos así, cortados por ese patrón. Ese individuo va de redacción en redacción diciendo que se le ha vetado, censurado y retirado su libro de las librerías. Y es mentira, lo hace para que el mundo sepa de su existencia, está mintiendo y tú lo sabes. No es deslealtad editorial, es la verdad. No contar que ese sujeto se ríe de las personas de buena voluntad, y con tu ayuda, es deslealtad vital, al menos en mi caso. Y me han publicado ese artículo gracias al medio millón que le pago a mi agente de prensa, a la externa, vosotros no os ganáis ni el sueldo. Mañana voy a un programa en la tele, a uno que dan por la tarde. No recuerdo su nombre. No dejes de verlo. Y no me defiendas más, parecéis todas personajes de *La casa de Bernarda Alba*. Si me dejase llevar por vuestras tramas inmundas, terminaría como Adela. Chorrez será un astro, Caritina, yo soy una estrella, no lo olvides.

Francisco Gallo hizo el signo de la victoria con los dedos, se levantó de la silla y miró fijamente a la mujer.

—Sofía, es increíble la fuerza que tienes, no es muy normal a tu edad.

—A mi edad... Soy casi vieja, es verdad, Paco. Veremos cuánto dura la fuerza. Creo que nace de la necesidad. No logro entender el mundo que me rodea. ¡Me has llamado vieja, creo que cuando te marches me sentiré fatal!

—No lo he dicho como un agravio, Sofía. A mí me gustaría tenerla, poder hablar como tú lo haces. Hay días que me da miedo el mundo, como a ti. Pero no soy capaz de plantar cara. De todas formas, ten cuidado: no se parece, este mundo es *La casa de Bernarda Alba*, una buena definición. Y es navajeo, facas que nacen a la luz de la luna, del sol. No tienen hora, no hay medida. Se juega dinero y vanidad. Si te pasas de sus límites terminarán contigo, Sofía. Cuidado, prudencia. En cuanto a la edad, para mí sería un placer quedarme esta noche contigo.

Sofía estaba sonriendo y la sonrisa terminó en mueca. Una mueca de susto. Miró a Francisco Gallo. La boca, los labios, las manos y el culo. Sofía advirtió una sombra detrás de Francisco.

Movió la cabeza en un gesto casi imperceptible y Farid desapareció.

—Soy mucho mayor que tú, Paco. Te lo agradezco, pero yo no soy capaz de hacer estas cosas así, sin más, sin motivo. Mañana me levantaría y no podría mirarte a la cara, de la vergüenza. Gracias, pero sería incapaz.

—El placer sería mío y el agradecido sería yo, Sofía. No es un favor lo que te ofrezco. Me gustas de verdad. Eres guapa, eres rara. Me gustas.

Sofía comenzaba a ponerse nerviosa y no sabía cómo salir de aquello sin dar un desplante. El hombre la sacó del apuro.

—La gente del mundillo habla de ti en voz baja siempre: eres un misterio. Algunos dicen haber leído una edición pirata de tu novela erótica, Sofía. Y esa imagen de soledad, esa cara de inocencia hasta que te desmelenas... Lo diré claramente: das la imagen de una depredadora sexual y como eso, perdóname que te lo diga, eres un fraude. Me encanta entrar en tu vida, querida dama. Nos veremos, éste es mi correo electrónico. Estaremos en contacto.

Farid contemplaba a Sofía. Miraba la mujer cómo Paco Gallo caminaba por la plaza de los Carros, desde el balcón lo veía irse. Se dio la vuelta y la expresión de su cara era seria.

—¿Te arrepientes, Sofía?

—No, pensaba en lo que ha dicho, en la gente, en que hablan, Farid.

—¿Desde cuándo te preocupa la gente?

—No me preocupan, no me gusta que hablen de mí, no lo soporto, ya lo sabes. Y pensar en mí como una depredadora sexual... Qué ridículo.

—Es extraño que no quieras que hablen de ti, hija. Te estás dejando la piel en las televisiones, las radios, en cualquier medio de comunicación, y dices que no quieres que hablen de ti. Hablan, Sofía y hablarán aún más. Y sí que eres una depredadora, en cualquier actividad de tu vida. Pero tu presa es otra, desde hace tiempo tienes nueva presa. Vámonos a dormir, mañana llegan Alicia, Bienvenida y tu hermana. Ha llamado tu marido: se ha ido la rusa. Le he dicho que dormías. El general carece de tropa, querida. Y Juan también ha llamado, mañana por la tarde iba a pasar a verte. Le he dicho que no podemos recibirlo, que tenemos trabajo, *habibati*.

Terminaron de recoger el salón en silencio. Sofía pensaba en las palabras de Farid. No quería pensar y pensando en la nada, se durmió.

A la mañana siguiente Alicia, Queta y Bienvenida llenaron la casa de voces y maletas. El teléfono de Sofía no dejaba de sonar. Sólo respondió a la llamada de Mafalda. Sin un hola previo, su hija le gritaba.

—¡O te divorcias tú o me divorcio yo de vosotros! ¡Papá ha despedido a la rusa y ha contratado a una brasileña! ¡Me ha dejado hoy en casa con ella y no entiendo nada de lo que dice! ¡Yo soy una estudiante y no una esclava, Sofía!

Cuando una madre dice esa frase, los hijos se ríen y dicen no saber de qué se queja la progenitora...

—Cálmate, Mafalda. Terminarás con algo extraño en la garganta, hablas a gritos y te oigo igual.

—¡Así le hablaba papá a Tome! Le gritaba, como no lo entendía le gritaba pensando que al gritar lo entendería mejor. Ha sido horrible esta última semana, no te lo he contado para no ponerte nerviosa, pero tremendo, mamá.

—¿Por qué la ha despedido?

—¡Por comunista, dice! Ella, la verdad, miraba raro a papá. Hace unos días, vino a comer Alfredo, el compañero de papá. Habla ruso. Yo no lo sabía. Tome entraba y, mirando a papá, hablaba y sonreía. Alfredo le dijo que no entendía cómo le permitía decirle aquellas cosas. Papá le pidió que le tradujese lo que ella decía al entrar y salir. Y fue tremendo, mamá. Capitalista, católico amoral, decadente, barrigón y cosas así. Yo dije que no era para tanto, pero papá se enfadó mucho; lo peor es que lo llamó primo del duque de Alba y cerdo represor comandante de los Tercios. Y dijo algo de la División Azul. Papá gritaba que él no tenía edad de haber estado en Rusia con ellos, pero ella lo repetía sin cesar. Al parecer, su abuela murió en la defensa de Stalingrado. Y Tome era capitán o algo así del Ejército Rojo. ¡Pero a mí no me importan los muertos! ¡Yo quiero vivir tranquila, así que vuelve ya!

Se escuchó un ruido al otro lado de la línea y Sofía intentaba entender a Mafalda. Oyó la voz de Alberto.

—¡Sofía! ¡Es de escándalo! ¡La rusa era una casi espía! He avisado a Jesús y ha despedido a las que tienen en casa. Alicia no lo sabe aún, hemos tomado la determinación nosotros. Hay que ser precavidos, Sofía. Esa mujer era oficial de transmisiones con los comunistas, imagínate lo que habrá transmitido a su mando. Tú no te apures, Sofía, todo bajo control. Uno de mis hombres me ha recomendado a su novia, es brasileña, como él. No domina el idioma, pero la entendemos, una chica estupenda, limpia, diligente. Me voy al despacho, buena suerte y no te preocupes por lo de casa.

Enriqueta le hablaba a Sofía, pero la mujer no respondió. Permanecía con el teléfono móvil en la mano, mirándolo. Alicia y Bienvenida la miraban a ella.

—¿Qué coño pasa, Sofía?

—Nada grave. El alto mando ruso recibe transmisiones desde nuestra casa. Los espías nos han espiado…

—¿Espías que nos espían? ¡Bienvenida, haz algo, coño, que le ha dado un mal! ¡Tanta mierda intelectual la ha afectado!

—No, estoy bien, gracias, Alicia. Ahora ya no nos espiarán más. Desde hoy, nuestras casas son un sambódromo.

—¡Inyéctale algo de una puñetera vez, Bienvenida! ¡Farid, trae del botiquín de Sofía un calmante! Ya lo decía yo: se ha vuelto loca. ¡Putos libros!

—Alicia, en tu lugar llamaría a casa.

La magistrada se hizo de rogar, pero intentó complacer a

Sofía. Marcó el teléfono mientras Enriqueta le preguntaba a su hermana qué estaba sucediendo.

—Nada raro, Queta: espías y cosas así, lo normal en cualquier casa. Espera a ver qué le dicen a Ali.

—Buenos días, ¿me oye? Se entiende mal, debe de ser la línea. ¿Cómo dice? ¿Quién es usted? ¡No entiendo nada! Claudio hablando tipo cabezón elfo no puede ser, está aquí.

—Déjame a mí. Ya me siento mal, nada más que estoy con vosotras una hora seguida, me pongo enferma. Buenos días, ¿quién está al teléfono? Ya, por supuesto. Gracias.

—¿Quién era, Queta?

—He creído entender, Alicia, que es tu asistenta. Dice que la señora no está en casa, que regresará en unos días. Tu nueva asistenta es portuguesa, ¿no lo sabías?

Entre los gritos de Alicia, Sofía explicó lo que había sucedido. Aclaró que eran brasileñas.

—¡Lo incapacito, por mi madre que lo incapacito mañana mismo! ¡Delincuente! Jesús me las pagará, voy a llamarlo. ¡Son idiotas! ¡Espías dicen!

A mediodía salieron camino de un restaurante. Alicia, presa de la ira y acordándose a cada momento de Jesús. El futuro incapacitado estaba recuperándose de la conversación con su esposa.

—Hay que ser positivas: hoy todo nos saldrá bien, la parida del día ya nos ha sucedido. Así que desde ahora, a disfrutar.

—Tienes razón, Bienvenida. Vamos al banco, es un momento. Y hay que comer pronto, que vienen a buscarme para ir al programa de Claudio.

Entraron en la oficina bancaria entre las protestas de Alicia.

—¿Hay que hacer cola? Yo nunca hago cola.

Ninguna respondió a la señora Solares. Estaban mudas. Alicia hablaba de espalda a la puerta y ellas miraban por encima de la magistrada. Enriqueta resopló mientras hablaba.

—Nadie creerá esto. Toma buena nota, Sofía. Lo cuentas en

una novela y la gente pensará en tu imaginación prodigiosa. ¿Quién va a creernos si contamos nuestras vidas? A nadie le pasan estas cosas. Encima, igual nos decapita el muy cabrón.

—No hagas bromas, Queta, que me estoy mareando.

—No puedo ayudarte, Sofía. Me voy a orinar de miedo de un momento a otro. Ayuda a la débil, Bienvenida.

—Déjame en paz, Queta. Voy a morir y hace un mes que no me acuesto con nadie.

Alicia Solares apretaba los ojos en guiños extraños: aquéllas le tomaban el pelo, no iba a picar. Miraban al frente, por encima de ella, como si algo extraño sucediese. Era la típica broma que le hacían de niñas. No pensaba picar.

—¡Todos al suelo! ¡Y con las manos estiradas!

Alicia giró la cabeza para mirar a Enriqueta. Tenía la boca cerrada, pero sabía hablar sin que se le notase. Se fijó en que el resto de los clientes comenzaban a tirarse al suelo. Sus amigas le hacían gestos y giró sobre sí misma.

Un hombre vestido con un albornoz de rayas naranjas y verdes, zapatillas de deporte y calcetines blancos con unas franjas rojas y azules. Sin pantalones. La cabeza cubierta con una bolsa de plástico con cuatro agujeros. Un hombre vestido de esa guisa empuñaba una espada. Toledana, por supuesto. Volvió a repetir la cosa aquella —en palabras de Enriqueta— que todos se tirasen al suelo. A punto de cumplir la orden, Sofía, Bienvenida y Queta se vieron sorprendidas por otra voz.

—¡Quietas paradas! Te habla la voz de tu conciencia, Tuerto: te ordeno que pongas la espada a los pies de la mujer que tienes frente a ti. ¡Hazlo de inmediato o te parte un rayo los huevos!

—Esto no es real. Hemos tomado algo y veo y oigo cosas raras. Puede que sea una cámara oculta, claro que Alicia está en el ajo. Puede que Claudio…

—Tranquila, Queta. No estás drogada. Es el Tuerto. —Se volvió hacia el energúmeno y le habló de nuevo—: Estás tardando y veo rayos en el cielo, Tuerto. Deja la puñetera espada en el suelo que me estoy cabreando.

—¡Me cago en to lo que se menea! ¡Sólo puede pasarme a mí asaltar un banco y encontrar la puta voz de mi conciencia! ¡Señoría, yo no he sido! ¡No sé cómo tengo el objeto cortante en la mano! ¡Lo juro por lo más alto del cielo! ¡Me han drogao! ¡Ha sido eso!

—Seguro, Tomás. ¡Suelta la espada de una puta vez, que tengo prisa!

—¡A los pies de una dama dejo yo el objeto cortante, señoría! ¡Y que se tome nota, si me pillan, que yo no he sío! ¡Nos vemos, rumbosa! ¡Que cada día estás más guapa, prenda!

El hombre salió corriendo del banco y los clientes, puestos en pie, aplaudieron a la magistrada Solares.

—Tomás el Tuerto, pensaba que estaría cumpliendo condena. No sé si está loco o se lo hace. Pero una vez me robaron el bolso, lo llamé y a la media hora apareció sobre la mesa, no faltaba nada. Nos debemos favores.

Alicia contaba a sus amigas la historia de Tomás el Tuerto con total naturalidad. Se habían sentado en una terraza, tomaban el sol dejando caer la cabeza hacia atrás, dejando resbalar la espalda por el respaldo de la silla. Mirando al cielo, sin verse, hablaban.

—Eso que has hecho tiene que ser un delito, Alicia. Sabes quién es y le has dicho a la poli que no lo habías visto en tu vida. Y lo del bolso no es normal de ninguna manera. Es un delincuente. Tú aplicas justicia y eso que has hecho no está de acuerdo con tu profesión.

—Bienvenida, yo aplico la ley. De vez en cuando hago justicia, que es diferente. La hago al margen de la ley, por supuesto. Antonio Piña está vivo y Magdalena muerta. Eso es injusto, mucho. El Tuerto no mataría ni a una mosca. Algunos de tus compañeros matan o dejan morir a la gente y no los veo entrar en prisión, eso es más delito. Favorecer listas de espera en la sanidad pública para tener clientes en la privada es, a mi modo de ver, un delito grave: eso no está tipificado en el código penal. La vida no es justa, Bienvenida. La vida es una mierda. Yo limpio lo que puedo y a mi manera.

—Alicia-Pasionaria…

—Queta-Merengues…

La magistrada Solares ¿les asombra? Nada es como se ve, casi nunca lo es. Interrumpió la discusión una voz diciendo:

—Sofía…

Bienvenida pensó que la voz molaba, Alicia puso la mano de pantalla en los ojos y Queta se incorporó de golpe. Sofía no se movió. La cabeza hacia atrás, las piernas abiertas para sostener mejor el cuerpo, la espalda arqueada, se movieron sus labios.

—Hola, Paco. Siéntate un rato con nosotras. Estamos comiendo unas tapas, dentro de un rato me voy a la tele.

El hombre buscó una silla y se sentó.

—¿Por qué sabe que es Paco, Queta? No ha abierto los ojos.

—¡Alicia, no lo sé!

—Ensayan novelas juntos. Es lo natural: sola en la ciudad, sin marido, sin hijos. Lo normal… Siempre dices que ella ensaya lo que escribe.

—¡Bienvenida, no digas bobadas! ¡Pareces el anuncio de esa inmundicia de la tele!

—Os presento a Francisco Gallo. Mi hermana Queta, Bienvenida y Alicia. Paco es escritor.

—Tú estabas en la tele con Sofía, sí, ahora te recuerdo.

—Yo he leído tu última novela. Lloré. Preciosa novela. Te felicito.

—Bienvenida, que tú no lees, no quieras quedar bien con el chico.

—Te han llamado chico, ¿lo ves? Eres tan joven, querido. Chico…

—Sofía, te agradecería quitases la pose y la voz de Sarah Bernhardt. Ya estás mayor para eso.

—Nunca se es vieja para estas cosas, Enriqueta.

—Yo encuentro a Sofía muy bien y no añadiré para su edad. La encuentro estupenda para irme a bailar, comer, pasear, reír con ella.

—Pare usted, pollo, que el resto somos decentes. No enumere. Usted haga con Sofía lo que quiera, pero no lo cuente.

—Yo soy decente por obligación. Últimamente no me sale nada que merezca la pena… Me encantó tu libro, de verdad. Claro que a mí nunca me habría pasado lo que le sucede a la protagonista.

—Pues es lo que suele suceder en esas historias, Bienvenida.

—Cuando muero de amor, mato, así muero menos. Eso hago yo.

—Esa frase es de novela, Bienvenida.

—Puedo asegurarte que las novelas las copian de vidas como las nuestras, Paco.

Bienvenida y Paco decidieron ir a comer juntos algo más consistente que unas tapas. Comer, lo que se dice comer, más bien poco. Pero eso pertenece a una novela que podría titularse: *Bienvenida Castaño: el poder y la gloria del sexo dormido*… Acuérdense del título, no lo olviden.

Los platós de televisión son una especie de mundo fuera del mundo. Alicia y Queta miraban todo sin disimulo alguno. Farid y Sofía ya se habían acostumbrado a entrar y salir sin que nada les sorprendiese. Bienvenida hacía un rato que las había llamado: se quedaba con Paco viendo una exposición en El Prado. Suponía el resto del círculo que *El jardín de las delicias*, pero nadie hizo comentarios. Sentados en una sala esperaban el turno de Sofía. Claudio entraba y salía del plató con un dominio de la escena que asombró a su propia madre.

—Si queréis algo, lo decís y os lo dan. Tengo que volver a

entrar. Tú tranquila, Sofía, que es muy fácil: dices cualquier cosa y ya está.

—Se cree una estrella…

—Sí, Queta. Cinco años de carrera, una oposición y termino viendo a un hijo mío de estrella televisiva, ganando un pastón por amenazar con tirarse a unos caimanes y ahora por opinar sobre unos tíos que se encierran en una casa a hacer el pijo. No lo entiendo. No hay justicia, os lo dije esta mañana.

Entraban y salían de la sala personajes extraños. Mujeres con las tetas saliendo por el escote, manera de señalar un boquete en los trapos que las cubrían. No se me asusten si escribo tetas y no pechos. Los pechos designan algo noble o fino, las mujeres aquellas tenían tetas. Hombres —un decir— con cara de idiotas profundos, con los pelos de punta por arte de la gomina, camisetas de colores chillones y pantalones apretando el lugar en donde nacen y se desarrollan los espermatozoides. Queta fue más allá que este relator.

—Son todos como Cojoninos…

Y una risotada invadió la habitación. Cojoninos era un juez que había pasado por la ciudad. Un hombre pequeño, enjuto, que acostumbraba a llevar los pantalones apretados en los huevos. Marcaba paquete, que no existía, y era la risión de la ciudad entera.

—¡Sofía Llorente!

La nombrada dio un bote en el sillón y elevó la mano.

—¡Ven conmigo!

Sofía acompañó a la mujer. Queta, Alicia y Farid se miraron.

—Ni en la legión.

—La tele eleva a la categoría de emperador a quien no sería sin esta fama más que una mierda, Queta. Incluido Claudio, no hace falta que me lo recuerdes.

Farid no dijo nada. Sonreía. Deseaba regresar a casa, corrían malos tiempos y allí Sofía no era más feliz que en el otro círculo. Farid vivía aquella aventura resignado. Llegaba tiempo de tormenta y mejor estaban fuera de aquella locura.

Sofía entró en un cuarto, la aguardaban dos mujeres.

—Hola, la mecánica del programa es muy rápida, dinámica, ágil, agresiva. Es un debate, intenta participar. Si alguien te insulta, tú a la yugular. Por cierto, Chancho ha dicho que tus libros son denigrantes y que tú tienes el culo gordo para lo que hoy se lleva. Que tendrías que liposuccionarte. Te lo comento para que le entres sin miedo alguno. Él dice eso, pues tú como si lo llamas maricón.

Sofía no daba crédito a lo que escuchaba. Aquella tía absurda, vestida como un cabo furriel, la mandaba insultar.

—Mire, yo no sé hacer eso. Creo que no lo haré bien. Mejor me voy.

—¡Ya estás anunciada! ¡Entras y haces lo que puedas! —La cabo furriel de pacotilla estaba gritando.

—¡No me grite! ¡Oigo estupendamente! ¡No soporto que me grite nadie!

—¡Cojonudo! Así se responde, ¡hale!, que te pongan la petaca y entras. ¡Que me traigan al siguiente!

Sofía, convertida en res acojonada, entró en el estudio. Queta, Alicia y Farid estaban sentados en la primera fila de las gradas. El público eran residentes en hogares para ancianos. Ahora, a un viejo abandonado no se le llama así: es un residente. Al asilo se lo denomina hogar de ancianos. Apúntenlo, no sea que los llamen al orden por incorrección política.

Sentaron a Sofía en un sofá. Saludó la escritora a la mujer que presentaba el programa. No le devolvió el saludo. Hablaba con cinco pelotas contratados por dos meses y que se afanaban en chuparle un pie a la cursi repeinada. Realmente peloteaban sus zapatos, los elogiaban, ensalzaban y cualquier sinónimo aplicable a tan patético caso.

—Son de Pechena Garride. Únicos o casi. Sí, es cierto: me quedan muy bien. Son mis pies. He tenido la suerte de que sean perfectos… Ya sabéis que mi debilidad son los zapatos. Tengo más de doscientos pares.

Sofía contó mentalmente los que descansaban en su vestidor. A ella no se los regalaba nadie y casi tenía tantos como la cursi. Sofía era humana y mujer, la envidia cuenta cuando se habla de zapatos u objetos similares. Pero como no nos vemos, Sofía murmuró: «Imeldona…». Y se quedó a gusto.

Comenzaba el programa de nuevo, un joven elevó un cartel y las gradas estallaron en aplausos al paso de los tertulianos. Que me perdone Quinto Septimio Florencio Tertuliano. Si desde la eternidad lee estas palabras, pido clemencia por la aplicación del término a los cretinos integrales que componían aquella reunión de subhumanos. Castaño así los habría definido, y eso eran.

—¡Bueno! Hoy tenemos muchas cosas que comentar: Fritos y Pochuma han tenido una noche movidita… Y Josmin y Charolito han dado mucha caña a Jonatan. Tú no *vinistes* ayer, Tuti, pero el día anterior *dijistes* que Josmin tenía un esclavo sexual.

La tal Tuti colocó un trozo de teta que se le escapaba por un cacho de trapo mal prendido. Sofía votó en el sillon, la chica masticaba chicle al hablar y gritaba.

—¡Y lo tieneeeeeeeeeeeeeeeeee! ¡He investigado y esta tarde hablaré de él! ¡Le chupa los pies a Josmin!

—¡Tú no tienes nada que decir de mi prima Josmin! ¡Fulana! ¡Y tu madre tiene un bar de alterne en la esquina que yo me sé!

—¡Y tu padre es un arruinador de mujeres! Y tú has tenido un lío con el primo de Saray!

—¿Que tuvo que ver algo conmigo? ¡Ahora resultará que me follan y no me entero!

—¡Me lo ha contado ella, vomitamos en el mismo grupo de anorexia!

Sofía intentaba entender lo que decían. No pudo.

—Vamos a ver unas imágenes para que os tranquilicéis…

La presentadora sonreía y enseñaba los zapatos. Sofía se mareaba. No tenía que haber ido. Un libro no valía aquel espectáculo del que formaba parte. Las pantallas del estudio enseñaron planos de los monos con derecho a ser llamados personas por el simple acto de haber vivido fuera del claustro materno más de veinticuatro horas. La definición de persona hay que revisarla rápidamente. En calzoncillos ellos, en biquini ellas. Insultándose, besándose y magreandose frente a una cámara.

—¡Jonatan es maricón, no hay más que mirarlo y Josmin se la chupa, esa guarra le da a los dos palos!

Un chico con cara y cuerpo de haber nacido dos meses antes de término pronunciaba esas palabras a la vez que se tiraba encima de Sofía y la arrinconaba a un lado del sillón. La presentadora miraba a la escritora. Concretamente, a sus zapatos. Unas preciosas sandalias de Charles Jourdan. Y la presentadora, mujer y fata, que no necesariamente van unidas las dos cosas, se cabreó. En su programa, nadie más que ella lucía modelos exclusivos. En honor a la moda y la exclusividad, los de Sofía lo eran; los de la cursi, no. De las sandalias pasó a los pantalones y de ahí, a la blusa: se encabronó. Miró los papeles del guión para ver quién era aquélla. Nunca la había visto allí. No hablaba. En la escaleta decían que era escritora.

—Lucía, ¿qué opinas de lo sucedido?

El grupo de enfermos con urgente necesidad de ayuda psiquiátrica fijaron la mirada en Sofía. Y Sofía los miró. Se colocó la blusa, movió el pelo y se miró de reojo en un monitor. No vio nada raro. Pero la miraban. Sonrió a la cámara, era lo único que se le ocurría.

—¡Lucía! No tenemos toda la tarde, respóndeme.

—Se dirige a ti, Sofía.

Sofía miró a Enriqueta Llorente sentada en la grada. Le hacía gestos después de hablar.

—¡Ruego al público guarde silencio! Lucía, ¿vienes a participar o a lucir sandalias?

Sofía miró a la presentadora, que miraba sus zapatos. Se dirigía a ella.

—Perdón, no me había dado cuenta de que me hablabas, es Sofía, no Lucía.

—Da lo mismo uno que otro, ¿vas a decir algo o sólo opinas en tus libros de autoayuda?

—¿Por qué van medio desnudos?

Los subhumanos miraron a Sofía, la subhumana suprema no entendía la pregunta.

—Los de esa casa van medio desnudos —aclaró Sofía—. Y no entiendo el motivo.

—¡Carece de importancia su vestimenta, digo yo!

—Yo digo que no: ayer, una de estas chicas hablaba de respeto hacia ellos mismos. Hablaban de maltratos, defendían a las mujeres maltratadas. Lo vi porque hoy venía al plató. Yo nunca veo el programa. Lo que pienso es que nadie va así por su casa. Supongo que les ponen la calefacción alta para obligarlos a enseñar carne. Me parece mal. Y estos chicos insultándose son un espectáculo lastimoso. Hablan de cosas como la guerra o el maltrato a las mujeres por quedar bien, no porque crean en ello. Deplorable utilizar esos temas tan serios. Pan y circo…

La presentadora arrebató.

—¿Tú eres tonta o qué?

Sofía se volvió hacia la presentadora y con una sonrisa llenando toda su boca, carísima sonrisa, le devolvió la pregunta. Miraba a las pupilas de la mujer. Sin pestañear.

—No, yo soy abogado. ¿Tú?

—Presentadora…

—¿Eso es una carrera?

—Bueno, supongo que sí… Me habría gustado ser médico, pero tuve que ponerme a trabajar de azafata al nacer mi hijo…

—¿La está entrevistando? Sueño o es cierto que Sofía está

preguntando a esa gilipollas por su vida y la muy burra responde.

—No sueñas, Alicia. Déjame escuchar.

—Te entiendo, perdona, no recuerdo tu nombre…

—Cristina. Ya sabes, por eso el programa se llama así…

—Claro. Ha debido ser duro llegar aquí. Muchas zancadillas, muchas dificultades, me imagino. ¿No te gustaría cambiar de programa, de tema? Me horroriza ver cómo todos estos chicos se insultan. Por ejemplo, la del trozo de tela en el muslo, esa chica come chicle con la boca abierta y mete ruido al mascar. Es una escena penosa verla en la pantalla.

—Sí, es muy ordinaria. ¡No los soporto! Pero la audiencia manda. No puedo hacer otra cosa.

—Te comprendo, pero una mujer con tu buen gusto, rodeada de seres que cuentan con quién se acuestan, con quién se levantan, que cobran por contarlo, putas y putos… Codearte con esto no es lo tuyo, me parece…

—¡Ehhhhhhhhhh! ¡No te pases ni un poco más, culo gordo! —El nacido tras siete meses de gestación era el gallo del corral inmundo—. ¡No me llames puto!

—No, a ti no te llamaría puto nunca.

El sujeto sonrió. «Todo Dios me tiene miedo», pensaba. Del miedo que provocaba, comía. Si dejaba de darlo, volvía al andamio. Ser albañil es digno, ser gilipollas, no.

—Tú eres un maricón indigno. Aquí, en este plató, se reúnen las cuatro causas de la indignidad, las palabras que utilizábamos para recordarlo: pan, palo, puta y pena. Pan que se niega a quien odiáis; individuos que golpean con el insulto como si de un palo se tratase; putas que venden su intimidad y pena que dais al atentar contra vuestra vida y la del prójimo.

—¡Está contra los homosexuales! ¡Sinvergüenza!

—Cállate, tú eres un maricón, sin más. Homosexual no es insulto, es ser algo. Tú no eres nada. Sin una cámara de televisión, no eres nada. Sin el insulto, menos. No tienes ni media leche dialéctica: aburres a una piedra. Cristina, creo que debes dejar este tipo de programa: dentro de unos años, los niños responderán en el cole que quieren ser maricones, insultadores o putas profesionales y no es plan. ¿No te parece?

Se puede ser malo o bueno o una bruja perversa pero consciente de lo infame de tal naturaleza. Sofía Llorente era conocedora del lado oscuro de la Fuerza, penetraba en él con demasiada frecuencia. De Anakin Skywalker a Darth Vader, hay un paso muy pequeño. Por ello, Sofía, adoptaba en ocasiones la personalidad de Yoda. La mente puede ser más puteante y cruel que una espada. El enano de orejas puntiagudas siempre me ha parecido un cabrón, tal que Sofía.

La publicidad ocupó la pantalla. Deportistas comiendo natillas en unos decorados armoniosos distraían la atención de los espectadores. Mafalda corrió a buscar el móvil. Su madre no respondía, estaba fuera de cobertura o desconectada, su tía y Alicia lo mismo. Carlota del Hierro se abanicaba con una revista. Clotilde mantenía fija la mirada en la pantalla y Matilde hablaba con Santiago.

—¿Estás seguro de que estas personas, las de la casa esa que ha salido, votan?

—Claro, Matilde. ¿Cómo no van a tener derecho a voto?

—No sé, Santiago, pero una cosa es la democracia y otra, que unos incapacitados voten. Si sus derechos en las urnas son iguales a los míos, no votaré más.

—Yo tampoco lo haré, Matilde.

—Me parece bien, Clotilde. Escribiremos una carta al gobierno para protestar y comunicarles que no votaremos.

—¡No escribáis a nadie! ¡A nadie! ¡Esas cosas se piensan, pero no se dicen! Me destinarán al Polo por ser familia vuestra. ¡A Sofía, ese maricón de mierda le habrá dado dos hostias y ahora tendré que devolvérselas yo, para no variar! ¡Por eso habrán cortado el programa!

—Alberto querido, la historia no es así: habitualmente, es

Sofía quien se bate por ti. Recapitula y lo verás. Buenas tardes a todos.

Y discutiendo sobre qué Ministerio debía ser el receptor de su carta, Clotilde y Matilde del Hierro regresaron a su casa. En los estudios de televisión, la presentadora era atendida por los servicios médicos; Sofía se fue sin que nadie se fijase en ella. Los cretinos discutían unos con otros y la escritora desapareció como una sombra. Alicia cogió a Claudio por un brazo y terminó con su carrera en televisión. Claudio no opuso demasiada resistencia. El chico no ganaba tanto como para renunciar a la herencia materna.

Los círculos existen como y lo que son. Nunca se entra ni se sale de ellos. La Fuerza, oscura o clara, lo impide.

«Esto es televisión, esto es espectáculo…»

El alma en el ojal de la solapa… Pensaba Sofía que el alma nunca se pone en el ojal de la solapa. Exhibirla era perderla.

Regresó a casa con el alma a buen recaudo.

En el nombre de España, paz.
En el mío: venganza...

En el nombre de España, paz.
El hombre
está en peligro. España,
España, no te
aduermas.
Está en peligro, corre,
acude. Vuela
el ala de la noche
junto al ala del día.
Oye.
Cruje una vieja sombra,
vibra una luz joven.
Paz
para el día.
En el nombre
de España, paz.

BLAS DE OTERO

El regreso fue como todos los retornos: más de lo mismo. Con peculiaridades, no podía ser menos. Sofía miraba a la nueva asistenta ir de un lado a otro de la casa. Bailaba al caminar. El ritmo impregnaba bayetas y gamuzas, los muebles se limpiaban a sones de samba. La mujer pasaba al lado de Sofía, le guiñaba un ojo y desaparecía camino de la cocina. Le recordaba a alguien. No lograba acordarse. Alicia estaba contenta con las brasileñas, eran eficientes, decía. Trataban a su madre muy bien, le alegraban la vida cantándole sin parar.

—Quita esa cosa, no soporto a esos tíos haciéndose los simpáticos, Queta.

—A mí tampoco me gustan, lo miro para darme cuenta de la gilipollez humana. Se ponen frente a un micrófono y cuentan pijadas de su vida; creen que son chistosos.

—A Paco no le hace gracia alguna.

—Bienvenida, déjanos en paz con el tal Paco. Ya aburres. ¡Te reiteras como estos tipos del *Club de la Comedia*!

—Es envidia, Alicia. Envidias mi idilio.

—¡Ahora hablas como en una telenovela, Bienvenida! ¡Esto es contagioso!

—¡Ya sé de qué la conozco! ¡Y a las de tu casa, Alicia!

Sofía miraba distraída las llamas de la chimenea. Recordó dónde había visto a la mujer, a las mujeres contratadas por la sección masculina de los hogares.

—¿De qué hablas, Sofía?

—Las brasileñas: trabajan en la casa de alterne.

—¿Putas? ¿Estás diciendo que son putas?

—Trabajadoras del sexo, Alicia, no seas ordinaria.

—¡Cállate, Bienvenida! ¡Que es una cosa seria! ¿Estás segura, Sofía?

—Sí, las conocí cuando la chica muerta, la del fiscal. Eran sus amigas. Por eso son tan amables.

—Jesús no se librará, no lo hará. ¡Terminaré con él de dos hostias! ¡Putas en mi casa! Y ahora ¿qué hago? A mi madre le caen bien, la cuidan mucho. ¡Lo primero, matar a Jesús!

—Vuelvo ahora, voy a hablar con ella.

—¡No hay nada que hablar! La pones en la calle ahora mismo.

Sofía llamó a la mujer. Sentadas en la cocina hablaron un

rato. Las charlas de este calado no son habituales. La aclaración es absurda: en estos puntos, nada lo es.

De regreso al salón, Sofía informó de lo conferenciado.

—Son ellas. Llama a Jesús, que venga ahora mismo, Alicia.

—¿Qué vas a hacer, Sofía?

—Nada, Queta, alegrar una tarde de domingo aburrida. —Se dirigió a los tubos de la calefacción y dio varios golpes.

—¡Qué quieres, Sofía! —Alberto Mendoza era así de fino en las respuestas. Apareció en la puerta del sótano con esa frase amable que leen ustedes.

—Nada, cielo. Estamos aquí las tres y echamos de menos la presencia masculina. En la tele no dan nada. Viene ahora Jesús. —¿Recuerdan lo que escribí de Yoda en una página anterior? Pues eso… Sofía era una falsa mala-malísima.

Alberto puso cara de buen hombre, el cabronismo encubierto puede paliarse si la fémina es una hipócrita. Sofía lo era cuando le daba la gana, le duraba poco la falsedad, pero ejercía de cuando en cuando. No la juzguen: todos lo hacemos.

Jesús Pudientes entró por la puerta del sótano con cara de felicidad.

—¿Tomamos una copa, Berti?

—Claro, aquí hay más que en la casa de arriba. Es un buen rincón el de So. ¿Qué quieres tomar, Jesús?

Y cual lores ingleses se comportaban los dos machos metidos a amos de casa contratadores de servicio doméstico. En realidad, eran zorros, zorros perseguidos por los perros. Ellos no lo sabían.

—Mi nueva novela va muy bien, menos mal que tengo a la chica que contrató Alberto. De no ser por ella, las camisas tendrían que ir a la lavandería, la casa manga por hombro… Es una suerte.

Lord Mendoza meneó la cabeza mientras acariciaba la ídem de un perro. Rufino. Alicia miró el mando del perro disecado, le dio a un botón y Rufino ladró. El general Mendoza pegó un bote.

—Alicia, no seas niña. —El lord estaba fino—. Si se fuese el servicio tendrías que dejar la novela, Sofía. Lo primero es lo primero. Ya has visto como ejercer de ama de casa no es tan difícil. Mientras estabas fuera todo ha funcionado estupendamente. Es cuestión de organizarse.

Morgana-Sofía sonrió, con levedad. Bienvenida no demostró el asombro que la embargaba. Su amiga no respondía al mamón de Alberto.

—Es cierto, desde que se fueron las espías, la casa marcha mejor. Las brasileñas son diligentes y animadas. Yo las miro ir y venir y parece que me alegran el día, Berti. Las otras eran serias, desagradables. Se ha notado la *manu militari* en esta casa, es cierto…

—¡Aquí va a pasar algo!

—¿Qué te pasa, Ali?

—¡Nada! Pero va a pasar algo, creo…

Jesús Pudientes se encogió de hombros, Alicia estaría aburrida y pretendería tener bronca.

—Me alegra vuestra mentalidad abierta. Estáis cambiando mucho los dos, de veras que me alegro. Ali, entiéndelos: se vuelven modernos.

Alberto miraba a su mujer. No entendía lo de modernos.

—Mañana compro unas plumas y me las pongo en el culo. A ver qué decís.

—Nos desmayaríamos, Enriqueta.

Jesús tenía el día gracioso.

—No te veo yo con las plumas, Queta. Tienes demasiada envergadura…

Y se reían a risotadas los lores. Se agachaban doblados por la risa y miraban a Queta. La observada se estaba poniendo de mala uva. Bienvenida también se reía de ella.

Carlinhos Brown atronó el sótano con su ritmo, a la vez

que tres mujeres desvestidas en biquini y portando plumeros en el culo entraban por la puerta. Se movieron con soltura entre los muebles, bailando. Jesús y Alberto las miraban embobados. La boca semiabierta, los ojos abiertos a todo lo que daban los músculos. Juan y Fernando bajaban por las escaleras con Santiago Llorente. Se quedaron parados viendo a los dos zorros a punto de caer en la trampa. Los perros —todas hembras en este caso— los miraban presas de risas, atacadas por espasmos y carcajadas. Las brasileñas seguían bailando cuando Carmen, Claudio, Mafalda y Carlos aparecieron. Iban a comunicar algo a los adultos, pero se quedaron sin palabras al ver el espectáculo. Claudio no perdió la voz e intentaba seguir el ritmo cantando y golpeando encima de la mesa con unas cucharas de madera.

Alicia veía a Jesús mirar a las bailarinas y sintió la llamada de la selva: hembra defiende a macho suyo. Y lo hizo la magistrada a ritmo de samba. Bailó con las profesionales. Ruego no piensen nada malo de la palabra definitoria de unas bailarinas. Queta se unió al grupo y Bienvenida hizo lo propio. Santiago Llorente no se quedó atrás y, enganchando a Sofía por la cintura, pegaban golpazos contra los muebles y bailaban. La voz de Carlota puso fin a la juerga.

—¡Se supone que esta parte de la casa es un lugar de trabajo, no una favela!

Se disolvió el bailongo por orden de la autoridad gubernativa y las brasileñas salieron deprisa.

—Bailan de cine. Se les nota el oficio.

Santiago Llorente fue centro de las miradas, que en ocasiones son como redes que atrapan. Anoten la metáfora, da un toque literario, pienso…

Los puntos fueron tomando asiento en sillas, sofás y sillones y continuaron mirando a Santiago.

—¡Putasssssssssssssssssssssssssssssssssss! —El alarido de Alicia desvió las miradas—. ¡Son putas y seguro que lo sabíais! ¡Alberto y Jesús, lo sabíais! ¡Cabrones!

Los mentados se miraban sin entender.

—Trabajan en el local de alterne, lo de putas lo han dejado.

—¡Sofía! ¡Es la novia de uno de mis hombres! Sousa es un buen hombre, jamás saldría con una puta.

—Alberto, te he dicho que lo han dejado. Con lo que ganan aquí y las copas se arreglan, me ha dicho la novia de Sousa. Te están muy agradecidas y te consideran un hombre bueno y comprensivo. Y se puede ser buen hombre y enamorarse de una puta.

—¡Tíos, qué guay! En casa trabajan putas, como en las películas. Me encanta. Voy a componer algo sobre las mujeres de la vida que atienden a la abuela. Vengo ahora, voy a contárselo. No se entera muy bien de lo que digo, pero le gusta que le hable.

Nadie impidió la salida de Claudio. Alicia miró a Sofía.

—Llámalas, las echamos las dos juntas.

—Yo no voy a despedir a nadie, Ali. La mía se queda.

—¡Sofía! ¡No puedes tener a una puta en casa!

—Sí puedo, Alberto. Es agradable, eficiente, buena mujer. Ahora se saca un sobresueldo con las copas. Se ha enamorado de tu soldado, me ha contado con pelos y señales lo mucho que la quiere ese hombre. Yo no quiero que se marche.

Jesús Pudientes tuvo un ataque de dignidad súbita.

—Vosotros podéis hacer lo que os dé la gana, pero en casa, nosotros, no podemos tener a mujeres de vida alegre. Se entera la prensa y me joden. Suficientes líos tenemos con lo de Claudio. Y Sofía, ¡lo tuyo también es un problema!

—¿Qué te pasa, Sofía?

—Nada, Juan. Creo que el problema es que escribo. Eso no está bien visto en algunos círculos, ya lo sabes.

—¡Eres tonto, Jesús!

—¡A mí no me insultes, Juanito, que estás para no decir nada! ¡Esos artículos en la prensa contra la política del gobierno! Me paso el día defendiéndote.

Un «A mí no me defiendas», seguido de un «¿Cómo no voy a defenderte?» lió aún más la reunión. Carmen, Mafalda y Carlos observaban con fastidio y haciendo gestos. Los adultos eran como niños de parvulario.

—¡A callar todo el mundo! ¡Quiero que lo digas, Sofía!

Enriqueta y Bienvenida se dieron un codazo. Y Sofía se rió y dejó salir las palabras.

—¡Vale, Alicia! Las mujeres de la noche, Jesús, te consideran también un buen hombre. Dicen que eres espléndido con ellas cuando te tomas copas en el club. Les caes muy bien.

Jesús visualizó su funeral. Estaba muerto.

—Sofía tiene razón: se quedan. Jesús, eres un imbécil integral. Y un injusto. ¡No bajes la cabeza, cobarde! Los líos de faldas en este país no tienen importancia. Tienes suerte. Una foto tuya alternando con estas mujeres es fácil de obtener. Se quedan. Las redimiremos.

—Nosotros queremos deciros algo.

—Carlos, el asunto está zanjado: no se hablará más de ello.

—No es de eso, Alicia. Nosotros es que salimos.

—Ya es tarde, Mafalda. Mañana tienes clase y Carlos trabaja. Carmen no sé qué planes tendrá ni me importan: nunca hace nada. Pero ya es tarde para salir.

La sección joven se miró y después movieron la cabeza con desespero.

—Jesús, no te pongas en plan ministerial ni interesante: salen juntos, eso están diciendo.

—Enriqueta, estoy disgustado así que no me digas idioteces. ¡Hace más de veinte años que viven juntos, que salen juntos! No es novedad.

—¡Somos novios, coño! —Mafalda no soportaba a su gente, eran tontos—. Carlos, ¡dilo de una vez, que me estoy cabreando y tú no dices nunca nada!

Alicia miró a Mafalda: sería una digna sucesora. Carlos era

el más parado de sus hijos. Mafalda le convenía. La chica tenía carácter.

—Somos novios…

—¡Carlitos se parece al Manzanero!

Carmen Pudientes dio una palmada en la espalda de su hermano. Estaba contenta. Si aquel esmirriado se casaba con Mafalda, le ahorraría tener que conocer a una cuñada fastidiosa. Las novias de Carlos solían ser unas pendangas cursis. Mafalda lo era, un poco cursi, pero al menos tenía carácter.

—Espero que toméis las debidas precauciones. No quiero más problemas de los que tengo. Hasta que Mafalda no saque las oposiciones no podréis casaros, así que ¡cuidadín!

—¡Deja de decir idioteces, Alicia! ¡Mi hija no hace eso!

—*Eso* lo hace todo el mundo, Alberto. Así que yo advertiré a nuestros hijos de lo que es más conveniente. Tú estás pasado de rosca, en todo. Espero, Fernando, que no tengas nada que decir al respecto.

—No, Alicia, estoy de acuerdo contigo.

—Nos vamos a casa a escuchar música. Y yo no voy a hacer oposiciones, Alicia. Tú, en mí, no mandas, eso que te quede claro. Vamos, Carlos. Si quieres puedes venir, Carmen. A vosotros os rogaría que dejarais de importunarnos y de meteros en nuestra vida sexual. Ya somos adultos.

—Me van a hacer bisabuelo en breve, hija.

—¡Santiago! Vais a lograr que enferme de los nervios.

Enriqueta se vengó de su cuñado. Lo de las plumas no iba a olvidarlo.

—Imposible, Alberto, si te pones peor, te ingresan…

—Me hago viejo…

—No, ya lo eres, Alberto.

Bienvenida ayudaba a Queta en su venganza.

La vida es jorobar, vengarse y poco más.

—Te veo preocupado, Juan.

—Sí, lo estoy. Tendré que irme pronto. Habrá guerra, una

nueva y estúpida guerra. Tengo un mal presentimiento. Una guerra sin justificación alguna, que nos afectará a todos.

—Mañana iré a la concentración. Van a matar a miles de inocentes. En nombre de la nada, lo harán. Me gustaría ser soldado, poder impedirlo, matar a los cabrones que nos llevan a un matadero y nos convierten en asesinos. Y no te pasará nada, Juan. No tengas malos presentimientos.

—Sofía, cariño, no es por mí. Es por lo que sucederá después. No va a pasarme nada. Me aterra lo que sucederá después. El mundo ya no será nunca como antes.

—¡A la concentración iremos todos! ¡Y haces más carteles de los tuyos, Sofía!

Y se concentraron al día siguiente y gritaron sin que sus gritos los escuchase nadie. Gritos y silencio, suele suceder.

Pasaron las semanas, los libros de Sofía eran un éxito absoluto. En dos meses se había agotado la primera edición y se terminaban las sucesivas sin tiempo a reponer. La Fuerza estaba con ella y la utilizó. Le proponían un nuevo contrato con unas condiciones que Sofía no estaba dispuesta a firmar. Las habitantes de la casa de Bernarda Alba preferían que se fuese, y un mal contrato la obligaría a hacerlo. Las ventas de Sofía, el fenómeno de una mujer de edad madura vendiendo sin cesar, no les importaba, preferían que su empresa perdiese dinero antes que dejar que una recién llegada torciese sus vidas, sus malas formas en el trabajo. Sofía había pisado el orgullo de muchos de ellos. Los agentes literarios la odiaban, no le perdonaban que a cada ocasión que le daban los periódicos contase su comportamiento, con ella y con muchos autores que no dejaban que los expoliasen. Los literatos gilipollas, los que iban de cultos y terminaban siendo culteranos, que no jacobinos ni llanos, tampoco le perdonaban lo que consideraban una soberbia insufrible en una recién llegada.

Sabino Nestares acudió en su ayuda. Conversaban por teléfono y Sofía se quejaba del comportamiento de sus editoras.

—Son unas puñeteras, Sabino: me marcho. No es por dinero, es por lo mal que lo hacen, por su maldito comportamiento. Bernardas, son todas como esa sujeta horrorosa... ¡Lo peor es que son mujeres! ¡Son peores que los hombres, Sabino!

—Una vez me dijiste que en toda casa de Bernarda hay un Pepe el Romano, Sofía. Búscalo. Tú sabes cómo hacer esas cosas.

Miró en Internet y en cinco minutos encontró al Romano. Abrió su correo electrónico y escribió:

«Dígame si recibe este mail».

Y a los diez minutos su ordenador emitió un pitido indicando la llegada de un correo electrónico.

«Sí, lo he recibido.»

Desde ese momento, la vida fue más fácil para Sofía dentro del mundo literario. Esa misma noche escribió un informe de todo lo que le sucedía, de las perrerías y pequeñas mezquindades a las que habían pretendido someterla. Del negocio del mundo del libro y de su visión sobre eso. No era un informe llorón tipo «me están maltratando», Sofía diseccionó punto por punto su alegato y George Macnamara tuvo cumplida, detallada y aséptica cuenta de unos hechos que, de otra forma, nunca habría conocido. Dios no suele descender a las migas. Pero muchas migas hacen un pan y muchos panes tirados, rotos y desaprovechados, hunden una panadería. Ya me entienden... Macnamara no había leído en su vida *El Quijote* —Sofía tampoco—, pero el americano era un tiburón de los negocios y la edición es, entre otras cosas, eso: negocio.

Una gran manifestación recorría el mundo entero contra la guerra. Ya había pasado la hora de las concentraciones silenciosas y llenó el clamor las calles.

Matilde y Clotilde llegaron a la casa portando una bandera con las palabras NO A LA GUERRA. Mafalda y los Pudientes cargaban con una pancarta llena de signos de paz e insultos a los invasores. El general Llorente, vestido de uniforme, discutía con Carlota.

—¡Voy a ir con el uniforme, Carlota! ¡Me da igual lo que digas! ¡No pueden quitarme la pensión! Y si lo hacen, no me importa. ¡Déjame!

Bienvenida, Alicia y Queta esperaban a Sofía en un café cercano. Jesús Pudientes se había abrigado hasta las cejas. En realidad, se escondía. Él estaba contra la guerra pero manifestarse no lo había hecho en su vida y ahora Alicia lo obligaba. Enriqueta miró a la calle, una moto buscaba aparcamiento. Sonriendo, pegó un codazo a Bienvenida.

—Mira…

Sofía se quitaba el casco de la cabeza y veía con cara de mala uva a un coche aparcado sobre el lugar reservado a las motos y a minusválidos. Se aproximó y leyó una tarjeta colocada sobre el salpicadero. Con el casco en la mano, entró en el café de muy mal ídem. Saludó al respetable y en voz alta se dirigió al encargado.

—Pedro, ¿conoce al dueño de ese coche mal aparcado?

El hombre miró al frente y no respondía. Alberto y sus amigos pegaban los ojos a los vasos, sin quitar la vista de ellos. Una voz cantarina respondió a Sofía.

—Es mi coche, ¿te molesta?

Sofía miró al propietario de la voz y, al parecer, del coche.

—Por supuesto, está mal aparcado. Sobre una zona reservada a motos y minusválidos. Son las siete y media de la tarde y usted —recalcó la palabra— se está tomando un vino, dudo mucho que en misión oficial. Y en ese papel, el que ha colocado en el coche, dice que es un vehículo que puede aparcar donde proceda siempre que lo esté. Y le repito que dudo mucho que tomar un vino con estas personas lo sea.

El hombre tuvo ganas de estrangular a Sofía, pero saldó el lance con una sonrisa forzada y se fue apresuradamente. Han Solo se dirigió a la barra, miró el reloj y pidió un zumo de naranja.

—Ya es tarde, tenemos que irnos, nenas. Pedro, les pone

una de huevos a los señores, y «de paso» se toma usted una ronda de lo mismo.

—¡Sofía!

—Queridos general y ex ministro, hace una semana que dais la vara con esos tarjetones, con el mal uso que de ellos hace el Ayuntamiento, andáis diciendo que el alcalde ha repartido esas *cosas* como quien da churros y que es una vergüenza. Tenéis razón, pero os acoquináis cuando le llamo la atención a este tío. Así que menos beber tintorro y más de lo otro.

—¡Eso que bebéis todo el día! ¡Sois unos alcohólicos anónimos!

—Alicia, nosotros: borrachos conocidos, querida. —El general Mendoza estaba alegre y dicharachero.

—Alberto, pareces un patán del *Club de la Comedia*. Nos vamos. ¿Quién tiene la pancarta?

—Ali, yo la pancarta no la puedo llevar, espero que lo entiendas. —Jesús rogaba al cielo, pedía desesperadamente que su mujer lograse entender algo tan simple.

—Sí, Jesús, lo entiendo: pero vas a ir llevando esta pancarta. Supuestamente, yo tampoco podría estar en esa manifestación y voy a ir. Ahí está Fernando, nos vamos.

Alberto Mendoza cogió de un brazo a Sofía.

—Me gustaría ir, Sofía. No puedo hacerlo. Si tienes problemas, llámame, dejaré el móvil abierto. Procura que Mafalda no grite ni insulte demasiado, por favor. Ojalá tuviese algún efecto vuestro esfuerzo, So.

Sofía besó a su marido en la mejilla y salió a protestar una vez más en su vida. Habitualmente tenía poco éxito en las protestas, pero la mujer debía de tener algo en el cerebro, la contracorriente era una constante vital en ella.

Varias semanas más tarde, Alberto Mendoza recibió orden de partir a un frente que, según el gobierno, no existía, de participar en una guerra que, según el mismo gobierno, no era tal. Al parecer, el gobierno era idiota y así consideró a los ciudadanos.

En las guerras se busca la alegría con desespero. Sabedores de que la muerte acecha, la gente escudriña cualquier oportunidad para salir del miedo. Alicia Solares preparó la mayor fiesta que la comarca había conocido en años. Las carpas ocuparon gran parte de sus jardines. Mafalda, Carlos, Claudio y Carmen engalanaron el escenario con una enorme pancarta: NO A LA GUERRA. Ningún adulto protestó y Santiago Llorente colocó a los lados de la tela negra la bandera de España. Carolina era feliz, su nieto Claudio cantaría acompañado de la orquesta sinfónica. Alicia la contrató a golpe de talonario y cumplió un sueño pendiente. Siempre queremos cumplir los sueños cuando La Bestia se dispone a despertar: la Guerra, el Hambre, la Peste, la Muerte… Durero, Blasco Ibáñez… Nada es nuevo, ninguna vida o muerte lo son. La novedad tampoco alcanza a la sensación de miedo de nuestro círculo. Los Cuatro Jinetes cabalgan cada madrugada por el planeta. Ahora, ellos, los veían más cercanos.

Cual patriarca Madariaga, Santiago Llorente de Echagüe subió las escaleras del escenario acompañado de Farid. El viejo general no se encontraba bien aquellos días.

—Soy un anciano y he visto demasiadas veces teñido el cielo de sangre, de muerte. Mi yerno, el general Mendoza, parte mañana a una guerra insensata y Juan Balboa lo acompaña para relatarnos los horrores. No defendemos nada, nadie nos amenaza. Nos dice el gobierno que no estamos en guerra. ¡Miente! No vamos a llevar alimentos ni ayuda. En todo caso a reparar el mal que un gobierno sin cabeza, sin sentido, ha provocado con su apoyo. Muchas guerras olvidadas en el planeta. Ninguna merece nuestra atención. Quien diga que esta matanza no tiene motivos económicos muy determinados, trata de engañarnos. Yo, un viejo soldado, denuncio la inmoralidad de esa masacre, os recuerdo los miles de muertos y heridos que han provocado las bombas. Asesinos, eso son. Yo grito: ¡sedición! Os llamo a la resistencia civil: que ni un solo día el gobierno pueda dormir tranquilo, recordémosles lo que han hecho, a lo que nos han empujado. No quiero quitar tiempo a Claudio ni a vosotros, nuestros amigos, pero permitidme gritar de nuevo: «¡En el nombre de España, paz!». —Y a la par que gritaba, se fundió en un abrazo con Farid Abbas.

El primero en secundar el grito fue Alberto Mendoza. Castaño no necesitó que Consuelo Adoratrices lo indujese a la sedición: gritó lo más alto que pudo. Y tras él, todos los presentes, incluido Jesús.

Estas escenas, esos gritos, no nacen solamente en las gargantas de la izquierda divinizada, no. Al-garid, que nace en la garganta de cualquier persona de bien, por mucho que se empeñen los autoproclamados dioses de la modernidad o la derecha reaccionaria del país en el que habitan los puntos. Los extremos, como ustedes saben, se tocan.

Claudio Pudientes lucía una hermosa pegatina de «no a la guerra», todos los presentes habían recibido una al entrar. Y pegatina en solapa comenzó su actuación.

Alberto, aquella noche, sí bailó con Sofía. A los sones de una canción de Giacobbe, bailaron en silencio.

Señora mía,
perdone si he venido mas no sé lo que me pasa.
Las ganas de hablar que ahora tengo
han sido como un fuego aquí dentro.
Señora mía, si usted no me aceptara…
Yo sé que no es momento…
De noche yo miraba a través de su ventana,
imaginaba todo, mas no pregunté nada…

A punto de terminar la canción, Juan Balboa pidió permiso al general y bailó con Sofía.

Señora mía,
sólo he venido a decirle dos palabras.
Me merezco desconfianza.
Si al menos usted me diera una esperanza.
Señora mía,
si supiera cuántas veces la he tenido,
y en mis sueños la veía aquí a mi lado.
Yo vivo aquí en frente,
en la misma calle suya.
Mas antes de que me vaya,
yo la debo hacer saber...

Y transcurrió la noche entre cánticos. Fernando veía cómo Sofía intentaba mantener la cabeza alta y sonreír. Se colocó la pegatina bien derecha y subió al escenario.

—Os veo muy tristes. Motivos tenemos, pero hay que dar ánimos a los guerreros. Sube, Sofía. Vamos a ofreceros una canción que cantamos hace años en una gala benéfica. ¡Venga, Sofía!

—¡Esto se anima, Queta! ¡Ahora van a ensayar delante de todos!

—¡Deja de jorobar, Alicia! No tengo el día ni el mes ni nada. Estoy abrumada por la guerra, por el mundo, por todo...

—¿Quién ensaya, Bienvenida?

—Te lo explico en casa, Paco. Es una especie de novela.

Francisco Gallo observaba. Cuando Bienvenida le pidió que acudiese, dudó. Sofía hablaba poco de su familia, en público, jamás. Él había conocido a Farid y, por toda explicación, la mujer le contó que vivía con sus padres. Riendo, le había dicho que era su *adul*. Sabía que su marido era militar y por los círculos literarios se comentaban cosas, pero Francisco no era dado a escuchar murmullos de víboras. Lo que estaba viendo aquella noche sí era de novela. Mujeres y hombres vestidos con ropas caras, con collares de perlas ellas y relojes tipo pijo ellos. El marido de la anfitriona lucía una bandera de España en la muñeca. Y todos a una gritaban contra un gobierno que a simple vista era de su gusto. Aquella gente eran los votantes naturales del gobierno. Y un anciano general llamando a la sedición. Las tías de Sofía le habían dado una conferencia sobre literatura, que lo dejó aturullado. Eran completamente anormales. En aquella ocasión, la palabra tuvo connotaciones positivas.

—Bienvenida, ¿el que está hablando es un cura?

—Sí, es Fernando.

Francisco observó. Los esperaba un himno religioso.

Alberto animó a Sofía y Juan se estaba poniendo de mal humor con Alberto. El general era imbécil, pensaba.

La orquesta atacó la melodía sin contemplaciones. Sofía se colocó junto a Fernando y él la besó en la frente. Se quitó la chaqueta, la arrojó fuera del escenario, la concurrencia lanzó un alarido y aplaudió. Paco se acercó a Bienvenida.

—Parece una estrella de la canción el cura. No me imagino a Sofía cantando una de iglesia, pero, en fin: aquí sois todos inimaginables.

Bienvenida miró a Paco. No entendía lo de la iglesia.

Volvió a arrancar la orquesta de nuevo, con brío, y Sofía se adelantó un paso, se puso frente al micrófono y Francisco Gallo abrió la boca para hablar. No pudo hacerlo. La mujer que él había conocido defendiéndose en un plató de televisión, cual guerrero empuñando una espada, se movía en el escenario con naturalidad y cantaba.

Deja que salga la luna,
deja que se meta el sol,
deja que caiga la noche
pa que empiece nuestro amor…

Sofía se retiró del micrófono moviéndose al son de la música y Fernando continuaba la canción.

Cuando estoy entre tus brazos
siempre me pregunto yo
cuánto me debe el destino
que contigo me pagó...

Y juntos cantaron:

Yo sé que no hay en el mundo
amor como el que me das...

Terminaron de cantar, la orquesta siguió con la melodía, Fernando enganchó la cintura de Sofía con una mano, con la otra tomó la de su amiga y los dos se deslizaban por el escenario bailando.

—Es la escena de una película. Parecen profesionales. General parece él y no el marido.

—Él se quedó en capitán, creo, Paco. Aprendieron a bailar juntos. Todos lo hicimos a la vez. Ellos pusieron más empeño.

La noche terminó entre bailes, risas y ninguna lágrima. En el círculo, no se lloraba en público.

A la mañana siguiente las sonrisas acompañaron al general Mendoza y a Juan Balboa. Se fueron apenas amaneció. Un soldado cargó los macutos y las sonrisas volvieron a brotar en la boca de todos. Mafalda tragaba la pena. Se abrazó a su padre, a Juan y dejó paso a Sofía. Alberto miró a su mujer. Era su vida. Sin ella, jamás habría estado en aquella misión con aquel rango. La abrazó con fuerza y la besó en la frente.

—Toda tuya, Juan.

Y Juan Balboa repitió el gesto de su antiguo amigo.

—Cuidaos.

Sofía no encontró mejor despedida. Las palabras se atragantaban en su boca. Si hablaba, se le escaparían las lágrimas. Eso, era pecado.

Pasó un día y otro día. No un mes y otro mes pasaron. Semanas. El Flandes de Sofía estaba en su interior. En la casa todos trabajaban con normalidad. Sofía lo intentaba. Con el rosario entre las manos, caminaba por las veredas, repetía el Ave María sin cesar. No pedía. No rogaba. Era un mantra, se aferraba a las cuentas, rezaba y lograba salir de una lucha sin cuartel. Al repetir muchas veces las mismas palabras, cesaban sus pensamientos, su mente se alejaba de todo.

Rehuía la mirada de Farid. No sabía el motivo, pero era incapaz de mirarlo a los ojos. Alberto y Juan llamaban por teléfono casi cada día. Una tarde, pasadas apenas tres semanas de la partida, avisaron que aquella noche Juan entrevistaría al general. Se organizó una merienda y en el salón de los Llorente fueron acomodándose los puntos.

—¡Ya empieza! ¡Es papá! Mirad a Juan, qué chulo va con la ropa de trabajo. Y a papá le queda genial ese uniforme.

Mafalda era una hija entusiasmada, su abuelo la miró con afecto.

—¡Callad, coño, que no me entero!

—¡Alicia, yo sí, dice que viene pasado mañana! ¡Nos lo dicen a nosotros, es genial, nos hablan a nosotros! Papá me dijo el otro día que me estaba comprando muchas cosas. Le dije que lo quiero a él y nada de esa tierra devastada. Quiero que se marchen, eso quiero.

El general Llorente prestó atención a la pantalla, a la imagen.

—¿Lo estás viendo, Farid?

—Sí, general. Vienen por la izquierda…

Las miradas se clavaron en Santiago Llorente y Farid, regresaron a la pantalla. Un grupo de hombres comenzó a moverse tras Alberto y Juan. Se escucharon disparos. Juan cayó al suelo. La cámara continuó emitiendo. Un grupo de soldados hizo círculo en torno al general Mendoza y lo empujaron hacia un blindado, lograron meterlo dentro. Mafalda respiró aliviada.

—¿Han matado a Juan?

Nadie respondió a Enriqueta. La imagen siguiente mostró al

mundo a un general español saliendo de un blindado, zafándose de su tropa que intentaba detenerlo. Un general corriendo hacia un corresponsal herido, agachándose junto a él, gritándole a los soldados algo que ninguno logró entender. Un general cogiendo entre sus brazos y alzando a un antiguo coronel, intentando llegar al blindado. Gritaba el general un nombre. Y la mujer a la que llamaba sintió que la vida se marchaba de su cuerpo. Una deflagración llenó los ojos de la familia Llorente, de Castaño que entraba en la sala, de los Pudientes, de Farid y Bienvenida. Los puntos vieron llamas y después sintieron una explosión. Un general español y un antiguo coronel cayeron al suelo, destrozados por la metralla.

Había buscado la muerte el general al grito de un nombre de mujer. Él le debía algo, una oportunidad al menos. Pensaba el general que la mujer que lo estaba contemplando a miles de kilómetros tenía derecho a una oportunidad de ser feliz, con Juan lo sería. Ése fue su pensamiento cuando se arrojó del blindado. Salvar a Juan en el nombre de Sofía.

Mafalda Llorente se acercó a su madre. La abrazó.

—No llores ni me digas que no tengo que llorar, mamá. Lo queríamos, las dos lo queríamos. Los han matado. A los dos, mamá, a los dos. —Y rompió en llanto entre los brazos de Sofía.

Intentar explicar cómo se ve la muerte en directo es tarea inútil. Se sueña. Parece soñarse. Es como en la guerra: deflagración, explosión y la nada. Durante horas no hay dolor. Después, desgarro…

La casa se llenó de gente, los puntos del círculo desfilaron varios días por las estancias repletas de desdicha. Farid tropezó con Sofía en el jardín.

—Mírame, *habibati*. ¡Mírame ya! Los deseos no se cumplen. Nunca. Las ansias empujan al hecho, ayudan a alcanzar lo que queremos. Pero jamás se cumplen por sí solas. Tú no estabas allí. De eso, no podías protegerlos, a ninguno de ellos, Sofía. No eres Dios, no eres nadie. Un pequeño punto en un gran círculo. Ni tú podías impedir eso. Y nunca deseaste un final semejante.

Santiago Llorente impidió a Carlota ir al lado de su hija. Sofía lloraba contra el pecho de Farid. En un recodo del jardín, Sofía Llorente lloraba de pena. La muerte la había liberado. Así de duro. Así de negro. Así de patético.

Llegaron los cuerpos a la ciudad pasada una semana. Mafalda Mendoza Llorente hizo saber a las autoridades civiles que no deseaba la presencia de ninguno de ellos. Ninguno sería bien recibido. No habría en el funeral banco de autoridades, fuesen del signo que fuesen. La oposición al gobierno estaba incluida entre los non gratos. Nadie sacaría beneficio en el nombre de su padre. Sofía apoyó punto por punto la decisión de su hija y rebotaron en ella las protestas. A pie de pista recibieron el féretro del general Mendoza. Santiago Llorente, luciendo uniforme militar. Las mujeres enlutadas, con velos, pero sin rastro de lágrimas en los ojos. Mafalda se hizo cargo de la bandera y recibía los pésames con entereza. Partió el furgón fúnebre a la basílica y, entre el gentío, Fernando Lasca recibió el féretro con los ojos enrojecidos, la mirada perdida. Viendo a Mafalda encender el cirio pascual, Fernando intentaba no mirar a Sofía. Llenó la palabra el templo y el cura dejó salir alaridos del alma.

La pena, el remordimiento, colmaron de amor cada frase pronunciada.

Juan Balboa de Valdeavellano tuvo un funeral repleto de autoridades, pero sin tanto duelo, frente a su ataúd estaba la apariencia. Dos días después, Mafalda y Sofía regresaban del cementerio. Habían dejado flores sobre las tumbas de Alberto y Juan. Vieron acercarse a Fernando. El sacerdote estaba pálido, las ojeras arrasaban la cara del hombre.

—Necesito hablar con tu madre, Mafalda.

—Claro. Yo voy caminando, me espera el abuelo para merendar.

Se alejó y se volvió a mirarlos. Regresó sobre sus pasos.

—Fernando, yo no soy católica, no al uso. No tengo esa fe

ciega que arrastra a las multitudes, pero en algo creo: de existir, Dios no quiere llantos ni arrepentimientos ni culpas vanas. Yo he tenido un buen padre, el mejor de los padres. Mi madre no ha tenido un marido. Aún es joven. Sólo quería decirte esto. A los dos.

Y volvió al camino. Sofía la vio irse y pensó en sus riñas, en sus peleas. Al final, la hija era una persona formada lejos del egoísmo. Miró a Fernando. Parecía muy viejo.

—Yo nunca quise esto, Sofía. Jamás. Pero ha sucedido. Me voy. He hablado con el arzobispo, pero ya he tomado una decisión: abandono la Iglesia. Regresaré dentro de un mes. Después hablaremos, si crees que tenemos algo de que hablar. La casa de mis padres ha continuado abierta. He mandado que reparen lo necesario. Dentro de un mes estaré de vuelta. Jamás me iré, jamás te dejaré sola. Ellos se han ido, pero yo no te dejaré. Cuídate, Sofía.

Se fue sin esperar respuesta y Sofía Llorente caminó tras de la pena. La que dejaba el rastro de Fernando y la suya propia, que corría en pos del hombre.

Lamento profundamente haberles cortado la risa, pero la vida es así: risas que ocultan tristezas y mucha pena a cambio de unos momentos agradables. Nunca da la vida aquello que no puede arrebatarnos, dice el poeta. Por eso tenemos miedo siempre o casi siempre. A mayor dosis de felicidad, mayor miedo de perderla.

Y vuelvo a lamentar: los terremotos siempre tienen réplicas.

La normalidad fue tapando huecos de tristeza. Todos volvieron a sonreír, las cicatrices duelen con el cambio de tiempo, pero no cada día. Sofía arreglaba los asuntos pendientes de Alberto, escribía una nueva novela y plantaba cara a los editores. Una vez más.

Sabino Nestares no había perdido a Davinia; alguien sustituyó a una Sofía repleta de trabajo: Castaño. Davinia tuvo un compañero, firmaban juntos las novelas. Chuck Parris. Al comisario le costó días de ensueño y noches en vela el seudónimo. Sofía planeaba la acción del libro y el comisario tecleaba incansable. Pidió un permiso y trabajaba sin desmayo. Consuelo Adoratrices renegaba de la faceta romántica del esposo, pero el primer pago de Nestares hizo que las novelas de Davinia y Chuck tuviesen un contenido cultural y de autoayuda. La mujer comenzó a responder a los mails que los autores recibían cuando ellos estaban ocupados. Consuelo impartía doctrina vía mail.

Pasó un mes, faltaba un día para los treinta desde la marcha de Fernando. Sofía recibió una llamada.

—Mañana regresaré, Sofía. Me quedaré en Madrid esta noche y a primera hora me voy. Al mediodía estaré en casa.

Esa tarde, la hija del general volvió a encontrarse con la sonrisa cada vez que pasaba ante un espejo. Mafalda la miraba con preocupación, su madre no recibiría con agrado la noticia que iba a darle. Se armó de valor y esa noche entró en el sótano acompañada por Carlos Pudientes.

—Carlos y yo queremos decirte una cosa, mamá.

—¿Cuándo os mudáis, Mafalda?

—¿Cómo lo sabes?

—Soy tu madre. Y me gano la vida observando a los demás y contándolo en las novelas un poco deformado, hija. Hace una semana que Alicia y Queta trajinan en el apartamento de tu tía, sus muebles aparecen en esta casa como por encanto. El desván se ha llenado de ruidos y ratas no tenemos. Tu abuelo habla en voz baja con Farid y me mira. Observación.

—Si no te importa, Sofía, nos gustaría irnos la semana que viene. El apartamento de Queta nos viene bien. Mamá quiere arreglar una casa y regalárnosla. De momento, con el apartamento es suficiente. Mientras Mafalda esté en la universidad, no queremos complicaciones.

—No me importa, Carlos. La felicidad nunca molesta. Al menos a mí. Os envidio.

—Gracias, mamá. Todo tiene un tiempo, a lo mejor el tuyo aún no ha llegado. Vamos a casa de Carlos; Alicia, al parecer, va a darme instrucciones. Hay días que no la soporto. He recibido una carta del ministro de Defensa, sobre el asesinato de papá, dice que lo lamenta. Se la he devuelto, escribí asesino con un rotulador rojo sobre sus pésames. Espero que no te moleste.

—No, Mafalda. Nada me molesta o casi nada. Apágame la televisión antes de irte. Estoy harta de esta campaña electoral. Todos mienten, todos venden un pescado podre. No trabajan para el pueblo, hacen caja para sus partidos y ellos mismos. Eso sí me molesta. Esta tarde he llamado a una televisión, han utilizado mi nombre y el de tu padre, uno de los impresentables de mi partido lo ha hecho y otro del gobierno lo mismo. Los demandaré si no rectifican antes del día de las elecciones. Yo no voy a votar ni dejaré que utilicen mi nombre ni el de Alberto.

Carlota descendía por las escaleras cuando Carlos y Mafalda se iban. Se despidió de ellos y se dejó caer en el sofá.

—¿Te lo han dicho? Vamos a quedarnos solas.

—Sí, me han dicho algo que ya sospechaba, mamá. Y no estaremos solas, esta casa es un ir y venir permanente.

—Tú estarás sola, Sofía. Como siempre. Puede que encuentres paz.

—La paz no existe, señora catedrática, deberías de saberlo. Nunca hay paz, nunca hay compañía completa.

—Dice tu padre que mañana regresa Fernando. ¿Qué vas a hacer?

—Nada, mamá, no haré nada. Vivir, ahora quiero vivir un poco, creo que me toca. Cuando venga, cuando mire los ojos de Fernando, cuando note que lo que quiero es estar con él, haré lo que deba o quiera. Él tranquiliza mi espíritu. No sé cómo lo logra, pero lo hace, madre. Mafalda ha insultado al ministro de Defensa: que se joda.

—No hables como Alicia, hija. O puede que no exista otra manera de referirse a ese sujeto, tienes razón: ¡que se joda!

Mafalda regresó tarde aquella noche. Sofía la sintió meter libros en cajas. Se durmió pensando en lo grande que era su cama y en lo vacía que había estado durante años.

La mañana siguiente, despertó entre el silencio. No se escuchaba trajín en la casa. No cantaban los pájaros ni se oía el motor de ningún coche al abrir las ventanas de su cuarto. Se encogió de hombros y entró en el baño. El pelo estaba demasiado largo, pensó cuando lo secaba. Camino de la cocina vio a Mafalda sentada en un sofá de la biblioteca. La saludó y siguió pasillo adelante, no parecía haberla escuchado. Recordaba el día en que Alberto actuó como un policía de película pensando detener a una banda de atracadores. La taza de café giraba en el microondas y sonreía pensando en la escena y en Alberto. Su Alberto, siempre había sido suyo. Un cabrón con pintas, en palabras de Alicia. Un infeliz en toda la acepción de la palabra, para ella. Colocó la taza y una barra de cereales en una bandeja y se fue a ver a Mafalda. A su edad, la hija aún veía la sesión matinal de dibujos animados. La televisión estaba en silencio. Sólo imágenes. La voz de su hija salía de algún rincón profundo.

—Ya van setenta y cinco, mamá…

Sofía dejó la bandeja sobre un montón de libros. No entendía lo que oyó. La imagen parecía estar fija. Trenes destrozados. Un accidente de trenes. Fernando viajaba en tren.

—¿Dónde ha sido el accidente?

—No es un accidente, mamá. Los han matado, asesinado, destrozado… Se ven imágenes terribles, como en las guerras.

—¡Dime dónde ha sido!

Santiago Llorente subía con trabajo las escaleras. Sofía ya estaba despierta.

—Adelántate tú, Farid. ¡Queta, baja!

—Madrid, mamá, es Madrid. Es un atentado.

Sofía Llorente se dejó caer de rodillas sobre la alfombra y de su pecho salió un alarido de fiera. Mafalda se postró junto a ella, la abrazó y lloraron juntas. De nuevo. Llegaron Queta y los Pudientes. Jesús con el rostro demudado. El general Llorente abrazaba a Carlota. Farid contemplaba el horror sin demostrar emoción alguna. Mafalda se levantó y miró a Carlos.

—¿Hoy no trabajas?

—Mafalda, hoy no trabaja nadie.

—Yo sí y tú también, la fábrica no funciona sola. Me han partido el alma y pienso recomponerla. No lograré un mundo mejor pero no pienso dejar que me destruyan. No puedo hacer nada por esos muertos, pero sí por los que continúan vivos. Yo hoy voy a ir al despacho, haré mis prácticas. Queta, tenemos pendiente una demanda contra el hospital. Carlos y yo nos vamos. Alicia, supongo que en el juzgado tendrás algo que hacer. Aquí, rumiando sangre, viendo a nuestros muertos, no ayudamos. Mamá, creo que tienes que hacer una llamada, el miedo no es buen compañero y la duda menos.

—Hija, no tienes por qué ir a ningún sitio. Hoy no es necesario...

—Abuelo, quiero matar, quiero ver muerto a alguien. Quiero volverme loca y asesinar. Y estar aquí alimenta esas ansias. Quiero gritar y voy a hacerlo, con mi trabajo. No dejando que esos hijos de puta, sean quienes sean, impidan una vida normal. Quiero gritar de nuevo: «En el nombre de España, paz». ¡En el mío, venganza! Y voy a hacerlo.

Se disolvió la reunión y aquella mañana de sangre, cada uno continuó con sus quehaceres cotidianos. Menos Sofía.

Fernando no respondía a sus llamadas, salió al jardín y corriendo, sin apenas respirar, recorrió el camino hacia la finca de los Lasca. Los caseros estaban ante la televisión, llegó a la casa grande y vio que la puerta estaba abierta. Entró. Subió las escaleras de dos en dos y llegó a la habitación de Fernando. Él estaba allí. Colocaba ropa en un armario. Sofía Llorente sintió el sabor de la ira en la lengua.

—¿Dónde tienes tu móvil? ¿Por qué está apagado? ¿Cómo puedes hacerme esto? ¿No sabes lo que sucede? ¡Pensé que estabas muerto!

—He llegado ahora mismo, Sofía. Me trajo un amigo. Me quedé sin batería, voy a comprarme otro móvil. ¿Qué pasa?

—¡Esto, y pasa que creí morir viéndote entre esos trenes! ¡Pensé que Dios me castigaba aún más!

Mientras hablaba, encendió un televisor y Fernando iba perdiendo el color del rostro. Sofía le contaba lo sucedido y el hombre se dejó caer sobre la cama.

—Arde Madrid, arde Damasco, arde Faluya, arde Dios entre los fuegos fatuos…

—Sí, Fernando, el mundo es un gran cementerio, ahora nos ha tocado a nosotros. Nos matarán a todos…

Abrazados, vieron escenas de dolor, de sangre, de heroísmo en personas anónimas. Sintieron el silencio que envolvía a los muertos y heridos. Sofía se levantó de golpe y apagó la televisión. Regresó junto a Fernando y rodeó el cuello del hombre con sus brazos.

La piel de los seres humanos puede ser como un folio si se le da el trato adecuado. Sofía cogió entre las suyas una mano de Fernando y fue besando dedo a dedo. Las yemas de ambos borraron agravios, penas y lágrimas. Pasaban las manos por el cuerpo del otro con cuidado y a cada trazo desaparecía la angustia y a cada caricia nacía esperanza.

Si escribo que se amaron con furia, alguien dirá que soy Davinia Truman. Pero así se amaron: con furia. En silencio al principio, con cuidado al comienzo. Con desesperación, con abandono, sin tregua. Sofía hizo la guerra al miedo en cada beso, destruyó obsesiones en cada gemido. Fernando hizo el amor a una mujer entregada a la batalla más amarga de su vida: reconocer que había perdido más de veinte años en una existencia sin sentido. El amor es cierto que redime y borra. El amor borda esperanzas y alegrías. En este caso, el amor en tiempos de guerra bordó el comienzo de lo que nunca debiera haber terminado.

A golpe de beso y caricia, a golpe de piel contra piel, Sofía gritó venganza.

Contra la vida. La suya.

Para otros la aventura, los fastos y la gloria…

Pa otros l'aventura, los viaxes, l'anchor
del océanu, Roma ardiendo y les pirámides,
les selves inomables, la lluz de los desiertos,
los templos y el rostru de la Diosa. Pa ellos
rascacielos y ciudaes, palacios del suañu
contra'l tiempu, la sonrisa de Buda, les torres
de Babel, los acueductos, la industria incesante
del home y los sos afanes.
A min dexáime la solombra difusa del carbayu,
la lluz dalgunos díes de seronda, la música callada
de la nieve, el so cayer incesante na memoria,
dexáime les zreces na boca cuando nena, la voz
de los amiges, la voz del ríu y esta casa, dalgunos llibros,
pocos, la mio mano dibuxando, a modo, la curvatura
perfecta del to llombu.*

BERTA PIÑÁN

* «Para otros la aventura, los viajes, la anchura / del océano, Roma ardiendo y las
pirámides, / las selvas innombrables, la luz de los desiertos, / los templos y el rostro de
la Diosa. Para ellos / rascacielos y ciudades, palacios de sueño / contra el tiempo, la
sonrisa de Buda, las torres / de Babel, los acueductos, la industria incesante / del hombre y sus afanes. / A mí dejadme la sombra difusa del roble, la luz de algunos días de
otoño, la música callada / de la nieve, su caer incesante en la memoria, dejadme las ce-

Los días siguientes fueron jornadas de ira y rabia. Las luchas políticas se convirtieron en ajustes de cuentas cultivados al calor de unos intereses que nada tuvieron que ver con la polis ni sus ciudadanos. Volvieron a salir de las vainas las espadas y la venganza no se hizo en nombre de los muertos. Se desquitaban de antiguas ofensas, elecciones ganadas y perdidas. El lado oscuro invadió la convivencia. Los caballeros jedis desaparecieron, Darth Vader era la cara de todos los contrincantes: furia, intolerancia, mentira, ira... El lado oscuro.

Los muertos se quedaron solos, como siempre.

Sofía paseaba con Fernando por los campos, al abrigo de las miradas que no debían ver aún a la viuda de un héroe y a un ex sacerdote cogidos de la mano. El mundo, desde que es, mira y vive las muertes, las masacres, sin pestañear. El querer provoca seísmos, lenguas desatadas y críticas feroces. Inexplicable, pero cierto. Nadie juzga o ayuda en el dolor, casi todos buscan la yugular en la dicha. Para morderla, no buscando un latido de vida. Sabedores de ello, Fernando y Sofía se encerraron en el círculo más cercano. Quien quiere de veras, el amigo, jamás juzga, siempre ayuda.

Sofía trabajaba en el sótano de su casa con normalidad. Ésa, normalidad, era la palabra exacta. No sentía palpitaciones en su pecho. Desde hacía días el corazón había dejado de bailar de forma descontrolada. Ahora, latía casi siempre al mismo compás. No existían sobresaltos ni angustias. No había gritos ni silencios que llenaban el pecho de desazones. Calma, caricias y miradas rebosaban un tiempo en el que el mundo exterior se volvía inhabitable. Fernando pasaba los días trabajando en la granja, en su casa. Las tardes, con Sofía. Corregía sus textos y la quería.

Querer es un trabajo, posiblemente el más costoso pero también el más agradecido.

---

rezas en la boca cuando niña, la voz / de los amigos, la voz del río y esta casa, algunos libros, / pocos, mi mano dibujando, a su manera, la curvatura / perfecta de tu espalda.»

La noche antes de las elecciones, las sedes del partido en el gobierno fueron rodeadas por multitudes que, al grito de asesinos, pedían saber la verdad. Jesús Pudientes estaba aquella noche en la agrupación de la ciudad. Alicia entró en el salón de los Llorente con el rostro desencajado.

—Me ha llamado Jesús. Los han rodeado en la sede del partido. No sólo es en Madrid. Lo están haciendo en toda España.

—Ellos se lo han buscado, Alicia. ¡Nos han mentido!

—Mamá, no hables así. No os dais cuenta adónde nos conduce esta locura. Nadie sabe quién ha sido. En tres días, no puede saberse. Unos no dicen la verdad y otros tratan de sacarle provecho.

—¡Sí se sabe! Las cintas en árabe, las pruebas que han encontrado: han sido esos asesinos árabes. Quieren terminar con nosotros y ellos lo han ocultado.

—¡Voy a ir a buscar a Jesús! ¡Llamaré a la policía e iré a buscarlo! ¡Y no digas gilipolleces, Carlota! ¡No son asesinos!

—Quédate, Alicia. Llama a Claudio y a Carmen. Mafalda, llama a Carlos y dile que venga directamente aquí. No os mováis de casa esta noche. Fernando y yo iremos, Alicia. No te preocupes.

Santiago Llorente se levantó y Farid acudió en su ayuda. Las palabras «árabes asesinos» lo hicieron sonreír. Al parecer, la marquesa regresaba a las cruzadas.

—Yo voy con vosotros, hija.

—No vas a ninguna parte, papá. Tú te quedas en casa con ellos y con Farid.

—¿Crees que van a respetarte, Sofía? Eres tonta perdida, hija. A ti te odian aún más que a los del gobierno. Si esta noche fuese de cristales rotos, te matarían la primera.

—*Heute ist eine neue Kristallnacht…*

—Sí, Fernando, eso mismo. Madre, hoy se están rompiendo cristales, la democracia se cae hecha añicos. Nadie puede tomarse la justicia por su mano. No es el pueblo quien clama en la calle, eso que ves en el televisor no es el pueblo de España. Es una horda lanzada por unos intereses que nada tienen que ver con los muertos ni el país. Volvemos enseguida.

Cogieron el coche de Queta y avanzaron por las calles. No había gente, aparcaron cerca de la sede del partido y caminaron en silencio. Doblaron una esquina y se dieron de bruces con los bramidos y la barbarie. Varios cientos de personas lanzaban huevos y gritos contra el edificio que ocupaba la sede política.

—No puedo creerlo, Fernando. Tenía la esperanza de que fueran exageraciones de Alicia. Pensé que era algo aislado en Madrid o Barcelona. Se han vuelto locos.

—No podremos pasar, Sofía. Tendrá que bajar Jesús. No podemos meternos ahí en el medio.

Sofía marcó el teléfono móvil de Jesús.

—¿Han venido tu padre y Farid? ¡Yo no bajo! ¡Se han vuelto locos, Sofía!

—Baja, Jesús, yo estaré esperándote en el portal.

Tras un rato de duda, Jesús Pudientes accedió.

—Espérame aquí, Fernando. Voy al portal y regreso.

—No, Sofía, vamos juntos.

Avanzaron entre la gente, haciéndose hueco entre las bocas llenas de insultos y reproches. Sofía recibió algún saludo y alguien le gritó: «¡Bienvenida, compañera!». Dejó pasar el ansia de exclamar a su vez que ella no era compañera de nadie capaz de hacer aquello. Entre el grupo de manifestantes y el portal, unos metros libres, un trozo de calle vacía, tierra de nadie que la policía había impuesto. Sofía vio a Jesús tras los cristales y atravesó el espacio que los separaba. Fue el detonante de más gritos, más insultos. Esta vez contra Sofía. Fernando caminaba tras ella. Salió Jesús del portal y los chillidos arreciaron. Fernando miraba a los laterales, intentando buscar una salida más fácil. Sofía caminó derecha a la gente, los gritos rebotaban contra su cabeza y, sobre todo, en su pecho. Un huevo salió lanzado contra Jesús. Sofía se interpuso entre el ex ministro y el huevo. Puede que, contado así, parezca gracioso, pero esa noche la viuda del general pasó uno de los peores ratos de su vida. Rabia, ira, que provoca miedo y, de ahí, el salto al lado oscuro. El huevo se estrelló contra el chaquetón de Sofía. No se molestó la mujer en limpiarlo. Avanzó entre la gente, dio paso a Jesús y quedó frente a frente de quien le había tirado el huevo. Fernando le pedía con la mirada que continuase caminando. Una voz se dejó sentir por encima del resto:

—¡El cura y su puta que se marchen con el criminal!

—¡Tú! ¿Criminal? Hijo de asesino de curas de La Salle. Sobrino de carniceros que fusilaban a hombres de izquierda al amanecer. ¿Vas a matarnos? Seguro que la mala sangre se hereda. A ti no hay que darte nunca la espalda, cabrón. Tienes alma de comisario político, del signo que sea. Y yo de puta tengo nada. Tú sí lo eres. ¿Esto con qué van a pagártelo? Un puesto en la televisión autonómica, seguro que buscas eso. Eres puta y encima barata. ¡Aparta! Eres perro y tienes amo. Yo soy loba solitaria, no lo olvides.

—¡Me estás amenazando!

—No lo dudes ni un segundo. He sido muy clara. No pienso olvidarlo: lo de hoy no lo olvidaré mientras viva.

—Anda ya, mamona. ¿Qué vas a hacerme tú a mí?

—Eso, el tiempo, la vida, lo dirán. No soy adivina. Pero jamás dejo una deuda pendiente. No soy morosa ni en los sentimientos.

Con la misma tranquilidad que había sentido cuando se detuvo frente al sujeto y le había hablado, Sofía continuó camino.

—¡Querían matarnos, Sofía!

—No seas simple, Jesús: ésos no matan a nadie a cara descubierta. La mitad de los que estaban ahí son unos cobardes que nunca te dirían nada de estar solos. Habéis gobernado con formas que no son propias de una democracia, autoritarismo, chulería… Y éstos le están sacando partido. Ni así tendrán la mayoría, eso lo sé.

—Dices que no eres adivina y das por hecho que perderán las elecciones.

—No he dicho eso, Fernando. Creo que ni con esto tendrán mayoría suficiente para gobernar. Hace años, estuve en un concierto de Sabina. Mientras él cantaba, proyectaban imágenes de la guerra civil, del exilio, y en un momento dado se hacía referencia a líderes de aquella época. La música subía de tono y los chavales se ponían a dar vivas. No tenían ni idea de a quién vitoreaban, pero daba igual. Era manipulación emocional pura y dura. Hoy ha pasado lo mismo: un gobierno de imbéciles engreídos, de dictadores en potencia, de salva patrias y una oposición que saca a la calle a sus perros; los perros agitan y los más jóvenes se piensan héroes del 2 de mayo. Mañana tu partido perderá las elecciones, Jesús. Pero los muertos estarán muertos y la democracia un poco más mustia, más cerca del fin. Entre todos la estáis matando. No hemos salido de la caverna, aún la habitamos.

Sofía no era pitonisa, pero sucedió lo que ella había pronosticado. Los oráculos nacen de la observación del ser humano. Tan simple como eso.

Mafalda se fue de casa y comenzó su vida de pareja con las intromisiones de madre, abuela, tía, Bienvenida y Alicia Solares. Ni el círculo de estos locos se libra de eso.

Pasó un año desde la masacre y Fernando vivía feliz cultivando la tierra, sus campos se llenaron de invernaderos con flores, hortalizas. Reconstruyó una casa vieja y un hotel rural se inauguró en la ciudad. Sofía continuaba escribiendo sin descanso. Vivían a caballo de las dos casas, Santiago Llorente paseaba con Farid y Fernando y era feliz, más que nunca. Sofía disfrutaba de una paz interior desconocida hasta entonces. Nunca estaba sola. Veía la televisión recostada en Fernando, leía las pruebas de sus libros con él. Compartían todo sin atosigarse, sin aspavientos, sin demostraciones de amor locas. La fatiga no existía en sus vidas. Ni al amarse. Todo era suave, lento. Y la lentitud, en la vida cotidiana, suele ser buena.

Una tarde se presentó en la casa uno de los editores de Sofía. Se había desatado un debate sobre las opiniones políticas de la mujer. La tranquilidad pertenecía a la vida privada, más bien, esa vida calmaba la alteración perpetua de Sofía en el mundo. El hombre comía con Sofía y Fernando.

—No puedes continuar en esa línea, Sofía. A la gente no le gusta.

—Lo siento. Yo no voy a cambiar nada. Pienso lo que digo y no voy a dejar de decirlo.

—¡Al nuevo gobierno no le gusta lo que dices, a los intelectuales no les gusta lo que dices y a la oposición no le gusta lo que dices! ¡Eso significa que a tus lectores no les gusta lo que escribes!

—No creo que signifique eso. Los lectores y los políticos están muy alejados. Cada día más: el pueblo no entiende ni a unos ni a otros. Continúan dándose golpes bajos, se insultan, se vejan. Eso, al pueblo, como espectáculo puede entretenerlo, como forma de vida causa hastío.

—¡No tienes que repetir tus teorías absurdas cada vez que te preguntan!

—¡Escúchame bien! Pienso continuar diciendo lo que opino. Soy vuestro producto hasta donde yo quiera serlo y diré lo que pienso. Estoy harta. Esa noche, de la que no quieres ni acordarte, a la que te refieres sin nombrarla, yo vi ciudadanos rompiendo las reglas democráticas y empujados por las mentes agitadoras de siempre. Ciudadanos rotos por el dolor; ciudadanos de los que se aprovechan quienes quieren gobernar a costa de lo que sea. Y no es así, así no se comporta un demócrata. Yo he llamado asesino a Bush, he llamado cómplice a José María Aznar; he dicho que la CIA es una agencia criminal, he dicho y diré que Guantánamo es un símbolo de la degradación del ser humano, una vergüenza para la humanidad. He gritado en la calle contra la guerra, he gritado contra ETA, pero el espectáculo lamentable de aquella noche me llena de vergüenza y miedo. ¿Quién lanzó a la gente a la calle? Harta me tienen frases del tipo: «Nosotros, los intelectuales»… Son tan ridículos, son tan absurdos… ¿Cómo alguien se corona a sí mismo con ese calificativo? Ninguno se merece a este buen pueblo que salió a la calle a manifestar el dolor, al pueblo que tiró las mantas de sus camas para tapar a las víctimas, al pueblo que arrancó bancos de las aceras para transportar a los muertos y heridos. Vergüenza para quien quiso ganar en función de quién fuese el asesino, vergüenza para todos. Al final todos buscaban al culpable más conveniente, no al auténtico. Eso no le importó a nadie. Hemos perdido la capacidad de asombro, la capacidad de hablar, la capacidad de discernir. Hemos perdido vidas. Las de los muertos, las de sus familias, las de los mutilados. El PP hizo salir del gobierno al PSOE con un asqueroso discurso sobre los GAL y el terrorismo de Estado. Lo machacó vilmente con ese tema y los míos hicieron lo mismo, pero con la guerra. ¿Los muertos, sus hijos, sus padres, le importan a alguien? Subir al poder a base de muertos provocados por quien sea no puede convertirse en costumbre. Eso mata la democracia. Ni todo el PSOE pertenecía a los GAL ni todos éramos Roldán. Ni todos los integrantes del PP son asesinos cómplices de la barbarie de Irak. No lo olvidemos, no perdamos la razón ninguno de nosotros y no presuma de demócrata nadie que lance a españoles contra españoles una vez más. ¿Quieres que deje de decir eso? ¡No pienso hacerlo! Demuéstrame que miento, que no tengo razón y no volveré a repetirlo. Pero por ventas, por mantener unas ventas, no lo haré. Ha pasado un año y no logro olvidar esa noche. Alejaron a una hija de su padre, mataron al padre de mi hija y jamás sabré quiénes han sido los asesinos. O sí, lo sé y ni siquiera puedo pedir justicia. Todo el mundo olvida todo, yo no. ¿Quién me ayuda a poner al gobierno anterior ante un tribunal penal? ¡Nadie! ¿Macnamara sabe que has venido a decirme esto?

—Por supuesto. Y está conforme con que te lo diga.

—Me da igual. ¡O estoy loca o sois idiotas!

—¡Sofía! No eres poseedora de la verdad absoluta. Has insultado a la ministra de Cultura. ¡Hablas de los matrimonios gays de una forma poco responsable en una intelectual! En una entrevista, has empleado la palabra maricones. Eso no es bueno para el negocio.

Sofía Llorente miró a Fernando. Fumaba en silencio y no la estaba ayudando. Igual se había vuelto loca.

—Mi mujer no ha dicho en ningún momento lo que tú dices. Jamás lo haría, es exquisita en sus palabras. Bruta pero exquisita.

—¿Os habéis casado? No lo sabía.

Fernando tragó con dificultad unas palabras malsonantes.

—Soy su mujer porque me acuesto con él cada noche, comparto su pan y su cama. Su tripa, cada noche comparto su pecho y su tripa cuando veo la tele sobre él. Compartimos todo. Así que soy su mujer y él es mi hombre. Aquí, en esta tierra se dice: *El mi home…* Y eso es Fernando: mi hombre. Con lo moderno que eres, hacer esas distinciones está de más. Y claro que dije maricones. ¿Qué pasa?

—¡Que no se puede decir eso, no está bien!

—Ah, fíjate tú: no está bien. Pero sí está bien ir a la tele a contarlo y sacar dinero de algo normal como la homosexualidad. Pues para mí, quien hace eso es un maricón. Y al que no le guste oírlo, que se joda. Yo no soy ninguna intelectual ni siquiera sé qué significa esa palabra. De los matrimonios sólo he dicho que por una palabra, matrimonio, no se da armas a la derecha. Se cambia la palabra y se habían quedado sin argumentos. Etimológicamente no es un matrimonio, pero no pasa nada. La Iglesia, la derecha, mejor se acordaban de los abusos de Boston y similares. Se les ha dado un arma y la utilizan. Siempre fueron más listos, años de sometimiento marcan a esta izquierda poco lista y cobarde. Los vencedores tienen ventaja, generaciones de señoritos manipuladores, esclavistas hasta de la razón y ni os paráis a pensar en eso.

—Eres imposible, Sofía. No quieres entenderlo. La ministra se ha quejado a Macnamara, le enviaste una carta ofensiva.

—¿Cuál de las dos se ha quejado, Pixi o Dixi? Al parecer, tiene doble personalidad.

—¿Lo ves? Fernando, ¡ayúdame, está tomando una actitud absurda, de niña pequeña!

—¿De qué se queja esa ministra? ¿Es la que no distingue un ratón de un latinajo?

—Tu mujer le ha enviado una carta, a ella y a otros ministros. Protesta porque han acudido al estreno de una película y de eso, hace meses. Y pide que no sé qué colectivo sea igual que los homosexuales y drogadictos. ¡Cosas absurdas!

—Mi mujer tiene razón.

—¡Claro que la tengo! Que cada uno haga con su cuerpo lo que quiera, que se casen, que se mueran los que lo deseen. Que legalicen la eutanasia, yo la quiero para mí si padezco un proceso irreversible. Pero tengo razón: un enfermo crónico está amparado por la ley, hay que darle su medicación gratis en la farmacia hospitalaria. ¿A quién se la dan? A los enfermos de sida. Yo pido que se dé a todo enfermo, que no exista discriminación entre un enfermo de sida y un espina bífida o un trasplantado ¡y la hay! Una injusticia que debe corregirse. Y la película es *Mar adentro*, que no te dé miedo nombrarla. Me da igual que sea buena o mala, en eso no entro: quiero que la gente no desee la muerte, quiero que un minusválido tenga las suficientes ayudas para no desear desaparecer. ¿Sabes lo que es quedarse en una silla de ruedas o sin poder moverse y tener que ver a tu madre, a tu padre, a tu mujer, trajinar todo el día, ayudándote en la más mínima cosa? ¿Dónde coño están las ayudas sociales? ¡No existen! Así que todo el mundo aplaudiendo la muerte. Sois como Millán Astray, en el fondo, iguales. Yo grito «¡Viva la vida!», como Unamuno. Supongo que a él no van a discutirlo. Ahora esa Ramona, esa insensata, vende un libro contando cómo lo hizo. Se chulea de dar cianuro a un ser humano, no logro entender lo que sucede en el mundo.

—Menudo ejemplo, So...

—¡Tienes razón, Fernando! Yo no apoyaré sublevación militar alguna, eso puedo asegurarlo.

—¡Estos días has criticado la reforma de la Constitución, Sofía!

—Sí. Cada día odio más la falta de igualdad y esa reforma la pone en peligro. La consagra definitivamente.

—No me refería a las autonomías, Sofía, pero ya que lo nombras, también lo has hecho. Hablaba de la ley Sálica. ¡Te has despachado diciendo que es una idiotez derogar eso!

—Lo es. Supuestamente es por la igualdad. ¿Cuál y la de quién? Que reformen la Constitución y quiten lo primero que hay que quitar: la monarquía está de más, es algo que la razón no puede entender y, por supuesto, lo menos igual que existe en el mundo. La Constitución consagra la desigualdad, así que dejémonos de hacer el paripé. Yo no quiero rey. Reformar el sexo de un futuro príncipe es una bobada, es teatro.

—Estás loca. Completamente loca, Sofía. Una futura marquesa renegando de la monarquía. Incoherencia pura y dura.

—Será eso... En cuanto al título, es como una medalla, yo no cobro, no le cuesto un duro al pueblo y ellos sí. Puedo renunciar si eso me hace más coherente.

—Queremos que entres en razón. Tienes que ir a Madrid, dejarte ver. Alternar con los críticos. Acudir cuando se te invita. Intervenir en algún programa de televisión...

—No, yo eso lo hago cuando promociono una novela y no sois precisamente eficaces en eso. Me niego a ir a fiestas de revistas femeninas, donde hablan de cosas que no entiendo ni me interesan. La última vez, a poco sufro un pasmo. Una mujer explicaba su trabajo, decía que era *coolhunting,* yo no sabía de qué hablaba. Según ella, era especialista en eso, había hecho cursos en el Instituto Europeo de Diseño. Queta no lograba cerrar la boca. Alicia escuchaba frunciendo los ojos. De repente, Ali nos miró y delante de la mujer nos dijo que estaba harta de escuchar hablar a una geisha occidental. Continuamos sin entender, hasta que nos explicó que la mujer se dedicaba a organizar cenas, acompañar o comprar ropa para sus clientes, en hoteles de lujo y sitios así. La directora de la revista se puso como una *pita* chiflada. Pero Alicia tenía razón. A ir de compras lo llaman ir de *shopping;* las minifaldas y los pantalones cortos son *micro machina;* ASAP, en lugar de rápidamente; no se tienen ideas a mansalva, se tiene *brain storming;* yo no trabajo en casa, lo mío es *home based* y no hago transferencias desde el ordenador, hago *home banking...* Los vestidos de mi abuela no son antiguos, utilizo moda *vintage,* al parecer lo hago. No voy a pasar por eso. Ya pagué la novatada. Yo escribo novelas, no hago el *gilipolling* ni soporto a modernas de pacotilla que no comen más que rábanos y van con una botella de agua a cualquier parte, pero después publican reportajes sobre la anorexia sin tener huevos para denunciar a las marcas que falsifican las tallas. Paso de ese mundo, no me interesa vuestro mundo. Tengo el mío. Y es coherente, no como el vuestro: absurdo, lleno de vanidad innecesaria. Cada escritor parece un templo de dolor, de sufrimiento. Yo, si tuviese que penar, lo dejaba: dura poco la vida para llorar por llenar un folio. Dame el premio. Eso incrementaría mis ventas. Quiero el premio.

—¡Estás loca!

—No lo repitas tantas veces, terminaré por pensar que es cierto.

—No hablarás en serio, Sofía. Siempre lo has criticado.

—Hablo totalmente en serio, Fernando. Tengo una novela preparada. No pienso entregarla a la editorial, la presentaré al premio y con mi nombre. Me lo darán, me harán un regalo, no lo ganaré. Como todos. Yo, simplemente, no haré el patético papel de sorprendida. Yo no lloraré ante un micrófono. Y, si queréis, lo hago. —Sofía se puso de pie, agarró un trozo de pan

363

y con él a modo de micrófono hablaba gesticulando—. ¡Oh! ¡Gracias, esto me permitirá ir de *shopping* a Milán! Podré comprarme un montón de micro *machines*. ¡Agradezco el premio a mi madre, a mi familia, a todos los que me han ayudado a llegar hasta aquí, a cumplir mi sueño! ¡No me lo esperaba, no puedo creerlo! ¿Quieres que mienta así de bien? Lloraré ante los periodistas. Soy una buena actriz. Pero la verdad es que no le debo nada a nadie, yo cambié mi vida a fuerza de trabajo, de tesón, y el último cambio, el que debió de haber llegado por su propio peso, lo adelantó la muerte. No os debo nada, a nadie: nos necesitamos mutuamente. Mientras venda libros, os intereso. El día que deje de vender, me olvidaréis. Así que dame el premio.

—¡Es imposible, Sofía! No podemos hacer eso.

—¿Tienes miedo de algún agente en especial o es miedo al mundo del libro en general? Piénsalo. Consúltalo con Macnamara. Vamos a pasear, ahí vienen Queta y Bienvenida. Y mira con qué me calzo: madreñas. Éste es mi mundo, no lo olvides.

El editor subió al avión preocupado. Era una lástima, la carrera de Sofía se terminaba. Ninguna editorial querría a una maldita y ella lo estaba logrando a pulso. Sintió su móvil vibrar en el bolsillo, se había olvidado de apagarlo. Con disimulo miró la pantalla. Sofía. «Da igual que nadie quisiera publicarme, lo haría yo misma. Buen viaje.» El hombre maldijo en voz baja, apagó el teléfono y procuró relajarse. Era tremendamente odiosa aquella mujer. Lo malo era que en muchas cosas, él estaba conforme con ella. Meneó la cabeza con desesperación, no podía permitírselo.

El sótano estaba lleno de música, Cesaria Evora cantaba. Fernando leía unas galeradas y Sofía lo miraba. Se acercó a él bailando. Le quitó los folios de la mano y se sentó encima de sus rodillas. Él la abrazó.

—Deja de moverte, Sofía. Puede bajar alguien. Vámonos a casa.

Sofía no dejó de moverse y Fernando no dejó de besar a

Sofía y cualquier sonido lo apagó la boca del hombre de la escritora.

—So, quiero preguntarte dos cosas.

—¡Malo! Cuando pones esa voz, es algo malo. No quiero oírlo ni escucharlo.

—Tú decides si es malo. ¿Quieres que nos casemos?

—Sí, quiero. Pero sin decírselo a nadie. Quiero, te quiero, te deseo, te anhelo, te extraño cuando no me miras. Una jaculatoria eres tú, prenda.

Intentaba no poner demasiada emoción en el asunto, Sofía y las emociones sentimentales podían ser incompatibles cuando deseaba algo con desespero. Y a Fernando lo deseaba de esa manera. En la cama, en las lecturas, viendo la televisión o comiendo. En el único momento en que no se avergonzaba de querer tanto era cuando estaba piel contra piel con el hombre. Volvió al regazo de Fernando y apoyó la cabeza en su hombro.

—La segunda no es una pregunta. Puede que tengan razón en la editorial, si tienes que marcharte alguna temporada, yo iré contigo cuando pueda, Sofía, pero si tienes que irte de vez en cuando, a mí no me importa. Sí me importa, pero es lo normal, es tu trabajo.

—No quiero irme. No quiero ir a programas de tele en los que la gente se chilla. No soporto verlos hablar frente a mí, poniendo comillas con los dedos, parece que terminarán metiéndomelos en un ojo, queriendo sobresalir por encima del prójimo. Diciendo deleznable sin parar, para quedar cultos. Esa palabra la utilizan sin saber lo que significa, no sirve para lo que la usan de continuo. No quiero ser Han Solo, no quiero ser un garbanzo negro nunca más ni ser diferente. No quiero que me miren como a un bicho raro. No quiero enfurecerme y entrar en el lado oscuro. Soy casi vieja y quiero ver la tele contigo, despertar contigo o ver cómo duermes. Demasiado tiempo he perdido ya. Te quiero a ti. El resto no me importa nada, Fernando. Tú y mi mundo, el resto no tiene importancia. «Para otros la aventura, los viajes, la anchura del océano… A mí dejadme la sombra difusa del roble, la luz de algunos días de otoño, la música callada de la nieve… mi mano dibujando, a su manera, la curvatura perfecta de tu espalda.» Sobre y por encima de todo: mi dedo paseando por tu piel, corazón.

Una semana después, un domingo, los puntos esperaban sentados en los sofás. Sofía y Fernando se retrasaban. Alicia protestaba y reñía con Mafalda.

—¡Tengo hambre! ¡Podías hacer la comida algún domingo, nena! Es lo normal, invitarnos a comer a vuestra casa.

Carlota pegó un bote en el asiento. Clotilde y Matilde estaban cantando algo ofensivo para la magistrada.

—Te voy a decir, Alicia, lo que escuché a Arancha Núñez: «¡Yo no tengo vocación!». Se lo dijo a su madre cuando le reprochaba su poca afición doméstica. Ella es médico y yo abogado, no tu criada, no un ama de casa jugando a las cocinitas ni tu nuera afectuosa ni nada semejante. Así que lo que debes hacer es mimarme, cuidarme y procurar que no me ponga de mala uva, no sea que pase algo gordo, que dirías tú. Espero que te quede claro.

No hubo lugar a la respuesta. Fernando y Sofía entraban en el salón. Alicia Solares dejó morir en la boca las palabras de reproche.

—Nos hemos casado.

Y la comida del domingo fue comida de esponsales y la noche fue noche de luna y miel. Las hieles habían sido desterradas de por vida y por la muerte. La dicha se había pegado a cada poro de aquellos amantes legalizados. Cosa tremendamente insólita en los tiempos presentes en los que todo ciudadano se queja de desdicha y desconsuelo.

Inténtenlo, ya ven que hay historias que parecen imposibles y son reales. La vida puede terminar bien si se trabaja menos en la ambición de lo material y más en el sentimiento.

¿Cursi, empalagoso? En todo caso fastidioso para quien no logra la felicidad en las cosas más sencillas.

Discurs del mètode

D'infant jo ja buscava les finestres
per fugir amb la mirada.
Des de llavors, quan entro en algun lloc
em fixo on és la porta i on he deixat l'abric.
Llibertat, per a mi, vol dir fugida.
El món és ple de portes,
i fins i tot el sexe n'és una d'emergència.
Però ja es van tancant: ben aviat,
per fugir, quedaran només aquelles
finestres de la infància.
De bat a bat obertes per saltar.*

JOAN MARGARIT

El conocimiento de la verdad y la razón son malos compañeros vitales. Evidencia, análisis, síntesis y enumeración, aplicados con rigor, conducen al desasosiego. Sucede en la mayoría de

---

* «De niño ya buscaba las ventanas / para poder huir con la mirada. / Desde entonces, si entro en un lugar, / miro con atención dónde dejo el abrigo / y dónde está la puerta de salida. / Libertad, para mí, quiere decir huida. / Hay muchas puertas en el mundo. / Incluso el sexo, en caso de emergencia, / puede serlo, aunque todas van cerrándose y, para huir, muy pronto quedarán / tan sólo las ventanas de la infancia. / De par en par abiertas para poder saltar.»

los casos que, utilizados para la comprensión o el estudio de la vida propia, llevan al caos, del que no necesariamente nace algo nuevo o bueno. Sofía Llorente se pasó horas y días analizando su existencia, sus supuestos pecados, y redimió pena en el barullo mental que padeció al intentar entender su vida. Para los finos: caos existencial. No les escribiré sobre el conocido teorema de Takens ni de las variables del sistema, para no volverme loco. Sencillamente, recordar el efecto mariposa y el poder de lo pequeño. Sofía Llorente demostró que el mundo puede moverse a un son que no ha de ser siempre el de un tambor gigante.

En los días de meditación, pensaba la escritora en si su actual alegría debía causarle remordimiento. Llegó a la conclusión de que no había motivo alguno. Pensaba en Alberto, intentando encontrar algo bueno de su vida en común. Mafalda era lo único. El resto había sido la nada más absoluta, aliñada de maltratos poco visibles, pero que, amontonados, habían sido una carga insoportable. En medicina, *le petite maladie de papier*, trozos de sufrimiento aparentemente pequeños que unidos forman un folio. ¿Recuerdan la definición de fibromialgia? Pues eso…

Ella había sido tonta, cobarde y pacata. Sobre todo, por intentar cambiar lo que no tenía vuelta atrás. Alberto era un ser que cultivaba la idioticia, la esparcía y de sus babas nacía el rencor que proyectaba contra el resto del mundo. Sus ratos de buen humor desconcertaban y por eso ella intentaba comprender lo que no podía explicarse. La viuda del general era dura en sus juicios, hasta con ella misma. Por eso sintió la muerte de Alberto, le habría gustado poder decirle a la cara que unas caricias como las que se dan a los perros no compensaban una convivencia absurda.

Pasó página y se volcó en trabajar construyendo el resto de su vida. Algún lector moverá la cabeza pensando en la maldad de Sofía, en su vileza. Analícese bien antes de tirar la primera piedra, por favor…

—Estos programas cada día son más insoportables. Ahora le ha tocado el turno a Lola Flores. No respetan ni a los muertos. ¡Presos los metía yo!

—Alicia, te creemos. Y en galeras, a eso los condenarías. Claro que yo, puede que hiciese lo mismo. La tía esa que se excita entera, un día le da un síncope y la espicha de golpe frente a una cámara. Hablan de sus fuentes, sus investigaciones, y todo en referencia a la vida sexual de una imbécil que no sabe ni escribir. Qué pena de mí misma: voy a meterme a famosa.

—Subiría la audiencia si esa de las venas hinchadas muere en directo, Bienvenida. Dentro de poco, sacarán leones y cristianos pegándose con ellos, ya lo veréis. Y ahora famosa es puta, ya lo sabes.

—¡Queta, eso está prohibido!

La menor de las Llorente miró a la magistrada y contuvo las ganas de darle un mamporro.

—No son mejor los diputados. El Congreso parece eso del *Tomate*. Se insultan, se pelean. Es un asco.

—Sí, Sofía. Este país es un puto tomate. Ya no quedan ideología ni valores. No hay nada. Nosotras somos resistentes.

—Nada es eterno, Bienvenida. No hay ni nieve en el Kilimanjaro. Ni eso nos queda ya: ver las nieves eternas de África.

—Estás hecha una culta, Alicia, te desconozco. ¿Lo del Kilimanjaro dónde lo has leído?

—¡No chulees, Sofía! Tú no eres la única que lee. Y no lo he leído, lo vi en la tele.

—Tiene razón Alicia: hasta Barbie ha dejado a Ken por un tío más joven. Un surfista. Nada es lo que era…

—Gracias a Dios. Si todo fuese como era, yo estaría muerta. Así que me alegro de que la vida cambie, Bienvenida.

—Eso ha sonado fatal, Queta. Todas sabemos a qué te refieres y suena fatal.

—Alicia, sonará mal, pero es lo que hay. ¡Mirad al bailaor

ese! Está más gordo que un barril y se empeña en ir de guay. Qué fiasco. Aquí bailan bien un año y después, a vivir de las rentas.

Enriqueta Llorente señaló a la televisión. Un hombre vestido con una levita, sudoroso, gritaba a la cámara de televisión. Se quejaba de la falta de ayudas oficiales para montar sus espectáculos. Alegaba que daba de comer a muchas bocas y exigía al gobierno subvenciones. Este relator no entenderá nunca por qué los bailaores de flamenco —supuestos— se visten de raros, en castizo: «Van disfrazaos».

—A mí no me da nadie nada, y también doy de comer a muchas bocas, creo…

—¡Ni a mí! Y si me quedo de baja, cobro una porquería. No como estas dos, que pueden ponerse enfermas cuando quieran. Tú y yo somos unas desgraciadas, querida hermana: los autónomos mantenemos el país y somos ciudadanos de segunda.

—Eso no voy a discutírtelo, Queta. Tienes razón. Así que el gordo vago este, que se joda. Estarás de acuerdo, Bienvenida.

—Por supuesto, Alicia. No os lo he dicho, pero voy a dejar de hacer guardias, puede que pida un traslado a un centro de salud. Tengo tres especialidades, así que puedo hacerlo. No quiero trabajar más de lo necesario. Y Paco se viene a vivir aquí.

Enriqueta y Alicia miraron a Bienvenida.

—¡Vas a tirar por la borda una vida entera de sacrificio!

—No, Alicia, cambio de forma de vivir, simplemente. Quiero pasar más tiempo en casa y vivir tranquila. Estoy embarazada.

Volvieron a mirar a Bienvenida dos caras asombradas.

—¡Te has hecho monógama! Y no puedes tener un hijo: eres vieja.

—La médico soy yo, Alicia. Ya sé que soy vieja, pero hoy en día estas cosas son normales. Paco es más joven: si me muero, él cuidará del niño. Le pasa a mucha gente… —Bienvenida retorció la cabeza y puso cara de maligna.

—¡A esa de la tele, que ya dice mi madre que es una irresponsable!

—Tu madre siempre me ha encontrado irresponsable, Enriqueta. Mamá se afianza insultándome, así que no es novedad.

—No hablo de ti, Sofía, no te creas el centro del mundo.

—Yo hablo de mí, Queta.

Alicia y Enriqueta miraron a Sofía. Bienvenida se sintió aliviada. Las locuras compartidas parecían serlo menos.

—¡Estáis locas! Lo hacéis para llamar la atención. ¡No te apures, Queta, tú y yo adoptamos a un chino!

—No seas bruta, Alicia. ¡Yo no adopto a nadie! ¡Mamá morirá cuando lo sepa, Sofía!

—Bueno, ya es vieja, se habrá culminado su ciclo vital…

Todas se rieron de la broma de Sofía. Menos alguien escondido entre las sombras tenebrosas de la escalera de subida: la marquesa de San Honorato. Quiso la catedrática entrar en el salón y abofetear a las cuatro mujeres, preferentemente a Sofía. Un embarazo. Una hija viuda, recasada con un cura y ahora embarazada. Era más de lo que cualquier ser humano podía soportar. Subió las escaleras con cuidado y continuó hacia el piso de arriba hasta llegar a casa de Queta. Buscó afanosamente en un cajón y encontró lo que buscaba: una gamuza. De las de limpiar el polvo, no piensen en animales escondidos en los muebles. Estos sujetos son raros, pero no es ésta una novela de magia.

Agarrada a la gamuza como quien se sujeta a un cable salvador al borde de un barranco, comenzó la marquesa a limpiar con saña todo lo que encontraba en su camino. Sus hijas eran un fracaso, unas malas hijas. Su vida una mierda y quería morirse. Carlota del Hierro es un ejemplo que ustedes jamás deben seguir. Sufridora nata y con alma de maltratadora psicológica. Juraría que la marquesa sufría por no ser ella la preñada.

Niño en el bautizo y novia en la boda, Carlota era como era: auténticamente insoportable.

Mientras Carlota limpiaba, entraban al bajo Carlos y Mafalda. Cogidos de la mano, los jóvenes tenían cara de tontos cursis. Saludaron y Carlos, con voz tan cursi como la cara, se expresó:

—Estamos embarazados…

Cuando un joven del siglo XXI pronuncia esas palabras, no suele darse cuenta del ridículo que hace. Una cosa es compartir todo o intentarlo y otra, ser gilipollas. Esto, hoy en día, está de moda. «Esperamos un hijo», es, al parecer, machista o poco afortunado. Los dos sujetos embarazados esperaban la reacción natural: abrazos, efusiones y lágrimas.

—¡Fíjate tú qué novedad! ¡Es un virus, seguro que es un virus!

—Jajajajajajajajaja. ¡Sí, Queta, será eso! ¡Y tú, hijo mío, saldrás en la tele como un fenómeno de la naturaleza! ¡Embarazado, dice! ¡Ay, que me da!

Los embarazados jóvenes miraban y no entendían. Mafalda se estaba poniendo de mala leche. Las náuseas no le hacían ninguna gracia a ella. Sofía se acercó a su hija y le revolvió el pelo.

—Felicidades, hija. Yo también estoy embarazada.

Mafalda miró a Carlos, después miró a su tía, que asintió con la cabeza y le envió un beso con la mano. La chica apartó de un empujón a Bienvenida y quiso quitarle el sitio.

—¡Déjame, que tú no estás embarazada ni vas a tener un hermano de la edad de tu hijo!

—¡Eso lo dirás tú, nena! ¡Está embarazada! ¡Si lo está Consuelo, sí que salimos en la tele! —Hablaba Alicia y se retorcía de la risa, hasta que Enriqueta cortó la alegría en seco.

—Ahora que lo pienso: yo seré tía, pero tú serás abuela, Ali. ¡Tú que vas de jovencita, vestida con esas botas ridículas! ¡Eso sí que es bueno. ¡Abuela!

Dejó de reír la magistrada, frunció los ojos, hizo guiños y musitó palabras extrañas.

—¡Carlota será bisabuela y eso es peor! Ella, que chulea de tipazo y mente. ¡Que se joda! —Y volvió a reír.

La mentada futura bisabuela se había subido a un taburete para limpiar sobre un armario. Las patas del taburete se torcieron y la marquesa de los pasteles se pegó una leche de antología. Del disparate y de la zarzuela. La rabia provoca estupidez y la estupidez, en ocasiones, duele. A los gritos, acudió Farid y ayudó a Carlota. Cuando descendía con ella por las escaleras, tuvo el deseo de dejarla caer por el hueco que daba al portal. Uno menos, llegó a pensar Farid Abbas. Pero se contuvo.

—¡Quiero morir! ¡Dejar de penar esta pena grande! ¡Esa loca, embarazada! ¡No podré soportar tanta desdicha! ¡Esto no es una familia! ¡Es un espectáculo circense!

Farid hizo acopio de sensatez, pero no pudo evitar que la imaginación se desbordase. Se vio tropezando en un escalón. Vio a la marquesa volar por el hueco de la escalera y la vio yacer muerta y en silencio sobre un charco de sangre. Sonrió y regresó a la realidad.

—¿Qué ha pasado?

—Se ha caído mientras limpiaba, general.

—¿Es grave?

—Me temo que no, Bienvenida está abajo.

Santiago Llorente torció la cara para que Carlota no viese la sonrisa en su boca. Farid… Llamó a la médico y subieron todos.

—¡Déjame, Bienvenida! ¡He querido suicidarme! ¡Inconscientemente, pero ha sido eso lo que ha sucedido! ¡Por vuestra culpa, inconscientes! ¡Sofía está embarazada!

—Y Bienvenida y Mafalda; Carlota, vas a ser bisabuela.

—¡Deja de querer matarme, Alicia! ¡No digas más bobadas!

—Es cierto, abuela. Estamos embarazadas. Al parecer, todas.

—Vas a ser bisabuela, Carlota. Es un motivo de alegría. Ven, hija, quiero abrazarte, Mafalda. Me alegro tanto.

—¡Santiago, estás acelerando mi muerte! ¡No repitas que seré bisabuela, me haces parecer una anciana!

—¡Deja de dramatizar, Carlota, te has pasado la vida haciendo lo mismo! De cada noticia, una tragedia.

—¡Lo es! ¿Qué será de estos niños? Una soltera que se pasa el día metida en un quirófano; el padre, un bohemio. ¡Mi nieta viviendo con un pusilánime sin juicio y la madre casada con un ex cura que ahora es campesino! ¡No tendrán futuro estos niños! ¡Mafalda tendrá que cuidar hijo y hermano! ¡Conmigo no contéis para cuidar bebés! ¡Yo tengo mi trabajo y un marido!

—Madre, tú lo que se dice cuidarnos, nunca lo hiciste. Clases de cómo ser dignas, mujeres de provecho, eso sí. En cuanto al padre de mi hijo, lo de campesino es de risa. Su casa nadaba en la abundancia y aquí había privaciones. Una maestra, por mucho birrete que porte, y un militar, por mucha medalla que tenga, dan para poco tronío. Y la próxima vez que quieras suicidarte te pones en el tejado, haces la croqueta y procuras espachurrarte directamente en la hierba, sin caer en ningún árbol que pare tu caída, no sea que encima te quedes inválida y tengamos que cuidarte a ti. Me voy, el campesino está a punto de llegar.

—¡Eso digo yo, Carlota! ¡Ni que descendieses de Carlos V! ¡Pastelera!

Alicia estaba renegada por no ser madre y Carlota era un poco animala, así que se despachó a gusto y salió de la casa a la vez que Sofía. Mafalda siguió a su madre.

—¿Estás bien, hija?

—No, todo me da asco.

—A mí, no. Esta vez lo llevo bien.

—¿Estás segura de tener ese hijo?

—La pregunta ofende, Mafalda.

—No te enfades. Dicen que a tu edad es peligroso, con tu salud, más. Y yo no quiero quedarme sola, mamá. Me tenías a mí…

Sofía paró en seco. Se volvió a su hija y la abrazó con fuerza.

—Y te tengo, Mafalda. No pensaba quedarme embarazada. Fue sin buscarlo. Cuando lo supe, tuve miedo, pero si he decidido tenerlo, si me lanzo a esta aventura, es porque tú estás, Mafalda. Sé que nunca le faltará nada, que cuidarás de él. Es egoísta por mi parte, lo sé. Ya eres mayor, tienes tu vida. Yo espero vivir muchos años, necesito vivirlos, pero si no fuese así, él te tendrá a ti. Y Fernando, necesito que me prometas que cuidarás de los dos si yo faltase. Me da miedo ser tan feliz.

—¡No me hables así, mamá! ¡No te vas a morir ni te va a pasar nada! Yo cuidaré del niño, claro que lo haré.

—¿Qué os pasa? —Fernando apareció en el camino.

—Nada, hablábamos. Ella también está embarazada.

El hombre abrazó a Mafalda y a Sofía.

—Es una alegría más. Ahora iba a buscarte, para decírselo a tu padre.

—Ya lo saben. Por cierto, dice la marquesa que eres un campesino.

—Y la marquesa tiene razón. Un campesino feliz viendo a sus mujeres serlo. Llama a Carlos y cenáis en casa, nena.

—No quiero comer ni ver la comida. Gracias, pero mejor me voy a tirar a un sofá. Quiero pediros un favor. El apartamento de Enriqueta es pequeño. Vivís en casa de Fernando, si no fuese mucha molestia me gustaría ir a vivir a casa, mamá. Pintarla a mi manera, cambiar los muebles y preparar una habitación para el bebé.

—Claro, hija. Nosotros estamos bien. Fernando ha hecho un buen trabajo. Ya han terminado la rehabilitación, nos falta colocar algunas cosas. La cuna de casa te la dejo a ti, nosotros tenemos la de Fernando. Nos iremos repartiendo las cosas. ¿Vale?

—Claro que vale, Sofía abuela-madre. Seremos un espectáculo en esta puñetera ciudad, mamá. Me voy, buena noche.

Fernando tomó por la cintura a la abuela-madre y cuando se disponían a entrar en la casa, sonrió.

—Ven, quiero enseñarte una cosa, So.

Entraron en la cocina y Fernando abrió una puerta que daba a una antigua bodega.

—Mira…

Sofía miró. Dos mesas una frente a otra, con ordenadores portátiles, botes de lápices, iluminadores, bolígrafos. Una pantalla de televisión colgada frente a un enorme sofá de colores lleno de cojines bordados por Sofía. Jarrones con flores. Estanterías vacías. Una chimenea llena de troncos preparados para arder.

—He pensado que aquí estarás bien cuando nazca el niño. Si no tienes ganas de ir al sótano de la otra casa, podemos trabajar aquí. No he puesto libros, la biblioteca está llena de ellos, aquí pondremos los que compremos de ahora en adelante. ¿Te gusta?

Sofía asintió con la cabeza. No encontró palabra que definiese lo que sentía. Fernando la empujó contra la pared y le apartó el pelo de la cara.

—Da miedo. Al menos, a mí me lo da, Sofía. Cuando la vida va normal, da miedo. Estamos tan acostumbrados a lo malo, que ser feliz asusta. Disfrutemos de lo que tenemos. Te quiero tanto que me da vuelta el corazón si pienso que esto se puede terminar.

Y Sofía besó la boca de su hombre como quien busca la salvación eterna o bebe en un cáliz la sangre de Cristo.

Dos días después, el nuevo lugar de trabajo de Sofía estaba dispuesto. Carlota protestaba. La marquesa se quejaba de que Sofía abandonase su casa. La futura bisabuela era una petarda de cuidado. Una protestona nata. Rebasaba el lado oscuro. De haberla conocido, Darth Vader se habría suicidado a los cinco minutos de conversación, se habría dejado caer de una nave espacial para desaparecer en el universo. Francisco Gallo se instaló en la ciudad la misma tarde en que Sofía abandonaba el hogar paterno después de cuarenta y algún año. Patético, lo sé, pero un mínimo de generosidad con la pobre escritora. Fue una adelantada a su tiempo, los jóvenes de hoy en día no se marchan de la casa familiar ni a empujones, así que caridad y comprensión. El lugar de trabajo fue distinto, pero las fuerzas de ocupación no. Bienvenida, Alicia, Queta y Francisco Gallo esperaban a Fernando. Carmen Pudientes y Mafalda llegaron discutiendo.

—¡Dice esta idiota perdida que yo no voy a ser la madrina, mamá!

—Que diga lo que quiera, Carmen. Tú, ni caso, hija.

—¡Alicia, no le des esperanzas a ésta! ¡La madrina será Queta!

—Madrina de qué, si no estás casada, Mafalda, so petarda, que me di cuenta ahora mismo. No habrá bautizo, así que ya no me importa, estreno vestido para otra cosa. Paso del tema…

Los puntos se miraron: sin boda no había bautizo, Carmen tenía razón. Un nuevo problema se presentaba en el horizonte. Sofía se imaginó los gritos de la marquesa. Y la imaginación obró un milagro: todos escucharon la voz de Carlota. Bien expresado: sus chillidos. Corrieron los puntos a los ventanales y quedaron mudos. Francisco Gallo movía la cabeza. Aquello ni Almodóvar era capaz de recrearlo.

Carolina Cruces avanzaba en su silla de ruedas. Claudio empujaba la silla de Carlota y dos mujeres caminaban a su lado. Un hombre las seguía.

—La de la silla que camina sola ¿es mi madre?

—Creo que sí, Alicia. Y el hombre de la camisa de flores es mi padre.

—¿Castaño?

—Sí, Queta, me temo que es él.

—Eso no es una silla de inválido. ¿Qué coño les ha hecho Claudio?

—No sé, Carmen, pero jamás he visto nada semejante. ¡Pero si esas mujeres son Clotilde y Matilde!

Comprendo que necesiten una explicación. Las sillas de ruedas tenían los asientos tapizados con algo que parecía piel de leopardo. Las ruedas adornadas con reflectores de luz, de muchos colores, inexplicables colores. Los manillares habían sido sustituidos por cuernos de vaca. Unos altavoces sobresalían de la silla de Carolina. Una bocina de goma, enorme bocina, quedaba al alcance de la mano de la anciana que la tocaba sin desmayo a la par que pulsaba el botón de las marchas de la silla. La mujer vestía una extraña camiseta con enormes letras. Castaño caminaba meneándose de forma extraña, la camisa de flores, los playeros verdes y un pantalón ajustado le hacían parecer algo que él había detestado toda su vida. Ya me entienden los seguidores del comisario. Matilde y Clotilde caminaban bajo unos sombreros de rafia amarillos. Los vestidos con cuello de encaje habían sido desterrados. Blusas de colores, chalecos de perlé y pantalones anchos, playeros del mismo tono que los sombreros. El único superviviente parecía ser el bolso de nuestra querida Clotilde.

Carlota vociferaba. Al ver a Queta asomada a la ventana, gritó con más fuerza.

—¡Sácame de aquí, Queta! ¡Se han vuelto todos locos!

—Carlota, mujer, cálmate, no seas deliñosa…

—Pero ¿por qué me llamas eso, Claudio? ¡Castaño, ayúdame! ¿Qué significa esa palabra?

—Mujer, no te pongas chiflada, es una palabra, por decir algo. Suena a culto. La dijeron en el concurso de las hermanas Sabiduriosas. Ni idea qué significa.

—Es aderezar algo, Claudio.

—Gracias, sabiduriosa primera. Ya lo sabes, Carlota.

Castaño parecía no escuchar a la marquesa y continuó camino a la casa.

Salieron los ocupantes a ver la procesión. Alicia puso los brazos en jarras sobre la cadera.

—¿Qué haces, Claudio? ¡Deja de tocar la puñetera bocina, mamá!

—¡Ayuda, Queta, ayúdame, hija!

—Ahí estás bien, ¡hale!, ya estás a salvo. Déjame escuchar.

Carlota perdía fuerzas por momentos. Y yo, alegrándome por ello. Quedó muda la mujer y Alicia volvió a preguntar a Claudio.

—Está más que claro: ¡los he tuneao! Perdón, Sabiduriosas: tuneado. A todos. Trabajan para mí, los tres. La abuela colabora, pero a ella no le pago nada, lo hace por cariño. Las sillas han quedado un poco raras, no he tenido tiempo. Ya tengo seis sillas más así.

—¿Tú, en qué trabajas, colgao?

—Tenme un respeto, Carmen. Fernando me ha dado mi primera oportunidad seria. Soy el jefe de animación del hotel. Preparo espectáculos para la edad más noble: la tercera y definitiva edad. El principio del fin…

—¡Tu marido, Sofía! ¡Por eso os casasteis, está tan loco como tú!

—Ten un respeto, Carlota. No seas majadera.

—¡Matilde!

—¡Chisssssssssss! ¡Que te calles, Carlota! Deja que Claudio se explique.

—¡Muy bien, Clotilde!

—Pues eso, que Fernando me ha dado trabajo. Y ellos trabajan a mis órdenes; bueno, yo los organizo. Ellas son las hermanas Sabiduriosas, las presentadoras-directoras del programa concurso cultural. Lo haremos todas las tardes. En lugar del bingo, cultura. Castaño es el profesor de baile y cuenta novelas. Las que escribe con Sofía. Yo canto por las noches y, cuando no hace día de paseo, Consuelo da conferencias sobre temas de interés diario, les explica los periódicos. Tengo reservas para cinco meses.

—Papá…

—Tienes que darle un golpe en el brazo, Bienvenida, tiene puesto el reproductor de MP3 y no te oye. Aquí está Fernando.

El mentado salía por la puerta sonriente, besó a Sofía y le cogió la mano.

—Lo está haciendo bien el chaval.

—¡Tú sí que eres bueno, Fernando! ¡Y no éstos, panda de malos, incluida tú, mamá, nunca confiasteis en mí!

—Los ha tuneado, dice…

—¡Sí! Lo pensé viendo la tele. ¡El programa de Buenafuente! Sale un tío que es mi ídolo: el Neng. ¡Si se hace con un coche, se puede hacer con las personas! Y con las sillas de ruedas. Y lo de Sabiduriosas lo escuché en *Friends*. Me pareció apropiado para mis animadoras culturales. No pongáis esa cara, la primera que se tuneó fue Sofía y después Fernando. Todos lo habéis hecho, así que no hago nada malo.

Las miradas del sector maduro y joven se volvieron hacia los aludidos.

—Sí, Claudio, tienes razón: nosotros nos hemos tuneado. Todos lo hacemos y el que no lo admita es un cobarde o un tonto. Mira cómo besa un campesino, Carlota.

Sofía se dejó caer sobre el brazo de Fernando y el ex capitán, ex cura y actual campesino-hombre de negocios le dio un beso como los que se dan en la tele, en esas películas que todos soñamos con protagonizar.

Francisco Gallo pensó que no podría soportar aquel ritmo durante mucho tiempo. Viendo a los seres que lo rodeaban, su imaginación tenía poco que hacer.

—Nos vamos. Tengo que ir a tratar con Santiago el precio de unas conferencias y la dirección de unos juegos de estrategia, vestido de general, eso sí. Y con Farid, un ciclo de cultura árabe que demuestre a mis clientes que esas personas que rezan mirando a no sé dónde no son malas. Carlota, si quieres llegamos a un acuerdo para que cuentes algo de física. Mamá, tienes que decirme cuánto pides por el alquiler del Hummer y por dejarnos enseñar la capilla, hemos hecho varias rutas y nuestra casa la cobro a tres euros. Si toman el té con la abuela vestida de antigua, son seis euros, eso lo vi en una de ingleses. Te daré un tanto por ciento, ya hablaremos.

Y desapareció el chico transportando los gritos de Carlota y seguido de su cortejo.

¿Nunca se han tuneado? Ustedes se lo pierden. La uniformidad vital es tremendamente aburrida.

Esa noche, Alicia cogió de la mano a Jesús y lo besó mientras le pedía:

—Bésame como en las pelis, ella se deja caer hacia atrás y él la besa. A ver, sujétame.

Durante quince días, la magistrada Solares impartió justicia con collarín. Jesús Pudientes caminaba como si de un vaquero se tratase: una pierna muy pero que muy lejos de la otra. Los huevos le dolían. Calculó mal la caída tipo cine de Alicia, la magistrada se golpeó con el culo en el suelo y al subir se enganchó en las partes nobles del marido. Sin querer, decía ella. El sin querer duele un montón, me jarto de repetirlo.

Pasaron los meses, crecieron las tripas de las atacadas por el virus procreador. Mafalda se casó una mañana, temprano y sin más testigos que el cura, Carmen y Claudio. Sufría sofocones Carlota y daba conferencias el general Llorente a los huéspedes del hotel de su yerno. Una vida normal y poco diferente a otras vidas. Sólo que éstos se lo toman de una forma más festiva.

Dos meses antes de dar a luz, Sofía recibió un contrato de la editorial. Después de varias conversaciones con Macnamara, la cláusula cuarta de su contrato dejaba claro quién sería el ganador del siguiente certamen editorial. Firmó sin ningún problema de conciencia y esa misma tarde, Francisco Gallo fue a verla.

—Tengo que preguntarte algo y sin rodeos, Sofía. Voy a presentarme al concurso literario de este año. Dicen que te lo darán a ti. Si ya lo has pactado, no me presento. He roto con mi agente, más bien ella ha roto conmigo. Dice que no le interesa. Ahora tiene varios autores de libros de autoayuda y dos chicas jóvenes que ganan concursos sin parar. Cuentan una y otra vez su vida sexual y sus farras, al parecer eso está de moda.

Sofía dejó una taza de manzanilla sobre la mesa. Acarició la barba de Fernando y sujetándose la tripa se miró en un cristal de la ventana. Aún no le habían salido arrugas. Tendría que ir a la peluquería al día siguiente, el pelo estaba demasiado largo y con el niño tendría poco tiempo. Veía a su marido mirarla. Guapo, la barba y el bigote perfectamente recortados, los tejanos apretando los muslos, la camisa abierta dejando ver una cruz. Era como los hombres que ella reflejaba en las novelas de Sabino. Con cambiarle el vestuario, lograba un héroe perfecto. Era una mujer afortunada, mucho.

—Ganaré, Paco. Soy el ganador de este año y por contrato. ¿Tienes preparada la novela?

—Sí, Sofía. No quiero que te sientas incómoda con esto. Así funciona el mundo desde que es mundo. El año que viene puede que gane yo y otro se quedará a las puertas. Es así y nadie puede cambiarlo.

—¿Puedes hacerme un favor, Paco?

—Por supuesto, corazón.

Fernando miró al escritor con un poco de mala leche. Sofía sonrió. Le encantaban hasta los celos de su marido. El amor debe de provocar esos estados idiotas, yo no los entiendo, les relato cómo fue.

—Mañana espérame a las cuatro y media en esta dirección. Fernando no puede acompañarme y queda un poco lejos de casa, iré con Farid y regresaré contigo. No quiero conducir.

—Por supuesto, Sofía. Mira a Bienvenida, ahí viene. Casi no puede ni caminar.

Una Bienvenida acalorada entró en la casa.

—¡Juro que si sé que esto es así, no me quedo preñada ni de coña! ¡Tú tienes muy buena cara, Sofía! Yo moriré antes de dar a luz. ¡Encima Castaño quiere que el niño se llame Chuck! ¿El vuestro cómo se llamará?

—La madrina ha elegido el nombre, Bienvenida.

—¿Y eso qué coño tiene que ver? Lo que pregunto es si sabéis el nombre.

—Alberto, Bienvenida.

—Estás de broma, Fernando.

—No, Bienvenida, Mafalda quiere ponerle Alberto y así se llamará. El pasado, cuando el presente es bueno, no daña ni recuerda. Hace tiempo que decidí quedarme con lo positivo de la vida, y tanto de eso nunca tuve. Me he olvidado de todo lo malo que pudo haber entre Alberto y yo. Es el padre de mi hija y ella quiere que su hermano se llame así.

Sonó el móvil de Fernando y escucharon una carcajada.

—¡Alicia, no seas dramática! Espera un momento. —Conectó el altavoz del teléfono y se escucharon unos susurros, la voz de Alicia pero muy lejana.

—¡Hay que avisar a Jesús, esto es un secuestro! ¡Nos han secuestrado y ese cabrón del piloto sólo habla en inglés! ¡Avisa a Santiago, que llame a su primo y nos saque de aquí! ¡Que intervenga el ejército! ¡Cinco horas llevamos encerrados en el puto avión! Espera, tengo que dejar de hablar, viene una azafata. ¡No cuelgues!

—¿A quién han secuestrado? ¡Qué coño dice!

—Hace cinco horas que los tienen en el avión, eso he entendido, Bienvenida.

—Es verdad, lo han dicho en la tele. Se van a amotinar. Hay un pasajero que ha llamado a dos cadenas. ¿Hay chocolate en esta casa?

—Lo que hay es siempre jornada de puertas abiertas, Queta. Entráis sin llamar y un día me dará algo a mí y no a ti.

—¡Fernando! ¿Me escuchas? ¡Han preparado un motín, yo me uno! ¡No me creen que soy magistrada, dicen que les da lo mismo, que la autoridad es el comandante de vuelo! Desde ahora dejaré el móvil encendido, seré Águila de Hierro, tú, Pájaro Espino.

—Me meo. ¡Déjame pasar, que no llego! ¡Se cree un boina verde! ¡Y mira qué nombre de guerra te pone, Fernando! ¡Ni más ni menos que el mote de una vida entera!

—Enriqueta, no seas borde y déjame pasar que yo también me lo hago y tengo prioridad. ¡Si será idiota la Alicia!

Francisco Gallo preguntó a quien lo escuchase:

—¿Alicia siempre ha sido así? ¿Ha ido a terapia?

—¡Águila de Hierro a Pájaro Espino! ¡Dile al intelectual que lo estoy escuchando y que le voy a meter un paquete que se va a enterar! ¡Aquí vienen!

Se oyeron unos ruidos y voces. Después un gran alboroto.

—¡Pon la tele, Sofía, que si veo a nuestra Alicia en plan comando, me pongo a parir ahora mismo y me ahorro el esfuerzo de salir corriendo en medio de la noche!

—¡Pájaro Espino! ¡Dile a Queta que necesito un abogado, estos cabrones quieren detenerme! ¡Que me suelte! ¡A mí, rudezas ni una! ¡Eso, dele dos leches a la rufiana esta! ¡Situación controlada! ¡Un amotinado le ha dado dos hostias a la azafata!

La televisión transmitía las imágenes de un avión rodeado por furgonetas de la Guardia Civil. Se abrieron las puertas y salieron disparados los trampolines de desalojo, la gente salía por ellos con poco orden. Una mujer con los pelos de punta, completamente tiesos, empujó a una azafata y luego se dejó deslizar ella por el colchón. En la mano, la mujer tenía un teléfono móvil y un bote de laca. La cámara fue acercándose y los amigos de la nueva pirata aérea o secuestrada valiente, según se mire, pronunciaron su nombre:

—¡Alicia!

La versión de Águila de Hierro poco tuvo que ver con lo sucedido. Presenció el motín desde su asiento, sin moverse. Una azafata había sido atacada por un miembro del pasaje y ella acudió en su ayuda. Un bote de laca había sido vaciado sobre su cabeza y por eso sus pelos estaban tiesos. En ningún momento ella había atacado la autoridad del comandante. No era cierto que hubiese entrado en la cabina al grito de: «¡Yanqui cabrón, te vas a enterar!». Era una confusión total. Ella había gritado: «¡Pasaje tranquilo que el avión no se va a estrellar!». Alicia Solares quedó en libertad, pero vigilada por sus superiores. Y la magistrada no servía para medias tintas. En cualquier momento podían abrirle un expediente, la misma tarde de su llegada a la ciudad preparó una petición de excedencia.

A punto de irse a su cita con Paco, Sofía sintió la voz de Alicia.

—Si tienes prisa, te aguantas. Quiero decirte una cosa. Me tuneo a la voz de ya. No voy a ser la única en continuar igual. Dejo el juzgado, al menos durante un tiempo. Me voy a trabajar con Queta y Mafalda. La chavala no tiene por qué estar agobiada y con el niño es suficiente. No quiero un nieto abandonado por una madre trabajadora, una esclava. Quiso un hijo, pues que lo cuide. Y de paso me tuneo. Voy a retorcer la ley, a utilizar los trucos de tal manera que ríete tú de Xabel o Ironside. No hay justicia, así que ahora se van a enterar.

—¿Queta y Mafalda lo saben?

—Ni falta que hace, esta noche se lo digo. Ah, y hoy llega la UVI que he contratado.

—¿La qué?

—¡No pensarás que voy a teneros aquí a todas preñadas, un nieto mío en camino y sin la adecuada atención médica! Me cuesta un huevo, habrá dos médicos las veinticuatro horas. Y no voy a discutirlo, Sofía.

Paco la esperaba a la entrada de un despacho. Le preguntó a Sofía el motivo de la visita y la mujer simplemente sonrió. Al cabo de media hora, estaban en la calle.

—¿Estás segura de lo que hacemos?

—Yo sí, Francisco. Tú, no lo sé. Vamos, que no me encuentro muy bien.

Cenaron juntos en casa de los Pudientes. Mafalda estuvo conforme con la decisión de Alicia. No quería trabajar y no lograba acumular el valor para contárselo a Queta, su suegra le alegró la cena. Queta tragó sapos y aceptó. Alicia era rara, pero buen abogado. Comenzó a sentir lástima de los tribunales. Una nueva justiciera llegaba a la ciudad. Armada y peligrosa.

—Si no os importa, yo me voy. No me siento bien.

—¡Son los nervios, Sofía! ¡No seas petarda, que siempre estás muriéndote y nos matas a los demás del susto!

—Bienvenida, ayúdame, no sé qué me pasa. Creo que he roto aguas.

Fernando se levantó de un salto y el resto lo imitó. Ayudó a Sofía a levantarse y su cara quedó blanca. El suelo estaba lleno de sangre.

—¡Bienvenida!

—¿Qué está pasando, Fernando?

—Nada, no pasa nada. Supongo que es normal que pase esto, So. Tranquila.

—¿Qué le pasa a mamá?

—Nada, Mafalda, nada grave.

—¡Carlos! Llama a los de la UVI esa, que vengan ahora mismo. ¡Haz algo, Bienvenida!

—En ello estoy, Alicia. Tranquila, So, que esto pasa muchas veces y más a nuestra edad. —De tres golpes, Bienvenida arrancó el mantel de hilo que cubría la mesa—. Trae toallas, Jesús. Todas las que encuentres. Vamos a ir a la UVI, por una vez Alicia ha tenido una buena idea. Ahora vienen y solucionamos esto en un momento. ¡Háblame, Sofía!

—Bienvenida, no tengo fuerzas ni para devolverte el grito en un susurro. Siento como si flotase.

—¡Me importa un pijo cómo te sientas, háblame sin parar!

Entraron los médicos. Pusieron en la camilla a Sofía y corrieron a la ambulancia.

—Si continúa sangrando, se muere, no llega al hospital.

Carlos, vete a buscar al general y a mi padre. Carmen, quédate con Mafalda. No voy a perder el tiempo en discutir con nadie.

Bienvenida salió camino de la ambulancia. Entró en el vehículo y lo que vio la llenó de pavor. La hemorragia no se detenía.

—¿Cuál de vosotros es el anestesista?

—No ha llegado aún, doctora Castaño. Lo he llamado.

—Si no le hacemos una cesárea ahora mismo se muere, Fernando.

—¡Hazlo! ¿A qué esperas? ¡Si tienes que elegir, ya sabes lo que tienes que hacer, sálvala a ella! ¡Hazlo de una vez!

Los médicos eran jóvenes y estaban asustados. Ninguno quiso hacerlo. Bienvenida sacó una bata de una bolsa, se lavó las manos y acarició la cara de Sofía. Se puso unos guantes y rezó en silencio.

—Pónganle un suero, límpieme el campo. ¡Rápido! No te marches, Fernando, creo que cuando termine me desmayaré. Supongo que podrás soportarlo. Hace años que no hago esto.

Mientras hablaba, Bienvenida hizo una incisión, uno de los médicos apartó la vista.

—¡Se está quejando, no la ha anestesiado!

—Sofía, puedes con esto y con un poco más, pero hoy vamos a quedarnos en esto ¿vale? Quiero que no te muevas, quiero que no sientas nada de nada y pienses en Fernando, en todos nosotros. Ya está aquí el niño, va a lograrlo.

Bienvenida Castaño sintió un pinchazo en la tripa. Putos nervios, pensó mientras sacaba al niño. Cortó el cordón y entregó el bebé a uno de los médicos que más parecían damas de la caridad asustadas. Intentó suturar lo mejor que supo y recordaba.

—Aspire y que llore. ¡A toda pastilla al hospital! Se está quedando sin tensión, Fernando.

A la vez que sonaban las sirenas, se escuchó el llanto de un niño. Sofía Llorente supo que su hijo estaba bien y en ese mismo instante, se desmayó.

Pasaron dos días desde el parto. Bienvenida alumbró aquella misma noche, repetía sin cesar que del susto. Mafalda dio a luz al día siguiente al del nacimiento de su hermano. El susto provocó nacimientos y continuaba asustando la muerte. Sofía Llorente permanecía en la UVI del hospital, la pérdida de sangre había sido cuantiosa. Nadie se explicaba el motivo, no era una placenta previa lo que provocó la hemorragia, aún no sabían la causa. Con o sin ella, Sofía Llorente se moría. Fernando vivía en el hospital, de la cama de Sofía a la incubadora y de ahí, a la habitación de Mafalda.

Bienvenida acariciaba la frente de Sofía sin que la mujer respondiese al gesto. Tenía la cara blanca, plácida. Queta había estado peinándola y los mechones de pelo se esparcían por la almohada.

—Parece una niña. Fernando. Ven, hay alguien que quiere hablar contigo.

Salieron al pasillo y entraron en un despacho. Un hombre los esperaba. Junto a él, Santiago Llorente con el rostro abatido y Farid apoyando una mano en el hombro del general.

—Doctor García, Fernando es el marido de la paciente, a su padre y a Farid ya los conoce. Voy a sentarme, no me encuentro muy bien. Escucha lo que tiene que decirte, Fernando. Yo no lo sabía.

—Señor Lasca, ante todo decirle que lo lamento, mucho más de lo que puede imaginar. Su mujer vino hace meses a mi consulta. Yo soy nuevo en esta ciudad y no la conocía. No la reconocí, conocerla sí, en casa hemos leído sus novelas. Pero no logré conocerla, en las fotos parece mayor, en mi consulta me sorprendí cuando me dijo su edad. Ni por un momento pensé que mi paciente era ella, no la asocié ni al general Llorente ni a su marido. Perdóneme, señor Lasca, al general Mendoza, quería decir.

Fernando se estaba impacientando por momentos, no lograba entender nada de lo que le explicaba el hombre.

—Lo he entendido, continúe, por favor.

—La paciente, su esposa, me consultó sobre unas molestias que padecía desde tiempo atrás. Era algo raro, poco definible. Le realicé varios estudios y me puse en contacto con diferentes hospitales. Cuando le di mi diagnóstico, ella suspiró y me dijo que le estaba confirmando lo que ya sabía. Acto seguido, me comunicó que estaba embarazada. Le dije de inmediato que tendría que abortar. Me respondió que de ninguna manera haría eso, que era consciente de los riesgos, pero que era un duelo más con el de arriba. Yo no entendí a qué se refería y me aclaró que a Dios. Francamente, pensé que estaba algo desequilibrada y creo que ella se dio cuenta. Me preguntó si me había enamorado alguna vez. Le respondí que alguna. Lo que voy a decirle ahora, señor, es delicado, pero en estas circunstancias voy a romper lo que en otras sería secreto profesional. Ella sonrió y mirándome muy fijamente comenzó a contarme que hacía muchos años se había enamorado de un hombre, un militar que estaba en la academia. Eran amigos desde niños. Una tarde merendaban en casa del hombre, terminaron besándose y, en palabras de su esposa, intentando merendarse mutuamente. Es una mujer muy simpática, señor Lasca. Ella tuvo miedo de la situación y, según me relató, salió corriendo. Pasado el tiempo, se casó con otro hombre al que no quería, dijo que lo estimaba y sabía que jamás podría dañarla profundamente. No fue feliz y la dañó más de lo que ella pensaba. Conoció a otro hombre que no fue un sujeto honesto con ella. Al concluir de contarme todo aquello, me preguntó que si le permitía fumar, que sería uno de sus últimos cigarrillos, le dije que sí. La forma de contarme la historia me había cautivado, era insólita la situación. Con el humo saliendo de la boca, volvió a fijar la vista en mí y hablaba. Se había escapado aquella tarde de merienda porque pensaba que querer algo con tanto empeño, amar de aquella manera al hombre, la haría sufrir. Afirmó totalmente convencida que lo único bueno de su vida era su actual marido y su hija. Que si tenía que morir por el niño, moriría, nada le importaba más que la felicidad de su marido, y él deseaba un hijo. Señor Lasca, me dijo que amaba a su marido con desesperación y que prefería morirse ella a quedarse sin usted de nuevo. La hice firmar un documento en el que se daba por enterada de los riesgos que corría y se fue de mi consulta. He sabido quién era de casualidad, al ver la noticia en el periódico local y me he puesto en contacto con la doctora Castaño. Lo único que puedo decirle es que jamás sentí envidia de un hombre como la he sentido de usted, señor. Nunca.

Fernando Lasca intentó no llorar, pero las lágrimas lo estaban ahogando.

—No hay remedio conocido, Fernando. Es una mutación genética y hemos tenido la mala suerte de que un virus la afectase. Su sistema inmunológico se deteriora por momentos. Yo no sabía nada, de haberlo sabido no la habría dejado hacerlo, puedes estar seguro.

—Señor Lasca, el proceso es prácticamente irreversible. No trabajo en este hospital, pero he puesto toda la información en conocimiento de mis compañeros.

Fernando salió del despacho sin hablar. Queta lo acompañó pasillo adelante.

—¿Te lo han dicho?

—Sí.

—El niño está muy bien. No estaba embarazada de siete meses, se confundió en el cálculo.

—No se confundió en nada, Queta. Lo sabía. Pensó que si el niño tenía menos peso, nadie se daría cuenta. Da igual. Voy a verlo.

Mafalda estaba en la sala, acariciaba un pie de su hermano y una mano de su hijo. Lloraba.

—Alberto está muy bien. Creo que ha sonreído. Se parecen mucho. Mira, ahora ha sonreído Fernando. Mi hijo se llamará así. A mamá le habría gustado. Yo cuidaré de los dos, y de ti, Fernando. Se lo prometí a mamá. Ahora sé el motivo de aquella charla.

—El tiempo verbal está mal empleado, Mafalda. A tu madre le gusta y cuando despierte le gustará, se pondrá muy contenta. ¿Puedes pedirle a la enfermera que venga, Queta?

Mafalda se limpió las lágrimas y miró a su tía. Fernando no había entendido nada de lo que los médicos decían. Queta le hizo un gesto y la chica volvió a tocar a los bebés.

—Dígame, señor Lasca.

—¿Mi hijo puede abandonar la sala?

—No entiendo qué quiere decir.

—Quiero saber si puedo llevar a mi hijo con su madre.

—Un momento, por favor. —La enfermera se acercó al teléfono y marcó una extensión—. Necesito que venga de inmediato la doctora Castaño. No, no está de guardia, ha dado a luz hace dos días, búscala y localízame al jefe de la guardia. Creo que tenemos un problema.

En pocos minutos, dos médicos llegaron acompañados de Bienvenida.

—Quiero estar un rato a solas con mi mujer y mi hijo. ¿Es posible?

—No veo inconveniente alguno.

—¿Te haces responsable, Bienvenida? No tenemos claro cuál es el problema de Sofía.

—Yo me hago responsable, si hablan de un contagio, no es posible, ya no: el niño estaría inmunizado o contagiado.

—Claro, Fernando. Envuelvan al niño en unas toallas. No hemos traído ni ropa.

Carlota del Hierro se acercaba con Claudio y Carmen. Vio salir a su yerno con el bulto y sintió que las fuerzas le faltaban. Y el aire.

—Sofía, estamos aquí los dos. Voy a quitarte esa mascarilla de la boca, dicen que te mueres, y puede ser verdad. Me ha contado tu médico lo de esa cosa rara tuya. No me sorprende, no podía ser una enfermedad normal, tenía que ser diferente. —Hablaba el hombre y retiraba la mascarilla de oxígeno de la cara de Sofía, después quitó una de las toallas al niño y lo dejó sobre el pecho de Sofía—. Alberto está bien, nos engañaste a todos hasta con los meses de embarazo. Supongo que una vez más tengo que perdonarte. Voy a decirte algo, So: si te mueres, al día siguiente lo haré yo. No me he pasado media vida esperando para quedarme solo de nuevo. Un bicho inmundo no puede terminar contigo, So. Supongo que estás luchando, pero lucha más, por favor. Hace casi tres días que estás así. ¿Dios te ha ganado? Se lo has puesto fácil. Tienes el pelo precioso y los ojos seguro que están brillando. Si los abrieses verías a este chaval, se ha tranquilizado al escuchar tu corazón, amor mío.

Bienvenida Castaño, Alicia, Francisco y Jesús veían y escuchaban.

—Se ha vuelto loco.

—No, Jesús. Les ha costado demasiado tiempo estar así para dejarla ir.

—Sí, Alicia. Pero ¿no veis que está casi muerta?

—Yo no veo nada de eso, Jesús. ¡Deja de pensar, estás más guapo cuando no lo haces!

—Sofía, ya son las doce de la noche, intenta dejar boquiabierto al mundo una vez más, por favor. Resucita, como Él. Seguro que así vendes más novelas, puedes contarlo en la próxima promoción. Y al tercer día resucité, les dirás. *Veni mecum*, Sofía.

Y la besó en los labios y en los párpados, parecía ungir el cuerpo a besos.

—Fernando, si abro los ojos de golpe, te mueres del susto. Y esos dolientes que están ahí se desmayan. Bienvenida, podrías decirles que los moribundos agudizan el oído. Jesús, ahora me incorporo de repente y el que se muere eres tú. ¿Puedo beber un poco de agua, por favor? Mi niño, tienes mucho pelo.

Sofía Llorente resucitó al tercer día. Bienvenida Castaño se desplomó en cuanto su amiga terminó el parlamento. Ni al borde de la muerte guardaba silencio, pensaba mientras se hundía en un pozo negro.

—Sofía, cuando estés mejor, creo que me convertiré en un maltratador, de un tirón de pelo no te libras. ¿Cómo te encuentras?

—Fatal, corazón, me siento mal. Dame otro poco de agua. Tengo sueño, voy a dormir un rato.

Abrazó al niño y quedó dormida con él entre los brazos. Queta sustituyó a Fernando y la habitación se llenó de médicos y enfermeras. Nadie encontraba explicación a lo sucedido. Nunca la encontraron. El querer no está en vademécum alguno, pero es.

Se están acordando ustedes de *La Bella Durmiente,* lo entiendo. Yo no creo en los cuentos, pero esto lo vi con mis propios ojos.

Fernando caminaba por los pasillos, aturdido. Se habían ido la tranquilidad y la calma que lo dominaban cuando le hablaba a Sofía. Salió del hospital y caminó hacia un parque cercano. El cielo estaba lleno de nubes y no había luna. Se dejó caer de rodillas sobre la hierba y lloró como un niño chico. Se estremecía su cuerpo en cada sollozo. Dejó salir la angustia y regresó al lado de su mujer. De la única persona que daba sentido a su vida.

Relatarles los bautizos está de más. Ustedes ya conocen cómo se las gastan estos puntos en las fiestas, en los funerales, en cualquier acto normal de la convivencia humana: se desmadran.

Sofía recuperó la salud y cuidaba de su hijo, de su nieto y, de cuando en cuando, del hijo de Bienvenida. La casa se convirtió en una especie de guardería. Las brasileñas entraban y salían de la casa con los niños, el general Llorente jugaba con ellos y Farid les hablaba en árabe.

—Estos chicos hablarán varios idiomas, Farid. Mi nieto

será general. Fernando, al fin habrá un general Lasca de nuevo. Yo no lo veré, pero seguro que el chico hace carrera en el ejército.

—¡Fíate tú! ¡No te hagas ilusiones! Yo pensé que Sofía sería ministro y mira a qué se dedica, Santiago.

—A lo que le da la gana, Carlota. Deja de fastidiar.

—Mañana nos vamos. Espero que no sea demasiado lío que os quedéis con los niños.

—Tranquila, hija. Estas mujeres son responsables y Castaño ha decidido que dejará de escribir mientras estéis fuera, y nos ayudará. Todo estará bajo control.

Alicia alquiló un minibús y partieron hacia el destino que Sofía había buscado con ahínco. Al día siguiente, un talón con muchos ceros culminaría una carrera muy corta. Pensaba durante el viaje en cambiar de trabajo, al menos durante un tiempo. Las hortensias se estaban poniendo de moda, y la menta que ponía en sus tés le gustaba a todo el mundo. Las plantas eran un buen trabajo... La dispersión de Sofía ya la conocen ustedes.

El hotel estaba lleno de empresarios de la cultura. Ahórrenme las palabrejas cultas tipo a intelectuales. Bajaron al salón en donde se reunían los invitados a la cena. Sofía entrelazaba sus dedos con los de Fernando. Una mujer caminó hacia ellos.

—¡Sofía! Te veo estupenda y eso que dicen que has estado a las puertas del otro mundo. ¿Viste algún túnel?

—No, no vi ni luz ni túnel.

—Bueno, da igual. Mañana te llamaré, después de esta noche necesitarás un agente. ¿No me presentas a tu acompañante? Supongo que es tu marido, dicen que te has casado de nuevo, pero no tiene pinta de campesino y dicen que tu nueva pareja lo es, Sofía.

—Fernando, ésta es Ramira Gálvez, agente literario. Ramira, Fernando es el campesino.

—¡Encantada! ¡Debe de ser una unión extraña, muy literaria! Una intelectual y un hortelano. Por cierto, tu vestido es precioso, puro *vintage*.

Alicia, Bienvenida y Queta miraban a la mujer con cara de perros de presa. Mafalda y Farid sonreían viendo el espectáculo.

Sofía se despidió de Ramira y se refugió en un rincón con Fernando. Hermana y amigas la siguieron. Al pasar junto a la agente, Queta se paró ante ella.

—Yo soy Queta, la hermana de la intelectual. El campesino es doctor en teología y en química. En este caso, la burra es mi hermana si se mide en títulos. No son lady Chatterley y su jardinero. Y el vestido no es de ninguno que se llame Vintage: era de mi madre y antes de mi abuela y bisabuela. Yo no puedo ponérmelos porque soy una mujer grande. Y no la llames: no firmaremos contigo, antes no nos quisiste, ahora no te queremos nosotras. Adiós y que lo pases fatal en la fiesta.

—Así se habla, Queta. Mírala, qué cara de susto. Ésta es de las que se cree que puede faltar a lo fino y que no vas a responderle. ¿Dónde está Francisco, Bienvenida?

—No sé, Alicia, me ha dicho que dentro de dos horas vendrá. Está en plan misterioso.

La cena transcurrió sin sobresaltos, Sofía apenas probaba nada de lo que les servían. Se encendieron unos focos y comenzó el acto de entrega de los premios. Una mujer aclamada en el país, locutora de radio, presentadora de televisión, musa de la progresía, lectora de manifiestos en busca de la verdad verdadera abrió el sobre y leyó el nombre del ganador. Todo el salón aplaudía. Las televisiones hacían un corte y retransmitían en directo la entrega del premio.

Sofía Llorente del Hierro acarició la mano de Mafalda y besó a Fernando, no se molestó en fingir sorpresa, simplemente intentó no caerse; se levantó, caminó hacia el escenario con la cabeza alta y procurando no pisar los bajos del vestido. A su paso, saludaba con la cabeza a los que la felicitaban. Atajo de hipócritas vestidos de negro y barbas de chivo; malas pécoras enseñando el pecho y declarándose feministas combativas, pensaba Sofía.

Le entregaron un busto, le entregaron un sobre con un talón y dejaron el micrófono ante ella. Todo el mundo aplaudía. Sus augustas colaboradoras editoriales aplaudían. La odiaban, la despreciaban y aplaudían.

—Gracias, sobre todo por escucharme, por leerme. Hace unos años, creo que ocho, empecé a escribir novelas; con ganas, con fuerza. Luchando, pensando que la palabra era un arma cargada de futuro. Y aún lo pienso. Escribía y olvidaba; me evadía de la vida, una vida que no me gustaba: por falsa, por hipócrita, por vacía, por injusta. Siempre había querido ser legionario o pirata. Seres libres, sin amo, hasta sin patria. Y mi vida, la de antes, carecía de sentido. Me animaron a escribir muchas personas: unas de forma activa y otras, pasiva. A las pasivas las castigaba con cada novela, con cada aumento de ventas. Ya visto canas, ya acudo con más frecuencia a la peluquería a teñirme. Miles de personas me leen, pero leen soledades, leen sueños de vidas que no fueron. Ninguno de esos miles de lectores se acuesta en mi cama y me abraza en las noches en las que me duele el alma y las articulaciones. Ya tengo artrosis, la edad. Un poeta me dedicó hace tiempo un verso. Al principio pensé que era un poema de anciano, una belleza que nada tenía que ver conmigo. Y cada día, al analizarlo, me daba cuenta de la verdad que encierran esas frases, esas letras. Yo siempre busqué la libertad; de tanto buscarla a punto estuve de quedarme sola ante la ventana. Esta noche, junto a mí, tendrían que estar algunas personas. Unas se me han muerto, porque la gente no se muere, se nos muere; y otras han huido de mi lado. La pasión en ocasiones asusta. Hoy miro una ventana, quiero saltar y veo que la ventana está abierta. «Libertad, para mí quiere decir huida», escribió el poeta; esta noche mi puerta no será el sexo, no compensa, jamás ha compensado un instante que no se convierta en eterno. La libertad es un buen refugio y yo la ejerzo, la elijo. El original premiado no es mío. No es mío el premio, no es mío este busto que reposa en el atril. El premio pertenece a alguien despreciado por los agentes literarios, pertenece a quien se enfrentó a ellos y no jugó con sus reglas, a quien dijo no a esta falsa progresía que acompaña la literatura actual. El premio, señores periodistas, pertenece a alguien que les espera en la sala de prensa: Francisco Gallo. Ha escrito esta maravillosa historia de amor y de verdad. Uno de mis abogados les entregará el acta notarial que he firmado antes de enviar al concurso mi supuesta obra. Señores del jurado, no lo lamento, no lo lamento en absoluto: se han quedado ustedes con el culo al aire, sus vergüenzas las retransmitirán las televisiones. Agentes literarios que se venden por un mísero tanto por ciento, presidentes de jurados que hacen lo mismo, autores que recogen premios llorando, con cara de sorpresa, críticos que destrozan obras sin haberlas abierto; mezquinos que jamás podrán juntar cuatro letras coherentes... Mentirosos todos, viles mentirosos que agravan su pecado envolviéndolo en manifestaciones en contra de presidentes americanos, en contra de una figura lejana que no puede arañarlos y que a la primera de cambio corren a Estados Unidos a lamer los pies del imperio. Yo no tengo hipotecas, yo no he lamido a cambio de prebendas, jamás, nunca. Las felaciones han sido a beneficio de mí misma o inventario, pero jamás cobrando. Esto es un burdel, un inmenso burdel, una tremenda orgía de vanidad y dinero. Yo no participo. Hoy pasaré la noche con mi hombre y con los míos. Es lo único que ha dado sentido a mi vida. Buenas noches, el ganador los espera.

Nadie aplaudió el descenso de Sofía Llorente. Cuando se sube a la cumbre siempre acompañan los gritos de apoyo; cuando se desciende, suelen recibirse pedradas.

El silencio llenaba el enorme salón y Sofía pensaba que se desmayaría antes de llegar a su mesa. Mafalda, Enriqueta, Bienvenida, Alicia, Fernando y Farid la esperaban puestos en pie y en silencio. Desde el escenario, se dejaron sentir unos sonidos de palmadas, unos aplausos solitarios. Sofía se dio la vuelta.

George Macnamara aplaudía pausadamente, una sonrisa iluminaba el rostro del amo del mundo editorial. Sofía le lanzó un beso con la punta de los dedos y él repitió el gesto y volvió a aplaudir. Sabino Nestares se puso de pie y aplaudió con vigor. Aquella loca mujer nunca dejaría de sorprenderlo.

—Vámonos.

Salió la comitiva entre aplausos cada vez más fuertes. Mafalda preguntó a su madre:

—¿Se puede saber por qué aplaude el amo del mundo, mamá?

—Sabe que esto subirá sus ventas; sabe que el ganador es una nueva estrella editorial, sabe que yo venderé muchos miles de ejemplares, muchos más de lo habitual. Sabe que esta noche, mi cotización y la suya mientras siga con él han subido como la espuma, Mafalda. Por eso aplaude. Es un tiburón y sabe que ha logrado una presa importante. Vete con Paco, Bienvenida. Eres millonaria.

—No puedo creer que hagas esto, Sofía. Gracias. Os veo luego.

La comitiva miraba a Sofía con asombro. Mafalda casi con desprecio.

—¿Lo has hecho por eso, mamá?

—No, hija, pero ésa será la consecuencia. Todos han salido ganando, incluida yo. No quiero hablar más de esto. He reservado una mesa en Luz de Gas. Yo, esta noche voy a bailar. Tú, Mafalda, puedes hacer lo que te dé la gana. Mañana recibiré muchas llamadas, quiero estar relajada y bailar me sienta bien.

—Sofía, eres la hostia. Quedas de héroe y encima ganarás más dinero. ¡Ni yo lo habría hecho mejor!

—¡Yo creo que podías haberlos insultado y no devolver el dinero!

—Alicia, no soy yo: es el sistema. Queta, no seas miserable:

es dinero, sólo dinero. Farid, *habibi*, ábrenos paso entre esta horda. Hoy somos héroes.

Y los periódicos del día siguiente y los informativos de media Europa enseñaron a la gente de buena y mala voluntad la imagen de una mujer madura sonriendo, acompañada de su hija y varias mujeres; dando la mano a un hombre de barba poblada, mientras un bereber de ojos claros apartaba cámaras y fotógrafos del camino de Sofía Llorente.

Había nacido una leyenda. Por supuesto, otra más, nada extraordinario, pero el pueblo se alimenta de héroes a los que devora a la primera oportunidad.

En casa de la familia Llorente, una voz se dejó sentir:

—¡Está loca! ¡Nunca cambiará, Santiago! ¡Ha dicho que no a millones!

—No, no cambiará nunca, Carlota. Al menos, eso espero. Es una gran estratega mi Sofía. Sí que habría sido buen general, lástima de tiempo. Mi hija ha llegado tarde a su tiempo, siempre lo ha hecho. O tal vez es una adelantada en todo, Carlota.

—¡Sofía es una heroína como las de mis novelas!

—¡Sobre todo dándole esa cantidad de dinero a tu yerno, Castaño!

—Generosidad, señora marquesa. Eso ha demostrado. Puede que me presente a un concurso un día de éstos. Tengo que comentárselo a Sabino.

Los niños empezaron a llorar y la discusión se aplazó.

Y la hija del general bailó en Luz de Gas recordando otro tiempo, pensando en el pasado y renegando de la cima del mundo cuando en la cima no hay una mano que asir. Y entre vuelta y vuelta, entre giros de derviche, Sofía Llorente acariciaba a su marido e imaginaba una nueva novela. El folio en blanco es una ventana. Las cenizas de la vida eran folios en los que Sofía reescribía la existencia. Y la piel, su piel, cuando Fernando dibujaba en ella, un balcón abierto a la vida. El resto del mundo no valía nada.